86

The dead aren't in the field.But they

EIGHTY SIX

SPEAR HEAD
e eastern front The first ward The first defensive squadron
東部戰線 第一戰區 第一防衛戰隊
E267-51
擅於
辛懷
個人
賽歐
平時態度有些淡漠，
卻不失青春血性的少
年。個人代號為「笑
面狐」。
E316-00383
凱耶
個性直爽，總是以少
年口吻說話的少女。
個人代號為「櫻花」。

這世上沒有任何國家，會因為國內飼養的豬隻未獲人權而受到譴責。

因此，若是將語言不同、膚色不同、祖先不同的族群定義為徒具人形的豬玀，那麼，對於這樣的族群進行打壓、迫害或屠殺，也不算是違反人權的暴行。

——芙拉蒂蕾娜・米利傑《回顧錄》

序章　在戰場上綻放的紅色虞美人

『系統啟動。』

『RMI　M1A4「破壞神」OS　Ver8.15。』

嘎……刺耳的雜音，混雜在與時代脫節的無線電通訊中。

『──管制一號呼叫送葬者。雷達偵測到敵方迎擊部隊。已確認為大隊規模的反戰車砲兵，以及同等規模的近距獵兵部隊。』

「送葬者收到。這裡也已偵測到敵蹤。」

『自此刻起，將指揮權轉交現場指揮官。請秉持捨身報國的精神，不惜代價殲滅共和國大敵。』

「收到。」

『……各位，對不起。真的非常對不起。』

「通話完畢。」

『駕駛艙閉合。』

『動力系統啟動。驅動器活性化。關節機構解除鎖定。』

『穩定器正常。射控系統無異常。電子系統離線。索敵模式設為被動。』

「送葬者呼叫戰隊各員。管制一號已轉交指揮權。接下來由送葬者負責指揮。」

『Alpha leader 收到。這次還是老樣子啊，「死神」。那位沒卵蛋的飼主大人最後說了啥？』

「他說『對不起』。」

知覺同步的另一端不禁笑了出來。

『哈！這些白豬還是一樣無藥可救啊。把我們趕到前線，自己躲在後方摀住耳朵假裝沒事，還好意思說什麼對不起……小隊各員，就像你們聽到的一樣。哎，反正都得死，能在死神的引導下死去，還不算太差。』

「距離遇敵還有六十秒……砲擊要來了，以最大戰速突破敵方砲擊範圍。」

『好啦，混帳們，要上了！』

『戰鬥反制動作——開啟。』

『檢測到敵機：設定為Ｂ１』『設定為Ｂ２』『Ｂ３』『Ｂ４』『Ｂ５』『Ｂ６』『Ｂ７』『Ｂ

8』『B9』『B10』『B11』『B12』『B13』『B14』『B15』『B16』『B17』『B18』『B19』『B20』『B21』『B22』『B23』『B24』————……

『統計至：Ｂ２１０。』

『Delta leader 呼叫 Delta 小隊！不要迂迴，在這裡殲滅敵人！』

『Charlie three！十點鐘方向有敵機！進行迴避————該死！』

『Echo one 呼叫小隊各員。Echo leader 已經陣亡。接下來由 Echo one 負責指揮。』

『Bravo two 呼叫各員……抱歉啦，各位。看來我就到此為止了。』

『Alpha leader 呼叫 Alpha three！再撐一分鐘！我馬上過去救援！由 Alpha one 接手指揮！』

『——收到。Alpha leader，祝好運。』

『交給你了……喂，辛。送葬者。』

「什麼事？」

『不要忘了我們的約定喔。』

「……嗯。」

『Ｃ１失去訊號。』

『友機數量：0。』

上級長官夾雜著雜音的通話聲，從甩在一旁的耳機當中斷斷續續地播放出來，在夕陽西下的涼風中，顯得大煞風景。

『……呼叫……員……管制一號呼叫戰隊各員。有聽到嗎？第一戰隊，聽到請回答……』

他背倚外型酷似有機體，宛如蟲蛹般的機身，將手伸進敞開艙蓋的駕駛艙內，按下無線電的通話鈕。

「送葬者呼叫管制一號。已殲滅敵方迎擊部隊，並確認敵方部隊已撤退。作戰結束，準備返隊。」

『……送葬者。那個，除了貴官之外還有幾人──』

「通話完畢。」

搶在那個不該問也不需要問的問題說完前，他就切斷了無線電，將目光轉回駕駛艙外。

在夕陽的映照下，眼前一望無際的紅色虞美人花海之中，四處散落著燃起濃煙，機械內臟裸露在外的鋼鐵猛獸與四足蜘蛛的殘骸，拉出一道又一道細長的影子。這就是敵人，以及友軍最後所能得到的悲慘下場。

戰場上已經找不到任何活物。放眼望去，除了屍體之外，就只剩下明明已經死去，卻殘存於世上的亡靈而已。

此時寧靜得讓人心發寒。太陽緩緩沉入草原的另一端，那片猶如黑影的山脈之中，透出水平一線的赤紅色光輝。

映成一面赤紅，或者該說是染上黑影的死寂世界之中，他與他的座機是唯一留有行動能力的物體。

模仿節肢構造的修長腿部，泛黃的白色裝甲上刻劃著無數傷痕，配上狀似剪刀的高周波刀，以及背部主砲。整體輪廓酷似徘徊性的蜘蛛，而長著四隻腿的軀幹揹著長長砲身的模樣，看起又像是蠍子。也有人覺得它的形狀就像是缺了頭的人體，宛如一具在戰場中來回爬動，找尋自己失蹤首級的白骨屍體。

他深深吐了口氣，將身體靠在因黃昏的寒風而開始冷卻的裝甲上，縮著身子仰望熾烈燃燒的天空。

在遙遠的東方國度，由霸王的寵姬自盡時流下的鮮血中誕生的花。

也有一說，是過去抵擋不住蠻夷侵略而遭屠殺殆盡，自騎士的血河中所誕生的花。

放眼望去，戰場上盡是怒放的虞美人，那艷麗的鮮紅色在燃盡蒼穹的夕陽映照下，是美得如此癲狂。

—不存在的戰區—

The dead aren't the field.
But they died there.

EIGHTY SIX

The number is the land which isn't
admitted in the country.
And they're also boys and girls
from the land.

ASATO ASATO PRESENTS
[作者] 安里アサト

ILLUSTRATION／SHIRABII
[插畫] しらび

MECHANICALDESIGN／I-IV
[機械設計] I-IV

Kadokawa Fantastic Novels

86

—不存在的戰區—

Ep. 1

The dead aren't in the field.

But they died there.

第一章　陣亡者為零的戰場

在那座戰場上，沒有任何陣亡者。

『——接下來，為各位播報本日戰況。』

『入侵第一七戰區的帝國無人機「軍團」機甲部隊，在我聖瑪格諾利亞共和國引以為傲的自律式無人戰鬥機械「破壞神」的迎擊下，遭受毀滅性打擊而撤退。我方損害極小，同時，本日也沒有人員傷亡——』

自聖瑪格諾利亞共和國第一區，共和國首都貝爾特・艾德・埃卡利特那和平而美麗的街景，完全看不出這是個歷經九年戰爭的國家。

雄偉的石造高層建築群，白堊外牆上有著精美的雕刻。綠意盎然的行道樹，以及古色古香的黑色鑄鐵路燈，配上春日的陽光及蔚藍的天空，形成優美如畫的對比。街角的咖啡廳裡，盡是頂著天生閃耀動人銀髮的學生和情侶們在談笑風聲。

在市政廳的藍色屋頂上隨風飄揚的，是革命聖女瑪格諾利亞的肖像旗，以及共和國的國旗五色旗，象徵自由與平等，博愛、正義和高尚。前方則是在縝密的都市計畫主導下所完成的主要大道，寬敞而筆直，每一寸都由精緻的石磚所鋪成。

看著擁有月銀色明亮雙眸的小男孩，牽著雙親的手開懷大笑，從自己身旁走過。從他們身上的精心打扮看來，應該是要出去玩吧。目送洋溢幸福氣氛的一家人遠去後，蕾娜的微笑從白銀色的雙眸中褪去，將目光轉回全像顯示的街頭大螢幕上。

身上穿著深藍色的共和國女性軍官立領軍服。十六歲少女白雪般的美貌，宛如玻璃雕刻般纖細精美，優雅的舉止也展現出良好的家教。略呈波浪狀，如絲綢般閃耀動人的白銀色秀髮，以及在細長睫毛底下的，同樣色彩的一雙大眼，正是繼承了遠在共和國誕生前便定居於此的白系種之一，也是過去被視為貴族種的白銀種血脈的鐵證。

『在賢明的指揮管制官的管制下，由高性能無人機進行戰鬥，使得危險的最前線不再需要投入人力的國防理念化為可能，同時也證明了共和國講求人道而先進的戰鬥系統確實大有成效。想必在兩年後「軍團」全數停止的時限之前，共和國的正義機構便已擊潰那些亡國的邪惡遺產吧。聖瑪格諾利亞共和國萬歲。願榮耀歸於五色旗。』

擁有雪白髮色及瞳色的雪花種女主播露出驕傲的微笑，讓蕾娜的表情蒙上一層陰影。打從開戰之後，這與其說是樂觀，倒不如說是非現實的戰況報告便天天上演。儘管開戰後僅僅半個月就被迫放棄過半國土，而且在九年後的現在，共和國也不曾將戰線反推一分一毫回去，這樣的報導還是讓大多數民眾深信不疑。

此外。

她回頭望向如詩如畫，洋溢春天氣息的大道。

女主播、咖啡廳裡的學生和情侶、街道上來來往往的人潮、方才擦身而過的親子檔，甚至是蕾娜自己也一樣。

過去，作為世界第一個近代民主制度國家的聖瑪格諾利亞共和國，曾經推出獎勵制度，積極吸收其他國家的移民。共和國的國土，自古以來就是白系種的居住地，而在其他國家，則有其他膚色的民族生活著。包含宛如黑夜的黑系種、金光燦爛的金系種、紅艷奪目的赤系種，以及擁有沁涼碧眼的青系種等等。對於色彩繽紛的有色種族群，共和國一律平等接納。

然而，現在在首都主要大道上熙熙攘攘的人群，無一不是銀髮銀瞳的白系種。縱使放眼整個首都，甚至共和國全八十五個行政區，同樣如此。

沒錯。如今在戰場上，沒有被半個官方認可為人類的士兵，也沒有被列為陣亡者的烈士。

然而。

「……明明就不是真的沒有人犧牲。」

位於王政時代的宮廷——白雪宮的一角，有著絢爛華麗的後期王政樣式外觀的國軍本部，就是蕾娜的目的地。而這座宮殿，以及將所有行政區包圍在內的大要塞群「鐵幕」，就是所有共和國軍人的駐地。

在鐵幕之外，距離要塞群上百公里之遙的前線，並未派駐任何共和國軍人。在前線奮戰的只有無人機——也就是「破壞神」，並在國軍本部的指揮之下進行作戰。由總數十萬架「破壞神」以及後方的對人、反戰車用地雷區，還有自律式地對地迎擊砲所構成的防衛線，從未遭到突破，駐紮在鐵幕中的部隊自然也從未參與過戰鬥。其餘人員不是擔任後勤輸送，就是分析、策劃作戰這類文書工作，因此，現今的共和國軍人當中，其實沒有人從事真正的戰鬥類職務。

擦身而過的軍官們散發著濃濃酒臭，讓蕾娜不禁皺起眉頭——那些人想必又用司令室的大螢幕看運動比賽了吧。她下意識地用責備的眼神瞪了過去，得到的卻是一雙雙蔑視而嘲諷的目光。

「各位，喜歡玩洋娃娃的公主殿下在瞪我們喔。」

「哇啊——我好怕喔……我看妳還是躲回房間，好好關心妳最愛的無人機吧。」

「你們這些——」

「早啊，蕾娜。」

蕾娜忍不住回頭。

一旁突然有人向自己打招呼，轉頭一看才發現是同期的阿涅塔。

她是隸屬研究部的技術上尉，和蕾娜從中學一路跳級上來，現在都是彼此唯一的同齡友人。

「……早安，阿涅塔。平常妳總是睡過頭，今天倒是來得很早呢。」

「我是正要下班，昨天也熬了一整晚……不要把我跟剛才那群蠢蛋混為一談喔，我可是有在認真工作。因為有個大難題，非得勞駕本天才亨麗埃塔・潘洛斯技術上尉才能解決呢。」

阿涅塔像隻貓咪一樣伸了個大大的懶腰。她有著一頭剪成短髮的白銀種銀髮，和一雙同為白銀色，眼角略為上揚的大眼睛。

阿涅塔瞥了一眼趁著她們打招呼時偷偷躲遠的酒鬼們，只是聳了聳肩。想讓那群蠢蛋改過自新也只是在浪費時間啊——阿涅塔透過白銀雙眸如此勸說。蕾娜察覺到對方的好意，也不由得紅起臉頰。

「啊，對了。妳的情報終端又響起入侵警報了喔，還是快去進行管制吧。」

「糟了……不好意思。謝謝妳，阿涅塔。」

「沒什麼啦。不過，妳還是別對那些無人機投入太多感情比較好喔。」

蕾娜先是忿忿不平地想回頭反駁，最後只是搖了搖頭，便邁步走向自己分配到的管制室。

管制室是一間大半埋在冷冰冰的電腦主控台當中的小房間，光線有些昏暗，室溫帶點涼意。待機狀態下的全像螢幕散發著淡淡光芒，讓銀色的地板和牆壁顯得有些朦朧。

併攏雙腳在電腦椅上坐好，撩起銀色長髮，將纖細的頸圈狀銀環——同步裝置嵌在頸部後，蕾娜英氣煥發地抬起頭來。

如今，戰線位於遠方，牢牢釘死在鐵幕之外的遠處，而這個小房間就是共和國八十五區當中，僅存的戰場了。

「認證開始。芙拉蒂蕾娜．米利傑少校。東部方面軍第九戰區，第三防衛戰隊指揮管制官。」

經過聲紋和虹膜認證後，管制系統開始啟動。

一張張全像螢幕接連浮現，顯示出設置於遠方前線的觀測機器傳回的龐大數據，主螢幕上則顯示著數位地圖以及代表敵我雙方的光點。

代表友機（破壞神）的藍色光點有七十個。歸屬蕾娜指揮的第三戰隊有二十四機，第二、第四戰隊各有二十三機。而代表敵方（軍團）的光點數量早就數不清了。

「知覺同步，啟動。同步對象為中樞處理裝置（處理終端）『昴宿星』。」

鑲在同步裝置後方的藍色結晶體開始微微發熱。那不是物理上的熱度，而是經由知覺同步活性化的神經系統所感受到的幻熱。

擬似神經結晶啟動之後，開始進行數據演算，透過架設完成的假想神經，將腦部的特定部位——將人類為了下一次進化所備用的，也就是在遠古的進化過程中遭到邊緣化，位於未使用區域（Night head）最深處的一項機能活性化。

位於蕾娜個人意識和潛意識的更深處，原本無法以自我意識連接，通往全人類所共有的「人類種族潛意識」——集體無意識的「通道」打開了。那條「通道」通過集體無意識之海，連上了第三戰隊隊長機，個人代號「昴宿星」的處理終端的意識。

自此，「昴宿星」的知覺便與蕾娜共享了。

「同步完成——管制一號呼叫昴宿星。今天也請多多指教喔。」

她以溫和的語調呼喚對方，過了一會兒，一道聽起來似乎大她一兩歲的「青年嗓音」應道：

『昴宿星呼叫管制一號。同步狀況良好。』

那是個隱約帶著嘲諷的「人類嗓音」。管制室當中只有蕾娜一個人在，所以不可能出現第二個人的聲音。這是藉由知覺同步而共享的聽覺，讓來自處理終端「昴宿星」的聲音聽起來就像在耳邊響起。

聲音。

戰時趕製的武器「破壞神」並不具備人聲對話機能，也不具備足以稱為感情或意識的高度思考能力。

這是經由「人類這個種族」的集體無意識所構成的「知覺同步」。

而針對敵方機甲武器所設立的防衛線上，還有「對人地雷區」存在。

堅守著敵我無人機互相殘殺，陣亡人數為零的最前線，其實是——

『每次都不忘向我們這些如同類人猿的八六親切問好，真是勞您費心了呢，白系種。』

八六。

他們是在無人機「軍團」橫掃一切的大陸上，位於共和國人民（人類）僅存的最後樂園——八十五個行政區之外，棲息於化外之地（第八十六區）的人型豬玀。

這是對那些生來就是共和國人民，卻被共和國認定為低於人類的劣等生物，居住於鐵幕之外的強制收容所及最前線的有色種的蔑稱。

†

九年前，共和曆三五八年。星曆二一三九年。

位於共和國東方的鄰國，也就是大陸北部大國的齊亞德帝國，對周邊諸國發布了全面宣戰通告。利用世界首次開發完成的完全自律式無人戰鬥機械「軍團」部隊，開始進犯他國。

在軍事大國齊亞德的壓倒性武力之下，共和國正規軍僅僅半個月便全面潰敗。

收攏殘存兵力後，這群軍人帶著絕望發動拖延戰術，共和國政府便在這短暫的喘息時間中，做出了兩個決定。

一個是讓全體共和國民遷入八十五個行政區內避難。

另一個則是大總統命令執行第六六〇九號，戰時特別治安維持法。

這項法案旨在將居住於共和國內的有色種認定為與帝國同夥的敵對國民，因此剝奪其公民權，並視為監視對象，送到八十五區之外的強制收容所進行隔離。

當然，這是一項明確違反共和國所自豪的憲法及五色旗精神的法案，同時也是一項赤裸裸的人種歧視政策——儘管是帝國出身，只要是白系種就能置身事外；相對的，無論是否為帝國出身，只要是有色種均列為收容對象。

想當然耳，這引來了有色種的反彈，但政府卻以武力壓下了反對聲浪。

雖然也有少數白系種表示反對，但大部分白系種都選擇贊同。畢竟若是要容納全體國民，八十五個行政區實在太過狹小，要是真的照單全收，無論物資、土地或工作機會，肯定都會陷入僧多粥少的局面。

而且將有色種的間諜行為解釋成敗戰理由，比起承認國力不如人，也更能讓國民接受。

最重要的是，在這種遭到敵軍團團包圍的絕境下，必須找個對象作為情緒宣洩的出口才行。

於是被官方正當化的優生思想轉眼間便流傳開來了。政府主張唯有創立世界第一個近代民主主義的先進，組織人道且完美的政體的白系種，才是最優越的人種。而採過時非人道帝國主義的有色種，則全都是劣等種族。這些野蠻又愚昧的類人猿不過是進化失敗的人型豬玀罷了。

於是，所有的有色種都被送入強制收容所，被迫接受兵役和建造「鐵幕」的勞役工作，一切費用都由他們遭到充公的資產來給付。而國民們則得以免除兵役、勞役和戰時增稅之苦，齊聲讚頌政府是多麼「人道」。

白系種將有色種貶為劣等生物的歧視觀念，在兩年之後，以取代血肉之軀的士兵——而且全是八六——投入戰場的無人機的形式，化為現實了。

縱然舉一國之力展開技術研發，共和國製的無人機依舊無法達到實戰水準。

但是，既然區區劣等民族的帝國人能夠造出無人機，身為優等種族的白系種又怎麼可能造不出來呢？

既然八六不算是人，那麼讓他們駕駛的話就不算有人機，而是無人機了。

共和國工廠（RMI）出品的自律式無人戰鬥機械「破壞神」。

作為一項能將人命損失降到零的先進人道武器，在國民的一片叫好聲浪中投入戰場了。

將八六所擔任的駕駛員定義為處理裝置搭載在機體上，就成了有人搭乘式的無人機。

共和曆三六七年。

在陣亡人數為零的戰場上，不會列入陣亡名單，被視為道具看待的士兵們，今天依舊前仆後繼壯烈成仁。

†

在確認「軍團」的紅色光點往東方——也就是敵軍的地盤撤退之後，蕾娜終於稍稍放鬆了緊繃的神經。

另一方面，第三戰隊的損耗數為七機，這也讓她心中泛起一股苦澀。那七架「破壞神」連同其中的處理終端，全都在爆炸中化為烏有，沒有任何生還者。

「破壞神」——是自詡為高級知識分子的開發者，借用了古代神話當中異國神祇的別稱。傳說祂無情地用戰車的車輪輾過了前來尋求救助的人們。

「……管制一號呼叫處理終端『昴宿星』。已確認敵方部隊撤退。」

隔了半秒鐘，蕾娜才透過知覺同步向處理終端「昴宿星」——那個為了讓自己和家人重新取回公民權而選擇服兵役五年的八六駕駛員如此說道。

相較於容易受到距離、天候和地形影響，也容易被阻電擾亂型敵方無人機的電磁干擾所切斷的無線電通訊，這種共享了聽覺，能夠聽見彼此說話以及外界聲音的知覺同步技術，可說是一種劃時代的通訊手段。

理論上，五感中的任何一種都能進行同步，不過基本上只會利用聽覺同步，因為視覺傳遞的資訊量過於龐大，對於使用者的負擔太重。而利用聽覺的話，就能以最低的資訊量掌握對方的現狀。體感上和無線電或電話沒有太大差異，也能降低知覺混淆的風險。

但蕾娜覺得，原因不只是這樣。

只要不進行視覺同步，就不必親眼目睹了。不會看見近在眼前的恐怖敵人身影，不會看見身旁的戰友連同機體被轟爛的慘狀，也不會看見從自己四分五裂的身體裡散落的鮮血和內臟顏色。

「警戒任務由第四戰隊接手。第三戰隊請返回基地。」

『昴宿星收到……今天也辛苦您用望眼鏡監視豬玀的動態了，管制一號。』

聽見昴宿星自始自終都話中帶刺的回應，她不禁垂下眼簾。

蕾娜很清楚，因為自己是白系種——是迫害者的一分子，所以遭到討厭也無可厚非，而不可否認的是，監視八六的動向也是管制官的使命之一。

「辛苦了，昴宿星。隊上的各位，以及陣亡的七人也是……我著實深感遺憾。」

『……』

沉默的另一端，夾雜著如刀鋒般的冷冽感觸。知覺同步雖然只共享了聽覺，但在進行同步時雙方的意識會相互流通，能夠像面對面說話時一樣，將情感傳達給對方。

『……感謝您總是不厭其煩表達關懷之意，管制一號。』

對方話中隱含著拒人千里之外的嫌惡或是侮蔑，可是和那種對於迫害者油然而生的憤怒或憎惡又不太一樣的冷漠表現，讓蕾娜感到有些困惑。

†

隔天早上的新聞還是老樣子，只是一味強調敵軍損害多麼嚴重、共和國損害多麼輕微、犧牲者依舊為零、共和國是多麼講究人道而先進等等，距離戰勝的那一天已經不遠了之類的，令人不禁懷疑他們是不是每天都拿同一套錄好的影片來播放。國營電視台的商標，是劍與破碎腳鐐的圖案。那代表著打倒專制推翻壓迫，也是革命聖女瑪格諾利亞的象徵。

『……此外，針對兩年後的終戰，政府決定逐漸縮減軍事預算。作為計畫的先驅，將會廢止南部戰線第一八戰區，解散駐紮部隊——』

看來南部第一八戰區似乎淪陷了。蕾娜輕輕嘆了口氣。

這段報導內容明眼人一看就明白了。而且縱使失去了部分國土，政府不但沒有打算奪回，反而選擇緊縮軍備。

八六被充公的資產已經差不多消耗殆盡，龐大的軍事預算受到社福及公共事業所排擠，政府也無法對人民主張縮減軍備的聲浪視而不見。

母親坐在自己對面，身穿舊時代遺風的禮服，張開紅艷無暇的雙唇說道：

「……怎麼了，蕾娜？用餐時別沉著一張臉好嗎？」

餐廳的桌上擺著各式早餐菜色，幾乎都是自動工廠所製造的合成培養品。

淪陷了一半以上的國土，除去八六之外還得容納超過總人口八成以上的人民，使得八十五區當中已經沒有多餘空間開闢足以養活所有人的農地了。鄰近諸國也都在「軍團」的威脅及電磁干擾之下斷絕聯繫，因此別說是貿易或外交，甚至無法確定那些國家是否還存在。蕾娜喝了一小口與自己朦朧記憶中風味並不相同的紅茶，動手切開以小麥蛋白重現外貌及滋味的合成肉。

只有加在紅茶中的糖漬木莓是種在院子裡的真品，但按照現今共和國的平均住宅水準，別說是擁有這類植栽的庭院，就連擺個小盆栽都嫌奢侈，因此這也算是稀有的珍品了。

母親露出微笑說：

「蕾娜。我看妳也差不多該退役了，找個門當戶對的好青年結婚吧。」

蕾娜在心中暗自嘆息。不但新聞中的戰況報導每天都一樣，就連母親的這番話也是。門當戶對、風範、身分、血統、優良的血脈。

她看著母親身上和過去米利傑家還是貴族時所興建的這幢豪奢宅邸十分相配，但只要踏出屋外就會顯得與時代脫節的，拖著長長裙襬的絲絹禮服。

彷彿還停留在那個幸福的時光當中。

彷彿將自己封閉在美好的小小夢境裡，對外面的世界視若無睹一樣。

「不管是『軍團』還是那些八六，本來就不是貴為米利傑家千金的妳該接觸的對象。雖然妳那故去的父親的確是一位堂堂的軍人，但現在這個時代哪裡還有什麼戰爭呢？」

不是這樣的時代了？現在我們與「軍團」正激戰不休啊。只是因為戰場在遙遠的彼方，也沒有人從前線歸來，所以這些年來對於民眾而言，戰爭就像在看電影一樣，一點也不真實，也很難感同身受。

「母親大人，保衛祖國是共和國國民的義務，也是榮耀。而且，那些人不叫作八六，他們和我們一樣，都是不折不扣的共和國國民。」

母親聽到之後，那張優雅而精緻的臉龐露出滿面不悅。

「那些骯髒的有色種，算什麼共和國國民啊？真是的，雖說不給飼料就不會乖乖工作是家畜的本性，但政府居然也允許那種玩意兒有機會再度踏上共和國的土地呀。」

投身軍伍的八六及其家人，有機會重新獲得共和國的公民權。雖然在充斥種族歧視分子的八十五區當中，為了那些人的安全而完全封鎖了居住所在情報，但開戰至今已經九年，想必返回故居重溫和平時光的人也不在少數吧。

蕾娜認為，為國家拋頭顱灑熱血的他們絕對當得起這樣的報酬，可是身為既得利益者卻不認為他們值得如此回報的典型案例，就在自己眼前搖著頭怨嘆道：

「唉唉，真是噁心呀。一想到那些類人猿直到十年前都還在貝爾特・艾德・埃卡利特的街道上橫行，接下來又有機會在街上見到那群玩意兒，真是令人難受。這些噁心的東西，對於共和國的自由與平等來說是多麼嚴重的侮辱啊。」

「……我認為真正侮辱了自由與平等的，是母親大人方才那番話呢。」

「這話是什麼意思？」

看著愣神的母親，蕾娜這次真的嘆出氣來。

這個人真的什麼也不明白呢。

不僅是母親，現在共和國國民對於本國的共和體制、五色旗所象徵的自由、平等、博愛、正義與高尚的精神都感到極為自豪。在了解過去的王政體制及獨裁國家的歷史罪行後，民眾對於高壓統治感到憎恨、對於剝削感到憤怒、對於歧視感到不屑，認為屠殺是種惡魔般的行徑而不齒。

但是他們卻完全無法理解，現在的共和國正在犯下同樣的罪行。就算自己提出質疑，也只會得到旁人憐憫的目光。

『妳居然分不出人和豬的差別啊。』

蕾娜不由得咬住染成淡紅色的嘴唇。

言語是一種十分方便的道具。

能夠輕易將事物的本質塗抹成另一種模樣。光是換一個稱呼，就能把人類變成豬玀。

母親有些困惑地皺起眉頭，隨即似乎想通了什麼，展顏一笑。

「妳父親也是個對家畜慈悲為懷的好人呢，所以妳才會有樣學樣吧？」

「……不，那是因為……」

雖然她也很尊敬那個強烈反對強制收容八六，直到最後都不斷請求廢除制度的父親。但是她並不是單純在有樣學樣。

直到現在，她依然記得。

從火焰中顯現的，四隻腳的蜘蛛輪廓。

描繪在裝甲上的無頭骷髏騎士紋章。

朝著自己伸出救援的手。與生俱來的鮮紅與漆黑。

——因為，我們同樣是在這個國家出生長大，也同樣是共和國的國民啊。

這段回憶被母親很不客氣地打斷了。

「不過呀，蕾娜。家畜就該以家畜的方式對待，不要異想天開，妳沒辦法讓那些野蠻又愚昧的八六理解人類的理想與高尚情操。把他們關進籠子，讓我們統一管理才是正確的做法。」

蕾娜只是默默吃完早餐，用餐巾擦擦嘴之後，站了起來。

「那麼，我出門了，母親大人。」

「您說要我變更負責的部隊……是嗎？」

沉穩的師團長辦公室裡貼著暗金色與胭脂色條紋壁紙。聽見坐在古董書桌後方的師團長卡爾修達爾准將向自己傳達的調令，蕾娜不解地眨了眨白銀色的雙眸。

管制官隨著部隊重編而進行調任，其實很常見。在激戰不斷的前線地帶，戰力經常會減損到無法維持部隊的地步，而將部隊重編、統整，或是廢除後設立新隊的事情也是稀鬆平常。雖然蕾娜從未經歷過此事，也不打算體驗，但是在管制官的圈子裡，下轄部隊全軍覆沒其實是常有的事。

「軍團」有多麼強大，由此可見一斑。

身為技術大國暨軍事強國的齊亞德帝國，將他們剽悍的民族性和技術實力毫不保留地投注其中而開發出來的這些機械，擁有雄厚的武裝及驚人的運動性能，以及超時代水準的高度自律判斷能力，再加上那是貨真價實的無人機，所以不會倦怠，也不會感到恐懼。在「軍團」支配區域的深處，據說有著完全自動控制的生產兼修復工廠，所以無論折損多少無人機，沒多久又會有新的一批大軍鋪天蓋地而來。

而和國民認知完全背道而馳，實際上性能相當低劣的「破壞神」，損害程度當然不像官方所公布的那麼輕微。其實每次出擊都會造成大量損傷，只是隨後都會補上同等數量的「零件」以維持戰線罷了。

不過，蕾娜目前負責的部隊，戰損尚未到達如此嚴重的地步。

卡爾修達爾那張留有傷痕的臉孔露出笑容。他留著看起來穩重且頗具威嚴的落腮鬍，身材高大，臂膀厚實。

「妳所負責的部隊並沒有進行統整重編喔。其實，是某個部隊的管制官要退役了。事出突然，才會急著從其他部隊的管制官尋找替代人選。」

「是駐守重要據點的防衛部隊嗎？」

也就是那種不能為了選拔新任管制官而待命太久的部隊。

「沒錯。是東部戰線第一戰區第一防衛戰隊，通稱先鋒戰隊的部隊。成員是從整個東部方面軍選出的老鳥……嗯，簡單來說就是精銳部隊。」

蕾娜越聽越感到不解，不禁皺起眉頭。

第一戰區不只是「重要」而已，那可是「軍團」攻勢最為猛烈的最重要防衛據點。而第一戰隊通常都是在各戰區一手包辦作戰行動的主要部隊。其重要性不是僅負責夜間警戒任務、支援任務，以及擔當第一戰隊候補的第二到第四戰隊能夠相提並論的。

「區區新晉少校的我，似乎沒有資格肩負如此重責大任……」

卡爾修達爾聞言，露出苦笑。

「身為九一期最年少成員，也是最早榮升少校的才女居然說出這種喪氣話？過度謙遜也會招來不必要的反感啊，蕾娜。」

「對不起，傑洛姆叔父大人。」

面對稱呼自己「蕾娜」的卡爾修達爾，蕾娜也拋開屬下的身分，乖順地低頭認錯。卡爾修達爾是蕾娜已故父親的好友，兩人也都是九年前潰滅的共和國正規軍當中少數的倖存者。過去來家裡拜訪的他，也會陪著年紀還小的蕾娜玩鬧，在父親死後，從葬禮的一切事宜到蕾娜成長至今都受了他不少關照。

「老實說……沒有人有意願擔任先鋒戰隊的管制官啊。」

「那不是……精銳部隊嗎？能夠擔任這種部隊的指揮官，對於共和國軍人而言，也算是難得的榮譽吧？」

蕾娜也知道，並不是每一位管制官都會克盡職守。有人會在管制室裡看電視打電動，有人根本從未出現在管制室中，甚至有人故意不給予指示及情報，把處理終端慘死的模樣當作刺激性的電影來欣賞，還有人和同事拿自家隊伍全滅的天數來比賽。甚至可以說，認真指揮的管制官早已淪為少數派，不過……

「嗯，部隊本身的確是菁英薈萃沒錯……」

卡爾修達爾說到一半，稍微停頓了一下。

「……但是先鋒戰隊的隊長機，個人代號『送葬者(Undertaker)』，有些蹊蹺之處。」

送葬者。這還真是奇怪的代號。

「知道內情的管制官稱他作『死神』，對他避之唯恐不及……據說，他會毀了管制官。」

「咦？」

蕾娜下意識地反問了一聲。因為這實在太過匪夷所思。

處理終端會毀了管制官？

怎麼樣才能辦到呢？

「這應該是以訛傳訛的鬼故事吧？」

「我可沒有閒到在工作中把部下叫來閒聊啊……事實上，送葬者所屬部隊的管制官，提出調任或退役的人數多到不正常。其中有人在初次出擊後便提出調任申請，也有人在退役後因不明原因自殺。」

「……您是說……自殺？」

「的確令人難以置信啊……據說是會聽見什麼『亡靈之聲』，在退役之後久久無法擺脫。」

「……」

蕾娜還是覺得，這聽起來就像是沒什麼根據的鬼故事。

顧慮到陷入沉默的蕾娜，卡爾修達爾歪了歪頭，話鋒一轉：

「蕾娜，要是不願意的話就要直說喔。想留在現在的部隊也沒關係，而且就像我剛才所說的，先鋒部隊是一支老鳥組成的部隊。聽說在出擊時最好不要進行同步，只要執行最低限度的監視就好，指揮直接交由現場負責也沒問題……」

蕾娜聞言用力抿起嘴唇。

「我願意。無論是先鋒戰隊的管理，或是指揮管制工作，我都會全心全意去做。」保衛祖國是共和國國民的義務，也是榮譽，能夠接手最先鋒部隊的指揮工作更是無上的光榮，自己怎麼可能放過這樣的機會。

真是拿這孩子沒轍啊——卡爾修達爾瞇細雙眼這麼想。

「只要保持在最低限度就好，除了必要的工作之外，千萬不要自找麻煩啊……拜託妳別再試著找底下的處理終端交流了。」

「了解部下是指揮官的職責。只要對方不拒絕，進行交流也是理所當然。」

「真是的……」

卡爾修達爾露出柔和的苦笑，嘆了口氣後從書桌抽屜拿出一疊文件，玩味地在蕾娜眼前晃了晃並說道：

「順便再給妳個提醒吧。麻煩妳別在報告上記錄陣亡人數了。既然官方的說法是前線沒有任何活人存在，像這種紀錄了不存在項目的文件，是不可能得到受理的……就算妳用這種方式進行抗議，也早就沒有人會在乎了。」

「就算是這樣，我也無法默認……針對有色種的強制收容政策，明明早就站不住腳了。」

利用名為「軍團」的強悍軍事力量，瞬間席捲整個大陸的齊亞德帝國，卻似乎早在四年前左右就已經亡國。

以往在阻電擾亂型無人機進行強烈電磁干擾的空檔，能夠零星接收到的帝國無線管制訊號，從那時候開始卻突然了無音訊，再也沒有接收到。雖然不清楚「軍團」的失控行徑有沒有其他原因，但帝國八成是已經滅亡了。

拿「敵國的血統」作為表面上的理由，對八六進行的強制收容政策，打從敵國已然消失的那一刻起，就失去了延續下去的正當性。

即使如此，曾經品嘗過「歧視」這種樂趣的國民們不願意說停就停。藉由踐踏其他族群產生了自我優越的錯覺，藉由凌虐他人而誤以為自己才是勝利者的感受。為了逃避遭到帝國及其武器重重包圍的現實，用這種唾手可得的快樂來麻痺自我，怎麼可能放得了手？

「若是默認這項錯誤，就成了幫凶。這種事情本來就是不可饒恕的……」

「蕾娜。」

聽見這聲平靜的呼喚，蕾娜不得不閉上嘴巴。

「妳有點過於理想化了。無論是對別人，或是對自己也好。所謂的理想，就是因為伸手無法觸及，才會稱作理想啊。」

「……可是……」

卡爾修達爾白銀色的雙眸帶著懷念，接著有些苦澀地笑了。

「妳真的和瓦茲拉夫很像啊……那麼，芙拉蒂蕾娜・米利傑少校，我任命妳自本日起就任第一戰區第一防衛戰隊指揮管制官一職。好好努力吧。」

「非常感謝您。」

「……結果妳真的接受啦？蕾娜，妳到底有多愛管閒事啊？」

既然負責的部隊變更了，也有許多事情必須跟著調整，像是設定知覺同步的對象也是其中之一。

因為知覺同步開發團隊的主任就是阿涅塔，所以蕾娜的設定變更與調整工作，就全都由她一手包辦。在阿涅塔的建議下，蕾娜也順便換下軍服接受額外的檢查。

在檢查完成的空檔，還留在檢查室裡的蕾娜將檢查用的不織布罩袍整齊掛回衣架上，扣好襯衣的釦子後，才開口回應了隔著一片強化玻璃牆，待在觀察室裡的阿涅塔的話。

在王政時代作為離宮之用的研究樓，外觀是瀟灑的中期王政風格，但內部卻為了迎合「未來風格」，大量採用金屬與玻璃材料，加強了無機的質感。其中一面玻璃牆成了播放熱帶魚和珊瑚礁影像的展示窗。

「反正那些都是無稽之談吧，阿涅塔。大概只是為了摸魚才找的藉口。」

蕾娜一邊將兩邊的褲襪扣上吊帶，一邊笑著這麼說。明明自己都老實接受了關於知覺同步的檢查，阿涅塔還是這麼愛擔心呢。

「可是真的有人自殺了喔。」

待在玻璃牆與全像顯示螢幕後面，忙著把變更後的設定值輸入同步裝置的阿涅塔，一邊喝著馬克杯裡的咖啡……或者該說是濃過頭的泥水……一邊這麼說。

「雖然我也覺得亡靈啥的傳言，只是閒閒沒事的大叔瞎扯出來的鬼話，不過那個自殺的人可是拿霰彈槍對著自己的頭轟下去了喔。」

穿好裙子，套上上衣，把釦子統統扣好之後，蕾娜才轉頭看了過去，並用單手把彎腰時滑落的銀髮撥到背後去。

「……真的嗎？」

「因為我這邊接到了委託，想要查清楚那個是不是知覺同步出了錯的緣故。畢竟辭職倒還好解釋，鬧到自殺的程度對世間來說可就嚴重了呢。」

「結果呢？」

阿涅塔瞞不在乎地聳了聳肩說：

「不知道。」

「什麼叫不知道……」

「因為當事人都死了，所以我也沒辦法調查得多詳細嘛。同步裝置本身沒有異常，就這樣結案了。雖然我也曾經努力過，想叫他們把那個叫作……『送喪者』？把那個處理終端帶來給我檢查，可是那些輸送部的蠢蛋卻用『本機並未提供豬玀用的座位～～』這種話來搪塞。」

只見阿涅塔氣憤難平地雙手抱胸，靠在牆上哼著鼻子抱怨個不停。明明是個洋溢中性氣息的

美女，卻老是這麼粗魯，所以才會一點女人味也沒有。

「要是能帶來這邊的話，我就可以把頭或是身體大卸八塊仔細調查了呢，真是的。」

這種惡意滿滿的說話方式，讓蕾娜皺起眉頭。雖然她很清楚對方只是開玩笑，但是聽了還是很難受。

「……那個，關於那位處理終端……」

「話說啊，我從憲兵部那裡聽說，處理終端那邊的確是有送來報告書，但也只是走個形式的程度而已。報告上說他自己也沒有任何頭緒，但誰知道是不是在說謊呢。」

說到這邊，阿涅塔有些諷刺地揚起嘴角。

「聽說對方接到管制官死亡的消息，也只是回應了一句『這樣啊』，如此而已。一副就是沒什麼大不了的感覺呢。唉，反正八六就是這種玩意兒嘛。就算上官死了，也是不痛不癢的。」

「……」

望著不發一語的蕾娜，阿涅塔旋即收起笑容。

「……我說啊，蕾娜，妳還是過來研究部這邊吧。」

「？」

那雙眼角如貓一般上揚的雙眸，盯著感到不解的蕾娜。一對白銀色的眼，露出格外真摯的感情。

「現在的軍方根本就成了失業救濟站嘛。研究部還算好，其他單位幾乎都塞滿了混吃等死的大號碼區白痴。」

共和國現行的行政區以第一區為中央，透過中心正方形數的形式為其餘行政區標上編號。而號碼越大的區域，居住環境、治安和教育水準越為低落，失業率也越高。

「等到兩年後『軍團』消滅了，是要怎麼辦啊？沒在戰爭的時候，掛著『軍方退役』的頭銜也不會比較好找工作呀。」

蕾娜微微苦笑。

「軍團」將會在兩年後全面停機。

這是擄獲了無數架「軍團」進行調查後所得到的真相。它們的中樞處理系統從一開始就被設定了無法變更的壽命，每一代版本的上限均為五萬小時，大約接近六年。想必是用來預防意外的失控情況吧。

帝國八成在四年前就已經毀滅，兩年後所有的「軍團」也將會因為中樞處理系統崩壞而停擺。而實際在前線所觀測到的「軍團」數量，在這幾年也有下滑的趨勢。看來應該是得不到程式版本更新的機體，逐漸開始崩壞了。

「謝謝妳。不過，『現在』還是戰爭時期呢。」

「那又怎樣，反正妳不做還有別人會做呀。」

阿涅塔也不願退讓。她伸手一揮，關掉了完成輸入工作的全像螢幕，往前探出身子。

她語帶厭惡地說道：

「真假姑且不論，對方可是那個腦袋不正常的處理終端耶，搞不好會有什麼危險喔……畢竟我也不敢保證，進行知覺同步之後是不是百分之百安全。」

蕾娜微微睜大雙眼，感到有些吃驚。

「……知覺同步不是早就已經證實安全無虞了嗎？」

阿涅塔一臉搞砸了的表情，看來她剛才似乎把祕密說溜嘴了。接著，她壓低音量繼續說：

「畢竟……蕾娜啊，別忘了這個國家是什麼德性。就算表面上講得天花亂墜，還是不能完全相信嘛。」

自詡為優越種族的共和國，絕對無法容許自國的技術有半點瑕疵。就算真的出了問題，也絕不會承認。無論是知覺同步……還是「破壞神」。

「實際上呢，就是藉由觀察那些擁有應該稱之超能力的人之後，發現只要將腦中相關部位活性化，就能使用知覺同步。我們知道的只有這樣而已……而這個也是。」

阿涅塔伸出一隻手戳著同步裝置這麼說。外觀華美的銀質本體，鑲著藍色的結晶。而上頭的結晶現在連著幾條從資訊終端延伸出來的纜線，正在改寫內部的資訊。

「因為最早成功進行同步的實驗者，是具有親生兄弟姊妹關係的『超能力者』，所以現在的管制官與處理終端，雙方的同步裝置必須灌上相當於二等親關係的擬似遺傳因子資訊。至於為什麼這樣做就能讓彼此成為同步對象，我也不清楚。」

「可是……這原來不就是妳父親所主持的研究嗎？」

「是共同研究。作為基礎理論的假說全都是由另一個人提出來的，爸爸只是負責實驗環境的準備，還有協助志願者重現實驗結果而已。」

「那麼，只要找那個人問清楚不就好了？」

這時候，阿涅塔的眼神變得極為冷酷。

「沒辦法……因為那個人已經被歸類為八六了。」

不被當成人類看待的八六，名字也不會被記錄下來，只會在收容時得到一個便於管理的號碼而已。至於那個人究竟被隔離在哪個收容所，現在就算想查也不可能查得出來了。

「現在的同步裝置內建了安全裝置，所以不會有太大問題，但假設與複數對象進行視覺同步，就會讓腦袋負荷過重而燒壞，若是以最大同步率進行長時間同步，也會導致自我崩壞。如果活性化過度，也有可能會『回不來』……妳也是知道的吧，就像我爸當年的意外。」

「……」

阿涅塔的父親，約瑟夫·馮·潘洛斯博士，在完成知覺同步理論與同步裝置後沒多久，就因為實驗中的意外而發瘋至死。

聽說是因為同步裝置的神經活性率，不小心設定成理論上最大值的緣故。他很有可能潛入了比集體無意識更深的「某處」，在人類化為一個「整體」的所在——也就是整個世界構成的集體無意識當中。

「目前也不確定長期使用是否會帶來不良影響……八六死了就死了，可是萬一妳出了什麼事，我可是會很困擾喔。」

聽到這番說詞，蕾娜反射性地皺起眉頭。但她知道阿涅塔沒有惡意，單純為自己擔心而已。

「可是……因為這樣而逃避就太卑鄙了。」

阿涅塔一臉早就聽膩了的樣子，不耐煩地揮了揮手。

「好啦好啦，妳實在很愛多管閒事耶。」

一瞬間，尷尬的沉默充斥在玻璃牆的兩側。

阿涅塔似乎想打破尷尬，臉上突然浮起不懷好意的笑容說：

「說到這個呢，蕾娜。妳要不要來點戚風蛋糕？是我的新作品喔，用了真的雞蛋。」

「咦！」

望著蕾娜彷彿豎起不存在的貓耳的模樣，阿涅塔拚命忍住笑意。

再怎麼說，蕾娜也是個女孩子。只要拿出甜食就會乖乖上鉤，而且這可是用了大量蛋白的戚風蛋糕。現今，在沒有本錢開設養雞場的共和國當中，這可說是難得一見的奢侈品。這果然是只有過去身為貴族階級，而且有能力在宅邸廣闊的庭院中養雞的潘洛斯家大小姐，才能負擔得起的興趣。

不過。

「呃……這次應該不會是那種明明沒加起司卻跑出起司味，或是看起來好像會吐出黑煙，不然就是外表像是那個……像青蛙一樣的……東西吧……？」

附帶一提，這些都是過去試吃了阿涅塔製作的泡芙後，所留下的感想。最後所提到的那個，正確來說是「像隻被輾死的肥蟾蜍屍體」。形狀姑且不論，但不知為何就連顏色也栩栩如生。

「這次絕對沒問題。昨天正好有人來相親，所以已經通過實驗了。」

雖然那位仁兄在第五號實驗品時就口吐白沫遭到擊沉了。

「那就好……話說，就算妳不中意人家，至少也得把成功的新品分一些給對方吧。」

「那還用說。我可是特地在上頭加了超可愛的裝飾，再用粉紅色包裝紙和緞帶包起來，附上一張帶著唇印的卡片，寫著『我心愛的西奧博爾德親啟』，寄去了他與情人同居的公寓呢。」

「……」

蕾娜聽著聽著，也不知道該不該同情對方了。

蕾娜在自宅的房間裡，把那條在享受著紅茶與蛋糕，跟阿涅塔閒聊的時光中，將資料改寫完成的同步裝置戴在脖子上。

這條外型優美的銀環，上頭有著白系種喜愛的纖細花紋，宛如一條設計洗鍊的頸鍊。演算用的擬似神經結晶周圍鑲著一圈裝飾用的小粒結晶，那光彩奪目的外觀，實在讓人難以想像它和耳麥、喉麥一樣都是軍用的通訊機器。

忽然間，她想起白天聽見的那段話。

死神。甚至出現了自殺的案例。對於別人的死亡漠不關心的——那位八六。

他究竟是什麼樣的人呢？

他肯定——很討厭我們這些人吧？

蕾娜甩甩頭，輕吐一口氣。

並下定決心。

「——裝置啟動。」

她啟動了知覺同步。這是一種不受距離、天候與地形影響，啟動時也不受場所時間限制的劃時代雙向通訊手段。

連結完成。未發生錯誤。接著，耳邊響起了不存在於這個房間的些微雜音。

「管制一號呼叫先鋒戰隊各員——大家好，自本日起，將由我負責貴隊的指揮管制工作。」

語落之後，對方陷入一陣似乎感到有些困惑的沉默。

蕾娜對此感到悲哀。

自己只是像這樣在上任時簡單打個招呼，戰隊的每個人卻都表現出困惑的反應。

這明明是人與人之間，理所當然的交際方式才對。

困惑的氛圍只維持了一瞬間，接著從聽覺同步的另一端傳來了一道平靜而頗為年輕的嗓音，如此回應：

『妳好，管制一號。我是先鋒戰隊隊長，個人代號「送葬者」。』

不同於這個不祥的別稱及傳聞，對方說話不但字正腔圓，嗓音也宛如林中湖水那般沉靜。聽起來像是原本出身自中上階層的人，是個年紀大概與自己相仿的少年。

『關於管制官調任一事，我方已確實收到通知。自本日起還請多指教。』

聽著這不難想像其人木訥寡言的冷淡嗓音，蕾娜露出微笑。

沒錯，只要像這樣直接進行對話，馬上就能明白了。根本再清楚不過呢。

他們也是人。

才不是什麼八六，不是比人類低一級的東西。

「我也要請你多多指教嘍，送葬者。」

86

—不存在的戰區—

The dead aren't in the field.

But they died there.

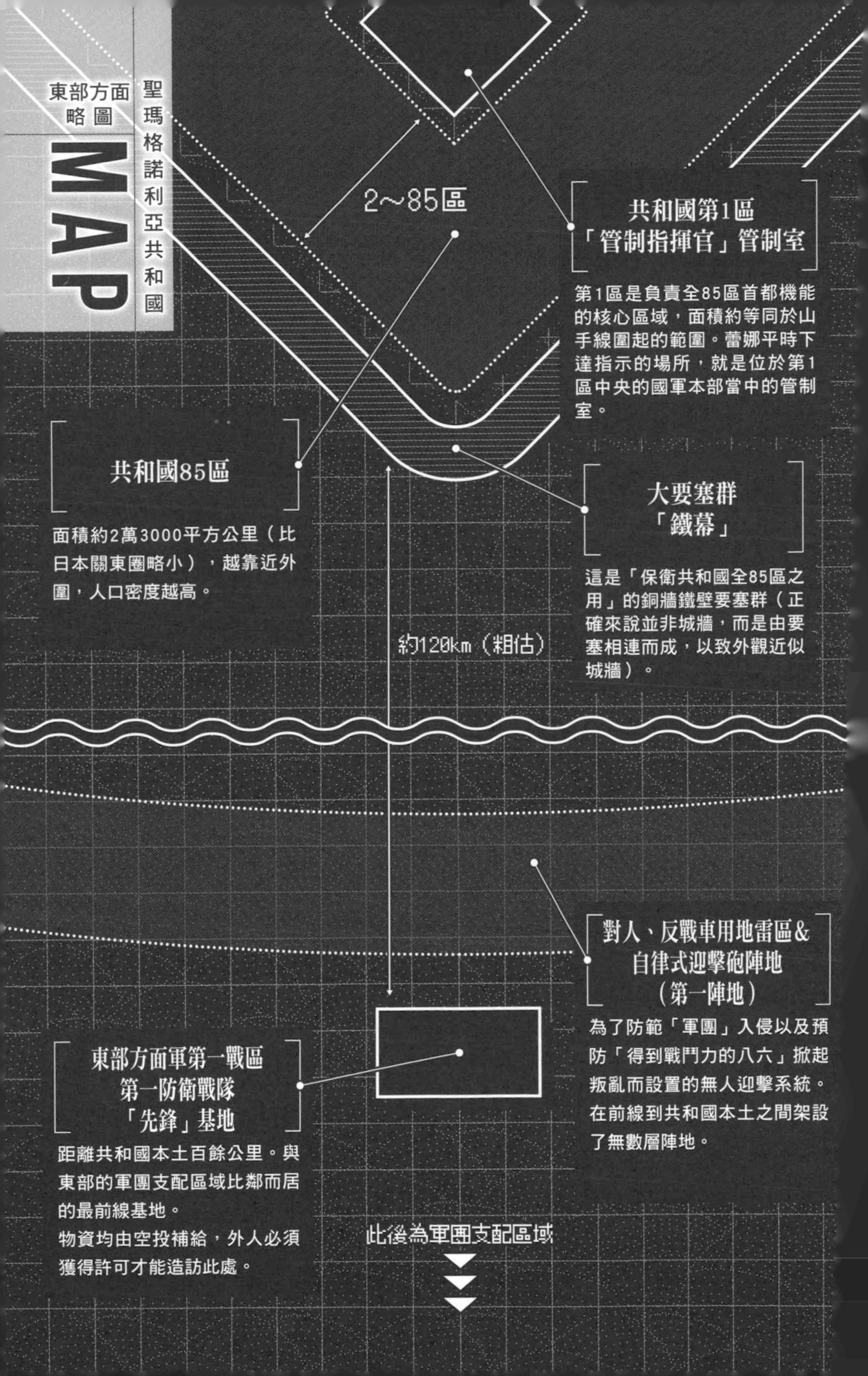
東部方面略圖
聖瑪格諾利亞共和國
MAP
2～85區
共和國第1區
「管制指揮官」管制室
第1區是負責全85區首都機能的核心區域，面積約等同於山手線圍起的範圍。蕾娜平時下達指示的場所，就是位於第1區中央的國軍本部當中的管制室。
共和國85區
面積約2萬3000平方公里（比日本關東圈略小），越靠近外圍，人口密度越高。
大要塞群
「鐵幕」
這是「保衛共和國全85區之用」的銅牆鐵壁要塞群（正確來說並非城牆，而是由要塞相連而成，以致外觀近似城牆）。
約120km（粗估）
對人、反戰車用地雷區&
自律式迎擊砲陣地
（第一陣地）
為了防範「軍團」入侵以及預防「得到戰鬥力的八六」掀起叛亂而設置的無人迎擊系統。在前線到共和國本土之間架設了無數層陣地。
東部方面軍第一戰區
第一防衛戰隊
「先鋒」基地
距離共和國本土百餘公里。與東部的軍團支配區域比鄰而居的最前線基地。
物資均由空投補給，外人必須獲得許可才能造訪此處。
此後為軍團支配區域

第二章　白骨戰線無戰事

『距離退伍還有一二九日！願那該死的光榮歸於先鋒戰隊！』（Fucking glory to Spearhead squadron）

在飽經風吹雨淋而褪色的軍營機庫內牆上，掛著不知道誰撿來的破黑板，用五色粉筆寫下的倒數文字在上頭張牙舞爪。

辛的目光從寫字夾板往上移，抬頭看著那行開朗過頭的文字。正確來說，應該是還剩一一九日。因為那是在分發到這個戰隊時，九條親手寫下的，所以之後每天都是他負責倒數。

但他在十天前死了。

辛看了看陷入停滯的倒數後，又把目光轉回寫字夾板上的整備紀錄。接著他又望向自己那架已經整備完成，停在機庫裡待機的「破壞神」。

焰紅種的血紅色眼眸，以及夜黑種的漆黑髮色。繼承了赤系種與黑系種兩方貴族種各半血脈而來的色彩，讓人一眼就能看出他便是屬於統稱為八六的有色種的一分子。

那張端正的臉上有著不符合其年齡的靜謐表情，讓他看起來略顯冷漠，而削瘦的身軀和白皙的容貌，則是舊帝國貴族階級特有的特徵。分明身處於森林、草原和濕地構成的東部戰線，身上之所以穿著灰黃搭配灰褐色的沙漠迷彩服，是因為這身野戰服也是共和國軍從廢棄存貨中挖出來的貨色。橫豎不必擔心長官責罵而鬆開的領口當中，露出一條裹住脖子的天藍色領巾。

忙著進行整備作業的機庫中，充斥著機械作動聲和整備人員此起彼落的怒吼聲，十分吵鬧。機庫前的廣場上，玩著二對二籃球的夥伴們，正在高聲歡呼著，還能聽見某處傳來彈著老動畫歌曲的吉他聲。而待在掀起艙蓋的駕駛艙內，正在欣賞成人書刊的隊員奇諾，察覺到了辛的目光，便舉起一隻手往這裡打了個招呼。

雖然待在最前線，但在這種沒有戰鬥的日子裡，這座基地的戰鬥人員倒是挺悠哉的。

其實在送給管制官的報告上，現在應是前往交戰區附近巡邏的時段，不過這種原本每天都得進行的巡邏任務，對這個戰隊來說沒有必要，因此並沒有派人執行。幾個想透透氣的隊員跑去附近都市的廢墟收集物資，其他人不是忙著值日工作（像是煮飯、洗衣、掃除和照料基地內的田地或雞之類），就是在做自己想做的事。

這時有個踏響軍靴的粗暴腳步聲越來越近，一道連戰車砲都會嚇哭的大嗓門，在機庫中轟然響起。

「辛！辛耶．諾贊！你這混帳也太為所欲為了吧！」

奇諾以媲美蟑螂的速度從駕駛艙溜到遠處，而辛只是平靜地等待聲音的主人到來。

「你是指什麼？」

「不要裝死啊，送葬者！你這傢伙真的是——！」

宛如地獄看門犬的化身殺上門來的，是個一頭夾雜白髮的鐵灰色頭髮，戴著墨鏡，身穿沾著機油油漬工作服，年約五十的整備人員。

他是先鋒戰隊整備班的雷夫．阿爾德雷希多班長。雖然今年十六歲的辛在處理終端當中也算是年長者了，但相較之下，阿爾德雷希多不僅年長，還可說是長老級的老鳥，因為他可是九年前的第一期募兵當中的倖存者。

「為什麼你每次出擊都要把機體搞壞啊！驅動器跟避震裝置都在哀號了。我講過幾百遍，這玩意兒的腿部很脆弱，你不要亂來啊！」

「對不起。」

「你以為只要道歉就沒事了嗎！我要聽的不是對不起，是叫你改進。你要是再這樣繼續亂來，總有一天會死在戰場上！替換零件已經見底，在下一次補給到來前已經沒辦法維修了喔！」

「還有二號機。」

「有！當然有！不知道是哪個戰隊長每一次每一次出擊都要弄壞機體所以連預備機都準備了兩台啊！比起其他處理終端，整備工作的辛苦程度多了三倍，你這傢伙是哪來的王子殿下嗎！」

「共和國的身分制度在三百年前的革命就已經廢除了。」

「不要逼我揍你喔，臭小鬼……按照你的損傷率，不準備個三架備用根本就來不及修，從下一次補給的天數和出擊頻率來計算，甚至有三台也不夠用啊！這下子要怎麼辦？難道要向上天祈禱嗎？還是去拜託那些臭鐵罐等到一百年之後再上門呢，你覺得呢！」

「菲多應該有把九條的機體帶回來了吧？」

聽到他平淡地這麼說，阿爾德雷希多陷入沉默。

「哎，九條那傢伙的機體的確還能拆下可用的零件……可是我實在不想用這種像是同類相食的整備方法。話說，你不會覺得不舒服嗎？真的要拿死人機體上的零件裝在你的機體上？」

辛微微歪過頭，用手背輕輕敲了敲自己的「破壞神」——「送葬者」的裝甲。就敲在機艙正下方的小小標誌上，圖案是一個扛著鐵鍬的無頭骷髏騎士。

阿爾德雷希多不由得苦笑。

「畢竟不是菜鳥了……也是呢，送葬者。」

老整備員有些難受地點點頭，望著敞開的鐵捲門外頭，那片無邊無際的春天原野。

上頭是萬里無雲，廣闊到彷彿能吞盡萬物的蔚藍虛空。而底下由矢車菊的琉璃色與嫩葉的翠綠色構成精美馬賽克圖案的草原，則化身為沉眠於這片戰場的數百萬具八六的白骨的巨型墓碑。

八六沒有自己的墳墓。這個國家不允許替不存在的死者建造墳墓，也禁止回收遺骸。人型的豬玀沒有死後安息的權利，也沒有替死去同伴悼念的自由。這就是他們的祖國在九年前所創造，也維持了整整九年的世界樣貌。

「九條那傢伙，聽說是被炸成碎片了？」

「嗯。」

那時九條在一場夜戰當中，執行救援其他部隊的任務時，將自走地雷——一種在胴體裝滿炸藥，再加上棒狀手腳與沒有臉的頭部，從遠處看起來像個活人的惡質對人用武器，看成是傷兵而中了陷阱。

「算他走運啊。那傢伙應該去了另一個世界吧？」

「我想是的。」

雖然辛自己不相信天堂和地獄，但他相信九條應該已經離開這個世界，回到某個能夠安息的地方了。

阿爾德雷希多露出欣慰的笑容說：

「最後能和你待在同一個部隊，九條那傢伙還真是走運啊……這些小混蛋也是。」

破爛的籃網被籃球撞得搖晃不已，陣陣歡呼也隨之掀起。基地後面的田裡，傳來吉他伴奏與動畫歌曲改編的歪歌開心大合唱。

阿爾德雷希多很清楚，這是在其他部隊絕對看不到的光景。

永無止盡的出擊。日復一日提防「軍團」襲擊的巡邏任務。緊張與恐懼會讓神經日漸衰弱，每一次戰鬥都得看著戰友一個個死去。在這種必須用盡全力才能活到明天的極限狀況下，根本沒有心思去娛樂，或是活得像個人一樣。

但是，這支部隊雖然不能保證不會面臨襲擊，卻完全不用擔心被偷襲的問題。

「……這些小混蛋能像現在這樣放肆，都是你的功勞啊，辛。」

「不過比起其他處理終端，讓整備班辛苦三倍的也是我。」

阿爾德雷希多從喉頭唔了一聲。辛看著對方墨鏡底下有些苦澀地俯視著自己的那雙眼睛，聳了聳肩代替回答。

「你這傢伙實在是……難得會開玩笑，結果哪壺不開提哪壺啊。」

「但我的確覺得有些愧疚，雖然不能用行動來表示就是了。」

「笨蛋。讓你們這些臭小鬼能活著回來，是我們整備班的職責。所以不管你想搞壞幾台機體都沒差，我們就算累死也會修給你看。」

老整備員一口氣說完之後，就把頭撇到一邊。看來似乎是害臊了。

「……話說，你們的管制官好像又換人啦？這次來了什麼貨色？」

辛沉默了一下。

「……啊……」

「……你這傢伙，這是什麼反應啊……」

「說起來的確是換人了呢。」

因為換人的頻率太高，所以幾乎都沒留下什麼印象。而且處理終端通常也都把管制官當空氣看待。

部分原因是某些管制官根本無心工作，而且只要敵方布署了一定數量的阻電擾亂型，就會導致雷達和資料傳送發生故障，所以遠在千里之外的國軍本部幾乎很少在實戰中進行指揮。因此，處理終端索性把管制官當成擺設，人在不在根本沒差。

到最後，管制官只剩下監視處理終端的功能而已。上頭對於管制官的期望，也只剩下利用套在八六脖子上那個名為同步裝置的項圈，無時無刻監視八六的一舉一動，鎮壓他們的反抗企圖，作為一個保險的存在罷了。

辛想起雙方在這一週並不算多的互動。姑且還是開口提了一下：

「文書工作變多了。接下來似乎每次都要捏造一份新的巡邏報告出來才行。」

「……還不是因為你覺得人家不會看，所以從五年前開始就不厭其煩地每次都交同一份報告敷衍了事啊，辛。」

附帶一提，不但報告上的日期和地名都沒變，也因為從那時開始就不需要進行巡邏，所以連內容也全都在胡扯。由於這玩意兒從來沒被人拆穿過，這次也讓辛有些反應不來。

『請問是不是不小心寄成舊檔案了呢？』——想起那道以沉著語氣提出糾正的銀鈴般嗓音，辛忍不住輕輕嘆氣。她天真無邪地笑著說：『沒想到你也有疏忽的一面呢。』那出自純粹善意與親和的聲音，也在腦中迴盪不已。

「到任當天就為了打聲招呼而進行同步，並說希望能與我們保持交流，所以約好了每天定時進行聯絡。以一個共和國軍人來說，算是滿罕見的類型。」

「看來是個腦袋正常的人啊……這樣在軍中想必很不好過吧。真是令人同情。」

辛也這麼覺得，所以沒有多說什麼。

因為就算高喊正義或理想，也沒辦法改變這個世界——

「……嗯。」

突然間，辛就像是聽見了什麼呼喚，只見他轉頭望向春意盎然的草原彼方。

「鏘鏘——！這才是真正的『棲息在鐵幕之外的大笨豬』啦！」

「這玩笑太惡俗了，悠人。」

在隊舍的廚房中，自願擔起看火工作的賽歐，一邊畫著素描打發時間，一邊注意著在大鍋裡冒泡的野莓果醬，同時一臉無奈地吐槽著同隊少年的裝瘋賣傻。他有著翠綠種的金髮與翠瞳，雖然年滿十六歲，體型卻略顯矮小纖瘦。

把體型巨大的野豬平放在通往內院的通道口後，像個小丑一樣張開雙手的悠人搔了搔頭。這個緋鋼種的少年今天沒有輪到任何值日工作，索性就跑去附近的森林打獵了。

「唔——反應好平淡喔。明明很好笑啊。」

「一點也不好笑啊……不過……」

賽歐放下素描簿，仔細打量獵物。這隻像是怪物一樣的巨型野豬，大概是用「破壞神」拖回來的吧。不過他一個人對付這種東西，想必花了不少工夫才是。

「真是不簡單呢，好大的獵物。」

悠人得意洋洋地露齒一笑。

「對吧！因為今晚要開烤肉大會！萊登去哪了？還有安琪呢？我還得拜託他們換個班，幫忙弄今天的晚餐呢。」

「啊，今天不巧是辛輪休呢。萊登去『街上』收集物資了，安琪今天輪到洗衣班。女生也全都一起去了。」

悠人猛然抬頭望向賽歐問道：

「她們去多久了？」

「我記得……就在吃完早餐沒多久吧。」

「現在已經快中午了耶。」

「也是呢。」

「「……」」

就算是要清洗基地所有人的衣服，六個人通力合作的話，根本不需要花到一整個上午。而且洗衣場就在河邊，現在是春季，剛好又是個陽光普照的大熱天。

悠人很明顯地蠢蠢欲動起來。

「……她們一定在玩水。換句話說，現在的河邊就是男人的天堂啊！」

「別怪我沒提醒你，要是跑去偷看的話可會直接上天堂喔，因為她們全都帶著槍。」

悠人聞言愣在原地。賽歐忍不住嘆了口氣，把木勺伸進鍋裡攪拌。眼見似乎煮得差不多了，就把爐火關掉。

就在他蓋上鍋蓋的時候，知覺同步忽然啟動了。

入隊時植入後頸的擬似神經結晶體，以及用來登錄同步對象等等可變更資訊的耳夾式記憶卡，同時產生了象徵啟動的幻熱，於是他用指尖彈了一下耳夾，切換成收訊模式

「啟動……哦？」

確認了同步對象後，賽歐翡翠色的雙眸蒙上一層冷冽。他和同樣抬手按住耳夾，收起笑容的悠人四目相交後，向同步對象發問：

「辛……怎麼了嗎？」

在規模不大，水量卻還滿充沛的河邊有一處洗衣場。六個先鋒戰隊的女性隊員有的待在河畔，有的踏在水裡，玩水玩得正是開心。

「凱耶，妳在幹嘛？別在那邊發呆了，快過來呀。」

望著不知為何躲在遠處忸忸怩怩的同伴，本來和人追趕得正開心的可蕾娜，停下腳步招呼著對方。她留著短鮑伯頭，髮色是瑪瑙種特有的深栗色，擁有一雙貓一般的金晶種金色眼瞳。

她把上身的野戰服綁在腰際，讓橄欖色的背心和底下豐饒的曲線暴露在陽光底下。反正在場的同伴都是這樣打扮，也沒什麼好害羞的。

「呃，那個，因為冷靜下來想想，這種打扮很難為情啊……」

黑髮黑瞳，身材嬌小且擁有象牙般肌膚，屬於極東黑種的凱耶，雖然語氣不知為何偏向男性化，卻是個貨真價實的女孩子。大概是濕答答的背心緊貼著肌膚的感觸讓她很介意吧。不過她宛

如騎士盔纓般的長馬尾，順著頸部滑入規模不大的雙峰間，配上眼眶泛紅的模樣……嗯，的確相當誘人。

「話說，這樣真的好嗎……只有我們幾個跑來玩水……哇噗！」

留著一頭銀中泛藍的長髮，安琪雙手掬水潑了過來。雖然她沒有脫下上身的野戰服，但是也把拉鍊拉到了肚臍以下。對於作風有些保守的她而言，這樣已經相當開放了。如同髮色所顯示的一樣，擁有濃厚月白種血脈的她，眼睛卻是承繼自天青種曾祖母的淺藍色。在講究極端純血主義的共和國當中，光是這一點點混血，就讓她也被打入八六的行列中。

「凱耶，妳太嚴肅了啦。不要緊的，因為我們有把衣服洗乾淨呀。」

其他女性隊員也跟著附和道：

「而且辛在下達許可的時候也心裡有數嘛，沒事啦。」

「嗯，他說著『去吧，今天似乎也會很熱』的時候，還很難得的稍微笑了一下。」

「那個不苟言笑的隊長，在這方面倒還表現得不差嘛。」

說到這裡，其中一人突然望向可蕾娜，露出狡猾的一笑。

「對不起喔，我們都忘記了呢。今天妳跟辛都是輪休，早知道應該先想個藉口把你們湊在一起才是呢。」

遭到偷襲的可蕾娜，整張臉紅得像是煮熟的蝦子一樣。

「才、才沒有呢！我、我對他才沒有什麼特別的想法！」

「那種不知道心裡在想什麼的傢伙，到底有哪裡好啊？」

「所以我就說了沒有嘛！」

「順便問一下，凱耶妳又是怎麼想的呢？」

「妳說辛嗎？嗯，還不錯吧。像是沉默寡言的個性之類，有種禁慾感呢。」

「等等等等等一下啦，凱耶！」

望著忽然慌了手腳的可蕾娜，凱耶拚命忍著笑意。哎呀，這孩子真是太好看穿了。

「這樣啊，既然沒有人喜歡的話，那我出手也沒關係吧？擇日不如撞日，今晚我就使出東方自古相傳的『夜襲』……」

「凱、凱耶！那個那個，我先聲明我對辛並沒有什麼特別的想法喔。只、只是覺得這樣好像不太妥當！妳想想，東方女性不就該像那什麼大和撫子的，所以……」

一眾女生盯著可蕾娜手足無措的模樣，不禁露出一抹壞笑。

「「「「可蕾娜好可愛喔！」」」」

被打了個措手不及，遲了一拍才回過神的可蕾娜忍不住大喊：

「不理妳們了啦！」

「哦——果然在這裡啊。」

樹叢先是發出窸窣聲，接著同隊的戴亞便探出頭來。身材又瘦又高，還有著青玉種的明亮金髮與碧眼。

附帶一提，性別是男性。

「「「「呀啊————————————————！」」」」

「哇啊——————！」

沐浴在女性這個種族與生俱來的超音波武器的集中砲火，以及手邊一切可投擲物體的轟炸之下，戴亞連忙往樹叢中避難。

「喂！把手槍也丟過來的是誰啊！而且還上膛了，很危險耶！」

「「「「呀啊————————————！」」」」

「哇啊——————！」

在正面承受了第二波地毯式轟炸後，戴亞已經徹底死透。

把手忙腳亂穿著衣服的女孩子們拋在後頭，安琪走過來一探究竟。

「所以，你來這裡做什麼呢，戴亞？」

「像這種時候，妳應該要用可愛一點的聲音問我『你還好嗎？』才對啊，安琪。」

「喔。你還好嗎，戴亞——」

「對、對不起，請妳別再面無表情用死板的語氣說話了，我都快哭了……」

把野戰服的拉鍊拉上，連魔鬼氈都確實黏牢的凱耶，確認過其他幾位少女的狀況後才開口：

「呼，你可以出來了，戴亞……你過來做什麼？」

「啊——嗯。其實在下從今天開始就兼差做傳令兵了。」

看來是有人叫他過來傳話的樣子。仍舊用雙手抱著身子，試圖藏住野戰服底下豐滿身軀的可蕾娜，不由得嘟起嘴來。

「這種事情明明用知覺同步就好了，幹嘛特地跑來呢？」

戴亞使勁地搔了搔頭說：

「因為啊，在一群女孩子打打鬧鬧時突然進行知覺同步，而且還正好是在聊戀愛話題的時候，感覺雙方都會很尷尬啊。要是可蕾娜正好講到『人家好喜歡辛喲』的話就更……」

「什……！」

聽見對方以自己絕對不會用的可愛聲線模仿自己說話的樣子，可蕾娜連耳根子都紅了，而周圍的女子隊員也爭相起鬨。

「嗯嗯。就結果上來說，偷窺暫且不論，這樣的判斷確實是對的。」

「雖然對我們而言很有趣，但是可蕾娜就尷尬了呢。」

「話說我們剛才正好聊到這個呢。」

「我想到了。下次等到辛要用同步聯絡我們的時候，就講這個吧。我好想看看他會有什麼反應。」

「讓可蕾娜講嗎？不行啦，辛那個鐵面死神，臉上肯定看不出什麼異狀，一點都不好玩。」

「我我我我我才不會講那種話！拜託妳們別說了！」

「「「「「可蕾娜，真的好可愛喔！」」」」」

「嗚哇啊啊啊啊你們這些討厭鬼———！」

聽到在場所有人（包含戴亞在內）異口同聲這麼說，可蕾娜忍不住抱頭大喊。

凱耶一邊抖著肩膀發笑，一邊開口詢問：

「所以，傳話的內容是什麼？」

聽到這個問題，戴亞一下子收起了笑容。

「喔喔……是辛叫我過來傳話的。」

這句話，讓少女們的表情不約而同緊繃起來。

人活著不是單靠麵包。

這是數千年前某個自以為是救世主的討厭傢伙所說的話，但萊登覺得很有道理。人生當中還是需要甜點、咖啡，或是音樂和遊戲這類東西調劑一下才行。雖然那些把他們打入這個地獄的共和國白豬們，除了最低限度的飼料之外，完全不打算給他們這些家畜補充其他東西。

換個角度來說，人類最迫切需要滿足的，就是每天的飲食了。

「那麼，菲多。我要出題嘍。」

為了蒐集保久食品、在家庭菜園裡隨意生長的蔬菜、逃出生天而野生化的家畜，以及被拋在原地的娛樂產品，這片都市廢墟是他們會定期搜索的區域。

在滿是瓦礫的廣場上，戰隊副隊長萊登把基地附屬的自動工廠所生產的合成食材，和從市政廳災害用預備倉庫拿出來的麵包罐頭，一起擺在水泥地上。精悍高大的身軀，穿著破舊的野戰服。象徵純血黑鐵種的鐵色頭髮剃得極短，銳利的五官輪廓顯得野性十足。

一架如同老友般的「清道夫」……戰鬥時跟隨於「破壞神」身旁，幫忙補給彈藥或能源匣，四四方方的身體長著四肢短腿，外型笨拙的無人機就蹲在他面前，用鏡頭外型的光學感知裝置，仔細觀察眼前的物體。

「哪個才是垃圾？」

「嗶。」

話聲方落，菲多立刻伸出機械爪，把合成食品扔得遠遠的。

目送那個白色物體飛向遠方，萊登咬著手中剩下的麵包。連無人機都知道合成食品有多垃圾。那些堅稱這是食物的白豬，味覺到底有多糟糕？

秉持著必要物資全都在當地生產的原則，每個強制收容所和基地都設有自動工廠和生產線。

經由地下管線，從牆的另一端進行生產調整與動力供給，是一種自動化程度高到沒必要的給餌系統。最重要的是，這是那些口口聲聲叫八六是豬的共和國白豬所準備的爛貨，生產出來的物品真的只能滿足人體最低要求。而這些每天以食物的名義所合成的物體，不知為何和塑膠炸藥看起來沒有兩樣。想也知道，這玩意兒的味道實在噁心到不行。

因此，為了至少能吃到像樣一點的食物，就得像這樣跑來這處九年前遭到放棄的廢墟蒐集。

幸好這支部隊不需要執行巡邏，省下的時間就能花在探索行動上頭，多出的能源匣也讓他們能用

「破懷神」代步。

「所以呢，菲多。今天的蒐集目標，就是這種不是垃圾的東西。食材的種類不拘，能裝多少就裝多少。」

「嗶。」

看著像個不良少年一樣蹲著的萊登站了起來，菲多也有樣學樣，發出吵死人的聲響撐著腿起身。從機體殘骸到砲彈碎片，撿拾一切可能回收利用的無機物，裝滿貨櫃返回基地，是它們這些「清道夫」出廠時所設定的任務之一。因此，萊登所下達的命令，顯得有些另類。

附帶一提，「清道夫」只是它們的外號，源自於它們在戰鬥中若是發生缺損，就會從遭到擊毀的「破壞神」或同為「清道夫」的殘骸上拆下零件，在沒有進行戰鬥時，也會徘徊在戰場上搜尋可撿拾碎片的模樣。因此，每一位處理終端都不用制式名稱，而是用撿死人骨頭的「清道夫」來形容。因為它們既是保障自己不會缺乏彈藥能源的可靠戰友，也是貪求同類屍骸的清道夫。

菲多是一架已經跟隨辛有五年之久的「清道夫」。

在辛過去所屬部隊全軍覆沒時，他將唯一沒有完全損毀卻已經無法動彈的菲多一路拖回基地，也就此結下不解之緣。

雖然它僅僅具備最低限度的學習機能，也很難想像一架撿垃圾的機器能夠產生感恩這種高度思維，但從那天起，它似乎把辛認定為最優先的補給對象了。這種像是知恩圖報的行為，在其他完全不知變通的「清道夫」上頭根本不可能會出現。從型號來判斷，菲多是從戰爭初期便投入戰場的初期型，或許是因為殘存夠久，學習量也特別多的緣故吧。

而這傢伙明明對辛如此盡心盡力，他卻替它取了菲多這個名字。一個像是狗的名字，類似波奇或是小白那種感覺的……那個笨蛋的腦袋果然不太正常。

「嗶。」

「嗯？」

跟在後頭的菲多突然停下腳步，於是萊登也轉頭一探究竟。

順著光學感知裝置對準的方向看過去，在瓦礫堆的陰影處，花壇裡的大樹根部，蹲坐著一具已然變色，且不再完整的白骨屍骸。

「……喔喔。」

就是為了這個才叫住自己的吧。萊登一邊這麼想著，一邊走向白骨。對方身上的野戰服已經破舊不堪，但崩毀的手臂依然牢牢緊抱變成紅鏽色的突擊步槍。頸骨上還掛著識別鐵牌，所以很明顯的並不是八六。恐怕是九年前捨身成仁的共和國正規軍的一分子吧。

跟在一步之後的菲多，又發出「嗶」的電子聲。它是在問萊登，要不要帶點什麼回去。這是辛讓菲多養成的毛病。在戰鬥以外的時間，它會選擇優先撿拾戰死者的遺物——屍體本身則是被那群白豬故意設定成無法撿拾。

萊登沉吟了一會，才搖搖頭說：

「不用了……保持原樣才是對這傢伙最好的憑弔。」

他認識這種樹。是櫻花。原產於大陸極東地區，在春天到來時整棵樹都會開滿了花。今年開花的時候，在凱耶的提議下，基地裡的所有人都來到這條大路上，欣賞兩旁整列的櫻花。那片彷彿沁入夜色中的淡紅色花海，在滿月的照耀下美得像是來到了另一個世界。

這名士兵年復一年抬頭望著櫻花，枕著櫻花入眠，又何必將他重新埋進暗無天日的土裡呢？即使這具白骨可能是白系種，但同樣也是壯烈成仁的遺骸。不需要受到像豬玀一般的待遇。

就在他獻上簡短的默禱，抬起頭來的時候，耳夾突然產生一陣幻熱。

『——散步組的各位，有聽到嗎？』

「是賽歐啊。怎麼了？」

一道清晰得彷彿近在身旁的聲音傳來。由於同步對象是待在廢墟裡的所有成員，於是由萊登代表回應。

『預報變更了。有陣雨來襲。』

萊登面色凝重，瞇起雙眼。仔細一看，才發現東方的天空，在「軍團」支配區域的上空，一群微微閃著銀光的物體正在開始擴散。眼力極好的他如果不凝神觀察，甚至不會發覺異狀。

這是一種外型及大小都與蝴蝶相仿，能夠吸收、扭曲及擾亂電波與可見光的飛行型「軍團」，也就是阻電擾亂型機體。每當發動襲擊時，都會作為先遣部隊在戰場上展開，達到欺騙雷達的效果，近乎完美地將主要部隊隱藏起來，是「軍團」發動突襲時的關鍵角色。

「什麼時候會到？」

『聽說大約會在兩小時後。目前有另一群從後方與最接近這邊的集團會合，大概是在補給。等到補給結束就會殺過來了。』

說是最接近，但也在能夠目視的距離之外，而在雷達也遭到遮蔽的情況下，賽歐卻像是親眼目睹一般，將敵方的狀況描述……轉述給萊登等人。

「收到，我們馬上回去——智世、庫洛托，都聽到了吧？到路徑一二的入口處會合。」

『收到。』

『這次似乎也沒有「牧羊人」跟著，只是單純靠兵力強攻的樣子。雖然對方的進攻路徑還有待觀察，還是請你們在座標三〇四附近埋伏，準備一網打盡。』

萊登向探索組下達指示，自己也馬上衝向停在不遠處的座機時，聽見了賽歐帶著笑意的這番話，嘴巴也不禁揚起猙獰的弧線。

「只有『羊』在是吧——簡直就像在打靶嘛。」

雖然接下來的戰鬥絕不像他講得那麼輕鬆，但是和只會採用單純戰術的「羊」交戰，比起跟有著「牧羊人」率領的戰鬥，可說是簡單了好幾倍。得知棘手的敵人不會出現，心情上也自然輕鬆不少。

真是多虧了死神——一想到這裡，萊登不由得眉頭深鎖。

在當事人心裡，又是如何？

那個徘徊在戰場上，尋找失落頭顱的紅眼死神，究竟是做何感想呢？

當萊登等人返回基地時，其餘十八架機體已經整裝待發了。只見賽歐站在最靠近機庫入口的座機前面，像隻一肚子壞水的貓咪，露出一抹笑意。

「很慢耶，萊登。我還在擔心你是不是踩到地雷了呢。」

「我動作很快了好嗎？而且，再怎麼樣也不要拿地雷來開玩笑。」

「啊，抱歉。」

九條就是被自走式地雷炸死的。這個戰隊編成不過兩個月，九條已是第三名犧牲者了。

處理終端的損耗率極高。每年都有超過十萬人入伍，其中能夠活過一年的卻不足千人。即使如此，比起他們的雙親只能靠著血肉之軀近身搏鬥的條件好多了。當時唯一的戰術就是使用舊式的火箭筒，或是抱著炸藥衝向「軍團」，有時一天的損耗率甚至就高達五成。

相較之下，這支隊伍的損耗率已經低得不可思議了。但這裡終究還是戰況最激烈的最前線。

戰鬥總是伴隨著損傷。

唯有死亡這件事，永遠對任何人都是如此平等，如此唐突。

「到齊了呢。注意。」

這道平淡卻響亮的聲音響起，所有人都擺正了姿勢。

回過神來，在第一戰區的地圖蓋上一張透明膠片，寫著必要情報的作戰圖前方，辛不知何時已經站在那裡了，就宛如悄悄從天上灑落的月光一樣。

白皙的容貌意外的與沙漠迷彩野戰服十分契合，上頭有著代表戰隊長的上尉階級章。而在這種時候依舊沒有脫下的天藍色領巾，也是他那不祥外號的由來之一。

光是看到那條遮住脖子的領巾，就讓人不禁覺得那位死神的頭該不會真的沒有連在身上吧。

「我來說明狀況。」

有著「死神」外號的戰隊長，那冰冷的紅色雙眸中，倒映著隊員們的身影。

從敵軍總數、路徑到對應的作戰計畫，以簡潔而異常明確的方式說明完畢後，處理終端便搭上各自的「破壞神」。他們全都是年僅十四五，最多也不到二十歲，容貌和體型都還帶有稚氣的少年兵。

當最後一塊零件裝入駕駛艙後，二十一架機甲兵器便從短暫的淺眠中甦醒。

有人搭乘的自律式無人多腳機甲兵器──M1A4「破壞神」。

四條節肢狀的細長腿部。外型酷似有機體，宛如蟲蛹般的小型機身。色澤如陳舊骨頭一般的白褐色裝甲將身體保護起來，格鬥用輔助臂配上兩挺重機槍，以及一對鋼索鉤爪，背部砲架裝有五七毫米滑膛砲。

整體輪廓像是徘徊性的蜘蛛，而一雙格鬥用機械臂和高舉的主砲砲身，就像是蠍子的大螯和尾刺一樣，是他們這些八六最親密的戰友，也是最終的沉眠之處。

在廢棄的都市中，預定埋伏地點的半毀教堂後面，在潛伏起來的「破壞神」狹小駕駛艙內，閉目養神的辛終於睜開了鮮紅的雙眸。

截殺區域設定在主要大道，在射線不會重疊的前提下，將戰隊的各小隊部署在周圍，形成包圍網。而在其中一角，擔任前衛的第一、第三小隊與火力牽制組的第二、第四小隊互相掩護，待在大道左右兩側，帶著榴彈裝備的第五小隊與狙擊班的第六小隊則是配置於道路末端，讓各自的「破壞神」找好掩護後待命。

辛將目光停留在解析度只算堪用的光學顯示器上偵測到的敵機數量與隊形，並瞇細了眼睛。

「破壞神」的駕駛艙和戰鬥機十分相似，有著配置了大量開關的左右操縱桿，以及各種液晶顯示器。唯一的差別就是座艙罩的材質不是防彈玻璃，而是鎖上了裝甲板，因此完全無法以肉眼觀測機體外的狀況。為了補全這個狀態，在裡頭裝設了三面光學顯示器，以及顯示資訊之用的全像顯示器，但這卻無法緩和昏暗及封閉所帶來的壓力。因此，常有人把這玩意兒稱作「棺材」。

敵方部隊的隊形就跟教科書上的一樣，也是我方預料之中的菱形隊形——在伴隨著護衛的偵查隊後方，四個部隊排列成菱形的四個頂點，乃是機甲部隊最典型的進擊隊形。數量和性能遙遙凌駕在我方之上的「軍團」通常不會出奇招，戰術也相對好預測。

但就算戰術被看穿也無所謂，因為投入比對手更雄厚的大量戰力，是自古以來不變的戰術策略。

正如「軍團」之名的這批大部隊，在戰力上已經不能用倍數來簡單換算了，但對辛他們來說這種情況只是家常便飯——這種以寡擊眾的搏命作戰，在一般軍隊看來肯定毫無勝算，早在制定作戰的階段就開始尋找避戰的方法了，但這就是「破壞神」，也就是他們八六的戰鬥方式。

這時，從辛的記憶深處，忽然浮現以前某個人讀給他聽的聖經片段。

是誰呢？

已經記不清對方當時的模樣和聲音了。

因為已經被那個人臨終前的模樣和聲音所覆蓋了。

只記得那人所說的內容而已。

——祂向惡靈問道……

知覺同步的另一頭，辛似乎正在低聲呢喃著什麼，音量小到差點誤認成雜音。於是萊登收起翹高的雙腿，坐了起來。由於機體潛伏在瓦礫堆中，水泥的灰色占滿整片主螢幕，只能仰賴設定成被動偵測的雷達螢幕。

因為辛的母語不是共和國語，所以萊登聽不懂他在講什麼。Dicit ei Legio nomen mihi——然而賽歐實在是聽不下去了，他不耐煩地開口打斷：

『辛，你剛才在唸的該不會是聖經吧？這也太惡俗了。而且引用的還是最糟糕的一段，品味真教人不敢恭維耶！』

「內容是在說什麼？」

『大致上是說，救世主先生問了惡魔還是亡靈叫什麼名字，對方就說因為我們數量眾多，所以就叫「軍團（Legion）」。』

萊登聞言不發一語。原來如此，的確是很惡俗。

這時，有新的同步對象加入了知覺同步。

『管制一號呼叫戰隊各員——對不起，我來晚了。』

惹人憐愛的銀鈴般嗓音，透過同步的聽覺傳入耳中。是取代害怕「死神」而辭職的前任者，剛配屬到這裡的新任管制官。從聲音來判斷，對方恐怕是和他們同年齡層的少女。

『敵方部隊正在接近中。請前往座標二〇八迎擊。』

『送葬者呼叫管制一號。我方已偵測敵蹤，並在座標三〇四布署完畢。』

語調平淡的辛如此回應之後，同步的另一端似乎倒抽了一口氣。

『好快……真不愧是送葬者呢。』

聽到管制一號似乎是發自內心的感嘆，萊登在心中低喃了句「那還用說」。辛和這支部隊裡的處理終端們所擁有的個人代號，就是證明他們是身經百戰而不死的一種稱號。

大多數的處理終端在作戰中都是採用小隊名與數字結合的呼號（Call sign）。唯有在每年生存率不到百分之〇．一的戰場存活一年以上的老鳥，才能打破常規使用其他代號。他們具備了大多數陣亡者所沒有的才能與素質，同時一次又一次受到厄運所眷顧，是一群被惡魔和死神嫌棄的怪物。

而達到這個境界的人，就如同九命怪貓一般，踩在如砲灰般死去的數千名戰友屍骨上，經歷無數次生死關頭而繼續存活下去。所謂的個人代號，就是一般的處理終端基於敬意與畏懼，送給這些老鳥的稱號。這是他們對於那些達到自己所無法企及境界的英雄，也是站在敵人與同伴的屍骨上持續奮戰的這些戰鬼，唯一能夠獻上的禮物。

先鋒戰隊裡的處理終端，全都是這種「代號者」，而且幾乎都是資歷從四年到五年不等的超級老鳥。所以像這種躲在城堡裡的公主所發來的指揮命令，對他們來說其實有跟沒有都差不多。

但他們同時也稍稍感到佩服。

假設在這個時間點才偵測到「軍團」動向的話，座標二〇八就是最好的迎擊地點了。實在不像是到任不過短短一週，乍看之下天真善良的千金小姐能夠做出的判斷。

警告聲響起。

腳尖的震動感應器作動了。全像顯示螢幕跳了出來，自動放大畫面。

位於前方，左右兩旁躺著大樓殘骸的主要幹道，順著和緩的坡度往上看，在被陽光染成金色的頂點處，先是出現一個孤零零的黑影，下個瞬間整條稜線就鋪上了一層鐵灰色。

來了。

雷達螢幕瞬間塞滿了敵軍的光點。

機械構造的魔物大軍，宛如具有侵蝕性的黑影，蓋過了廢墟原有的灰色，步步逼近。

彼此之間保持在五〇到一〇〇公尺的距離，隊伍井然有序。就連最輕量的斥候型也有超過一〇噸的重量，卻只聽得見如同骨頭摩擦般的驅動聲響，以及近乎於無聲的腳步聲。無數機體交織而成的聲浪，就像樹葉摩擦的沙沙聲一樣……逐漸向外擴散。

它們的外型，異質而令人膽寒。

三對節肢頻頻交互踏地，胴體下方的複合式感應器和肩上的七．六二毫米對人機槍一面小幅度左右搖擺，一面領著大部隊前進，外型銳利宛如食人魚一般的，就是斥候型。

而揹著七六毫米多連裝反戰車火箭砲，第一對腳尖上的高周波刀閃耀著鐵灰色寒光，像一隻長了六條腿的鯊魚一樣凶惡的，則是近距獵兵型。

長著足以環抱五〇噸級戰車的八條節肢，扛著令人嘆為觀止的一二〇毫米滑膛砲，傲然穩步前行的則是戰車型。

在上空展開的阻電擾亂型大軍遮住了陽光，讓這一帶如烏雲罩頂般昏暗，身兼「軍團」血液及神經網絡功能的流體奈米機械變成代謝廢物而排出的殘骸，像是銀色的鱗粉，也像是雪花一般飄然而下。

斥候型的偵察部隊踏進了截殺區域。就這樣從埋伏在一旁的第一小隊面前通過，似乎什麼也沒察覺。它們一邊引導大部隊前進，一邊走過了各小隊的面前。當最後面的戰車型終於踏入包圍網時——

來了。獵物進籠了。

『射擊。』

在辛發號司令的同時，已經瞄準各自目標的全機一齊扣下扳機。

首先由第四小隊朝著領先集團進行齊射，接著由第一小隊從後方瞄準隊伍尾端進行砲擊。於

THE BASIC DRONES

[「軍團」的基本戰力]

[Ameise]
斥候型

名稱靈感來自於「螞蟻」。是最常見的一種「軍團」機型。正如其名，負責斥候工作，協助後述的戰車型，以及坐鎮後方的長距離砲兵型等，進行射擊目標的指示，此外也負責掃除敵方步兵的工作。

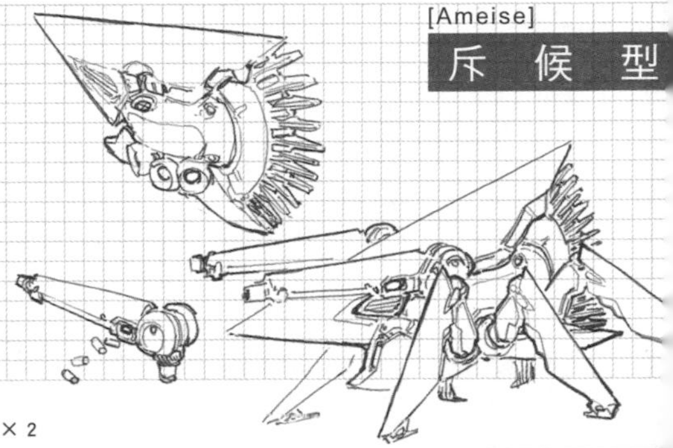

[ARMAMENT]
高精度感應裝置 × 1／7.62mm對人機槍 × 2

[Grau wolf]
近距獵兵型

名稱靈感來自於「狼」。最大的特徵是裝在前足部的近戰用刀刃，動作機敏，能像肉食動物般將對方的裝甲應聲撕裂。此外，背上的火箭砲也具有驚人的破壞力。但為了保留運動性能，裝甲並不那麼厚實。

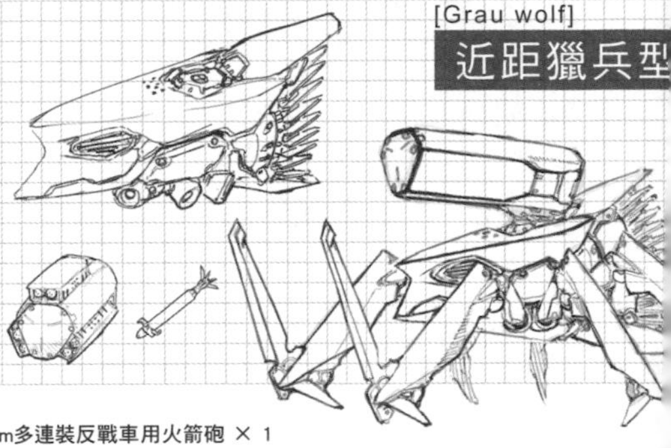

[ARMAMENT]
前足部反裝甲用高周波刀 × 2／背部76mm多連裝反戰車用火箭砲 × 1

[Löwe]
戰車型

名稱靈感來自「獅子」。原因在於它擁有極為強悍的火力。裝備於上方的120mm砲（破壞神主砲57mm口徑的兩倍以上）能夠摧毀一切障礙。由於裝甲極為厚實，體型巨大的緣故，將其誘往樹林等障礙物較多的地形，是最為典型的戰術。

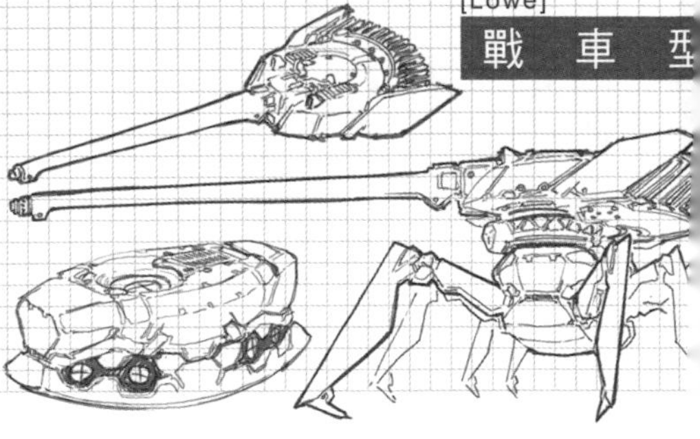

[ARMAMENT]
上方120mm滑膛砲 × 1

是脆弱的斥候型和後方裝甲較薄的戰車型便應聲倒下，而立刻進入應戰模式的「軍團」隊伍，旋即沐浴在其餘「破壞神」的總力砲擊之中。

爆炸。巨響。以黑色的火焰為背景，撕裂的金屬碎片與奈米機械構成的銀色血液迸散。

同一時間，二十一架「破壞神」立刻離開了原有的射擊位置。

部分機體從掩蔽物離開後便繼續進行砲擊，另一部分則是沿著掩蔽物移動位置，繞到試圖攻擊友機的「軍團」側面或後方進行砲擊。這時候一開始發動攻擊的「破壞神」已經趁機衝進掩蔽之中，開始迂迴繞往其他敵機的死角了。

「破壞神」是一種無可救藥的缺陷機體。

只具備連重機槍都抵擋不住的輕薄鋁合金裝甲，加上只比履帶式戰車好一點的機動性，以及完全無法和戰車型正面抗衡的貧弱主砲。

採用纖細的四條步行節肢，大概是因為步行控制程式的開發時間或技術不足吧（控制多足步行的程式，其複雜程度和腿部數量呈正比），也因為這個緣故，導致不算太重的機體，卻必須承受極高的接地壓力，像在東部戰線這種有著大量濕地的鬆軟地形上，腿部很容易陷入土中。期望「破壞神」能像電影或動畫中的戰鬥機器人那樣上跳下竄，以令人目不暇給的速度移動，或是飛上天空等等，還是作夢比較快。這種會走路的棺材，性能爛到教人忍不住笑出來。

只具備薄弱火力的斥候型暫且不提，如此脆弱的「破壞神」根本沒辦法和近距獵兵型或戰車型正面對抗。靠著複數機體通力合作，利用地形和遮蔽物的掩護，將低劣的機動能力發揮到極限，繞到敵方裝甲薄弱的側面或後方進行攻擊，才是最常運用的戰法。這是眾多在此地捐軀的八六先烈，以無數的犧牲為代價總結出的寶貴經驗。後來經過不斷傳承和去蕪存菁繼承給後輩，整整花了七年才讓戰術得以成形。

而先鋒戰隊的處理終端在這套戰術的幫助下，才得以奮戰數年存活至今，所以他們比任何人更熟悉這套戰法。以小隊為單位進行聯合作戰時，不需要指示和聯絡，光靠彼此之間的默契就能互相協調，完成作戰。

而且。

哼。萊登下意識地露出猙獰的笑意。

我們這邊還有「死神」的庇祐啊。

背負著無頭骷髏標誌的「破壞神」——「送葬者」在崩毀的建築物與瓦礫的掩護下，向前奔馳。飛速閃過敵機的射擊軌道，然而自己的準星卻從未放過任何獵物。斥候型、近距獵兵型，有時甚至巧妙地繞到戰車型的死角親手解決目標，或是引誘目標進入友機的砲擊範圍，加以殲滅。

為了打亂敵方部隊的布陣，刻意以單機大膽衝入敵陣，是在最前線作戰的前衛當中更進一步特化了近身戰鬥能力的辛，在戰鬥時所肩負的使命，也是他最擅長的戰鬥方式。

血紅色的雙眸倒映著始終不曾熄滅的接近警報紅色光輝，但他早已不再理會塞滿敵軍光點的雷達螢幕了。正如其名，宛如冷酷死神隨意決定戰士的死亡順序一樣，那雙不疾不徐選定下一個斬殺目標的冰冷眼神，忽然閃過一絲感慨。

那傢伙，還是不肯親自上陣嗎？

這毫無意義的念頭，被下個瞬間自己扣下扳機時所引發的爆炸火焰吞噬殆盡。他將目光和注意力轉移到下一架敵機，趁著射擊的空檔向四散在市區中的友機下達最有效率的殺戮指示。

「——第三小隊。請誘導交戰中的小隊往西南方後退。第五小隊在原地待機，等敵方小隊進入射擊範圍後，以全機齊射解決。」

『戴亞(黑狗)收到……安琪(雪女)，記得趁現在換裝彈藥。』

『賽歐(笑面狐)也收到。可不要往這邊射擊喔，黑狗！』

「悠人(獵隼)。方位二七〇，距離四〇〇。有一群就要爬過大樓了，一露臉就幹掉。」

『收到。奇諾(法夫納)，來幫我。』

遠處傳來的連續砲擊聲，讓附近廢墟的瓦礫都震動了起來。

靠著驚人的機動性能垂直爬上大樓外牆，試圖由上往下發動奇襲的一群近距獵兵型，在往下跳的瞬間便沐浴在機關炮的掃射之下，在半空中碎裂成廢鐵。

就在辛環顧四周尋找下一個目標時，察覺到了「那個東西」的動向，於是目光一轉。

「全機停止攻擊。散開！」

指示來得突然，但所有人都立刻做出反應。沒有人傻呼呼地去問為什麼。要是前線陷入苦戰，敵軍便會投入另一種「軍團」機體——

嘰————一道尖銳的巨響越來越近。

從遠方飛來的砲彈在戰場上四處掀起爆炸。地上的黑土在高溫下發泡膨脹，炸裂開來。

這是列陣在大後方的一五五毫米自走砲型「軍團」，也就是長距離砲兵型的支援砲擊。

輔助電腦將彈道逆向推算後，推測發射位置就在東北東三〇公里附近，但是我方並沒有能夠進行如此遠距攻擊的武裝，所以只是一項沒用的情報。不過，他能從地形和敵機的布陣狀況來推測那些負責確認著彈狀況，長距離砲擊不可或缺的前進觀測機的潛伏位置——

『管制一號呼叫戰隊各員。已將前進觀測機的推測位置傳送過去。可能地點有三個，請前往確認並進行壓制。』

辛抬起頭來，往電子地圖上閃爍的三個光點瞥了一眼，對照自己所掌握的敵機位置後，向躲在後方大樓群之中的狙擊手可蕾娜指示目標。

「可蕾娜（神槍）。方位〇三〇，距離一二〇〇的大樓上有四架敵機。」

『收到。交給我吧。』

「管制一號。透過指向雷射傳輸資訊可能會讓我方的位置遭到鎖定。接下來請以口頭下達作戰指示。」

『唔！……對不起。』

「下一波觀測機要出動了。麻煩繼續找出布署位置。」

知覺同步的另一頭突然湧現了一陣笑顏逐開的感受。

『好的！』

少女管制官興奮不已的聲音，讓辛微微皺眉——但不斷閃爍的接近警報和響徹的叫喚，將他的意識重新拉回戰場上。

萊登奔馳在敵軍不顧己方的損害瘋狂投下砲彈——這樣真正的無人機才能實行的戰術所造成，砲火聲震耳欲聾的戰場上，尋找下一個獵物。

兩方交錯的火線，大多數依舊出自於敵機。只要中了一發四處掃射的重機槍的子彈就會形成致命傷，若是被戰車砲擊中，則是肯定屍骨無存。

沿著掩蔽物一路移動到廢墟的陰影處，才發現已經有人在了。是「送葬者」。他似乎耗盡彈藥，正在接受「清道夫」——不出所料，正是「菲多」的幫忙，補充彈藥。

「數量有點多啊。」

『不是像打靶嗎？放輕鬆好好享受就是了。』

看來他聽到了之前自己和賽歐之間的對話。說得還真是風涼啊。

『……戰車型的確比預料中還要多。或許是趁著補給時會合了吧。』

既然下了點雨就撐把傘吧——他的語氣就像在說著這種話一樣平淡。話說回來，萊登還真的沒有見過辛失態的模樣。這傢伙就算到了要死去的時候，大概也還是如此吧。

『掩蔽物有限，實在很傷腦筋。拖太久的話，我們這邊的移動模式也會被破解，在那之前最好能多幹掉幾台。』

菲多用機械爪將彈匣全部替換並補充完畢之後，「送葬者」就站了起來。

『戰車型交給我。剩下的目標，還有援護的指揮就拜託你了。』

「收到。送葬者……這下子回去又要挨阿爾德雷希多那老頭的罵啦。」

另一端似乎勾起微微一笑。接著「送葬者」便從廢墟裡衝了出去。

以「破壞神」的最大速度，巧妙地在掩蔽物之間移動，衝向由四台戰車型組成的小隊。看見這種用有勇無謀也不足以形容，在旁人眼中與自殺無異的特攻行動，少女管制官發出尖叫般的聲音喊道：

『送葬者！你到底是要……？』

其中一輛戰車型將砲塔轉向，發動砲擊。「送葬者」在千鈞一髮之際將機體輕輕側移，成功閃過了砲彈。接下來又一發，還是沒擊中。

砲擊。砲擊。砲擊。砲擊——足以將人類與兵器化為灰燼的一二〇毫米砲彈連擊全被「送葬者」一一閃過，同時持續往前推進。座機的機動性沒辦法等到看清楚砲身方向再進行閃避。這是光憑從經驗培養出的直覺，像是一具無頭白骨貼地爬行一樣，宛如惡夢一般的戰術機動動作。

戰車型似乎有些焦躁，於是連同機身一起轉了過來。以爆發性的速度縱身一躍，利用本身就宛如凶器的八條腿蹬地猛力衝刺，從正面迎擊來襲的敵機。

推動通體由鋼鐵打造的驚人重量飛速前進，卻幾乎沒有發出腳步聲，從靜止狀態瞬間加速到最高速度，一轉眼便已來到「送葬者」眼前。靠著強大的避震裝置和高性能的磁浮驅動器，才能讓運動性能達到如斯恐怖的境界。

八條腿先是蓄力，接著往上一跳。似乎是打算直接壓扁對方。就在這時——

「送葬者」瞬間跳了開來。

他往側面一躍，躲過了戰車型的突擊，在空中強行改變方向後，於著地的同時再次進行跳躍。將戰車型的腳部關節當成墊腳石，轉眼間就爬到了砲塔之上，將前腿左右張開，以極端前傾的姿勢將背部砲架上的主砲頂在鋼鐵色澤的裝甲上。

這是他能找到最薄弱的一處裝甲，就在砲塔後面的上方。

然後擊發。

取消了雷管最低起爆距離設定的高速穿甲彈貫穿了裝甲，以秒速八千公尺的速度將高性能炸藥的爆炸力推進機體內部。

當「送葬者」從冒著黑煙漸漸倒下的戰車型跳下時，已經被第二輛戰車型瞄準了。辛透過左右小幅度跳躍閃過彈幕，衝到對方面前，瞄準腿部一砍——雖然高周波刀是格鬥機械臂的選配武裝，但是除了辛以外似乎再也沒看到其他人裝備過。他亮出這把威力強大但攻擊範圍極短的高周波刀，就這麼用力一斬。

從傾倒的第二架上頭賞了一發砲擊後，辛就把靜止下來的它當成盾牌抵擋來自第三架的砲擊。隨後趁著爆炸讓戰車型貧弱的感應器暫時失靈的空檔，對準附近的高架橋射出鋼索鉤爪，飛速爬升到高處，再跳到失去敵蹤而徬徨不已的第三架戰車型的砲塔上，以零距離射擊了結掉對方。

『……！』

可以感覺到位於同步另一端的管制官，已經說不出話來了。

萊登瞇起雙眼心想，就算是這個鋁製棺材的開發者，也會被這種神乎其技的戰鬥動作嚇到倒地昏迷吧。

「破壞神」本來就不是為了進行這種戰鬥而設計的。而是一種在火力裝甲和機動性都有所欠缺的情況下進行突擊，只要能扣下扳機就好的自殺武器。想要光靠一架機體就把戰車型——而且是連續擊墜好幾架，幾乎是不可能的事情。

當然，代價也十分高昂。

在承受超越負荷極限的戰鬥結束之後，本來就很脆弱的「破壞神」腿部也變得搖搖欲墜，而其他「軍團」為了保護身為主力的戰車型，也會把辛當成集中攻擊的目標。拜此之賜，萊登他們攻擊戰車型以外的目標也變得更加輕鬆，就結果來說是讓這場戰鬥更早收場了。不過說真的，辛居然沒有戰死實在是一件匪夷所思的事情。而且別說是戰死了，這個怪物可是在這五年來一直都用這種方式活過來的。

真是生不逢時啊。萊登總是這麼想。

他們一起奮戰了三年。這三年來，萊登一直都是擔任辛的副隊長，也就是說，他三年來始終是個副手。就算同樣身為「代號者」，萊登也沒辦法做出同樣的表現。他從未與辛並駕齊驅——

只有那個無頭的死神，才是無可取代的戰鬥天才。不只是受到僥倖存活的厄運所眷顧，而是只要給他足夠的時間和裝備，或許就能成為將「軍團」全數趕出這個戰場的關鍵人物。他就是擁有這等不世出英雄的器量。

然而，辛生錯應當所處的戰爭時代了。若是在古早以前的騎士時代，他應該會成為傳承後世的讚揚英勇武士詩曲的主角，而就算是生在人類之間互相殘殺的大戰時期，他大概也會被冠上榮耀的英雄之名，永遠在戰史上流傳吧。

可是這個愚不可及的戰場，並不需要這樣的人物。

沒有人類該有的尊嚴與權利，死後沒有墓地可以安葬，也沒有可以銘刻自己姓名與榮譽之處。作為一個用完就扔的武器，在被榨乾了最後一分利用價值後，成為倒在戰場一隅的無名屍，就是他們的命運。和死在這片戰場上的數百萬同胞一樣，除了回歸大地的白骨之外，無法留下任何東西。

阻電擾亂型構成的濃霧消散了，陽光重新照耀大地。殘存的「軍團」在長距離砲兵型的掩護下開始撤退。無論損失了多少同伴，都不能讓冰冷的自動兵器興起復仇的念頭。只要損害數量達到一定程度，判斷無法達成目標後，它們就會果斷地鳴金收兵。

斜射的太陽光線，讓佇立在戰車型殘骸中的「送葬者」的輪廓變得有些模糊。

宛如一把高舉在月光下折射出光輝的古刀，如此引人入勝。

只要沒有遭受夜襲或夜間出擊任務，從吃完晚飯到就寢的這數小時就是自由時間了。

在收拾乾淨的廚房裡，泡好所有人的咖啡後，安琪端著咖啡走了回來，就看見在集合了基地所有人的機庫前廣場上舉辦的射擊大賽，正好進入白熱化的階段。

「哦！熊大王一發、白兔騎士兩發。悠人的總分是七分！」

「搞砸啦，有兩發沒打中啊。我果然還是用不慣手槍耶～」

「哎呀，菲多突然提出挑戰啦！先讓它忙著！那麼我們先來看看奇諾選手的實力怎麼樣！」

「真的假的……呃啊！完全不行嘛！下一個！下一個是誰啊！」

「是我嗎？呃……凱耶．古家，要上場了！」

「嗯，兩分——」

「喔喔！五發全部命中，不愧是萊登！」

「拜託，這很簡單好嗎。」

「呀啊！口氣居然這麼大。可蕾娜，換妳上！讓他見識一下什麼才叫真正的神射手！」

「沒問題，看好嘍！菲多不要排了，直接把罐子往上丟！」

「「「唔喔喔喔超厲害的啊啊啊啊！」」」

「……呃，總覺得菲多今天特別機靈喔。擺成塔狀又提高難度啦。」

「辛，輪到你了。」

「嗯。」

「……哇啊啊啊啊！居然一槍解決，還是一樣扯啊……」

把今天料理後剩下的大量空罐做成標靶，讓大家用自己的手槍來比賽。賽歐用麥克筆在罐子上畫了代表不同分數的動物插圖，菲多則是忙著撿起被大家擊落的空罐，重新排成塔狀或是金字塔狀。

看著大家鬧成一團的樣子，安琪輕輕露出微笑。

方才享用了一頓豐盛的晚餐。豪邁切成大塊燒烤的野豬肉，配上從森林採到的超大顆莓果所做成的醬汁，以及田裡的蔬菜做成的沙拉，還有用罐頭牛奶和香菇煮出來的奶油濃湯。因為這些料理在食堂裡吃起來不太方便，所以就把桌椅一起搬到外頭，然而光靠晚餐的值班人員實在忙不過來，結果乾脆總動員一起料理。

真的很開心。因為大家也一樣，像這樣聚在一起喧鬧，真的非常快樂。

辛所擊倒的空罐崩塌下來，但是他連看都不看，只是待在稍微遠離喧囂的地方，獨自一人默默地看著書。這時，一只裝了咖啡的馬克杯突然擺到他的面前。

「辛苦你了。」

辛只是抬頭瞥了對方一眼當作回答。而安琪把放滿咖啡的餐盤交給前來一探究竟的戴亞之後，就拉開辛對面的椅子坐了下來。

安琪的目光先是停在辛默默閱讀的厚重書本上，正要開口詢問。這時又看見養在隊舍裡的白掌黑色小貓拚命想要撥弄書頁的模樣，令她不禁露出微笑。

「好看嗎？」

「還好。」

說完之後，他自己似乎也覺得回答得太敷衍，於是想了一下，接著說下去：

「因為分心思考其他事情，就能盡量轉移自己的注意力。」

「……這樣啊。」

淡淡的苦笑之後，安琪又重複了剛才那句話。因為他們只能做到這樣，沒辦法替他分擔，也沒辦法理解他的感受。

「辛苦你了，每次都是。」

忽然……同步裝置突然一陣發熱。

『戰隊各員，請問現在有空嗎？』

少女管制官的聲音在耳邊響起。到任之後的這一週當中，從第一天開始就固定在每天晚餐後的時間進行短暫的交流。

「沒有問題，管制一號。今天也辛苦妳了。」

辛代表大家做出回應。最厲害的是，他是在一邊看著書，一邊把書本抬高防止小貓亂翻頁的狀態下做出回應。

剛才玩得很開的隊員們也都迅速將子彈退膛，插回槍套。為了預防叛亂，八六其實是被禁止攜帶小型火器。但根本不會有人檢查，所以每支戰隊都會跑去附近廢棄的軍用設施搜刮出來用。

『哪裡，各位也辛苦了。送葬者……請問你們是不是正在玩什麼遊戲呢？要是我打擾到你們的話，我先說聲抱歉。請各位繼續吧。』

「只是在打發時間而已，妳不用太介意。」

倘若不想和我說話，請各位別介意，切斷同步也無妨——在第一天聽見蕾娜這麼說就很開心地迅速切斷同步的人，現在則是若無其事地開始玩起扔小刀比賽。辛一邊看著他們玩鬧，一邊回答蕾娜。而萊登、賽歐和凱耶等等幾個人，大概是想要好好享受剛泡好的咖啡，便陸續端著馬克杯在附近找椅子或桌子坐了下來。

『是這樣啊？不過總覺得大家好像玩得很開心呢。話說回來……』

這時，管制官似乎端正了坐姿，像是神色認真地直視著這邊的感覺。

『送葬者，我今天必須說你幾句才行。』

與其說是來自上官的斥責，語氣更像是模範生班長的好心提醒一樣。辛毫不在意地喝了口咖啡。待在高牆另一頭的管制官所說的話，本來就不需要照單全收。

「什麼事？」

『巡邏與戰鬥的報告書。那並不是寄錯檔案呢……我讀完之後才發現內容全都一樣。』

辛微微抬高了視線。

「妳該不會全都看完了吧？」

『就是從你分發到先鋒戰隊之後的部分。』

「……你這傢伙，居然又幹這種事啊？」

對於萊登毫不掩飾的吐槽，辛當作沒聽到。

「就算把前線的狀況回報給你們又能怎樣呢？只是白費工夫吧。」

『分析「軍團」的戰術與編成傾向，也是我們管制官的職務之一。』

生硬地回了這麼一句後，管制官稍稍和緩了語氣說：

『我也明白，之前是因為報告也沒人看，所以你才會選擇不交，關於這點是我們這邊不好，所以我並不會生氣。可是今後希望你能好好完成報告，因為我會認真看。』

真麻煩啊。

辛這麼想著，開口回答：

「我對讀書寫字並不拿手。」

「你還真敢說啊。」

戴亞輕聲嘀咕的這句話，辛依舊當作沒聽到，繼續埋首於那本厚重的哲學書。

因為管制官不在這裡，自然看不到這一幕。而她或許是想到現在的處理終端們都是在年幼時就被送進強制收容所，所以多半連初等教育都沒辦法好好上完的事情，於是開口時語氣有些尷尬。

『啊……對不起。不過你更應該試看看呀，就當作是種訓練。我想總有一天會派上用場。』

「天曉得。」

『……』

可以感受到管制官很明顯地變得落寞了。賽歐不屑地哼了一聲，似乎對於被人看扁成文盲感到不滿，只見他把小刀往標靶一扔，可愛的小豬公主就摔落到台下了。

凱耶雙手捧著馬克杯，歪著頭說：

「不會啊，我想應該會派上用場吧，送葬者。畢竟你的興趣是讀書嘛……就像現在，你手上的那本是哲學書吧？看起來好像有點艱深呢。」

同步的另一頭突然間安靜得有些可怕。

接著又聽見管制官開口了。語氣還是像以往那般柔和，說不定臉上還帶著微笑，但不知為何隱隱透著一股壓力。

『送葬者……』

「…………我知道了。」

『連以前的部分也要喔，知道嗎？戰鬥報告書也是，全部都要交給我。』

「……可以用任務紀錄儀的檔案代替吧？」

「不行。請你自己寫。」

辛忍不住嘖了一聲，把在一旁偷偷察言觀色的凱耶嚇得連馬尾都跳了一下，連忙雙手合十用力低頭表達歉意。而辛只是抬抬手表示這不是在針對妳。

『真是的……』管制官嘆了口氣，但也想起了對方之所以不交報告的根本原因。於是她壓下怒火，用真摯的語氣繼續說下去：

『有資料可供分析，也有益於制定對策。身為精銳的你們所留下的戰鬥紀錄，價值就更高了。不但有助於降低全戰線的損耗率，對你們自己也有所幫助。希望你能助我一臂之力。』

「……」

辛沒有回應，這讓少女管制官跟著陷入一陣難過的沉默。因為她心裡很清楚，處理終端之所以不信任管制官，責任全都是在管制官這邊。

大概是想要打破尷尬的氣氛吧，她刻意讓聲音顯得開朗一些。

『對了，我看到文件上的日期相當久遠，這是從某位前輩手上繼承而來的嗎？還是說，難道你從那時候就入伍了？』

「啊。這傢伙從一開始就這樣搞了，管制一號。在我認識他之前，他一直都是這樣。」

萊登也用打趣的語調加入了對話。感覺另一頭的管制官似乎愣了一下。

『狼人和送葬者以前就認識了嗎？』

凱耶聳聳肩應道：

「應該是說，大部分的人都是。比方說戴亞（黑狗）和安琪（雪女）從入伍之後就一直是隊友，而我和悠人（獵隼）也同隊了一年。賽歐（笑面狐）和可蕾娜（神槍）從前年開始就待在辛（送葬者）和萊登（狼人）的部隊了……我記得他們兩個認識也有兩年了吧。」

「是三年。」

萊登開口回答，而管制官先沉默了一下才開口：

『……請問各位都從軍多久了呢……？』

「大家大概都是第四年吧。啊，送葬者是最久的，今年已經第五年了。」

這時，管制官語調突然雀躍了起來。

『這麼說，再過不久送葬者就要服滿役期了呢……退伍之後，有沒有想做的事情呢？還是想要去哪裡，或是想看看什麼呢？』

大家的視線都集中在辛身上。而他的目光還是停留在書本上，就這樣隨意答道：

「不知道。我從來沒想過。」

『這樣啊……不過，我覺得從現在開始思考也還不遲喔。搞不好會想到很棒的主意，一定會很有趣的喔。』

辛聽了之後，輕輕地笑了。那隻不安分的小貓，這時也豎起雙耳，抬頭望著他。

「或許吧。」

—不存在的戰區—

The dead aren't the field.
But they died there.

第三章　汝等之名長存於暗夜冥府之畔

蕾娜擔任先鋒戰隊的管制官，已經過了半個月了。

這天的出擊任務一樣無人陣亡，這也讓蕾娜帶著愉快的心情啟動知覺同步，和處理終端們進行每天一次的交流。就在晚飯之後，在自己的房間裡。

這半個月來，儘管出擊次數遠超過其他部隊，但先鋒戰隊中的處理終端並未折損半個人。由老鳥組成的精銳部隊，的確名不虛傳。

「戰隊各員，今天也辛苦了。」

首先傳入耳中的是非常細小，像是遠處有不少人在吵鬧的雜音。這個聲音小到只要有任何處理終端回話就會完全被蓋過的程度，恐怕是來自機庫的噪音，或是其他戰區進行夜戰的聲音吧。

『妳也辛苦了，管制一號。』

還是老樣子，第一個出聲回應的人是送葬者。他的聲音總是如此沉穩，讓人無法和「死神」這樣的別稱聯想在一起。

同步的另一頭似乎還有好幾個人的氣息在，其中幾個人也陸續向她打了招呼。

說話不是很客氣，卻像是照顧整個戰隊的大哥一樣的，就是戰隊副隊長狼人。

就算只是閒聊也會認真討論，耿直而老實的櫻花。
態度輕浮，擅長帶動氣氛的黑狗。
聲音溫和，氣質端莊的雪女。
嗓音宛如少女般柔美，說話卻很毒的笑面狐。
而送葬者雖然如同第一印象那樣沉默寡言，除了公務之外幾乎不怎麼說話，不過每天晚上願意和自己進行同步的成員都會待在他身邊。甚至有好幾個不願進行同步的隊員也會和他待在一起，似乎頗有人望的樣子。
「送葬者。首先是關於前幾天申請的物資送達日期……」
一邊聽著管制官與辛之間的公務交流，萊登拿著撿回來的填字遊戲雜誌，打發無聊的夜晚。
這裡是破爛的軍營隊舍當中辛的房間。周圍還有好幾個同樣把這裡當成聚集處的人，各自做著自己的事。賽歐埋首於繪畫，悠人跟凱耶正開心地和可蕾娜玩著卡牌遊戲，安琪十分專心地編著花紋精美的蕾絲，戴亞忙著修理壞掉的收音機。還有其他把食堂或別的房間當成聚集處的人，吵鬧聲都傳到了這裡。
因為身為戰隊長的辛必須負責包含報告書在內的幾項文書工作，所以就分配到了隊舍中最大的一間臥室，順便兼具辦公室之用。因此，萊登有時會為了隊上的大小事過來找辛討論，而有意見想跟兩人說的同伴們也會跟著跑來這裡，於是在不知不覺間就成了眾人的聚集場所。

這個房間的主人辛，似乎只要有點空間能夠看書就滿足了，所以不管是小貓跑來搗亂、有人為了下棋的結果吵了起來，或是有人在眼前跳起肚皮舞（以前九條和戴亞真的這樣做過），辛都當作沒看到一樣。就像現在，他一邊和管制官進行談話，一邊待在房間角落的老位置，用枕頭代替靠墊，就這麼斜躺在老舊的彈簧床上，默默地閱讀從某個圖書館拿來的古老小說。而那隻白掌的黑色小貓，也是每晚都會像這樣躺在他的胸口上。

真是和平的景象啊。萊登拿起馬克杯喝了口咖啡。這是配方代代相傳，先鋒戰隊傳統的替代咖啡。材料雖然只是隊舍後頭種植的蒲公英，但比起自動工廠合成的莫名風味黑粉所泡出來的莫名液體要好得多了。

……要是把這個給婆婆喝的話，不知道她會說什麼啊？

既嚴格又死板，謝絕一切物質享受，卻唯獨對咖啡無法自拔的那個老太婆。

就算是八十五區內的自動工廠出產的東西，在嗜好品這一類的重現程度上，和收容所或基地的合成食材差不了多少。

那位每天早上都會抱怨自己像在喝泥水的老婆婆，現在應該還是每天都在抱怨合成品有多難入口吧。

她或許也還在為我們感到不捨吧。

這時，小貓突然叫了一聲，那高亢的聲音打斷了管制官銀鈴般的嗓音。

在談話途中突然聽見「喵——」的高亢叫聲，蕾娜吃驚地眨了眨眼。

「那是……貓嗎？」

『啊，是我們養在隊舍裡的喔。』

回應的人是黑狗。

『附帶一提，把牠撿回來的人是我。就在我剛被分發到這裡的時候，在一間被戰車砲轟飛的房子前面，聽到牠在喵喵叫。在裡頭的雙親或是孩子們全被壓扁了，只有這傢伙完全沒事呢。』

『然後啊，不知道為何，牠最黏的人卻是送葬者。』

『明明從來沒有陪牠玩過，就算被牠廝磨著撒嬌也只會摸摸兩下敷衍而已。』

『與其說是黏著，感覺更像是找到一張好床吧。就像現在這樣。』

『嗯。因為他在看書的時候總是一動也不動呢。所以黑狗絕對不可能跟牠混熟，因為太聒噪了。』

『太過分了！太不講道理啦！我要請求改進！噗～～！噗～～！』

聽著處理終端鬧成一團，蕾娜小聲地笑著。他們這個樣子完全就是普通的少年少女而已。普通到讓她覺得自己也該是待在現場的一員才對。

「牠叫什麼名字呢？」

帶著微笑這麼問之後，同步當中的所有人幾乎同時開口回答：

『小白。』

『小黑。』

『二毛。』

『小不點。』

『凱蒂。』

『雷馬克。』

『……我不是一直叫你不要拿正在看的書的作者名字來叫牠嗎？你看的這是什麼書啊，品味真的很惡俗耶……』

只有最後說話的笑面狐沒有講出名字。

但是蕾娜還是聽得一頭霧水。

「呃……你們養了很多隻貓嗎……？」

『剛才不是說了，只有一隻喔。』

蕾娜越來越糊塗了。黑狗似乎明白她的疑惑，於是開口解惑：

『因為牠是一隻只有腳掌是白色的黑貓喔。小黑、小白和二毛就是這樣來的。我們並沒有講好該怎麼叫牠，所以大家都是看心情亂喊，結果最近只要看著牠呼喚兩聲就會乖乖跑過來了。』

原來如此。

「……可是，為什麼要這樣做呢？」

『……啊……這是因為……』

黑狗欲言又止，正要往下說明的時候——

突然間就切斷了同步。

可蕾娜忽然猛力站了起來，把椅子都撞倒了，就這麼跑出房間。戴亞因為離得最近，所以也追了過去。椅子在倒下時發出一聲巨大的聲響。

『……？請問，發生什麼事了？』

戴亞突然切斷同步，而可蕾娜本來就沒有接上同步。於是辛只好幫忙遮掩。

「沒什麼，只是有老鼠跑出來而已。」

『老鼠！』

「……這理由也太爛了。」

賽歐小聲的吐槽似乎沒有傳進管制官耳裡的樣子。

『有老鼠跑出來了啊……』蕾娜似乎很怕老鼠，聲音甚至還有些顫抖。辛只是一邊隨口回個幾句，瞇著眼睛望著被可蕾娜撞開的門扉。

在走廊盡頭被戴亞追上後，可蕾娜頻頻喘著氣，試圖緩和自己快要爆炸的胸口。

為什麼大家要陪那種傢伙……

光是聽到聲音就想吐。實在是沒有辦法繼續忍耐下去了。以往晚上的這段時間，明明是大家難得能聚在一起，好好放鬆心情的寶貴時間。

「可蕾娜……」

「為什麼大家要陪那種女人講話？」

「只有這陣子而已。再過一段時間，那位公主殿下就會自己主動切斷聯繫了吧。」

一改平時的輕浮，眼神顯得十分認真的戴亞，聳了聳肩這麼說。就像過去那些人一樣，只要經歷過一次，不管是哪個管制官都沒辦法繼續與「死神」接觸。

那個少女還不知道辛擁有那個別稱的真正原因為何。只是剛好這段時間沒碰上那種敵人而已，但是這樣的好運並不會持續太久。

那個混雜在普通的白羊（軍團）之中，難以對付的異端黑羊。

本來是因為這樣才取了這個名字，但是現在那個玩意兒卻遠比「白羊」的數量更多了。甚至還有更為棘手的「牧羊人」在呢。

可蕾娜氣得咬牙到嘎嘎作響——我知道。我當然知道啊。

「辛早點毀了那種噁心的東西不就好了。」

可蕾娜心裡依舊氣憤難平，語氣變得很衝：

「幹嘛把同步率設定到最低！明明沒必要去顧慮那些白豬的死活啊！」

「因為那是一般做法啊。辛也不是故意要毀了那些人吧。」

為了在喧囂的戰場上能夠準確交流，知覺同步的同步率通常會設定在極低的數值，接收距離極短，只能聽見發話者的聲音。

接著戴亞平靜地問了一句。語氣中沒有責難，只有純粹的擔心。

「再說了。妳能當面對辛說這種話嗎？因為看她不爽，可不可用你的『那個』把她毀了。妳敢這樣說嗎？」

「……」

可蕾娜緊咬下唇。戴亞是對的，自己說了不該說的話。

辛，還有隊上的每個人，都是自己的夥伴，也是家人。絕對不能對家人說出如此殘忍的話。

對辛來說，「那個」已成了日常的一部分。

她明明是知道的。

「對不起……但我還是沒辦法接納她。就是那些混帳殺了爸爸和媽媽。把他們像垃圾一樣當成射擊標靶。」

在那個為了強制收容而遭到移送的晚上。一群白系種的士兵拿射中什麼部位會死、嚴重到什麼程度才會死當作賭注，笑著把她的雙親凌虐至死。

比自己大七歲的姊姊一進入收容所馬上就被帶往戰場，當時她還比現在十五歲的可蕾娜小一歲。

雖然當時把那群人渣推開，不顧渾身沾染鮮血，努力幫可蕾娜的雙親急救，最後因為還是回天乏術而向她和姊姊道歉的人，也是白系種的……白銀種的軍人。

「白豬全都是人渣……我說什麼也不會原諒他們。」

過了一陣子，當兩人重新回到房間時，話題已經轉變了好幾次。從老鼠到前線特有的景色，再說到各種趣聞，最後開始聊起以前凱耶見過的流星雨。

戴亞對著投以關切目光的萊登聳了下肩膀後，又回去修理收音機了。可蕾娜則是坐在辛身旁的地板上，抱著小貓逗弄起來。不過她大概不是真的想要逗小貓玩吧。

果不其然，在辛坐直身子讓出空間，喚了聲「可蕾娜」之後，她便乖乖抱著小貓換了位置。只見她裝作若無其事的樣子，故意和辛保持一段距離，縮著身子坐在床的另一端。

『——櫻花，是真的嗎？真的有那麼多星星啊？』

「數都數不清呢。大約在兩年前吧，突然看見好多星星從天上掉下來。整片天空都是光在流動的景色——真的很壯觀呢。」

櫻花——凱耶一邊發牌一邊點點頭說道。雖然可蕾娜跑掉了，兩人還是繼續玩下去。

講到那場流星雨，萊登也有看見。只不過當時他待在敵我雙方都犧牲慘重的戰場上，身旁只剩下辛一個人，再加上兩人的「破壞神」都耗盡能源了，直到走失的菲多找到他們之前都動彈不得。要是沒有那個插曲，真的連笑都笑不出來。

因為沒有人帶著光源，戰場上的那一夜特別陰暗。或許可以形容成是一片漆黑的幽暗吧。大地染上了一片黑，天頂卻不斷流過藍白色火焰般的光芒，幾乎占滿了整個視野，氣氛莊嚴到令人喘不過氣，卻聽不見半點聲響的那副光景，就像世界毀滅了之後，熊熊燃燒的碎片崩塌下來一樣，彷彿來到了世界終結的那一夜，淒美至極。

如果這就是人生最後看見的景象，倒也不壞——當時不小心在辛的面前說出這種話，真是一生的汙點。那個混蛋聽完居然不屑地笑了。

「這輩子大概再也看不到那種景象了……據說啊，雖然流星群每年都有，但是每隔數十年才會有一場流星雨，而且要達到那種規模的話，好像百年都難得一見呢……這是我聽之前還在隊裡的九條（天狼星）說的。」

『那真是……太可惜了……我也很想看看呢。』

「在牆裡（那邊）面看不到嗎？」

『因為街上的燈光整晚都不會熄滅。這邊連一顆星星都看不見呢。』

「對耶。」

凱耶微微一笑，總覺得有些懷念。

「聽妳這樣一提，好像真的是這樣……不過這邊到了晚上真的是一片漆黑呢。畢竟人口稀少又偏僻，而且到了就寢時間又會實施燈火管制。所以啊，這裡隨時都看得到星星，可說是滿天星斗呢。這肯定是在這裡生活的一大優點吧。」

『……』

聽見凱耶說得如此斬釘截鐵，管制官卻沉默了。大概是因為聽見出乎意料的回答吧。居然會從明明身處於人間地獄的處理終端口中，聽見如此正面的詞彙。

接著眾人就聽見管制官以嚴肅的聲音提出一個問題。

聽得出對方是下定決心才問的。無論會換來辱罵或反彈，自己都有責任概括承受的覺悟。

『櫻花……妳恨我們嗎？』

凱耶沉吟了一下才開口：

「……受到歧視的確很痛苦，很不甘心。在收容所的日子也很難熬，而且不管經歷多少次戰鬥，還是覺得很可怕呢。所以對於那些把痛苦強加在我們身上，喊著八六不是人所以是死是活不重要的那些傢伙，我當然不可能會喜歡。」

凱耶又繼續說了下去。因為她覺得管制官似乎想要開口——恐怕不是謝罪就是自責吧——而她當然不可能讓對方把這種話說出口。

「但是，我也知道不是所有白系種都是壞人……就像不是所有八六都是好人一樣。」

『咦……』

凱耶略帶哀傷地嘴角一歪繼續說：

「因為我是極東黑種。哎，不管是在收容所或是以前的部隊，都發生過不少事情呢。」

不光是自己，安琪也是這樣……雖然辛什麼也沒說，但想必也好不到哪去吧。參雜了迫害者血脈的白系種混血，以及成為強制收容的理由的帝國系，而且還是貴族種的血統，自然很容易成為其他八六宣洩滿腔怒火的對象。在共和國當中屬於及少數族群的東方或南方系民族，也都在莫須有的理由之下受到同樣待遇。

八六並不全是無辜的被害者。

世界總是對數量越少，越是弱勢的族群越為冷漠。

「總之，白系種當中同樣也有好人這件事嘛……雖然我沒有見過，但是有好幾個夥伴都曾經遇過，所以我可以理解。因此，我不會單純因為是白系種就憎恨對方。」

『原來如此……那麼，我也得好好感謝那些人才行呢。』

凱耶稍微把身體往前傾。雖然只是透過同步交流，她還是下意識調整成面對面說話的姿勢。

「我也想問妳一件事耶。妳為什麼會對我們這麼在意呢？」

一道火焰的影像悄然無聲地在腦中一閃而過，讓辛抬起頭來。

因為自己不記得有遇過火災或是被火紋身，所以這應該是管制官的記憶吧。

『以前，有個和各位一樣的處理終端，曾經救過我一命……』

蕾娜憶起了往事。

『我們同樣是在這個國家出生長大，也同樣是共和國的國民啊。』

『雖然目前沒有人承認這一點，但也因為如此，我們才必須想辦法去證明。保衛祖國是共和國國民的義務，也是榮耀。所以我們才選擇挺身奮戰。』

這是救了自己的那個人所說的話。而我也想要回應這番話。

『那位恩人告訴我，自己是共和國國民，是為了證明這一點而戰鬥。我覺得，我們這些人也得對這番話做出回應才行。要求你們挺身奮戰卻將目光移開，不去嘗試了解你們，等於是踐踏了那個人的理念……這是不可原諒的行為。』

這番話實在太過冠冕堂皇，萊登不由得微微瞇起眼睛。

凱耶歪著頭聽她說完之後還一邊思考著，一邊開口說：

「管制一號。妳是處女吧。」

——噗！

聽到了管制官從嘴裡噴出茶還是什麼的聲音。參與同步的所有人也跟著笑了出來。

在安琪跟沒有進行同步的可蕾娜和悠人說明之後，兩人也都笑了起來。

少女管制官咳個不停。

凱耶看著眾人的反應，先是眨眨眼有些不解，接著臉色越來越差。

「……啊！對不起，我說錯了！我是要說『像處女一樣』才對！」

一般來說不會在這種地方弄搞錯吧，而且兩者也沒有多大的差別。

戴亞和悠人好像快笑死一樣，拚命捶著桌子和牆壁（這時牆的另一頭響起奇諾「吵死了！」的怒吼），就連辛也難得抖著肩膀笑了起來。

凱耶則是整個人慌張不已。

「呃，換句話說啊。該說妳像是把整個世界想像成一個美麗花園的女孩子，還是懷抱著完美無瑕的理想好呢？那個，總之我想說的是……」

管制官感覺很明顯就是紅著臉僵在原地說不出話來。

「……妳並不是個壞人。所以，我想給妳一個忠告。」

心情好不容易才平復下來的凱耶開口說道：

「妳不適合這份職務，也不該與我們有所牽扯。我們並不是基於如此崇高的理由戰鬥，所以妳沒有必要與我們扯上關係……趁妳還沒後悔之前，還是找個人來代替妳吧。」

並不是個壞人——凱耶是這麼說的。

但她沒有說——妳是個好人。

而其中的緣由，這時候的蕾娜還沒有想明白。

†

「管制一號呼叫戰隊各員。雷達已偵測到敵蹤。」

這天，先鋒戰隊也是全機出動。蕾娜的眼睛緊緊盯著管制室的螢幕如此開口：

「敵方主力為近距獵兵型與戰車型的混合部隊，亦有反戰車砲兵型隨隊——」

『管制一號，我方已掌握詳情。將在座標四七八展開迎擊。』

「啊……收到，送葬者。」

才正打算把敵軍配置和對應作戰計畫傳達過去，中途就被打斷，只好有些狼狽地進行追認。

由老鳥組成的先鋒戰隊不怎麼需要蕾娜的指揮，因此戰鬥時蕾娜的主要工作就是做好後勤支援，讓他們能夠完全發揮戰鬥能力。比如分析敵情、調整時程讓必要的補給物資能優先送達，以及每天跑進資料庫搜尋負責區域的詳細情報等等。

最近她每天多了項工作，就是不厭其煩地申請位於戰區後方的迎擊砲使用許可。只要動用射程超長的迎擊砲，多少能夠抑制長距離砲兵型的支援砲擊。這樣想必能讓戰鬥變得更為輕鬆，但是屬於消耗品的迎擊砲只要發射過一次，就得重新再設置。輸送部也表示「我們不願意為了八六那幫畜牲浪費力氣」而始終得不到許可。那玩意兒不是早就放到生鏽了嗎？——這是後來蕾娜在閒聊時不小心說出這件事時，笑面狐說出的感想。

『送葬者。神槍已就定位。』

『笑面狐呼叫送葬者。第三小隊也就定位了。』

各小隊陸續回報抵達定位。埋伏的布陣完美無缺，彷彿看穿了「軍團」進攻路徑一般。

先鋒戰隊的處理終端們，行動起來彷彿像是能夠預知「軍團」的襲擊或行進方向一樣。或許是某種只有他們才知道的預兆或是判斷基準吧。

蕾娜想著，等到這一戰結束之後再問問看好了。要是也能應用在其他戰隊上，遭受奇襲而死的處理終端或許就能減少一些吧。各單位對於這種寶貴的情報只管好不好用，從不進行歸納整理，也不分享給其他單位，是這個扭曲的戰鬥系統的一大缺點。

蕾娜暫時拋下這個想法，一邊看著昨晚好不容易才找到的地圖，一邊開口說：

「送葬者。請將神槍移至三點鐘方向距離五〇〇的位置。那裡是個具有良好掩護的高台，具備稜線射擊的條件，射擊角度也較為寬廣。」

隔了一瞬的空檔，送葬者才予以回應：

『這就進行確認……神槍，妳從那個位置看得見嗎？』

『等我十秒……嗯，的確有。我移動過去嘍。』

「這個位置和負責主攻的第一小隊幾乎成反方向。在利用送葬者的基本戰術，也就是透過擾亂製造各個擊破的機會時，能讓敵方在戰鬥之初誤判我方主力部隊的位置。」

狼人嗤笑一聲說：

『簡單來說就是放個誘餌吧。聲音聽起來像個公主，想法倒是不得了啊。』

「……戰車型與反戰車砲兵型的仰角不夠，沒有能力直接砲擊高台上的神槍，而在變更砲擊位置時，周邊地形也能作為掩體……」

『可別誤會了……這是個不錯的提案。妳說對吧，神槍？』

『只要能幫到大家，我什麼都願意做。』

原本回答十分明快的少女，在回應蕾娜時聲音突然就會變得極為冷漠。

『妳找到新的地圖了嗎？真是方便呢。』

蕾娜不由得苦笑起來。這位名叫神槍的少女似乎不喜歡自己，也不接受日常的同步交流，難得有機會對話時，態度也總是像刺蝟一樣。

蕾娜手邊的地圖是過去的國軍耗費無數時間與勞力繪製而成的極精細版本，但是在戰爭時期的現在，身為重要防衛據點的前線基地卻找不到這樣的地圖。他們所使用的是以前的先鋒戰隊隊員從廢墟某處挖到的地圖，經過歷代隊員的補充與完善，讓他們對於方便迎擊的地點，以及敵方較有可能選擇的進擊路徑有一定程度的了解，但除此之外的地形資訊，就連身處第一線的他們也不清楚。

「我晚點再傳送給你們參考吧？」

這個資料的容量太大，不適合在戰鬥中傳送，等到結束之後就有時間慢慢傳了吧。

狼人用揶揄的語氣調侃道：

『這樣好嗎？竟然把軍事機密地圖洩漏給敵對國民（八六）知道。』

「沒關係。得到的情報資料就是要拿來活用。」

聽到她語氣如此堅定，狼人有些錯愕地沉默了下來。隨後帶著點感嘆吐了口氣。

這本來就是蕾娜從堆積如山的紙箱中發掘出來，不在管理之列的來歷不明的資料。別說是拷貝了，就算弄丟或被盜走也沒人會知道，算不上什麼機密。

在九年前的戰爭初期，連後勤人員都得上第一線作戰，正規軍將士遭到毀滅性的打擊，導致資料與業務得不到完整的交接，許多資料就此下落不明。

這理當是該拿出來檢討的問題，而身為正直職業軍人的自尊心亦然。

「此外，各位並不是什麼八六。至少我不記得自己曾用過這種方式稱呼……」

『好啦好啦……喔，來了。』

同步的另一頭瞬間充滿緊繃的氣息。能夠感覺到有幾個人似乎很享受的樣子，不知這是老鳥的經驗所致，還是受到臨戰時大量分泌的腎上腺素所影響。

隆隆砲聲透過同步，在耳邊炸裂開來。

鏖戰正酣，我方一面消除「軍團」的紅色光點，一面推進戰線。

先鋒戰隊派遣第一小隊穿過戰域內的原生林，繞到火力強大而機動、防禦薄弱的反戰車砲兵型前面並加以殲滅。順便將近距獵兵型和戰車型的混合部隊誘導進原生林中，反覆分化敵方兵力後各個擊破。在障礙物較多的森林裡，無法靈活轉向的戰車型機動力大打折扣，射擊範圍也大幅受限。由於空間不足，迫使「軍團」分散成小規模部隊，也失去了壓倒性數量的優勢。

從旁觀者的角度看來，戰鬥過程似乎輕鬆寫意，但實際上並非如此。此時也險之又險地閃過了砲彈的一架「破壞神」——「櫻花」正飛速穿過樹林，準備衝向戰車型的左側面。

蕾娜沒來由地竄過一陣惡寒。戰車型所待的位置太反常了。從其他敵機的位置來看，那傢伙不該待在那裡才對。他們平時總是保持在彼此火力能夠照應的距離內，可是那個位置已經超出範圍了。

她連忙確認行進方向。在戰域地圖上有著明確標記，看起來似乎埋藏著什麼的那塊區域，可是櫻花恐怕毫不知情——

「不能往那邊走，櫻花！」

『咦？』

這聲制止來得太晚了。

代表「櫻花」的光點，在雷達地圖上不自然地停下了。

「……！居然是……濕地……？」

坐在猛然靜止下來的座機當中，凱耶甩甩頭發出呻吟。透過螢幕中的影像，可以看見座機的兩隻前腳有大半陷入地面之中，在昏暗的原生林裡看起來像是一片小草地的地方，其實是濕地。

這是接地壓力極高的「破壞神」不擅於應付的鬆軟地質。

往後退的話應該能夠脫身。做出判斷後，她重新握緊兩邊的操縱桿——

『櫻花，快離開那裡！』

她聽見辛的警告而抬起頭來，「櫻花」的光學感應器也隨著視線上移。

戰車型，就在眼前。

「……啊。」

兩者之間小於戰車砲彈的最低起爆距離，所以戰車型選擇揮動前腳攻擊。冷漠而殘酷，就像無情的齒輪不顧夾在其中的人如何哭喊，依舊毫不留情地將其碾碎一般。

「不要……」

這道聲音是如此無力，像個快哭出來的小孩一樣。

「我不想死……」

隨著低沉的機械作動聲而起，巨大的腿部飛速推動高達五〇噸的重量，將「櫻花」猛力橫掃出去。

接合處相當脆弱，只要受到一定程度衝擊就會連同內容物一起被撞飛，這個被處理終端蔑稱為「斷頭台」的掀蓋式座艙，正如其別稱一般整個飛了出去。

一個被掃飛的圓形物體咚的一聲落地，滾進綠蔭之中消失了。

啞口無言僅維持了一個瞬間，怒吼和悲憤便交錯在通訊網之中。

『櫻花？——該死！』

『送葬者，我去進行回收，給我一分鐘！不能就這樣放著她不管！』

辛回話的聲音十分平靜。就像是冬夜冰封的深邃湖水一般。

「雪女，不准去……那是誘餌，它在等我們過去。」

殺死凱耶的戰車型還潛伏在附近。拿負傷的戰友或屍體作為誘餌，射殺試圖前來回收的敵軍，本來就是狙擊手的常用戰術。

安琪不發一語，發洩似的猛力捶了儀錶板一下。「雪女」能做的最後一件事，就是發射五七毫米榴彈，將「櫻花」及其周圍化為一片火海。

「櫻花戰死。奇諾，前去援護第四小隊……敵方殘存兵力已經不多了。在櫻花留下的缺口遭到突破前收拾乾淨。」

『收到。』

回應雖然帶著悲憤，卻依舊保持一定的冷靜。無論是同伴在眼前被炸飛的光景，或是突然消失的友機光點，身為「代號者」的他們早就習以為常了。哀悼必須留到戰鬥之後，否則就只能等著一起變成屍體。靠著這種令人作嘔的理性思維，他們才能捨棄感情，保持必要的冷靜。在適應了名為戰場的癲狂之後，他們也從人類化為近似於戰鬥機械的存在。

僅僅一個呼吸，只停頓了一剎那的四足蜘蛛大軍，又踏著毛骨悚然的沙沙腳步聲，再度潛行於綠蔭的幽暗之中。

宛如在冥府之畔的昏暗中徘徊，為了替死去的同伴找個引路人，絞死一切活物的亡者骨骸一般。

之後沒花多久時間，「軍團」部隊便全軍覆沒了。並不是中途撤退，而是如字面上的意思，片甲不留。

這份戰果似乎也體現了生存下來的處理終端們的意志，讓蕾娜感到十分痛心。

就在前天，一想到前天那個人自豪地談著流星雨的點點滴滴，一股懊悔之意油然而生。

要是自己能早一點找到這份地圖。

要是自己能來得及提出警告。

「狀況結束——戰隊各員，辛苦你們了。」

『……』

沒有人出聲回應。大家想必都還各自沉浸在悲傷之中。

「對於櫻花的事情……真的非常遺憾。要是我能更警覺一點……」

在這個瞬間。

一片恐怖至極的沉默，瀰漫在同步的另一頭。

『……遺憾？』

笑面狐反問了一句。那是某種拚命壓抑著瀕臨爆發的情緒，狀似平靜卻暗潮洶湧的聲音。

『遺憾什麼？對妳來說，就算死了一兩隻八六，也不過是下班回家就能忘光，還可以開心享用晚餐的小事吧？少在那邊故作哀傷，不覺得很空虛嗎？』

對方所說的話，蕾娜第一時間還無法理解。

感覺到蕾娜一時說不出話來，笑面狐不知想到了什麼。『我說啊……』伴隨著嘆息，他又繼續說了下去。這次他毫不掩飾自己的敵意，語調明顯變得很尖銳。

『因為我們之前閒著沒事做，所以看到妳自認為與眾不同，沒有把我們當豬看，以為自己是個高尚又善良而充滿正義的聖女，好像很開心的樣子，我們才會在有空的時候陪妳玩一玩而已。不過啊，拜託妳看看現在的氣氛好嗎？我們才剛死了一個同伴，這種時候哪有空陪妳玩這種偽善的遊戲啊，好歹有點自知之明吧。』

「偽──」

偽善？

『不然呢？妳覺得我們看到同伴死了，什麼感覺也沒有嗎？──喔，搞不好就是這樣呢，因為對妳來說八六不過就是八六，和妳這樣的高尚之人不一樣，只不過是比人類劣等的豬罷了！』

「不……」

遭受到意料之外的言語攻擊，她的腦中變成一片空白。

「不是的！我並沒有這樣……！」

『不是？難道我有說錯嗎？把我們扔到戰場上當作兵器戰鬥，自己卻躲在牆裡看戲，理所當然享受著這一切的妳，若不是把我們當成八六(豬)看待，那又是怎樣啊？』

「……！」

處理終端們的情感透過同步管道傳遞過來了。

有幾個人漠不關心，其餘的人包含笑面狐在內，都對自己表現出程度不一的冷遇。敵意、輕蔑，以及失望。就是如此冷漠的感情。

『妳說妳從沒叫過我們八六？只不過是妳嘴上沒說而已啊！說什麼保衛國家是國民的榮耀，說什麼自己非得回應這份理念。妳以為我們是自己想來打仗的嗎？我們可是被關在外頭啊！被逼著上戰場啊！在這九年當中有好幾百萬人被迫去死耶！明明自己一直在當幫凶，只是每天假裝溫柔地找我們說說話，就以為是把我們當人看了嗎！而且啊——』

隨後，笑面狐毫不留情地揭開了真相。

揭開了蕾娜過去總以為自己把他們視為人類對待。以為自己至少有做到這一點，實際上卻還是把他們視為家畜（豬）看待的決定性證據。

『妳從頭到尾根本就沒有問過我們叫什麼名字吧！』

「啊…………」

聽到這句話，她不由得屏住呼吸。

仔細回想一下，她陷入茫然。對方說得沒錯，她不知道，也從沒問過大家的名字。其他人也好，每次同步都第一個回應自己的送葬者也罷，就連總是陪著自己說最多話的櫻花也一樣。當然，她也不曾主動報上自己的名字。管制一號。她一直理所當然地用著這個名義上是他們的管理者，實際上卻是監視者的職務名稱。

如果是基於雙方的同意而這麼做就算了，但事實上並非如此。在人與人的交際當中，這是不容原諒的失禮行為。

而她卻毫無自覺，理所當然地這麼做了。

家畜就該以家畜的方式對待。

母親如此理直氣壯地說過的話，和過往自己的行為放在一起比較。除了自己沒有說出口之外，究竟有何不同──

蕾娜渾身顫抖，淚如雨下。明明一句話也說不出來，嗚咽聲卻止都止不住，只能用雙手拚命摀住嘴巴。她對於自己完全沒有自覺，卻恬不知恥地踩著別人大放厥詞的醜態，感到極為恐懼。

這時狼人──不對，是自己一直以來這麼稱呼，卻連名字和長相都不清楚的有色種少年──沉著聲音說道：

『賽歐。』

『萊登！幹嘛替那隻白豬說話啊──！』

『賽──歐。』

『……我知道了啦。』

笑面狐先是嘖了一聲，接著氣息便隨著同步連接一起消失了。

狼人深深吐了口氣，就像是要把內心的感情宣洩出來一樣，接著便把注意力轉向蕾娜。

『管制一號，請妳切斷同步。』

「狼人，那個……」

『戰鬥結束了，妳也沒有義務繼續進行管制了吧……雖然笑面狐說得太過分了，但我們現在的確沒有心情陪妳好好聊天。』

聲音雖然冷淡，語氣上卻沒有責備之意，反而讓蕾娜感覺更加疏離冷漠。

對方沒有責怪自己的無禮。之所以沒有責怪，是因為早就死心了。反正不管說了什麼，另一頭的人也充耳不聞，就算假裝像是在談話一樣，實際上根本沒有把他們任何一個人的話聽進去。他們早就死心了，另一端的人只是把他們當成連自己說出口的話都無法理解的蠢豬而已。

「……對不起。」

她抖著聲音勉強做出回答，遲了一拍才切斷同步。但是並沒有人對此做出回應。

將管制官與同伴的同步連接一起切斷後，賽歐覺得心情真是糟到極點。

過了一小段時間，安琪的同步接了上來。

『賽歐。』

「……我知道啦。」

聲音中帶著怒氣。

賽歐討厭自己的聲音聽起來太像小孩，他焦躁地嘟起嘴來。

『我明白你的心情，可是剛才說得太過分嘍。就算那是事實，也不該用那種方式表達。』

「我知道……對不起。」

我當然知道。大家早就說好絕對不可以這麼做了。而且早在大家達成共識之前，自己就已經明白這種行為是不可取的，所以一直以來都能夠好好遵守約定。

然而剛才自己把心裡的想法全都坦白了，還用上了所能想到最惡毒的表達方式，可是不但沒有讓心情變好，反而讓怒氣更加劇烈，在心中久久不散。這股無名火甚至讓自己不小心對無可取代的同伴惡言相向。

打破了約定。就因為那個噁心的白豬，讓自己打破了最重要的約定。

即使如此，剛才自己之所以忍耐不住，一定是——

『……因為那位隊長的關係？』

「……是啊。」

第一個想起的，是那個寬大的背部。

那是他在十二歲剛入伍時，最早分發到的部隊的隊長。

個性開朗，不拘小節，卻被隊上所有人排擠。當時的賽歐也對他相當反感。

笑面狐的個人代號也是從他身上繼承來的。當時從未接觸過畫畫的賽歐，照著描繪在隊長「破壞神」駕駛艙下方笑得十分開朗的狐狸，反複畫了好多次，還是只能畫成笑得不懷好意的狡猾狐狸。

所以賽歐不能容許那個自以為是聖女的白豬，假裝成和隊長一樣的好人，拿凱耶的死來證明她也會難過。

雖然不能原諒那個人，但是自己還是犯下了大錯。

「……對不起，凱耶。」

賽歐垂下眼簾，望著「櫻花」燃燒殆盡的殘骸。望著那不允許建造墳墓，也不允許帶回，早已看習慣的同伴遺體。

「我做了和那些豬一樣的事，玷汙了妳的死。」

玷汙了經歷許多磨難，卻在臨死前不曾說出半句怨言，品格高尚的妳。

每當有人死去，當天夜裡每個隊員都會自己獨處，或是與誰共處，並以各自的方式悼念死者，所以今天晚上沒有人造訪辛的房間。

因為月亮和星星便足夠照明之用，於是關上了不必要的電燈。在自己房間倒映著冷冽清光的書桌前，靜靜閉目沉思的辛，聽見了輕輕敲著玻璃窗的聲響，便睜開了那雙血紅色的眼眸。

佇立在隊舍外頭，窗戶底下的菲多將機械臂伸到了二樓，把捏在機械爪上的數公分長金屬薄片遞了過來。

「謝謝。」

「嗶。」

辛接下金屬片後，菲多又眨了眨光學感應器，嘰嘰嘎嘎地轉身離去。把裝滿貨櫃的殘骸運往自動工廠的再生爐，是「清道夫」原本的使命。

就在他把金屬片放置於預先在桌上攤開的布面上時，知覺同步突然啟動了。

辛正打算解開裝有簡易工具的布包，手上的動作停頓了一瞬間，不由得皺起眉頭。因為同步的對象只有辛一個人，而且對方不是基地裡的人員。

『…………』

雖然是對方主動連上的，卻始終不發一語，於是辛嘆了口氣後打破沉默。對著同步另一頭悄然無聲的氣息搭話：

「請問有什麼事嗎，管制一號？」

另一端的氣息像是嚇了一跳，接著還是沒有說話。面對彷彿躊躇不定的沉默，辛並不介意，只是靜靜等待對方開口。

辛重新投入被打斷的作業，過了好一段時間以後，少女管制官終於怯生生地開口了。聽見那擔心會遭到狠心拒絕而顯得十分膽怯的細微聲音，辛這次並沒有停下手上的動作。

『……請問……』

蕾娜已經想好了，要是遭到拒絕，自己也會認分地切斷聯繫。

因為抱著這樣的覺悟，所以當她聽見另一端傳來和以往一樣平靜的聲音時，反而感到害怕。

她調整了好幾次呼吸，下了好幾次開口的決心，不知嘗試了多少遍，總算發出聲音。

「……請問，送葬者。你現在方便嗎……？」

『是的，請說。』

一道平靜沉穩，彷彿沒有感情起伏的聲音，淡淡地回應了。

聽見對方的聲音和語氣一如往常，蕾娜現在才明白，那並不是因為對方個性沉著，而是他始終沒有把自己放在心上。

斥責了一下自己那個又想逃避的心思後，她深深低下頭去。

自己這麼做，其實也很卑鄙。

要道歉的話，應該一開始就要找所有人一起說才對。可是她知道，笑面狐和狼人他們肯定不會接受同步的請求，而她也沒有勇氣嘗試。

「對不起。不管是白天的事，或是我以往的行為，我真的感到非常抱歉……那個……」

蕾娜用力握緊了放在腿上的雙手。

「我叫蕾娜。芙拉蒂蕾娜．米利傑。雖然事到如今了……可以告訴我你們的名字嗎……？」

等了一小段時間。

對蕾娜來說，這陣沉默實在令她擔心受怕。耳邊只剩下彷彿來自遠處的細微雜音，以及讓雜音更為明顯的默默無語。

『……關於笑面狐先前所說的事情，妳大可不必在意。』

聲音依舊淡漠。不加任何修飾，只是單純陳述事實。

『妳沒有必要這麼做。他所說的話，並不代表我們所有人的意見。我們都很清楚造成這個現狀的元凶不是妳，而且光憑妳一個人的力量也不可能扭轉局勢。簡單來說，妳只是因為沒有去做一件妳不可能辦到的事情而遭到責怪，所以根本不必為此感到難過。』

「可是……從來沒有想要認識你們的名字，的確是我的不對。」

『因為沒有這個必要，不是嗎？不然為何政府要強制規定透過「軍團」無法竊聽的知覺同步進行聯絡時，必須使用呼號，而處理終端的人事資料也從未公開呢？』

蕾娜抿著嘴唇。因為她一下子就想到了令人不快的答案。

「應該是為了讓管制官不把處理終端當成人類看待……對吧。」

『是啊。畢竟大多數處理終端都撐不到一年。而讓管制官一個人承受如此大量的死亡，負擔實在太沉重了。應該是基於這樣的考量吧。』

「這種想法太卑鄙了！我……」

說到這裡，她聲音又變得怯弱。

「我自己……也很卑鄙……但我不想繼續卑鄙下去。要是你對於讓我知道名字這件事並不反感的話……能不能告訴我你的名字呢？」

面對這位意外頑強的少女管制官，辛再次嘆了口氣。

「……今天陣亡的櫻花，叫作凱耶·谷家。」

『！』

同步的另一頭湧起一股欣喜若狂的感情，但大概是想到那是今天才剛過世的少女的名字，又馬上控制好自己的情緒。反觀辛這邊，還是以平淡的語氣，一一報上同伴的姓名。

「副隊長狼人，叫作萊登．修迦。笑面狐叫作賽歐特．利迦。雪女叫作安琪．艾瑪。神槍叫作可蕾娜．庫克米拉。黑狗叫作戴亞．伊爾瑪——」

將二十名隊員的姓名全數介紹完之後，管制官做了個小結：

『我是芙拉蒂蕾娜．米利傑。以後請叫我蕾娜就好。』

「方才妳已經提過了……請問階級是？」

『啊……對喔。是少校。雖然才剛晉級而已。』

「那麼今後就以米利傑少校來稱呼吧。這樣可以嗎？」

『……真是的。』

聽見辛堅持以面對長官的態度對待自己，蕾娜也只能報以苦笑。

接下來，她突然有個疑問。

『今天其他人好像都不在……請問你在做什麼呢？』

辛沉默了一下。

「……把名字——」

『咦？』

「我正在把凱耶的名字，保存下來……因為我們八六沒有墳墓。」

辛拿起小小的金屬片，放在清澈透亮的藍色月光下。長方形的鋁合金薄片上，有著用工具刻下的凱耶全名，以及淡紅色塗料與烏黑文字組成的殘缺圖樣。以五瓣櫻花為底，上頭以她的民族特有文字寫著「櫻花」的圖案，就是凱耶專用「破壞神」的標誌。

「在最初的部隊裡，我和其他人做了個約定。只要有人死了，就把名字刻在他的機體碎片上，交給活下來的人保管。而活到最後的那個人，就要把大家帶往他最後抵達的終點。」

實際上在那個時候，就連想要回收陣亡者的機體碎片都很困難。多半是隨便撿個金屬片或木片，用釘子刻上名字，就成了死者存在過的證明。

等到菲多學會撿拾陣亡者的遺物，才能幾乎每次都確實拿到機體碎片。也得靠它才能盡量收集特定部位碎片，也就是把駕駛艙正下方，畫著標誌的裝甲表面切下一塊帶回。

這些碎片全部放在「送葬者」駕駛艙中的收納盒裡。為了完成與最初的隊員們，以及之後的每一位戰友之間的約定。

「當時我活到了最後，一直以來也都是如此。所以我有責任帶著他們一起走下去，直到我把所有戰死的同伴，帶到我抵達的終點為止。」

那道靜謐的聲音，讓蕾娜受到極大衝擊。

她也說不上來為什麼，但就是能感受到對方的聲音和以往不同了，不再缺乏感情。

這時她突然覺得自己羞於見人。

對於周遭發生的死亡、大量產生的死亡，他只是默默接受，承擔下來。他始終不曾說出一句怨嘆，彷彿理所當然地背負起這一切。

但白天的自己卻不願正視一個人的死亡，就連哀悼也顯得做作。因此，對於默默背負起同伴之死的他們來說，當時自己的行為實在太過殘忍了。

「到現在為止，總共有……多少人了呢……？」

『五百六十一名。包含凱耶在內。』

對方不假思索地報出答案，也讓蕾娜把嘴唇越咬越緊。自己呢？連在自己指揮之下陣亡的人數都不記得。明明應該遠比這個數字更少，可是精確的人數是多少，不仔細回想一下，還真是數不清。

「……所以，你才叫作『送葬者』嗎？」

『這也是原因之一。』

默默安葬了許多同伴。用小小的鋁製墓碑代替不得建造的墳墓，留存在記憶裡。

他會受到同伴擁戴也是當然的。他太溫柔了。這個名叫送葬者的少年——

一想到這裡。

蕾娜「啊！」的一聲，睜大了雙眼。

『送葬者。那個……』

蕾娜用了這個名號來稱呼，辛卻依舊渾然未覺，從這一點就能看出他這種清冷淡漠的性情簡直是刻進了骨子裡。他不怎麼關心蕾娜，也不怎麼關心自己。

『我還不知道你的名字呢……？』

辛眨了眨眼。對方似乎以為他不想說出自己的名字，但並非如此，只是單純忘記了而已。

「是我失禮了。我叫作辛耶・諾贊。」

對辛而言，名字和個人代號都只是用來識別身分的記號，用哪個名稱來稱呼他都無所謂，所以他也回答得很簡潔——但說完之後，卻聽見蕾娜倒抽一口氣的聲音，讓他忍不住抬起頭來。

『諾贊……！』

蕾娜立刻帶著愕然的語氣反問了這麼一句。

砰咚！同步的另一頭傳來不知道是椅子還是什麼重物倒地的聲響。對方似乎猛力站了起來。

『你該不會也認識一位叫作修雷・諾贊的人吧！他的個人代號是無頭騎士，標誌是無頭骷髏騎士的圖案……！』

聽她這麼說，辛也微微睜大雙眼。

†

「我們去戰場上看看吧，蕾娜。去看看那裡究竟發生了什麼事，統統看個清楚。」

那一天，共和國陸軍上校瓦茲拉夫．米利傑帶著十歲的獨生女蕾娜，搭乘偵察機飛往前線。

「……那邊在打仗對不對，父親大人？」

「是啊，妳說的沒錯。而我們這些人趁著戰爭，做了更殘酷的事情啊。」

瓦茲拉夫是共和國正規軍中極少數的倖存者。當他和部下們為了保護家人同胞而奮戰的時候，他所鍾愛的祖國卻踐踏了他們的矜持，制定了一部惡法。

剝奪了一部分理應受到保護的國民人類的身分，趕到國境之外，強迫他們作戰。

在某個小鎮發生的事件，讓瓦茲拉夫久久無法忘懷。

為了補充全軍覆沒的正規軍留下的空缺，緊急招募而來的新兵當中，大多數都是因為暴力或怠惰而丟了工作的人，不但教育程度低落，甚至還在最初的任務中，用槍枝驅趕自己的同胞。原本就不怎麼高的道德水準瞬間落到谷底，最後每支部隊都幹起燒殺擄掠的暴行。

他還記得。曾經看到有一群人當著兩個小孩的面，笑著把親生父母凌虐致死。

看似姊姊的少女悲痛哭號，以及看似妹妹的女孩不掉一滴眼淚，冰冷至極的雙眸，一直迴盪在瓦茲拉夫的腦海中。

那兩個孩子想必這一生都不會原諒白系種及共和國吧。

「……一定要早點……阻止這種暴行……」

為了讓年幼的女兒清楚看見一切，偵察機飛得很慢。

第一區的居民幾乎不會踏足外界。飛越最外圍區的自動工廠形成的丘陵，以及太陽能、地熱、風力發電廠構成的平原與樹林，接著又是雄偉宛如山脈一般的鐵幕。初次由上而下目睹這些奇景而眼睛一亮的蕾娜，在看見被鐵絲網與地雷區重重包圍，粗製濫造的組合屋式強制收容所零星分布在夕陽西下的草原上，這種荒涼至極的景象時，也不由得面色凝重，陷入沉默。

看著神色凝重地望著窗外的女兒，瓦茲拉夫露出微笑。真是個聰明的孩子。不需要費盡唇舌去教導，只要像這樣讓她親眼見識，就會懂得自己去思考了吧。

雖然像這樣公器私用，讓未經許可的民間人士搭乘軍機是明確違反軍規的行為，但瓦茲拉夫才不管這麼多。反正現在的共和國軍人，盡是一些在勤務時間賭博玩樂，下班後也只會喝酒玩女人的人渣。

「可以繞到稍微超過前線基地的區域嗎？我想讓她看看戰場。」

瓦茲拉夫向手握操縱桿的飛行員如此說道。這位平常沒機會飛出八十五區外，而在這次拿到駕駛偵察機進行長途飛行許可便樂不可支的飛行員，爽快地點點頭。

「我知道了，上校……不過，那一帶可是連運輸機都被列入禁止飛行的區域喔。」

「那有什麼關係。我們又不是要進入交戰區，而且以這個速度來看，到那邊都已經晚上了，『軍團』也動不了吧。」

「軍團」基本上是晝行性的，因為它們靠電力驅動。平常是由位於支配區域深處的發電機型提供能源匣，當能源匣耗盡時，也能展開內建在機身中的收納式太陽能板，進行緊急發電。因此夜間當然無法發電，所以它們為了避免能源耗盡任人宰割的狀況，較少進行夜間作戰。

但真正的原因，其實是因為和「軍團」的交戰太過慘烈，瓦茲拉夫不想讓蕾娜親眼目睹……畢竟無論如何都要保障女兒的安全啊，瓦茲拉夫看著那小小的背影，面露苦笑。

然而，瓦茲拉夫失算了。

又或者是他內心深處以為只有八六才會死在戰場上，不認為會發生在自己身上吧。

但是在「軍團」的包圍下完全與他國斷絕交流，也無法利用航空機種進行地面攻擊，是有其理由的。

反空自走砲型。

在開戰的同時就幾乎布署於全共和國國土，毀滅了航空戰力。隱身在電磁干擾的蝴蝶群中，現在仍然如劍山一般坐鎮全域的「軍團」機種。

欠缺燈火的戰場上，那片漆黑夜空中突然響起震耳欲聾的爆炸聲，一團紅色火球迸散開來。左翼上的旋翼中彈了。偵察機拖著火焰下墜，離地表越來越近——

這副光景，被正在進行夜間巡邏任務的某個戰隊長看見了。

「……喂，剛才那是偵察機吧？」

「啊？喔喔，別管啦，無頭騎士。反正一定又是哪個蠢豬想搭飛機遊覽吧。多死幾隻白豬，對我們這些八六來說不也是件好事嗎？」

戰隊長置若罔聞，關上座艙蓋，啟動了愛機。他有著血紅色的頭髮，眼鏡底下則是一雙漆黑的眼眸。

「喂，無頭騎士……」

「我去進行救援……你們幾個繼續巡邏吧。」

一醒過來，只看見整片火海。

用雙手撐起上半身坐好之後，蕾娜連忙環顧四周。

放眼望去，所有東西都在燃燒。就連父親大人也是，倒在火焰中一動也不動。而且胸口以上都消失了。

她聽見外頭傳來呼喚，還有某種巨大的聲響，於是就從艙口爬了出去。

接著她看見一個巨大到必須抬頭才能看清楚的怪物，銀色的身體還倒映著火焰的色彩。散發光芒的紅色玻璃眼眸。肩上的汎用機槍是陰森的鐵灰色。走起路來像昆蟲一樣，快速擺動的腿部並未影響到身體的穩定，彷彿在滑行一般，感覺有些噁心。

順著怪物對準的方向看過去，飛機的飛行員就在那裡。嘴裡不知道喊著些什麼，把突擊步槍放在腰際，亂射一通。大多數子彈都落空了，偶爾擊中目標，也只在裝甲上迸出點點火星而已。

只見斥候型若無其事地緩緩靠近，隨意將前腳一掃，飛行員就被一刀兩斷，上半身飛得老遠，而下半身則是噴著血柱緩緩倒地。

這時，斥候型的複合感應裝置，突然間轉向蕾娜這邊。

正當蕾娜無助地縮起身子時。

『——還有人活著的話，就摀住耳朵趴下！』

突然響起一道從擴音器發出，充斥著雜音的大吼。隨後就看到一隻四腳蜘蛛，衝破了搖擺不定的火焰紗幕，在黑色夜空與鮮紅火焰的襯托下，一躍而出。

畫在機體側面的無頭骷髏騎士紋章，深深烙印在蕾娜的眼中。

兩側格鬥機械臂上的重機槍朝向斥侯型射擊。重機槍發出了震耳欲聾的咆哮。

步兵用突擊步槍相形之下也成了玩具一般，能將水泥防壁與裝甲車輕鬆變成殘渣的重機槍彈以狂風暴雨之姿，襲向正準備回頭的斥候型。

裝甲薄弱的斥候型轉眼間就被撕成廢鐵，倒地不起。

蜘蛛踏著嘎嘎作響的沉重腳步聲，走到了被重機槍的轟然巨響嚇得六神無主，怯生生地抬起頭來的蕾娜面前。

『沒事吧？』

蕾娜聽見人聲反而更加害怕，默默縮成一團。這時，蜘蛛的胴體突然裂開並往後掀起，有個人影從裡面站了起來。

那是個擁有鮮血般紅髮，戴著黑框眼鏡而氣質充滿知性，身材削瘦，年約二十左右的青年。

救了自己的大哥哥，說他叫作修雷．諾贊。

雖然不太明白大哥哥口中的「基地」是指什麼，但還是跟著他來到了停放著大量蜘蛛的建築物入口附近。和第一區截然不同的滿天星光，自天上流瀉而下。

雖然「基地」裡面還有很多人在，但是大哥哥告訴自己不能靠近他們，而那些人也始終離得遠遠的。因為知道他們瞪視著自己，覺得有點害怕。

總之，對方告訴自己的名字，讓蕾娜有些吃驚。感覺好陌生，從來沒有聽過這樣的發音。

「……好奇特的名字。」

「是啊。就算在帝國當中，也只有父親那一族使用這個姓氏的樣子。名字也是。」

大哥哥苦笑了一下，聳聳肩說道：

「叫我雷就好了，不然我的名字很難唸吧？聽說是我們家族傳統的名字，但是對共和國人來說就很陌生了。」

「你不是共和國人嗎？」

「父母親是帝國人，而我和弟弟都是在共和國出生的……沒錯，我還有個弟弟，年紀正好跟妳差不多吧……現在應該長大了呢……」

說到弟弟的時候，雷雖然帶著笑容，神情卻非常落寞。眼神中流露著懷念與苦澀，望向不知名的遠方。

「很久沒見面嗎？」

「……嗯。因為我還不能回去啊。」

當時的蕾娜還不知道，入伍之後的八六，在服滿役期之前連一天的休假都沒有。

雷問蕾娜會不會餓，而她雖然沒吃晚餐卻不覺得飢餓，便搖了搖頭。雷露出心痛的表情，嘟囔著至少能喝點甜的東西吧，於是跑去找了巧克力和熱水，溶在一起拿給她喝。

年幼的蕾娜也沒發現，這杯飲料在這裡是多麼珍貴的東西。

「……父親大人告訴我……」

「嗯？」

「他說我們對有色種的人做了很壞的事。大哥哥明明也是有色種，為什麼要保護我呢？」

聽見如此直接的疑問，雷露出有些為難的表情。就像是每次蕾娜問了對她來說還太難懂的問題時，願意正面回答她的大人臉上會浮現的那種表情。

「……這個嘛。我們現在的確受到了很殘酷的待遇。自由遭到剝奪，尊嚴也遭到蹂躪。這是任何人都不能原諒，也不該受到原諒的事情。我們被迫承受了這樣的待遇，失去了國民的身分、人類的身分，被當成了野蠻愚蠢而卑微的豬玀。」

深沉而冰冷的怒氣從那雙黑色眼眸中一閃而過。蕾娜忍不住端起馬克杯喝了一大口。

「即使如此，我們同樣是在這個國家出生長大，也同樣是共和國的國民啊。」

他說得很平靜，蕾娜卻感受得到強烈的決心。

「雖然目前沒有人承認這一點，但也因為如此，我們才必須想辦法去證明。保衛祖國是共和國國民的義務，也是榮耀。所以我們才選擇挺身奮戰。用戰鬥來守護這個國家。一定會拚盡全力保護給大家看……我們才不會變成和那些只會嘴上說說的人渣一樣。」

蕾娜眼睛眨呀眨的，有些迷糊。戰鬥。為了守護。為了證明。可是，要和長得那麼巨大，像怪物一樣的東西戰鬥耶。

「你不怕嗎……？」

「當然會怕啊。可是要是不戰鬥，就沒辦法活下去了。」

雷聳聳肩笑了笑，突然抬頭看著滿天的星星。

看著那填滿了整片無比漆黑的夜空，彷彿叮鈴作響，卻無聲閃爍的星光，以及隱身於星辰之間，幽深廣闊，無邊無際的闇色虛空。

直到剛才還掛在臉上的笑容消失了。雷用著如同立誓一般真摯的語氣，訴說自己的想法。

「我不會死，也不可以死。我一定要活下去，一定要回到我弟弟的身邊。」

†

雷當時真摯的側臉和話語，在如今已年滿十六歲的蕾娜腦海中，依舊歷歷在目。

所以一聽見和他相同的姓氏，蕾娜才會激動得當場站了起來。就連自己弄倒了椅子，把茶杯摔碎的事情都沒注意到。

就像雷說的一樣，這個姓氏似乎真的就連在帝國都很罕見，這些年來除了雷之外，蕾娜從未見過第二個有著「諾贊」這個姓氏的人。而這個名字，代表他也是出自同一族嗎？還是說，這個感覺與蕾娜年紀相仿的少年難道就是——

最終，辛說出了答案。

似乎才剛從一瞬間的迷失中回過神來，蕾娜第一次聽見他的聲音中隱含著茫然。

『……是我的哥哥。』

「哥哥……那麼……」

雷口中很久不見、很想念的，也誓言一定會回去找他的——

這個人，就是他的弟弟啊。

「他曾經告訴我，他很想念你，一定會回去找你……那麼，你的哥哥現在還好嗎？」

聽著蕾娜因為懷念與百感交集而激動不已的聲音，早已恢復冷靜的辛以冷酷的語調說：

『他已經過世了。五年前，就在東部戰線。』

啊。

「……對不起。」

『沒什麼。』

他回答得十分簡短。聲音聽起來是真的不在乎的樣子。

和雷談到弟弟時的熱切比較起來，兩者之間的差距之大，讓蕾娜感到困惑。總覺得這和看慣生死的淡漠不太一樣，而是冷冰冰的沉默。

蕾娜正想著自己該說點什麼才好，隨即便聽見辛平靜地開口：

『妳之前曾經問過我，退伍之後想做什麼，對吧？』

「啊……是的。」

『我現在還是想不到退伍之後有什麼特別想做的事情。不過，我有一件非得完成的事……我在尋找哥哥的下落，這五年來一直都在找。』

蕾娜歪著頭想了想。既然他已經知道雷過世了，那就表示——

「是要尋找……他的遺體嗎？」

蕾娜感覺到辛似乎笑了。

不，那不是在笑。感覺更接近自嘲，也更加冰冷。

那淒厲而決絕的情感奪走了蕾娜的注意力。宛如一道冰冷而危險的冰刃。宛如陷入癲狂。

『——不是。』

†

隔天。

辛先向大家說明了事情經過。隨後，管制官便與所有人進行同步連接，不但以真摯的態度道歉，還不厭其煩地一個一個詢問大家的名字。對此。賽歐覺得十分尷尬。

「……辛，不要做這麼多餘的事好嗎？」

「你後悔了吧。內容姑且不論，但你一定後悔用了那種說話方式。」

看起來好像漠不關心，沒想到他都看在眼裡。這種被看穿的感覺，讓賽歐有些不悅。

戴亞現在笑得很賤，安琪不知為何用溫柔的眼神望了過來。啊，該死！幹嘛一臉「跟我沒關係」的表情撇過頭去啊，可蕾娜。明明那時候妳自己也很火大，要是我沒有爆發的話，妳還不是也會對她發難。

「話說妳——米利傑少校對吧？妳不是已經從辛那邊知道我們的名字了嗎？」

『確實如此。但是那和大家親口告訴我，還是不一樣。』

也就是沒有得到本人同意，就算知道也不會擅自用名字來稱呼的意思嗎？有夠麻煩。

辛一句話也沒說，蕾娜就像是自知理虧而縮著身子等著被罵的孩子一樣，也讓賽歐覺得越來越頭大。他已經搞不清楚自己到底是還在生氣，或者只是賭一口氣而已了。

「我一開始分發到的戰隊，那裡的隊長啊……」

突然轉換話題，似乎讓蕾娜一頭霧水的樣子。賽歐自顧自地說了下去：

「他是個開朗到像個笨蛋，據說本來就是軍人，所以實力強得很誇張的…………白系種。」

可以聽到同步的另一頭，輕輕吞了口水的聲音。

「明明從最初的防衛戰中存活下來了，卻覺得只讓我們八六上戰場不公平，所以又自己跑回最前線，一個多管閒事的傢伙。隊上的所有人雖然在隊長面前沒說什麼，但暗地裡罵得可凶了。大家是真的都很討厭他。想想也很正常啊，雖然同樣身為處理終端，但隊長是自己主動選擇來這裡的，我們則是打從一開始就沒得選。再說了，人在這裡又怎樣？哪天不想幹了，還不是隨時可以拋下一切跑回牆裡去。每次看到他擺出我們是同伴的嘴臉就讓人很不爽，所以大家還拿他什麼時候會玩膩這種廉價同情的遊戲滾回去來打賭。」

『……』

「但是，我們都錯了——隊長直到最後都沒走。因為沒走，所以才死了。為了保護其他處理終端，主動接下殿後的任務，就這麼死了。」

聽到最後遺言的人是賽歐。因為留下隊長殿後，在進行撤退的時候，賽歐是距離隊長最近的成員。他接到了對方的無線通訊，問他可不可以聽自己說說話，只要聽聽就好。

——我知道你們都很討厭我。因為這很正常，所以我什麼也沒說。

——你們討厭我也是無可厚非。因為我不是來幫你們，也不是來救你們的。

——我只是沒辦法容忍自己眼睜睜看著只有你們這些人上戰場。我覺得很害怕，所以我只是為了自己才回到戰場。你們不原諒我也是理所當然。

——請你們不要原諒我。

接著無線電突然爆出一陣雜音，隨即回歸沉默。那時候賽歐才終於明白，對方早就知道會死，所以才不選擇透過同步說話。因為他是帶著戰死的覺悟，帶著再也回不去的覺悟，返回這座九死一生的戰場。

他第一次感到後悔。要是能和他多聊聊就好了。直到現在，賽歐還是後悔不已。

「我並不是叫妳一定要和那個隊長一樣。只不過，妳始終是個躲在牆裡的白系種，所以我們之間並不對等，我們也不會承認妳是同伴，只是這樣而已。」

把想說的話都說完之後，伸了個懶腰。自己的這段往事在基地裡的人都知道，自己也反覆回想了不知道多少次，所以現在重提一次，也沒什麼大不了。

「無聊的往事就說到這裡了……對了，我叫賽歐特．利迦。要叫我賽歐或利迦，還是可愛的小蠢豬都無所謂啦。」

『才不會無所謂……對不起，直到昨天為止所發生的一切，真的很對不起。』

「那些就算了啦，妳真的有夠龜毛耶。」

『凱耶之前所說的好人……就是指那位隊長吧？』

「不僅是指那個隊長喔，而是所有像那個人一樣拚死奮戰的人。」

和他們的同胞所創造出來的這個噁心世界奮戰的所有人。

『……』

接下來，換萊登自我介紹。

「我是副隊長萊登．修迦……首先必須向妳道個歉。過去我們一直在私底下嘲笑妳每天晚上與我們交流的行為。笑妳這個自以為是聖女的偽善者真是太天真了，竟然沒有發現自己有多噁心之類。關於這點，我要向妳道歉。抱歉了。此外——」

黑鐵色的雙眸，冷冷地睇了起來。

「就像賽歐所說的，我們不認為彼此是對等的，也不是同伴。妳依舊是個踩在我們頭頂上，說著脫離現實的夢話的笨蛋。這一點還是沒有改變，所以我還是會這樣看待妳。如果妳覺得這樣也無所謂，那麼我也願意像之前那樣陪妳聊聊天，就當作是打發時間，但我個人不建議妳這麼做。妳不適合做管制官……還是快點辭職吧。」

蕾娜似乎稍微笑了。

『如果還有打發時間的效果，還請你今後也要與我多多交流。』

萊登露出苦笑。那張精悍如狼的臉龐，微微浮現親近的神色。

「妳也是個笨蛋啊……喔，對了。快點把地圖傳過來吧。妳昨天忙著哭，都忘了吧。」

蕾娜這一次是真的笑了。

『馬上好。』

聽著眾人交談的過程中，辛突然憶起昨天蕾娜所說的話。

修雷．諾贊。

一個好久沒有聽見的名字。

一個本來以為再也不會聽見的名字。他甚至連這個名字本身都快要遺忘了。因為自始至終，辛從來都沒有用這個名字稱呼過那個人。

他下意識地伸出右手，緊緊揪住脖子上的領巾。

哥哥。

—不存在的戰區—

The dead aren't the field.
But they died there.

間章　無頭騎士

所屬部隊遭到殲滅，被迫逃到淪為廢墟的市區裡躲藏。入夜之後，天上悄悄下起了雪。

辛待在廢棄的書庫中，背靠「破壞神」坐著，入伍這一年來，裝甲上累積了無數細微傷痕。他把握時間小睡片刻，等待黎明的到來。

雪夜的寒冷，對十二歲的身體是極大的考驗。他裹著薄薄的毛毯，躲在牆壁極為厚實，沒有一處損壞的圖書館最深處，一個沒有窗戶的書庫。不久前還在廢墟中徘徊的一群「軍團」，為了避免能源耗盡被埋在雪堆中，已經開始撤退了。只要等到天亮，想必就能安全返回基地吧。而那架之前被自己取名為菲多，從上一個部隊開始就莫名很黏自己的「清道夫」，搞不好也會跑出來找他。

這時，辛突然睜開眼睛，感覺有人在呼喚自己。

那和自己死了一次之後就開始聽見的亡靈之聲不同。那不是聲音，單純只是感受到呼喚的一種感覺。

這種感覺，在好久以前就已經消失，再也沒有出現過。

辛彷彿被勾了魂似的，走到外頭。

大量採用鑄鐵與暗灰色石材的街道大半已被積雪染成純白，只剩下模糊不清的灰影。無數白色惡魔悄然而激烈地降臨於大地，將街道、瓦礫甚至是夜色都侵蝕成自己的顏色，這寂靜而暴虐的美，甚至連人的靈魂也漂白了。

踏過埋在積雪與瓦礫之中的大道，來到了市區中央的廣場。

廣場最深處，有個坐擁兩座並排的尖塔，其中一座卻已經倒塌的教堂廢墟。在這個聳立於飛雪織成的輕紗之中，宛如黑影般的巨大屍骸面前。

有一架腐朽的「破壞神」倒臥在地，像個死於路旁的白骨。

座艙罩已經不知去向。在風吹雨打下扭曲變形的裝甲上，還微微殘留一個無頭骷髏騎士的標誌。

辛踏著深深的積雪走到附近，低頭看著駕駛艙。

「……哥哥。」

就算問他為什麼會知道，他也只能回答我就是知道。辛不需要任何理由，他深信這就是事實，如此而已。

眼前的駕駛艙裡，悄悄蓋上一層白色積雪的陰影之中，可以清楚看見哥哥已經變色的無頭骸骨，就橫躺在那裡。

第四章　我名叫「亡靈的大軍（軍團）」，因為我們為數眾多。

被攜帶式終端機傳來訊息的提示聲吵醒後，蕾娜起身伸了個大大的懶腰。保持在啟動狀態的資訊終端全像螢幕上，正暫停在機身攝影機的畫面，底下則鋪滿了好幾份列印出來的戰鬥報告。

陽光透過窗簾，讓坐西朝東的臥室顯得十分明亮。把昨晚扔在棉被上頭，材質透光的輕薄睡袍披在肌膚上，一邊用梳子整理頭髮，一邊走下床。

打開通訊軟體，原來是阿涅塔發來的訊息。

『下個月就是革命祭了，等下次休假時我們一起去看宴會禮服吧。』

蕾娜稍加思索，打了個簡短的回信並送出。

『對不起喔。我這陣子有點忙，下次再約好嗎？』

馬上就又收到了回信。

『蕾娜，妳最近很難約耶。』

接著又傳來一封。

『為了那些八六做這麼多事情，也只是白費工夫喔。』

蕾娜轉頭往背後看了一眼。

那是昨晚睡前在分析上有一點點進展的先鋒戰隊的戰鬥紀錄。包含了內容條理分明，顯現出記錄者思路清晰的戰鬥報告，以及取自「破壞神」任務紀錄儀的檔案資料。雖然不知為何只有巡邏報告的內容依舊荒誕，但除此之外的資料簡直就像寶山一樣，可說是在與「軍團」戰鬥這方面的資料寶庫。

自己並不是在白費工夫。

這肯定能夠幫助大家多增加一分存活下去的機率。

『對不起喔。』

†

「——其實少校去參加也無妨吧？」

趁著進行聯絡與回報的空檔，也就是在報告上應該出外巡邏的時段，辛一邊保養平時擺在「破壞神」駕駛艙內的突擊步槍，一邊對著透過知覺同步和自己閒聊的蕾娜如此平淡地回應。

時間剛過中午，地點在隊舍中的自室。因為老是弄亂零件而被趕出房間的小貓，還是鍥而不捨地猛抓門板。

『不過，要是那時候遇上敵襲的話……』

蕾娜還是難以接受。該說很像是性格一板一眼的她會有的反應，還是該說她不知變通。

「總是有辦法解決的。」

『再說了，明明還在打仗，居然還舉辦宴會……』

「我想就算是現在，恐怕也有某個戰區正在進行戰鬥吧。所以不管牆內的人做了什麼，都不會對前線造成任何影響。」

拔下鎖軸，將槍機從槍栓組件上取出後，放在墊布上。雖然突擊步槍這種等級的武器對「軍團」很難造成傷害，但多少可以用來牽制，在事有萬一的時候至少還有一把武器可用，所以還是保留下來了。

「所以說，我覺得妳去參加宴會也沒關係。雖然很感謝少校為我們進行敵情分析，但不需要連私人的時間都占用。」

聽到辛這麼說，蕾娜稍微沉默了一會兒。

『我這麼做……該不會很多餘吧……？』

「不，這的確幫了大忙。」

這是真心話。要是指揮官只是為了自我滿足而瞎忙，辛才不會把自己的時間浪費在上頭。

「說穿了，我們這些人的視野只侷限在前線而已。透過受正規教育的將校視點，以綜觀全局的角度來進行的情報分析資料，對我們來說十分寶貴。」

『……那就好。』

「但是，少校沒有必要把時間都花在這上頭。」

感覺另一端的蕾娜似乎抿著嘴，不是很開心的樣子。辛一邊忙著卸下退殼鈎，一邊說了下去，語氣依舊十分平淡。

「要是和戰場牽扯太深，就會變得像我一樣喔。」

聽見辛這番不知是開玩笑還是真心的話語，蕾娜輕輕嘆了口氣。雖然她還是提不起勁——

「諾贊上尉偶爾也會說笑呢……我明白了。我會努力去享受的。無論是無聊至極的宴會，或是令人彆扭的高跟鞋和禮服。」

自己也回了個玩笑話後，感覺辛似乎也有了一絲笑意。

『革命祭……是吧。聽妳這麼一提，我好像也有點印象。』

「你記得什麼嗎？」

只見辛稍微思考了一下。

『……好像有……煙火？在一座有噴水池的庭園，就在宮殿的前面。』

蕾娜聞言，猛地抬起頭來。

「沒錯。那是第一區的總統府，也就是月光宮……你以前住在第一區嗎？」

自王政時代起，第一區就是高級住宅區，居民也都是代代定居於此的人……過去貴為貴族階級的白銀種占了過半數。就算是在九年前，屬於有色種的居民也是少數中的少數。

所以，他們搞不好曾經在哪裡擦身而過。一想到這裡，就感到有些不可思議，又有些難受。

『雖然我記不太清楚了，不過大概是吧。我還記得是和家人一起……好像是哥哥牽著我的手過去的。』

蕾娜驚呼了一聲，微微縮起身子。心想自己又搞砸了。

「對不起。」

『……妳是指什麼？』

「是我太不識相了。上次也是……那個……又提到你的哥哥和家人……」

『喔……』

相對於垂頭喪氣的蕾娜，辛的語氣還是那麼冷漠。

『別在意。因為我幾乎都不記得了。』

「咦？」

『就是關於家人的事。我的腦袋裡只剩下一些殘缺的記憶，就連長相和聲音都不記得了。』

「……」

蕾娜不覺得辛冷血無情。

因為辛在與家人分別時，想必還十分年幼。之後整整五年，他每一天都要與死亡打交道。

就連彌足珍貴的記憶，也被戰火燃燒殆盡，或許只能感嘆造化弄人吧。

一瞬間——蕾娜好像看見了一個找不到回家的路，傻楞楞地站在荒蕪戰場上的小孩子。

「——那時候他告訴我，他一定會活下去，一定會回到你身邊。」

蕾娜將記憶中雷所說過的話盡可能正確還原，也試著在腦中重現雷說著這番話時的姿態。知覺同步是透過雙方的意識來傳遞彼此的聲音。所以在進行同步時，也能傳遞和面對面說話般差不多程度的感情。

要是能傳達過去就好了。雖然辛自己的記憶被戰火奪走，但留在蕾娜心中關於雷的記憶、樣貌和說過的話，如果能夠成功傳達到辛的心裡就好了。

「他還叨唸著你應該長大了吧，一副十分懷念的樣子。我看得出來，你在他心中是很重要的家人。你的哥哥是真的很想回到你身邊呢。」

『…………如果真是這樣就好了。』

經過漫長的沉默後，辛所回覆的話語中，帶有一絲絲的動搖。聽起來就像是他也希望是真的，但如果不是，也無所謂的感覺。

「上尉……？」

辛並未回應。發覺對方似乎不想深談的蕾娜，也閉上了嘴。在沉默之中，她只聽見另一頭傳來些微的金屬聲響。

在聽見最後那聲動靜較大，也較具特徵的聲響之後，蕾娜不禁歪了歪頭。剛才那是……？

「上尉，你現在該不會正在拆解步槍進行保養吧？」

辛躊躇了一瞬才開口回答：

『……是這樣沒錯。』

「現在應該是正在進行巡邏的時間吧。」

陷入一陣沉默。

原來那些內容莫名其妙的巡邏報告是這麼回事啊。蕾娜不由得嘆了口氣。

即使如此，先鋒戰隊每一次的反應都快得不像話。他們為什麼能夠搶在雷達之前，偵測到「軍團」來襲呢？說到這個，自己還沒有問過他們這個問題。

「既然你認為沒有必要，那應該也有你的道理吧……步槍也是。」

雖然按規定來說，八六禁止持用小型火器。

「因為有其必要，你才會使用，所以我不會多說什麼。但請你一定要善盡保管的責任喔。」

『……抱歉。』

回應的語調中帶有一點意外的感覺，讓蕾娜有些不解。

「請問，我是不是說了什麼奇怪的話？」

『沒有……只是我本來以為少校會因此生氣。』

聽到對方坦承的確有些意外之後，蕾娜的眼神也變得飄忽不定。

因為她想起自己當初剛分發到單位時，先是在繳交報告這方面斤斤計較，後來看見國軍本部的同僚們毫無紀律可言的各種行為，她也是不厭其煩地一個一個去糾正。

「我也不是……這麼不通人情，並不會要求你們遵守無意義的規則或禁止事項。雖然剛才提過了，但我還是要強調，凡是你們判斷在戰場上需要什麼，或是不需要什麼，我都會尊重你們的意見。」

因為不在戰場上的我，沒有立場對此說三道四。

心裡瞬間湧起一股苦澀，但她馬上甩甩頭，打起精神。

「不過呢，雖然只是在戰場上備而不用的武器，但還是得像這樣時時保養才行呢。共和國的突擊步槍實在太重了，在八十五區當中別說是訓練，大家連拿都不想拿呢。」

由於採用了大口徑的全口徑步槍子彈，共和國陸軍制式步槍通體均以強韌的金屬打造。在設計時也將對輕裝甲戰鬥的用途納入考量，才會採用這種口徑，但也造成重量變得難以負荷。

在蕾娜的認知中就是如此，可是辛卻顯得有些不解。

『很重？會嗎？』

這種打從心底感到質疑的語氣，讓蕾娜愣了一下，接著才突然發現。

對喔，這也難怪。因為對方是個男生啊。

一想到這裡，她不禁覺得有些難為情。

仔細想想，自己好像還沒有和同齡的男生兩人獨處，像這樣子聊這麼久過。

『……少校？』

由於知覺同步能夠傳遞的感情，與面對面說話的程度差不多。從辛的角度來說，就是感覺到蕾娜突然間滿臉通紅起來了。

「沒、沒什麼。那個……」

這時，同步的另一頭的氣氛忽然緊繃起來。

可以感覺到辛悄然無息地站了起來，把視線投向遠方的樣子。

總覺得往常如連續低音一般的雜音，好像變強了一點。

「……諾贊上尉？」

『請少校做好進行管制的準備。』

不出所料，眼前的資訊終端並沒有顯示任何警報。但是辛卻說得斬釘截鐵。

『「軍團」要來了。』

這次因為事前正好與辛進行同步的關係，蕾娜也參加了這場只有小隊長以上才能參與的作戰會議。

從敵軍總數、部隊展開狀況到進攻路徑等等，這支戰隊難道每次都是在掌握了如此詳細戰況的條件下，制定迎擊計畫的嗎？蕾娜在對這場以海量的情報為基礎進行的會議暗自吃驚的同時，也提出了好幾個作戰方案。在蕾娜認可了最終採用的作戰計畫，召集成員進行戰鬥匯報之後，作戰就此展開。

「我認為，主力很有可能是近距獵兵型的單兵種部隊。」

針對不知為何並未在事前掌握的敵軍兵種組成，蕾娜根據雷達上的資訊和以往戰鬥中得到的情報，做出了這樣的推論。再透過同步連接，傳達給分布在各個伏擊位置上的隊員。

「從生產特性和整備效率來看，在上次戰鬥中遭到集中火力摧毀的戰車型，數量應該還不足以湊成戰鬥編制。然而，敵方也不太可能將反戰車砲兵型單獨推上前線作戰。」

機動能力普通，裝甲也薄弱的反戰車自走砲，是伏擊專用的兵種。因為外觀相似就拿來代替戰車使用，導致全軍覆沒的錯誤戰法，是人類在履帶式戰車剛興起時常犯的錯誤。

「若是能夠承受反輕裝甲（破壞神）用榴彈傷害的戰車型也就算了，完全由裝甲較為薄弱的近距獵兵型所組成的部隊，長距離砲兵型能夠提供的砲擊支援也會大幅受限。只要先將斥候型解決，就能讓對方的威脅性降到最低了。」

『狼人呼叫各員。剛才已經確認了，少校的推測完全正確。』

前去偵查的萊登如此回報。他的口氣聽起來已經不是佩服，而是有些傻眼了。

『不過啊……又是生產特性又是整備效率的，妳真的有好好睡覺嗎？』

這時辛突然開口：

『少校。這次能否請妳關閉知覺同步？』

「咦？」

『在市區中與如此大量的近距獵兵型單一部隊進行巷戰的話，最後勢必會演變成一場混戰，近身肉搏的頻率也會變多。在出現較多……的這個狀況下，和我保持同步實在太過危險。』

辛說出的每一個字都是標準的共和國語，可是蕾娜卻聽不太懂這句話的意思，忍不住皺起眉頭。剛才……辛說了什麼？

出現較多……黑羊？

『有疑問的話，等到戰鬥之後我會再向妳說明。現在請妳切斷同步。』

在隨時可能開戰的現在，沒有時間好好說明，也是無可厚非。可是在不知道確切理由的狀況下，要求她做出令她感到可恥的拋下職務的行為，蕾娜反射性地產生抗拒。

「其他隊員現在也還保持同步不是嗎？再加上阻電擾亂型還在進行電磁干擾，萬一出現什麼意外，無線電也有失聯的風險。我不會關閉同步的。」

蕾娜出於抗拒而表示拒絕。辛似乎還想多勸幾句，但是眼見「軍團」已經進入無法坐視不管的位置之後，只能選擇把話給吞了回去。

『……我已經提醒過妳了。』

在拋下這句隱含苦澀的話語之後，「送葬者」站了起來。

一如辛事前所言，戰鬥成了敵我雙方的大混戰，而蕾娜緊盯著在電磁干擾之下勉強顯示光點的雷達螢幕，抬手壓住一邊耳朵。怎麼回事？雜音很嚴重。她很確定不是出自於這個房間，而是辛他們在戰場上聽見的聲音。但是，那到底是什麼？

敵軍的紅色光點，正朝著友軍的藍點接近。那是「送葬者」，是辛的機體。在千里之外的戰場上，兩者來到了肉搏戰的距離，也是近距獵兵型最擅長的範圍。隨後，兩道光點相互交錯——

一道不知名的「人聲」，奇妙而清晰地在耳中響起。

『——媽媽。』

宛如臨死前最後的吐息，意識矇矓下的呢喃聲，聽起來就是如此空洞。

在蕾娜腦袋一片空白時，聲音仍然不曾停歇。那些本該灌注於話語中的追憶與感情，都在死亡的虛無面前化為烏有，只剩下茫然空洞的聲音，不斷地重複。

『媽媽。媽媽。媽媽……』

「咿——！」

頓時寒毛直豎。

蕾娜用雙手摀住耳朵，但聲音是透過知覺同步傳遞而來，所以任何防範動作都毫無意義可言。

呼喚著母親的瀕死吶喊，不斷灌入腦中。這串失去了語言的意義，淪為單調的連續聲響，空洞至極的死前吐息，只剩下完全崩壞的一股執著。這道呼喚母親的聲音，隨即被震耳欲聾的砲響驅散。

但是馬上又有同樣音色的其他呻吟，接二連三地衝入腦中。

『救救我救救我救救我救救我救救我救救我救救我救救我救救我救救我救救我救救我……』

『好燙啊好燙啊好燙啊好燙啊好燙啊好燙啊好燙啊好燙啊好燙啊好燙啊好燙啊好燙啊……』

『不要……不要……不要不要不要不要不要不要不要不要不要不要不要不要不要不要不要不要……』

『媽媽……媽媽……媽媽媽媽媽媽媽媽媽媽媽媽媽媽媽媽媽媽媽媽媽媽媽媽媽媽媽媽媽媽媽媽……』

『我不想死。我不想死。我不想死我不想死我不想死我不想死我不想死我不想死我不想死我不……』

「不、不要……不要啊啊啊啊……！」

在壓垮思考與理性的臨死慘叫所構成的漩渦之中，隱約聽見了辛的聲音。

『少校！快關閉同步！米利傑少校！』

那個總是沉著冷靜的少年，在呼喚的聲音中罕見帶著焦躁，可是已經陷入恐慌的蕾娜完全聽不進去。她只是拚命摀住耳朵，縮著身子試圖逃避一切，大聲尖叫希望能蓋過這些聲音，但是始終不曾停歇的瀕死大合唱，逐漸侵蝕了她的理智——

『嘖！』

辛啐了一口，同時切斷了同步連接。慘叫的聲浪也瞬間消失。

「…………啊…………」

蕾娜緩緩抬起頭來，戰戰兢兢地放開雙手……什麼也沒聽到。看來是所有處理終端都斷開了同步連接。

不知何時從椅子跌坐到地上的蕾娜，呼吸因恐懼而變得急促，用那雙因膽怯而睜得老大的雙眼，凝視著管制室中的昏暗陰影。

……剛才那是……什麼……？

那不是來自和自己進行同步的處理終端。也不是任何人的聲音，而是來自更為遙遠，數量也超出想像的存在。

而在那片哀號之海中，她依稀聽見了一道聲音。那是——

——我不想死。

「……那是櫻花……是凱耶……？」

在切斷了與蕾娜的同步連接時，辛已經被大批「黑羊」所包圍，宛如狂風暴雨的慘叫聲刺入耳中，讓他不禁瞇起雙眼。由於黑羊群大半都是近距獵兵型，為了應付能把裝甲像水一樣輕鬆劃開的高周波刀連續攻擊，他遲了一步才切斷同步。

無數的慘叫、哀號、呻吟和叫喚聲重疊在一起，在這麼近的距離下，讓辛聽起來就像是足以讓五臟六腑移位的轟然巨響。可是只要拉近到這樣的距離，他就能夠清楚辨別每一道聲音。透過同步共享了聽覺，認出其中一道聲音的賽歐不禁發出呻吟：

『糟透了……！剛才……凱耶也在裡面……！』

感覺到好幾個人同時倒抽一口氣之後，通訊網頓時一陣譁然。

『凱耶她……？被帶走了嗎……！』

『該死……明明已經被安琪燒掉了才對啊……！』

將同伴們的悲憤暫時驅趕到意識角落，循著哀嘆聲搜索「凱耶」的位置。對於只是透過知覺同步暫時能夠聽見「聲音」的其他人來說，這種舉動宛如天方夜譚，但是身為源頭的辛，的確有能力辦到。

無需凝神專注便能鎖定聲音，只花了一點時間便掌握了距離與方向。他透過超越人類五感的精準度，完成了猶如大海撈針的壯舉。

目前距離最近的是——可蕾娜啊。

「神槍。方位〇六〇，距離八〇〇。在一五架組成的集團前排，從右邊數來第二架近距獵兵型。」

『……收到。』

凱耶不斷哀嘆「我不想死」的聲音在挨了一發砲擊後嘎然而止。這群亡靈大軍的聲音，在死後仍然遺留人間，唯有將其徹底摧毀，才能回歸安寧。

身處於令人理智崩潰的哀號漩渦中，辛悄悄發出了一聲帶著憐憫的嘆息：

「弔祭之戰……是吧。」

唯有徹底摧毀，才能回歸安寧的亡靈大軍。

就好像彼此都渴望回歸自己應有的歸宿一樣。

那位少女管制官大概再也不會與我們聯繫了吧……想到這裡，不知為何感到有些遺憾。發現自己起了這樣的念頭後，辛不由得皺緊了眉間。

†

努力了好久，直到日落時分，蕾娜才鼓起勇氣，試著再度進行同步。

然而只要她一產生同步的念頭，心裡就會湧上一股讓她快要吐出來的恐懼。最後當她真正連上線時，時間已經接近午夜，也差不多到了前線要熄燈的時限了。

蕾娜昂起頭來，努力壓下「這麼晚了搞不好會吵到人家」的軟弱念頭。要是現在不做，到了明天之後肯定就再也沒有勇氣嘗試了。只會拿同樣的藉口一次又一次說服自己，永遠也沒有實踐的那一天。

察覺自己的呼吸急促起來，她深深吸了口氣，啟動知覺同步。幸好對方尚未就寢的樣子，十分順利地連上了。

同步的對象只有一個人。

之前叫她切斷同步的是他，提醒她不可以與自己同步的也是他。因此蕾娜認為如果要找人解答的話，他就是最好的對象。

「……諾贊上尉。」

蕾娜可以感覺到辛似乎微微睜大了雙眼。

「我是米利傑。請問……你現在方便嗎？」

接著出現了一段不太自然的空檔。

不知為何，從連上的那一刻起就能聽見一道很微弱的聲音，像是下雨一樣嘩啦嘩啦的水聲。

『…………是還好，不過我正在淋浴。』

「咦——！」

蕾娜第一次聽見從自己口中發出這種失控的尖叫。

感覺自己連耳根都紅了，拚了命想要找話說，但是陷入空白的腦袋完全無法思考。她處在和白天不太相同的恐慌之中，好不容易才擠出一句彌補的話來。

「對、對不起。說的也是呢，都這麼晚了……那個……我馬上就關掉。」

『等等。』

這種時候辛的聲音還是平靜得有點可惡。

『我並不介意，而且沖完澡之後就要睡了。少校應該是有問題想問吧？妳不介意的話，請直接開口問我就好。』

「這……這樣啊。那麼……」

話雖如此，但蕾娜的父親過世得早，又沒有其他兄弟，也還沒談過戀愛。這個狀況對她來說有點太過刺激，讓她只能一邊忙著把注意力從熱得發燙的臉頰轉移開來，一邊開口說道：

「啊……對了，請問今天的戰果如何？有沒有人受傷，或是……有沒有人不幸……」

『一切順利……少校就是為了確認這件事嗎？』

「因為……」

就算他們是精銳中的精銳，也不能保證在與「軍團」交戰後一定可以生還。

更何況是待在那片淒厲的叫喚之中——那實在可怕到讓她一直擔心後來是不是全軍覆沒了，或是進行同步之後，又發現哪個人不見蹤影了。

「上尉……今天在戰鬥中聽見的那個聲音是……」

在說出口的瞬間，身體又沒來由地一陣發寒。

宛如持續低音一般的雜音。宛如深邃森林中響起的枝葉聲。宛如來自遠方的嘈雜人聲。

過去，因為那些東西離得夠遠，所以聽起來才像是那樣。但實際上卻是無數臨死哀號的集合體。

她終於明白了。辛之所以會有「死神」這個別稱的由來。因此，了解內情的管制官才會全都避之唯恐不及。

這個聲音才是真正的理由。

「那到底是什麼呢……？」

『……』

只聽見嘩啦嘩啦的水聲。

『以前，我差點死過一次。』

脖子上隱隱感到一陣鈍痛，壓抑而沉重，好像被緊緊勒住一樣。快要不能呼吸。

這不是蕾娜自己的感覺。而是透過同步傳來……那麼，這就是辛的感受。

『說得更貼切點，我想那時候我大概真的死了一次吧。因為成了同樣的存在，所以才能聽見聲音……才能聽見那些死了卻不曾消失的……亡靈之聲。』

「……亡靈。」

蕾娜忽然想起阿涅塔的父親的意外。

由於同步裝置的神經活性率設定成理論上的最大值，導致他潛入了世界意識的最深處，再也回不來。

照這麼說，倘若所有死者都會回歸世界……回歸到更為深層的最深處的話。

那麼曾經瀕臨死亡，墜落到最深處的人——不就和知覺同步的連結原理一樣，經由最深處和活人以外的某種存在產生接觸了嗎？比方說，像是那些同樣因為死去而墜落到最深處，卻還殘留一小部分在軀體中無法完全回歸……與那些無法消逝的亡靈產生了接觸。

可是，之前那些是……

「白天那些……應該是『軍團』吧？」

只有在近距獵兵型靠近的那瞬間才會聽到聲音。戰鬥前辛所說的那番話也印證了這個假設。

『「軍團」本身也是亡靈吧。隨著帝國的滅亡，它們也失去了作為兵器的存在意義，失去了下令者，也失去了實現目標的必要，遵照無謂的遺命在世間徘徊……可說是亡國軍隊的亡靈。』

「……難不成你們每次都能事先察覺『軍團』來襲也是因為……？」

『嗯，因為我聽得見聲音。只要它們稍微靠近一點，就算我已經睡著了，還是能夠察覺。』

「請你先等一下……！」

蕾娜痛苦地悶哼了聲。雖然辛說得輕描淡寫，但實際上絕對沒有這麼輕鬆。只要靠近一點就能察覺？——他以為我不知道敵軍最接近基地的駐紮據點有多遠，而以這個距離為半徑的範圍中，又有多少「軍團」出沒嗎？

宛如來自遠方的人聲嘈雜或枝葉摩擦聲的亡靈之聲。

同步率調到最低的知覺同步，只能接受到發言者的聲音，以及觸手可及的範圍內的聲音，或是大到足以震撼身軀的巨響罷了。

在蕾娜耳中細微到像是雜音的這些聲音……在辛的耳中又是如何呢？以往和辛同步時經常能夠聽到的低語聲，在他耳中又是怎樣呢？

「上尉現在能聽到多少聲音呢？能夠聽到多遠，聽起來又是什麼感覺……」

『精確的距離我並不清楚，但是我能夠掌握整個共和國舊有國土上的「軍團」動向……不過距離太遠的話，就無法分辨群聚中的單一個體，只能以集團為單位來監控。』

這是超出常人想像的世界。

就算一個個都只有竊竊私語的程度，但是把各戰線所有的「軍團」加起來的話……

他無時無刻都在聽著這些聲音，就連用來休息的睡眠時間也是。

「你不覺得……很難受嗎？」

『已經習慣了。畢竟都過了這麼久。』

「是從……什麼時候開始的？」

對方沒有回答，於是蕾娜又提出下一個問題：

「先前之所以能聽見凱耶．谷家少尉的聲音，是因為她……也變成那個……亡靈了嗎？」

想要把這個字眼親口說出來的時候，空虛的常識還是造成了一些妨礙。

接著是一段短暫的沉默。之後水聲停歇，感覺到對方正在把濕答答的瀏海往後撥。

『這場戰爭最多在兩年內就會終結——共和國政府是如此預測的，對吧？』

「啊，是的……你怎麼知道呢？」

雖然對於話題突然轉變而感到困惑，她還是點點頭回答。為了不讓八六產生無謂的希望，這項情報並沒有向處理終端公開才對。

『是賽歐從那位隊長口中得知，而我則是從賽歐那裡聽說的……「軍團」的中央處理裝置在設計結構圖時就已經設定好壽命上限，目前剩餘的時間不到兩年，沒錯吧？』

「……是的。」

「軍團」的中央處理裝置是由流體奈米機械模仿哺乳類的中樞神經系統構築而成，所以能夠達到媲美大型哺乳動物的處理能力，但是用來維持這項構造的結構圖，卻放入了無法變更的時限及刪除程式。

『從賽歐那裡聽說之後，我才恍然大悟。因為，雖然我原本就能聽見「軍團」的聲音，但也只能聽見它們蠢蠢欲動的聲響而已。但是從某個時期開始，就混入了人類的聲音。當時我猜得到它們「做了什麼」，卻不明白「為何」要那麼做。』

聽著辛用對女性來說難以置信的粗暴手法擦乾頭髮之後，又聽見細微的衣物摩擦聲。光從聲音就能感覺得出來衣服的質地有多差。

『既然中央處理裝置的結構圖時日無多了，只要拿別的結構圖來代替就好……而且能夠拿來代替的東西，早就近在眼前了。』

「……該不會是……！」

『沒錯。就是在哺乳動物當中也特別發達的中樞神經系統——人類的大腦。』

蕾娜光是想像就快吐了。這種行為已然超越病態的境界，徹底踐踏了人類的尊嚴。反觀辛的聲音，卻還是那樣平淡。

『正確來說，我想應該只是複製了人腦結構而已。畢竟要是直接拿來使用很快就會腐爛，而且陣亡的人多半屍骨無存，但完整到腦部足以使用的屍體又更為稀少了。事實上，重複遇上有同樣聲音的「軍團」是常有的事情。我想凱耶也不例外，大概還存在於戰場上的某處吧。』

已經不在世上的少女嘆息聲，成了如音樂盒般無限循環的機械亡靈。

『所以，雖然稱它們為亡靈，但是和一般人心目中的靈魂不一樣。存在的殘渣——或許這樣形容會比較貼切。它們並不具備人類原本的意識，也無法進行溝通，只是複製了死亡瞬間的腦部構造，導致死前的想法不斷循環，寄宿在「軍團」體內的亡靈罷了。』

「……黑羊。」

『是的。它們就是混在「軍團」之中，被亡靈附身的異端。雖然現在反而是黑羊占多數就是了。』

儘管從死亡的瞬間便開始腐敗，但仍舊是哺乳類中最為發達的人類大腦，想必能發揮出比「軍團」原本的中央處理裝置更高的處理能力。於是在失去結構圖的威脅之下，將臨終哀號納入體內的異端黑羊日益增加。

辛的聲音不知不覺浮現了對「軍團」的憐憫之情。憐憫那些失去故國，失去戰鬥理由與存在意義，淪為撿拾腐肉卻還是遵照遺命死戰不休的機械亡靈。

『……我也稍微能夠理解它們之所以不停攻擊共和國的理由了。』

「咦？」

『因為它們是亡靈。理應消散卻殘存於這個世界，直到毀滅都無法回歸安寧。我想，就是因為它們渴望回歸，所以想帶著眼前的亡靈一同回歸，才會發動攻擊吧。』

「亡靈……？」

那是指誰呢？

是指明明活著，卻不被當成人類看待，從社會的角度來看與死者無異的八六嗎？

『共和國在九年前不是早就死了嗎……現在的共和國身上，難道還有半點符合五色旗建國精神的特質嗎？』

他的語氣明明如此平靜。不，正因為如此，才更令人痛心。

自由、平等、博愛、正義與高潔。利用非正當的理由將族群分出高低，導致數百萬人犧牲卻毫無悔意的這個國家……早就沒有資格拿任何一項建國精神來誇口了。

共和國已經死了。九年前，當大多數國民決定對同胞展開迫害時，等於就是親手殺死了這個國家。

這個在老早之前便已死去，卻毫無自覺苟存於世上，名為共和國的巨大亡靈所發出的聲音，或許辛也能聽得見呢。

發現蕾娜默默不語，不知該如何回話的樣子，辛仍舊先沉默了一會兒才緩緩開口。用著一如往常的平淡語調，彷彿只是在述說自己所知的事實。

『少校。這場戰爭是你們輸了。』

他並不是說「我們」。

「……這是什麼意思？」

『就像剛才所說，「軍團」不會因為中央處理裝置崩壞而停止機能。實際上就我所感知到的狀況，「軍團」的總數並未增加，也並未減少……可是八六呢？究竟還剩下多少？』

蕾娜沒辦法回答，因為她不知道答案。共和國並未對此進行統計調查。

『比我們小兩三歲的人，恐怕就是最後一批了。因為自從實行強制收容政策以來，八六的人口便停止增長了，而在收容當時還是嬰幼兒的人多半也已經死去。』

在收容當時已經成年的人，幾乎都在開戰後的兩年內死光了。不但入伍的人都沒有回來，被動員去建設鐵幕的人，也在以過勞死為目標的惡劣勞動條件下，不出所料全數犧牲了。剩下的就只有完全派不上用場的高齡老人，或是重大傷病患者，而這些人也在這九年當中近乎死絕。

「……嬰兒為什麼會……」

『妳認為在缺乏完善醫療的條件下，嬰幼兒的死亡率有多高？……在我曾經待過的收容所，幾乎沒有幾個嬰兒能夠撐過第一個冬天。其他收容所的狀況想必相差無幾。而活下來的小孩子，大多也都被賣掉了。』

「賣掉？」

『沒錯。被部分的士兵和八六為了賺點小錢賣了。或許是直接被送去當「零件」了吧。』

蕾娜遲了一拍才理解這是什麼意思，頓時臉色發青。

換言之，在共和國境內有一批口口聲聲說八六是豬的傢伙，私底下卻拿「豬」的小孩來取樂，或是偷偷移植「豬」的內臟才得以存活。

就這樣，只有小孩活了下來。而他們也將會被分批送上戰場，就快要消耗殆盡了。

『「軍團」並未減少。可是八六很快就會滅絕了。屆時，白系種（你們）有能力戰鬥嗎？不知道戰鬥的方法，也沒有任何人熟知戰場，學會了把兵役和戰爭費用統統推給八六（其他人）負責的你們，這下子真的有辦法挺身奮戰嗎？』

肯定不行吧——蕾娜聽得出辛這一番話中的嘲諷。

他並不是在嘲笑迫害者的窘境是罪有應得。而是在嘲笑那群短視近利又故步自封，不願正視現實且失去自保能力的生物有多麼悲哀而已。

『既然不會有人自願，就只能進行強制動員了。但在民主制度下，非得等到威脅近在眼前，才有可能推行這樣的措施。可是到了那個時候，就來不及了……在事態變得無法挽救之前不能做出決斷，是近代民主制度的缺點。』

蕾娜忍不住順著辛的話去想像那個結局，又連忙甩甩頭，趕走那不祥的畫面。她之所以否定這個推測，不是因為她有反駁的根據，只是突然被打到痛處，下意識地不願意接受將在數年後到來的滅亡。

「可——可是，實際上觀測到的『軍團』數量正在減少！和數年前相比幾乎少了一半……」

『那是指待在可觀測範圍內的「軍團」吧？從交戰區深處到「軍團」的勢力範圍當中，可是全天都籠罩在阻電擾亂型的電磁干擾之下，完全無法進行觀測……的確，出現在前線的「軍團」正在減少，但那只是因為沒有出動的必要而已。它們只是不斷發動足以削減我方人數的小規模襲擊，大多數的戰力都在後方待命，而進行待命的數量也有逐漸增加的趨勢。』

這種行動所顯示的目的只有一個。

戰力的溫存與增強。放棄徒增消耗的持久戰，企圖以一波總攻擊直接瓦解共和國的防衛線。

「『軍團』怎麼可能擁有能夠做出這種戰略性判斷的智慧？」

『本來應該是沒有的。而那就是你們的另一項敗因。』

與狼狽至極的蕾娜正好相反，辛的聲音依舊平靜無波。

『雖說腦袋完好的屍體極少出現，可是在禁止回收屍體的戰場上足足有數百萬名死者。數量一旦多到這種程度，自然就有可能擄獲尚未劣化的個體……對於人類而言，遇上無法攻陷的敵陣而選擇加強戰力，這種程度的判斷其實不算太難吧？同樣的，如果在「軍團」當中，出現了思考能力與人類相當的個體呢？』

「……！」

黑羊。模仿人類腦部構造而成的「軍團」。即使結構已經劣化，還是能夠獲得比原本中央處理裝置更好的處理能力。

那麼，要是它們拿到了剛死不久，還尚未劣化的腦髓呢？

『這樣的「軍團」被我們稱為「牧羊人」。那是亡靈的指揮官，能夠統領原本和唯命是從的士兵差不多的「軍團」個體。過去我曾經遇上好幾架，由它們所指揮的軍隊，和沒有它們指揮的軍隊，差距之大不可同日而語。』

「請等一下。那並不是假設，而是實際存在的東西嗎？難不成那個也——」

『我能夠聽得出來。因為身為指揮官機的它們聲音十分清晰，就算混在群體中也能辨別。大約有數十架機體分布在各戰線當中，而在這個第一戰區的深處——同樣也有一架。』

一瞬間，辛的聲音變得幽暗而冰冷。就和之前……沒錯，就和之前他說要尋找死去的哥哥時一樣，宛如一把泛著寒光的利刃，散發著一股鋒利而危險的癲狂氣息。

蕾娜感到毛骨悚然。

共和國要滅亡了。因為自己的無謀與無恥。他們送入戰場的數百萬名八六，那些被榨乾每一分價值，甚至還死無葬身之地的亡靈，反過來成了他們的絆腳石。

「可……可是……」

蕾娜突然想起一件事，連忙開口：

「那是……假設你們在幾年後遭到全滅的話，才會發生的事情吧？」

辛不禁愣了一下。

『這麼說也沒錯。』

「既然如此，只要在這之前把『軍團』消滅掉，就不會發生這種事了。只要有你們……只要有了能夠看穿『軍團』每一次襲擊與所在位置的你以及先鋒戰隊，也不是不可能實現的吧？」

只要有了能在幾乎沒有損害的狀況下，不斷擊退「軍團」最為猛烈攻勢的他們在。

『倘若必要的人員、裝備和時間足夠，那的確是有可能。不過我覺得任何一場戰爭都是。』

「那麼，就努力贏下去吧。我也會……」

——和你們並肩作戰。本來想要這麼說，但蕾娜覺得太過傲慢了，便改口說道：

「我也會盡全力幫忙。無論是敵情分析或是制定作戰計畫，只要在我力所能及的範圍……總有一天，我會讓其他戰線也能像你們一樣。」

只要能掌握詳細的敵情，制定出通用的基本對應策略，對共和國而言是百利而無一害。用這樣的理由，把方法推廣到其他部隊，應該不會太困難才是。

「諾贊上尉，你今年就服滿役期了吧？所以你一定要贏到那時候……一定要活下來。我們一起努力吧。」

辛露出苦笑。語調略顯柔和地說道：

『……說的也是呢。』

•

中斷了與蕾娜的同步之後，辛返回了熄燈後顯得十分靜謐的隊舍臥室。

走進昏暗的臥室，就看見窗戶上的玻璃在青色的滿月光輝照耀下，映照出自己的鏡像。

在戰鬥中也不曾脫下的天藍色領巾，不至於連睡覺時也戴著。因為原本就打算沖完澡直接睡覺，所以身上只穿著內衣，把野戰服隨意披在肩上。領口空盪盪的，沒看見那抹淡淡的天藍色。

乍看之下十分削瘦，但長年在慘烈的戰場上鍛鍊而成宛如一匹野豹的身軀，那條帶著優美曲線的脖子上，有著一整圈的紅色傷痕。

那是一道並不整齊，紅得十分刺眼的瘀血傷疤。看起來也像是脖子曾經被扭斷一次，又勉強縫合起來的痕跡。

辛悄悄抬起一隻手，觸摸鏡像裡自己脖子上的傷痕。

—不存在的戰區—

The dead aren't the field.
But they died there.

間章　無頭騎士Ⅱ

萊登遇見那個死神，是在入伍半年後分發到的戰隊裡。

就在入伍後各自被分散到不同單位的最後一名友人也離開人世的隔天。

在入伍之前，他一直被人藏匿在八十五區內。

是個經營全住宿制私立學校的白系種的老婦人。

不管是她的學生還是附近的小孩，只要藏得下，她就會盡量把八六的小孩藏在學校宿舍裡。

就這樣來到第五年，在某人的告密下曝光後，迎來了護送的士兵。然而老婦人還是不願放棄，拚命用良心和正義試圖說服對方，卻只換來了他們的嘲笑與怒罵。

用運輸家畜的卡車載滿了小孩子，士兵們毫無罪惡感地離去。就在卡車離去時，追在後頭的老婦人拚了命大喊。

老婦人從未說過任何不雅的詞彙。她的個性嚴謹又甘於清貧，每當萊登他們出於好奇或是好玩而把那種話說出口時，她就會如烈火般發怒。

當時，她激動到神情扭曲，流著淚水瘋狂大叫：

「下地獄去吧，你們這些人渣！」

她在吶喊之後，趴在路上放聲大哭的身影，萊登至今依然記憶猶新。

萊登相當不爽。因為那個擁有死神別稱，和自己同齡的戰隊長，處事態度隨便到令人難以置信。

不管是從來不讓部隊進行巡邏、一個人跑去可能有「軍團」埋伏的廢墟探索，甚至在雷達沒有任何反應的狀況下，發布出擊命令。雖然他每一次都準確到讓人發毛，但是看在萊登眼裡，這些行為就和自殺沒有兩樣。

他非常火大。

一起入伍的友人雖然全都死了，但他們到死為止都用盡全力在戰鬥。那位老婦人也是。冒著可能被射殺的風險，也要拚命保護萊登他們。

反觀這傢伙。不管是其他人死了，或是自己死了都無所謂的樣子。

忍耐到了極限而出手，是在他入隊的半個月後，為了始終被隊長叫停的巡邏任務而起口角。

雖然腦袋還有點理智，考量到彼此體格的差距多少控制了點力道，但威力仍然足以將當時個子還很嬌小的辛揍飛出去。萊登對著滾在地上滿是塵埃的對手怒吼了聲「別開玩笑了！」但那雙紅色眼眸依舊不見一絲動搖，十分沉穩地與自己對望。

「……沒有向你說明，是我的錯。」

對方一邊吐出口中的血，一邊站了起來。動作相當流暢，看來造成的傷害並沒有想像中那麼大。

「只是按照過去的經驗，在沒有實際聽見之前，任誰都不會相信我說的話。所以我才不想浪費時間。」

「啊？你是在說什麼鬼話？」

「過陣子就有機會告訴你了。還有……」

說到這裡，辛就朝著萊登臉上猛力揮了一拳。

以矮小的身軀揮出扎實無比的一擊，威力十分可觀。由於重心移動和力量的傳遞沒有一絲一毫浪費，萊登就這麼乾淨俐落地被擊倒了，腦袋也有些發昏。

「挨打我就會打回去。我不會手下留情，如果你覺得那也沒差，就來打一場吧。」

萊登想著這傢伙是怎樣，便拿出真本事揍了過去。

就結論來說，萊登輸了。而且還是一面倒。比萊登在戰場上多活了一年的辛，就是如此善於面對及使用暴力。

真是個討人厭卻有兩把刷子的傢伙——打完之後，他對辛的印象也稍稍改觀。而在隔年聽到這件插曲的賽歐，目瞪口呆地表示這又不是漫畫情節，真是有夠丟臉，但萊登覺得真正不了解的人是賽歐。不過身為當事人的辛居然也笑了，實在是搞不懂那個笨蛋到底在想什麼。

「到時候你可一定要交代清楚啊。」在大打出手的隔天，萊登那張滿是傷口的嘴巴，只擠出了這樣的一句話。

而在下一次的戰鬥中，他聽見了大批亡靈的淒厲慘叫。

為何不需要巡邏……為何辛能夠具備超出年紀的沉穩？在那一戰中，萊登似乎有了答案。

†

先鋒戰隊的隊舍在熄燈後便歸於寂靜。而在自己臥室的床上翻來覆去，始終睡不著的萊登，聽見了刻意放輕的腳步聲，便起身查看。

望向門沒關上的隔壁臥室，發現辛就站在昏暗的室內，那扇被月光映成藍色的窗前。

「你剛才是不是在跟誰說話？」

萊登覺得剛才好像聽到樓下的淋浴室和一旁的更衣室裡，微微傳來辛說話的聲音。

只把視線轉向萊登這邊的辛，點點頭回了聲「是啊」。超齡的沉著，以及永不動搖的冷漠性格，讓那雙注視著萊登的紅色眼眸，顯得極為冷冽。

「是少校。剛才她跟我同步連結，就聊了一下。」

「……哦，她竟然主動聯繫啊。那位大小姐意外的有毅力啊。」

萊登有些佩服。因為凡是聽過「那個」的管制官，都沒有一個人願意再與辛進行同步。

探出領口的脖子沒有半點遮掩，完全暴露在外。萊登的目光不由得停在那圈紅色傷痕上。宛如斬首傷口一樣悽慘的那道傷痕，萊登曾經聽辛解釋過來龍去脈。他也知道，辛是因為這個才獲得了聽見亡靈之聲的異能。

好個寧靜的夜晚。至少對萊登來說是這樣。

但是對辛來說……對於這個無意間得到了異能，聽得見無數亡靈永不止息的吶喊聲的這位同胞來說，這個夜晚想必還是充斥著令人難以想像的悲嘆與哀號吧。

無時無刻聽著這樣的聲音，怎麼可能還保持正常人的感性。將自己的感性反覆破壞、削除，最後得到的結果，恐怕就是這位心若磐石，冷漠至極的死神吧。

死神望著萊登。用那雙紅色眼眸，用那雙彷彿能凍結一切的血色眼眸望著。

萊登知道他的心不在這裡，而是被遺落在遙遠的戰場彼方，被他所苦苦尋求的首級所囚禁。

「我要睡了。有話等明天再說吧。」

「……喔，抱歉啦。」

看萊登花了點功夫關上有點故障的門，聽著他的腳步聲返回隔壁房間，傳出彈簧床吱嘎作響的聲音後，辛依舊待在透過窗戶玻璃照入室內的藍色月光中，凝視戰場的另一端，一動也不動。

靜下心來仔細聆聽，就能聽見那有如星辰的耳語一般，瀰漫在整片夜色之中，無數亡靈的聲音。呻吟、慘叫、悲嘆、哀號，以及意味不明的機械話語。專心致志地穿過這些聲音，將注意力集中在離此處極為遙遠的某個呼喚聲上。

最後一次聽見這個聲音以人類的身分對自己說話，已經是八年前的事了。

不過和那時一樣，還是同樣的一句話。

每天晚上，只要聽見這個聲音就會醒來。這個聲音從不允許自己忘記它的存在，哪怕只有一晚。

籠罩在身上的黑影。

試圖絞碎、撕裂脖子的握力和重量。

近在咫尺，隔著眼鏡俯視著自己，泛著憎惡的黑色眼瞳。

窒息帶來的痛苦，以及甚至壓過肉體上的痛苦，哥哥那震耳欲聾的怒吼聲。

罪孽(SIN)。這就是你的名字。不覺得很適合你嗎？

就是你的錯。一切都是你的錯。

同樣的聲音，也從遙遠的彼方呼喚自己。從五年前那個人在東部戰線一隅的廢墟裡死去時，就這樣一直不斷呼喚著自己。

伸手觸摸冰冷的玻璃，明知對方聽不到，辛卻還是輕聲呢喃：

「我馬上就能去找你了——哥哥。」

第五章　願那該死的光榮歸於先鋒戰隊
Fucking glory to Spearhead squadron

那天的戰鬥也出現了許多「黑羊」，因此在戰鬥結束後，蕾娜強忍著反胃的感覺，不敢大口呼吸。

依舊保持同步連接的另一端，突然響起可蕾娜的聲音。在戰鬥結束後，本來以為處理終端們都紛紛切斷同步了，但她似乎是特地留下來的。

『真的那麼難受的話，明明可以放棄啊。』

語氣十分隨意。蕾娜也明白對方並不是出自於擔心才這麼說。

『就算妳不在，我們也不會傷腦筋，沒有管制也不會出什麼問題。明明就是個擺設，在戰鬥中還得分擔妳的難受，會讓我們分心，有夠礙事。』

因為她說得完全正確，所以蕾娜也沒辦法生氣。雖然對方這樣看待自己，卻願意特地找自己說話，還是讓她很開心。

隨後，她突然想到一件事，開口問道：

「那妳和其他人都不覺得難受嗎……？」

可蕾娜他們就算難受也不能切斷同步。因為無論敵方藏在哪裡、數量有多少，辛那份都能正確鎖定位置，也不會遭受欺瞞的索敵能力，在實戰上是最為貴重的恩賜。

可蕾娜似乎聳了聳肩答道：

『沒什麼。反正已經習慣了，而且就算辛不在，我們這些處理終端也早就不知道聽了多少次臨死前的慘叫。』

相對於淡漠的語調，可蕾娜的感情卻很明顯起了波動。那不是恐懼，而是更加深邃沉重的憤怒、遺憾與悔恨。

『連同機體一起被炸碎，才是最好的死法。像是手腳被轟飛、臉被削了大半、全身燒得體無完膚、肚破腸流、痛到忍不住大哭等等，同伴在煎熬中死去的慘狀，我早就不知看過多少次了。相較之下，那些早就死透的傢伙所發出的聲音，根本不算什麼。』

然而，她說起話來卻像在強忍著痛苦，像在強忍著淚水一般。

蕾娜感覺得出來，那位身處於遙遠戰場上的少女，現在正緊緊抿著雙唇。彷彿還能聽見她咬緊牙關的聲音。

『第一戰區（這裡）也是一樣……不管是誰死了，對我們來說也早就見怪不怪。』

「……嗯。」

當初共有二十四人的戰隊員，到了昨天又失去了一人，現在已經減少到剩十三人而已。

那台再也沒有機會修好的收音機，被萊登放進自動工廠的回收爐裡了。

等到隊員們照老樣子來到房間裡集合後，蕾娜也在同樣的時間照老樣子連上了同步。聽見她說了聲晚安後，萊登就回應道：

「收訊良好，少校……只剩下我們這些臭男人，真是抱歉啊。」

蕾娜似乎愣了一下。

這也難怪，畢竟每天晚上總是第一個回應她的人，不是萊登而是辛。

『……請問，諾贊上尉怎麼了嗎？』

只見賽歐抱著素描簿，哼了一聲後說：

「米利傑少校，妳真的很麻煩耶。妳明明知道我們的階級只是擺著好看的吧？」

戰隊長的階級是上尉，然後從副隊長、小隊長往下層層降階，於是小隊員的階級就降到了准尉。由於這只是為了讓戰隊內的指揮系統更加明確，才會如此統一規定，因此並未給予他們相應的權限、待遇和給付。而這支隊伍的處理終端全都是在之前的戰隊中擔任隊長或副隊長的「代號者」，所以大半成員反而都是從原本的上尉或中尉「降格」成少尉或准尉。

但蕾娜的回答卻相當果決。

總覺得她最近越來越大膽了啊，萊登玩味地想著。

『修迦中尉還有利迦中尉也稱我為少校吧。我只是用同樣的方式來稱呼，有什麼不對嗎？』

「……的確是呢。」

聽到她如此乾脆，賽歐也露出苦笑。

雖然她曾告訴大家，叫她蕾娜就好，但是還是沒有人改口。蕾娜自己也知道彼此之間有一層隔閡，所以她也用公事公辦的語氣稱呼大家。

雖然時常交談，卻不是能夠直呼姓名的關係。只是表面上相處和諧，但迫害者和受害者始終不可能站在一起，這是雙方默認的事實。

『……那麼，諾贊上尉呢？該不會是在今天的戰鬥中發生了什麼——』

「喔喔，不是。」

萊登忽然望向連接隔壁房間的那面牆。

在此集合的人，除了可蕾娜和安琪之外，都是每晚會出現的成員，而大家也都各自做著喜歡的事，只不過，這裡不是辛的房間，而是萊登的房間。

隔著一面薄薄牆壁的辛的房間，安靜到沒有發出半點聲響。

「他只是在睡覺而已。因為太累了。」

在吃晚飯的時候，辛就已經在恍神了。當萊登完成值日的收拾工作，偷看了一下狀況時，就發現辛已經倒在床上。萊登把一臉不滿還喵喵叫個不停的小貓拎在手上，順便幫辛蓋上被子，之後就再也沒有聽到任何動靜，所以他應該會一路睡到早上吧。

在認識他的這三年裡，偶爾會發生這種狀況。雖然當事人總是說自己早就習慣了，但是一天二十四小時都得接受「軍團」從遠方傳來的疲勞轟炸，負擔還是不容小覷吧。

因為在調到最低的同步率下，透過同步接收到的聲音，和當事人實際聽見的聲音並不一樣，所以萊登他們完全不知道辛究竟活在怎樣的世界之中。不過，辛曾經有一次把同步率調高到極限，而與他同步的那位管制官隨後就自殺了。那傢伙是個喜歡用很亂來的命令和錯誤的情報，害處理終端白白送死的人渣。他也真的把隊上毫無經驗的菜鳥給害死了，就連辛也忍不住抱怨那傢伙又吵又礙事。於是在下一次的戰鬥中，辛切斷了與所有隊員的同步，只和那傢伙單獨進行連接，結果那傢伙就再也沒有與他們進行同步了。後來聽憲兵說，那傢伙已經自殺了。

辛不但生活在充斥著那種聲音的世界裡，而且最近的先鋒戰隊又是狀況連連。

『……連上尉都這樣了，各位的負擔的確都變重了呢……再這樣繼續下去，也只會不斷造成傷亡……』

「……是啊。」

對於蕾娜的感慨，萊登簡短地表示同意。不只是辛，戰隊所有成員的疲勞程度在這陣子的戰鬥中，都達到了十分嚴重的程度。

從成立之初開始計算，先鋒戰隊已經陣亡了多達十一名隊員，接近編制人數的一半。按照正常軍隊的標準，損害程度足以認定為全滅，早該進行再度編成了。由於「軍團」來襲的次數和兵力都沒有改變，也讓每個人的負擔都增加。敵軍數量超過可應對的範圍，疲勞導致判斷失誤，人手不足帶來的影響，進一步又造成更多傷亡，這就是當下面臨的處境。

然而就連在最初兩個月內戰死的九條等三名缺額都還沒得到補充。蕾娜似乎不甘心地緊咬著下唇，語氣也跟著強硬起來。

『關於人員補充，我會盡量想辦法，讓人員優先送來這裡。』

看見悠人往這裡瞥了一眼，萊登從鼻子呼了口氣說：

「喔……說的也是啊。」

『這個部隊是最重要據點的防衛戰力，有權優先接受補充。在許可下來之前，我也會向其他部隊申請支援……所以，請大家再稍微忍耐一下。』

「……嗯。」

萊登曖昧地點點頭。在餘光中看見了悠人和賽歐對著自己聳聳肩。

「……吶，安琪。我問妳喔。」

待在淋浴間裡的，只有可蕾娜和安琪兩個人。

安琪正在仔細地清洗那頭銀色長髮，而可蕾娜淋著不算熱的熱水，向她這樣開口。

「怎麼了？」

「我只是覺得，是不是該和那個女人講清楚了？」

安琪不知為何卻用似乎很開心的眼神望著她。

「妳在擔心少校？」

「才……！」

可蕾娜連忙搖頭。怎麼會突然說出這麼奇怪的話啊！

「才沒有呢！為什麼我要擔心那個女人啊！……我只是覺得，因為那傢伙並不害怕辛，所以稍微關照她一下也沒差吧，只是這樣而已。」

她嘟著嘴巴，又繼續碎碎唸下去。

——雖然討人厭，雖然嘴上老掛著那些讓人想吐的夢話，但她沒有把我們最重視的同伴當成怪物看待，光是這一點，我覺得就算認可她也是可以啦。

「不管是辛、萊登還是大家都隱瞞不說呢……只要把真相說出來，那個女人就再也不會跟我們聯絡了吧，這樣對我們雙方都比較好不是嗎？」

「也是呢……我記得以前凱耶也曾經講過類似的話……」

——因為妳並不是個壞人。還是別和我們扯上關係比較好。

「可是我覺得呀，就是因為這樣，辛和萊登才不願意向她坦白吧。他們大概是覺得，講出來一樣也會對她造成傷害。」

「……」

凱耶已經不在了。

每次淋浴時總是很在意自己嬌小又毫無起伏的身體，經常被其他女性隊員取笑。而那個如貓一般優雅的少女，以及聊起不能被男生聽到的話題時，總是起鬨得很厲害的其他人也是，統統都不在了。

現在只剩下兩個人。原本總共有六名的女性隊員，除了可蕾娜和安琪之外，全都陣亡了。

這時，可蕾娜忽然察覺有異，抬頭望向安琪。

「吶，安琪。」

「怎麼了？」

「……沒關係嗎？」

正在清洗頭髮的手停住了，安琪卻只是聳聳肩。

分明認識了一年以上，但卻是可蕾娜第一次與安琪一起使用淋浴間。過去不管是在誰面前，就連在同為女性的隊員面前，安琪也從未脫下衣服，讓肌膚暴露在外。

「嗯。因為現在已經無所謂了。都只剩我們兩個人了，好像也沒什麼好藏的呢。」

白皙裸身從水幕底下展露在可蕾娜面前。雖然兩人身上都同樣有著新舊不一的傷疤，可是安琪的背上卻多了好幾處不見褪色，也不像是戰鬥造成的傷痕。

從長髮的縫隙中，露出了像是文字的傷疤。可蕾娜連忙移開目光，但是「妓女的女兒」這幾個字樣，仍停留在她的腦海中。安琪有著濃厚的白系種血統，然而，雙親之中有一支遠祖是天青種的血脈。

「……戴亞他啊，在第一次見面的時候，就猛誇我頭髮很漂亮。他明知道我留長髮只是為了遮掩，但還是開口問我，是因為頭髮很漂亮才留長的嗎？」

安琪試圖讓聲音保持平靜，但才說到一半，還是漸漸變得沙啞。她勉強勾起微笑的淡色雙唇，像是別種生物般地顫抖起來。

「就連這樣的戴亞也不在了。那我還有什麼好在意的呢……」

說著說著，可蕾娜以為安琪哭了，但是她並沒有哭。當安琪撥開濕透的瀏海望向可蕾娜時，那張柔和的臉蛋又露出了如往常般的和煦笑容。

「可蕾娜才是呢，不說出口也沒關係嗎？」

安琪並未講明是要對誰說，又是要說什麼，但兩人都心知肚明。

可蕾娜悄悄垂下眼簾。

「……嗯。因為我覺得，我大概沒有資格這麼做吧。」

剛被分派到他的部隊時，可蕾娜其實很害怕。

因為一直以來聽過不少傳聞。關於那個掌控東部戰線最前線的紅眼無頭「死神」的傳聞。

由於「代號者」都是踩著同伴的屍體，吸著戰友的鮮血才得以存活的人，所以他們的別稱多少帶有惡名昭彰的意思。然而，就辛的代號可說是最為獨樹一格的存在。

送葬者。比任何人更接近死亡，卻唯獨自己得以倖免，一次又一次為其他人送葬，是戰場上最為可靠，也是最為人忌憚，與「死神」同義的稱號。

聽說他先前待過的戰隊，除了跟隨他的「狼人」以外全數陣亡了。不知道是他真的像那個別名一樣能夠招來死亡，還是說，其實他是拿戰友擋槍才能活到現在的。

可蕾娜後來才知道，辛自從第一次被分發到部隊開始，就始終不曾調離激戰區。

在不知第幾次的作戰之後。

一位同袍從腹部以下全被自走型地雷炸掉了。

眼看著他遲遲未死而痛苦掙扎，但是卻沒有任何人敢上前做點什麼。

只有辛一個人，靜靜走到他身旁蹲下。同時伸手制止了也想上前的萊登。

呆立在原地的可蕾娜，目不轉睛地看著他拔出隨身的手槍。那是大家都會隨身攜帶，用來自衛，也是在事有萬一的時候用來自盡的武器。

那時候她才明白手槍還有另一個用途。

『雖然我知道很困難，但請你試著回想一下美好的回憶吧。』

於是走到生命盡頭的那位同袍露出微笑。『喂……』他努力地擠出聲音。

『說好嘍……你也會……帶著我一起上路吧……？』

『嗯。』

辛任由對方滿是鮮血與內臟碎片的手，觸碰著自己的臉頰，連眉頭也不皺一下。可蕾娜覺得，那是世界上最為美麗而神聖的光景。

他是我們的死神。偶爾會聽到萊登，以及共事了一段時間的戰友這麼說。此時可蕾娜終於明白原因了。

因為他會帶著大家一起上路。帶著死去戰友的名字，帶著他們的心，絕不會捨棄任何一人，直到抵達最後的終點。

每天在戰場上打滾的處理終端，對於未來茫然無知，死後也不會有墳墓，存在遭到遺忘乃是他們的宿命。而辛的行為，就是最為難能可貴的一種救贖。

可蕾娜打從心底焦躁起來。

一想到哪天死了，還有人會帶著自己上路就很開心，就再也不會害怕了。她也是從那時開始，把原本就頗為擅長的槍枝技術磨練得更為精湛。因為她已經下定決心，要是下次又非得做這種事的時候，她會親自動手。就算自己早晚會死，至少為他分擔一些也好，想要與他一同奮戰。

可是。

可蕾娜闔上蓮蓬頭，仰起頭來。她知道，那個人並不會是自己。只要還待在戰場上，自己就絕對不可能踏出那一步。

他們心目中的死神，將會把共同奮戰的戰友，將那些人的心，一同帶往最後的終點。

可是，他的心又能寄託在誰身上呢……？

†

「喂，八六。這個也是。」

生產機械和自動工廠都無法生產的物品，就要從牆壁對面空運過來，因此每個月都固定會前去領取一次空運補給。

正在對照清單和貨櫃有無誤差的辛，聽見運輸隊員目中無人的聲音，抬起頭來。

對方還帶著兩名手持突擊步槍的士兵，似乎想作為威嚇之用。這位穿上軍服仍然顯得有些寒酸的軍官用下巴比了比旁邊。辛沒有把對方的威脅放在心上，因為後面的士兵連步槍的保險也沒開，子彈也沒上膛。三個人站的位置都太靠近了，只要辛有那個念頭，隨時都能搶在開槍前制服所有人。雖然他也沒這麼無聊就是了。

「這是管制官（你的主人）送來的。據說是你們申請的特殊彈頭。真是夠了，區區的畜牲也敢勞煩人類多費工夫……」

軍官的身後是一座看起來很堅固的防爆貨櫃，大量封條和顯示內容為彈藥的標誌，讓貨櫃格外顯眼。

然而，辛卻皺著眉頭，心裡有些不解。因為他不記得自己有申請過這種東西。

望著默默不語的辛，軍官突然露出猥瑣的笑容。雖然在八六當中有很多搞不清楚自己只是家畜，反抗性十足的蠢貨，但是這傢伙倒是挺安分的。看來不管說什麼，他都不會咬人。

「你們的主人是個女的吧？喂，你是用了什麼方法迷住她的啊？不過是個不諳世事的大小姐，想必光靠嘴上功夫就能輕鬆『取悅』她了吧？」

辛突然轉頭盯著軍官說道：

「那麼，就讓我和尊夫人實際演練一次如何？想必她在夜晚也閒來無事吧。」

「你這傢伙……！」

軍官瞬間勃然大怒，但一見到辛的眼神就渾身發寒。那雙紅色眼眸依舊保持往常的靜謐，也沒有任何懾人的氣息，但是只敢躲在圍欄中苟且偷生的家豬，怎麼可能與生存在戰場上的野獸相抗衡。辛直接從凍結在原地的軍官身邊走了過去，站到貨櫃一旁。清單上頭的確寫著這個貨櫃的編號，寄件單上也有這幾個月來已經看得很熟悉的蕾娜的簽名。

辛注意到底下有一行文字，不知是試寫還是用來備忘的。

「月光宮……？」

稍微思索了一會兒，辛這才想起某件事情，微微瞪大了雙眼。

†

所謂的宴會呢，就是一種社交場所，也就是以擴展人脈、利益交換和收集情報的集會。

當然，交流的話題不外乎是藝術、音樂或哲學等等，盡是些看似高尚卻毫無營養的內容。雖然蕾娜早有心理準備，但無聊的東西就是無聊。

從光輝絢爛的繁星宮大宴會廳，以及塞滿了整個空間的慾望集合中抽身而出，蕾娜逃到了沐浴在星光之下的露臺，一個人靜靜地喘口氣。

她原本就不喜歡參加宴會，再加上她這個年紀總是會碰上敏感的話題，而且以此為目的接近自己的男性越來越多，讓她心情更為鬱悶。米利傑家原為貴族，現在又是資產家。無論是地位或財產，都會引來大批的追求者。

不過，今天倒是沒有什麼好事之人過來打擾蕾娜。

黑色的絲質晚禮服並未違背服裝禮儀，但是配上黑色寶石與白色花飾後，儼然就是參加喪事才作的打扮。再加上她連一杯飲品也不拿，擺明要作壁上觀的模樣，除了不時會有尷尬的目光投注在她身上外，會場中的權貴名媛都選擇視若無睹。除了目瞪口呆的阿涅塔和一臉為難的卡爾修達爾有跑來和她說了幾句話之外，就只有一些頸部以上全是裝飾（就比喻上和物理層面上都是）的婦人會過來和她說句「好漂亮的頸鍊呀」，這樣誇讚著蕾娜戴在脖子上的同步裝置而已。

雖然這麼做的確很失禮，但她真的連半點參與的意願都沒有。

不願正視現實，只是待在狹小的世界中，為了酒色財權你爭我奪，實在太過空虛，也太過愚蠢了。過去已經不知道讓多少處理終端戰死沙場，而今後更是……

這時，同步裝置忽然啟動了。

『……少校？』

「諾贊上尉……出了什麼事嗎？」

蕾娜立即伸出一隻手，按住同步裝置小聲回應。這個時段的戰鬥應該不歸他們負責才對，該不會碰上了連第二戰隊以下的所有戰力都無法應付的大軍吧……

但是辛的聲音卻不見一絲緊張。

『只是因為少校沒有在平常的時間連接同步，所以就由我這邊主動聯繫了，請問是不是碰到了什麼問題？要是現在不方便的話，我改天再……』

「沒關係，請問有什麼事呢？」

這麼說來，的確到了平時與先鋒戰隊的大家聊天的時間呢。於是蕾娜便像是在講電話一樣，轉身背對著宴會會場，將身體面向在新月底下顯得有些幽暗的庭園，一邊如此詢問。

『是為了通知少校，「特殊彈頭」已經送達了。』

一輪巨大的火焰之花，綻放在只有星光閃爍的漆黑夜空中。

焰色反應造成的鮮豔色彩在空中迸散，片刻之後便化為虛幻的雪花，灑落而下。咚！另一道直上天際的流星，伴隨著爆炸聲從旁飛過，在夜空中綻開另一朵花。

隨著每一次發射而掀起的歡呼宛如孩童般純真，因為幾乎所有在場人，頂多只在小時候見過煙火，所以也是無可厚非。現場只見一雙雙被煙火照亮的著迷目光，以及一道道在綻放的剎那手舞足蹈的影子。

在基地周圍施放煙火，難免會引發各種問題，所以基地的主要成員就一起移師到廢棄的足球場。在雜草取代了草坪的球場上，隊員和整備人員隨意坐在四處，而球場外圍還能看見待命中的「破壞神」的機影。

載著整備人員的菲多手腳俐落地設置好發射筒，拿切割金屬用的噴槍代替打火機，將導火線一一點燃。

站在待機中的「破壞神」身旁，辛抬頭看著又一朵打上天空的火花。

「——謝謝妳送來的煙火。」

感覺同步率比平時稍微高了一點。蕾娜能夠微微聽見其他隊員們的歡呼。

發現辛是為了讓自己聽到這些，才改變設定之後，蕾娜也開心了起來。

「因為是革命祭嘛。以前上尉不是也和哥哥及父母親一起看過嗎？我想，其他人一定也曾和家人一起歡度過這個節慶。」

就在不久前，蕾娜把這個時期才會大量上市的高空煙火送往前線。她拿了稍微有點高級的酒塞給後勤部的行政人員，才有辦法把煙火裝進貨櫃，還用上了偽造的標籤。畢竟是要用運輸機運送的可燃物品，所以乾脆當成必須裝進防爆貨櫃的彈藥來處理了。

以前總覺得賄賂是件可恥的事，不過一旦碰上像這次一樣必須走後門的事情時，又是個不可或缺的系統，讓蕾娜覺得學到了不少。

『印象中，這是革命祭的傳統呢……少校那邊也看得到總統府上空的煙火嗎？』

「我看看……」

蕾娜在露臺上移動，望向總統府的方位。似乎正好趕上開頭的樣子。隨著大音量的共和國國歌響起，巨大的五色花朵也將夜空染上色彩。

獨自一人抬頭欣賞凝聚工匠技術的火焰藝術，讓蕾娜有些感傷地微微一笑。

「看得到喔。不過，天空還是太亮了。」

街道上的宴會與狂歡產生的光害過於嚴重。為求便利而毫無節制的浪費，代價就是都市的空氣遭到汙染。因此，理應彰顯共和國國威的璀璨煙火，也顯得十分黯淡。

但老實說，無論是在宴會會場內的賓客，或是在大馬路上狂歡的人們，其實根本就沒有半個人抬頭欣賞煙火。由能工巧匠精心打造的煙火，想必遠比市售的高空煙火更為精彩，然而在場卻沒有任何人認為這場煙火有多麼珍貴。

「上尉那邊的煙火肯定很漂亮吧。不但沒有光害，空氣也一定很乾淨。」

沒有光害的夜空、澄淨的空氣，再加上專注欣賞的觀眾。在戰場一隅綻放的煙火，一定很美麗。

我也好想跟你們一起看——蕾娜好不容易才把這句話吞了回去。因為這是一句不能說出口的話語。雖然蕾娜想要的話，隨時都能飛過去，可是辛他們就不一樣了，他們並不是心甘情願待在戰場的，而且蕾娜也不可能把他們帶回來。「一起」只不過是一時的錯覺罷了，所以這樣的念頭，甚至連想都不該去想。

於是她改口這麼說：

「總有一天，大家一起來看第一區的煙火吧。一定會看到笑出來呢。」

另一端的辛似乎露出苦笑。

『我不記得有這麼糟糕啊。』

「那就請你親自過來確認吧。等到戰爭結束之後，等你退伍之後，跟大家一起過來。」

蕾娜想起一些事，聲音變得有些低沉。她想到戴亞，以及這段時間以來死去的六個人。

「真希望伊爾瑪少尉他們也能看到呢……對不起，我又來了。不該挑這時候說這些呢。」

『不會。畢竟這是我們第一次用禮炮弔祭，戴亞他們肯定也會覺得很高興。那些傢伙最討厭的就是哭哭啼啼的事了。』

不過奇諾他們就真的只是在玩而已了。辛又如此補充了一句。感覺他似乎笑了，傳遞過來的感情波動也比往常稍微大了點，看來他也不是完全麻木不仁呢。

『而且，剛才安琪終於哭了。她總是喜歡獨自承擔壓力，所以這真的得要感謝妳才行。』

「……」

戴亞和安琪以前總是很親密，讓人覺得他們就像是老夫老妻一樣。

「艾瑪准尉想必難以忘懷吧……」

『這點大家都是一樣的。就像少校也一直沒有忘記我的哥哥一樣。』

辛猶豫了一會兒，才繼續說了下去：

『其實我也覺得很高興……因為我幾乎不記得哥哥的任何事情了。』

語調中有些動搖的這番話，讓蕾娜感到不可置信。

這次她第一次聽到辛用這樣的語氣表露自己的心情。

「……諾贊上尉。」

『能不能也請少校不要忘記我們呢？』

辛大概只是想開個玩笑吧。事實上，他的語調聽起來也只是在說笑。

可是，知覺同步的同步率調得比平常還高了一點。真的只有高了一點點而已。

卻還是把藏在這番話中的小小期盼，傳達到了蕾娜的心裡。

能不能不要忘記我們？

在我們死了之後，只要記在心裡一小段時間就好。

蕾娜緩緩閉上眼睛。

無論實力有多麼強大，無論從多少次戰鬥中存活下來。

對他們來說，死亡依舊是如此靠近。

「那是當然……可是……」

她吸了一口氣，果斷地表達自己的心意。因為那是自己的——是先鋒戰隊管制官芙拉蒂蕾娜・米利傑的職責。

「在這之前，我不會讓你們死去。不會再讓任何人死去。」

然而，另一方面。

無論蕾娜提出多少次兵員補充，無論她陳情了多少遍。

先鋒戰隊依舊沒有得到半個補充兵員。

†

那一天的出擊，死了四個人。

只不過是很平常的任務，內容是襲擊「軍團」的前進陣地。這是為了大部隊進軍所準備的中繼據點。但實際上，那是個陷阱。乍看之下毫無防備，但敵軍都在周圍埋伏。

不過辛還是老樣子，早就掌握了埋伏位置和敵軍數量，讓部隊避開敵方埋伏的正面，繞到側面發動突襲。

敵方不知為何沒有布署阻電擾亂型，蕾娜在雷達螢幕上也找不到額外的敵蹤，但就在即將遇敵之際，包含辛在內有好幾個人都覺得不對勁。「感覺不太妙啊。」萊登這句曖昧的呢喃，恐怕也是他們幾人共通的感覺。這或許才是他們能夠一路存活至今最大的理由吧。

足以媲美聽取亡靈之聲的搜敵能力，或許，可以稱之為戰士的嗅覺。

這時雷達突然警鈴大作，從高空斜斜落下的砲擊，也在同一時間落地。

從頭到尾沒有放鬆警戒，能在無意識下立即應對各種狀況的人，成為了倖存者。慢了一步迴避的「獅鷲（智世機）」遭到直擊粉碎；運氣不佳，剛好待在砲彈落點附近的「法夫納（奇諾機）」則是被碎片擊沉。

除此之外的全體友機都被猛烈的衝擊波吹飛，不是翻倒在地，就是暫時失去平衡，這時卻又迎來第二、第三波砲擊，沐浴在強烈的轟炸之中。

輔助電腦推算發射位置在東北東方向一二〇公里處。是以往從未觀測到的超長距離砲擊，而且彈速快到不像話。推測初速超過了秒速四千公尺，輕鬆超越火砲的極限值。

就連埋伏的敵機也是為了將先鋒戰隊留在砲擊範圍內的棄子。從側面展開的奇襲也在敵方的計算之中。如此精緻而冷酷的戰術，是以往的「軍團」所無法比擬的。

要是辛沒有及時鎖定並殲滅確認著彈狀況的前進觀測機，要不是新型長距離砲可能出了問題，在大約十波砲擊後就突然停歇的話，就算是身為精銳的他們也難以撤退，甚至可能會全軍覆沒。

甩開追擊之後，最終的損失達到四機。智世、奇諾、托馬和庫洛托宣告陣亡。

剩餘的「破壞神」僅有九機。

終於連編制的一半都不到了。先鋒戰隊的隊員只剩下個位數——

「我……」

蕾娜在顫慄之中，努力找尋該說出口的話語。

口乾舌燥。不祥的想像和某種預感讓她膽戰心驚。這讓她越說越激動。

「我現在就讓他們把補充許可批下來。讓他們今天就立刻批准。這實在太奇怪了——！」

先鋒戰隊從很久以前就陷入機能不全的狀態了。

兵員不足，因此也得不到足夠的休養，必須向周邊部隊申請支援或代為出擊，才勉強能維持防衛線。軍方高層明明也很清楚他們的現狀才是，卻始終沒有任何作為。支援和代為出擊的申請都是一下子就通過了，卻只有缺額補充的申請一直被打回票。她甚至厚著臉皮向卡爾修達爾苦苦哀求，但就算透過身為准將的他提出申請，也得不到半個補充名額。

辛只是說了短短的一句：

『少校。』

「我再去找准將好好談一次。還是不行的話，無論用什麼手段——」

『米利傑少校。』

辛又加重語氣呼喚了一聲，蕾娜才閉上嘴巴。

『我們所有人都不在意。』

『……是啊。』

萊登代表其他人表示同意。而剩下的所有人都陷入了沉重的沉默。

「……你在說什麼……？」

『少校，已經夠了。不管妳再怎麼努力，都是徒勞無功。』

「諾贊上尉，這是怎麼回……」

『不會有兵源補充過來的。一個人也不會有。』

「……咦？」

接著，辛平靜地如實以告。

將任何人都知道，卻始終沒有告訴過蕾娜的真相說了出來。

『我們將會全軍覆沒。這個部隊就是為此而準備的處刑場。』

間章　無頭騎士Ⅲ

在懂事以前，自己就能聽見母親、哥哥和周遭人的「聲音」。這些不是說話聲的聲音，總是非常非常溫柔。

所以那個時候，自己才會找上一個錯誤的對象撒嬌。那應該就是一切的元凶吧。

父親在從軍後不久便戰死了，接著母親也上了戰場，就只剩下辛和哥哥兩個人，待在建立於強制收容所一角的教會，被那裡的神父扶養長大。

辛所在的強制收容所是把當地原有村落剷平後建造而成，那個神父也是原本就待在這個村子裡。雖然他是月白種，卻強烈反對八六的強制收容政策，不願前往八十五區避難，也拒絕了教會發來的調令，獨自一人留在強制收容所的鐵絲網中。

由於他屬於白系種，被大部分八六排擠，卻和辛的雙親交情不錯。所以在兩人上戰場後，就由他負責照顧留下來的這對兄弟。

要是當時神父沒有伸出援手，哥哥和辛或許就沒機會活下去了。在強制收容所中，許多人都對白系種制定強制收容政策，或是帝國挑起戰端等等，造成他們無端遭逢厄運的元凶感到忿忿不平。因此，擁有濃厚帝國貴種血統的兩人，要是沒有神父的庇護，很容易就會成為眾人發洩不滿的對象。

在辛即將滿八歲的時候，在那個接獲母親戰死通知的夜晚。

當時辛還不太能理解雙親戰死代表了什麼。

因為距離太遠所以無法交流，但辛還是能夠明確感受到父母親的「聲音」。當他發覺聲音突然消失的那一天，就寄來了一張紙。就算告訴辛那代表兩人的死，可是這樣的話語還是缺乏真實性。既沒有在臨終前隨侍在側，也沒有親眼看到遺骸，單單聽見「死」這個字眼，對於一個還不懂死亡是什麼的幼童來說，還是沒辦法體會死亡帶來的巨大喪失感，也不能明白自己失去了再也無法找回的重要存在。

在感到悲痛之前，心裡反而先產生了疑惑。因為就算大人告訴他再也見不到爸爸媽媽，他們再也回不來，他還是無法理解這是怎麼回事。

要聽神父和哥哥的話，要做個乖孩子喔。出發那天早上，笑著這樣摸了自己的頭的媽媽，為什麼再也回不來了？他怎麼想也想不出答案。

所以，他才想跑去問哥哥。

比自己大十歲的雷，是個無所不能、無所不知的哥哥。他總是會保護自己，總是小心呵護著自己。

所以只要去問他，這個疑惑也就會得到解答吧。

雷待在分配到的房間中，室內沒有開燈，就這樣佇立在月光下。看著哥哥背對著房門，那寬厚無比的背影，辛輕輕地開口說：

「哥哥。」

雷緩緩轉過頭來。黑色的雙眸因流淚而泛紅。由於腦中完全被悲憤和哀痛所占據，讓他的情緒如暴風雨般猛烈，但眼神卻是前所未有的空洞，讓辛覺得有點害怕。

「哥哥。我問你喔，媽媽呢？」

辛感覺到那雙黑色眼眸似乎凍結了。

看到他就在眼前，聽到他心中的悲嘆，可是辛還是繼續開口。忍不住繼續說下去。

「媽媽不會再回來了嗎？為什麼？……為什麼死掉了呢？」

好像有某種東西突然斷裂一樣，沉默降臨。

那雙彷佛凍結了一般，十分茫然的黑色眼眸，突然湧出如岩漿一般的狂熱。當辛看到這一幕的瞬間，突然就被一股怪力抓住脖子，整個人被撞倒在木製地板上。

「咯……！」

肺部受到撞擊，擠出體外的空氣被絞住脖子的那股可怕力量所阻擋，無法回到體內。在缺氧的情況下，視野很快就陷入黑暗。在臂力與體重的雙重壓迫下，感覺脖子好像就要被捏碎，或是被撕裂開來。壓迫的力道就是如此恐怖。

在至近距離下，雷俯視著自己的那雙黑色眼眸。

泛著激昂與憎惡的光輝。

「——都是你的錯。」

從快要咬碎的牙關之中，硬是擠出一道低吼般的聲音。

「都是因為有你在，媽媽才會上戰場。媽媽會死都是你的錯。是你殺了媽媽！」

要是沒有你……

辛聽見了哥哥的「聲音」，甚至蓋過了雷鳴般的怒吼。那道聲音宛如熊熊烈火，宛如一把利刃，由於源自於思維本身，所以毫無任何遮掩，赤裸裸地展露在辛的面前。

要是沒有你就好了。要是你根本沒有出生就好了。現在還不遲，我要讓你從這世上消失。

去死。

「罪孽（SIN）。這就是你的名字。不覺得很適合你嗎？都是你的錯，一切都是你的錯！媽媽死了，我也快要死了，這些全都是你犯下的罪孽！」

好可怕。不管是哥哥的怒吼聲，還是哥哥的「聲音（憎恨）」。

可是他卻動彈不得，無法摀起耳朵，讓自己聽不到那個「聲音」。

所以辛逃到「那裡」了。逃往心底深處，比靈魂深處更深的最深處，也是雙親消失的所在。

意識頓時中斷，一切都消逝在黑暗之中。

醒來之後，辛發現自己就躺在自己房間的床上了，只有神父一個人陪在身旁。「已經沒事嘍。」神父是這麼說的。而且也沒有看到哥哥。雖然對方還留在教會，但在那之後，辛也只有再見過他一次而已。

就在那段時間，雷辦理了從軍的手續，幾天後便離開了教堂。

辛被神父拉著，躲在他背後悄悄探頭，目送雷離去。

哥哥沒有看他一眼，也沒有對他說一句話。當時哥哥的側臉看起來似乎還在生氣，所以辛不敢開口，深怕哥哥又會對他發怒。結果直到最後，還是沒有說出半句話。

從那天之後，本來隨時都能感受到的哥哥的「聲音」，就再也聽不見了。雖然辛好幾次鼓起勇氣試著呼喚，但哥哥從來沒有回應過。不久之後他終於明白了，哥哥不願原諒自己……而自己也沒有資格獲得原諒。

脖子上的傷疤還是保持在當初的模樣，不曾褪色，也不曾消散。從那時候開始，辛就發現自己常常聽見一種來自遠方，十分奇妙的聲音。

他聽不懂對方在說什麼，但是聽得出來對方試圖想表達些什麼。

後來，在混入了人的聲音之後也是如此。雖然聽起來像是壞掉的錄音機一樣，不斷重複同樣的話，但是他聽得出來那些聲音都在哀嘆，都在尋求同樣的東西。

無論神父或是其他人都聽不見的聲音究竟是什麼，辛也自然而然想通了。

自己大概在那個時候就被哥哥殺了。是真的被殺死了。

所以他聽得到和自己同樣存在的聲音。也就是死了之後卻沒有消失，依舊留在人世的亡靈。

某天，辛從時時在耳邊響起的眾多亡靈哀嘆聲中，聽見了哥哥的聲音。

這一道不斷從遙遠的彼方呼喚著他的聲音，讓他明白哥哥已經死了。

就在那一天，辛辦理了從軍的手續。

第六章　至少作為一個人

Fiat justitia ruat caelum

「你——」

一瞬間，她無法理解辛所說的話。

全軍覆沒？為此而準備的處刑場？

「你是在……說什麼……」

這時，蕾娜猛然驚覺。

六年前自己遇見的雷是八六，也是處理終端。

八六為了讓自己和所有的家人重新拿回公民權，才會自願前往絕望的戰場。

既然如此，辛身為雷的弟弟——在雷選擇從軍後，就該恢復共和國公民身分的辛，現在為何會以處理終端的身分，以八六的身分待在戰場上？

其他處理終端也一樣。既然每年都有數萬名新兵被送上戰場，那麼這幾萬人的雙親和兄弟姊妹之前又都是在做什麼？

「難不成——……！」

『沒錯，就和妳想像的一樣。那些白豬打從一開始就沒有打算讓八六拿回公民權。』

『只是拿這個當誘餌進行徵兵，然後榨乾我們的每一分價值而已。豬就是豬，有夠噁心。』

蕾娜立刻搖了搖頭。按照她的倫理觀念，實在很難接受這樣的事情。

共和國。養育她的祖國。再怎麼樣也不可能做到這種地步吧？

「怎麼會？怎麼可能會有這種事——！」

賽歐輕輕嘆氣。那不是責備，而是苦悶又帶點顧慮的聲音。

『我並沒有要責備妳的意思……只是，從開戰到現在，妳曾經在八十五區內見過任何一個八六嗎？』

「……啊——！」

以公民權作為交換，八六需要服役五年。就算當事人在期滿之前戰死，家人獲得公民權的權益依舊受到保障。

可是開戰至今已有九年了。至少在這段期間陣亡的人，他們的家人應該早就取回公民權了，可是蕾娜卻從沒見過……真的是連一個這樣的人都沒見過。雖然她從未離開過第一區，而第一區的有色種居民本來就極為稀少，但也不至於連一個人都沒見過——！

她對於自己的遲鈍感到反胃。

明明至今為止出現過好幾個線索。身為兄弟檔的雷與辛。在收容當時還是幼童，上頭應該還有雙親和兄姊的處理終端們。只有白系種存在的第一區。她對這些異狀視而不見，直到現在還像個笨蛋一樣，相信共和國的清白。

『因為大多處理終端在期滿之前就陣亡了，所以就算把公民權之類的承諾當作沒發生過，也不會發生問題。問題就在於我們這些待在九死一生的戰場上，卻還是活了好幾年的「代號者」。活得越久，腦筋就越靈活，也會被其他八六視為英雄。要是這些人變成叛亂的火種就糟了——共和國應該是這麼想的吧。』

萊登的聲音很平靜。

其中蘊含著對於共和國的憤怒，但與此同時，也有一種事到如今又何必發怒的想法。

『所以他們總是讓「代號者」四處轉戰各戰線的激戰區，增加陣亡的機會。實際上，無論是經驗多麼豐富的「代號者」，多半都會死在這一步。而那些仍舊大難不死，又不肯乖乖就範的滑頭，最後來到的終點站就是這裡。各戰線的第一區第一防衛戰隊。這裡就是最終的處理場。上了處分名單的「代號者」達到一定數量後，就會收集起來扔進這支部隊，讓他們戰鬥到全軍覆沒為止。不必期待兵員補充了，等我們全滅之後，他們才會送來下一批待處分人員過來——這裡就是我們最後的駐地。我們所有人，都會死在這裡。』

令人摸不著頭緒的錯亂。

不是為了讓他們守住防線，而是為了讓他們犧牲而上戰場。

這已經不是什麼強制服役了，而是借用外敵之手的屠殺行為。

「可——可是……！」

蕾娜抓住最後一縷希望，如此說道：

「要是這樣還能活下來的話……」

『啊啊，的確也出現過這樣不識趣的傢伙呢……為了把這種傢伙處分掉，在這裡所接到的最後一項任務，就是成功率和生存率都是零的特別偵察任務。走到了這一步，可就真的沒人生還了。對那些白豬來說，就是垃圾終於處理完畢，萬事大吉。』

「……！」

共和國把他們趕到致命的戰場守衛防線，卻不願意付出任何代價，還巴不得他們在戰場上全部死光，活太久的人甚至會變成眼中釘，被扔進以送死為目的的部隊裡——即使如此還是活了下來的他們，在最後的最後就會收到一項露骨至極的命令。

因為憤怒，讓蕾娜的眼眶泛淚。

這個國家究竟……究竟要墮落到什麼程度？

已經腐敗不堪了。

她想起賽歐和萊登總是把好閒好無聊掛在嘴邊。

也想起自己問辛退伍後想做什麼，對方卻回答沒想過的這件事情。

因為對他們來說，這個問題沒有意義。不需要花時間投資未來，也沒有值得去夢想的未來。

他們唯一擁有的，就是那張不知何時會執行，但是到了那一天就注定會死，在很久很久以前便已經簽發的死刑執行命令。

「大家都是在知情的狀況下……？」

『是的……對不起。辛和萊登，還有我們大家都對少校開不了口。』

「是從……什麼時候……？」

她聽得出自己的聲音很乾澀。反觀可蕾娜的語氣，卻隨意到很不自然。

『打從一開始就知道嘍。因為不管是我的姊姊、賽歐的爸爸媽媽，還是辛的家人，每一個上了戰場的人都沒有回來，而我們也被禁止離開收容所。那些白豬怎麼可能遵守承諾……大家打從一開始就知道了。』

「分明知道現實是如此，那你們為什麼要戰鬥！不如逃走……你們不覺得這樣正是對共和國復仇的好機會嗎？」

聽見蕾娜如哀號般的質問，萊登閉上眼睛，微微苦笑。

「想逃又能逃到哪裡去？前面有『軍團』大軍，後面還有多到數不清的地雷區和迎擊砲。至於叛亂，雖然這主意也不錯……但現在八六（我們）的人數減少太多了，沒有條件這麼做。」

換成是父母那一輩或許還有可能。可是當時的他們，比起推翻共和國，更希望能讓家人重新過上正常的生活，所以選擇上了戰場。而且要是他們放棄戰鬥，最先犧牲的還是被關在鐵幕之外，強制收容所內的家人。所以他們除了相信共和國的哄騙繼續奮戰，也沒有其他選擇了。

父母那一輩犧牲之後，他們的兄姊終於明白公民權只是遙不可及的奢求，但至少要用戰鬥來證明自己也是共和國的國民。保衛祖國是公民的義務，他們希望透過為國捐軀的行為，取回被祖國踐踏的自我存在證明和矜持。僅僅只是為了證明，他們才是真正的共和國國民，而不是那群放棄護國義務的白豬。

但對於萊登他們來說，就連這點認知也沒有了。

自己該守護的家人幾乎都死光了，而在他們被送進強制收容所，也就是那狹小的囚籠當中時，年紀還太過幼小。

無論是在街上自由散步的記憶，或是被當成人類對待的經驗，對他們來說都太過陌生。唯一記得的就是在鐵絲網與地雷區重重包圍下，被視為人型家畜看待的生活，以及創造了這種環境，名為共和國的迫害者。以自由、平等、博愛、正義與高潔為立國精神的那個共和國，他們連一點印象也沒有。在他們培養出身為公民的自覺與榮耀之前，就被打落為家畜了。

萊登他們從來不認為自己是共和國國民。

他們是八六——生於戰場死於戰場，以這個四面受敵的戰場為故國，戰死方休的戰鬥之民。

這才是他們的自我存在證明和矜持。

那個叫作聖瑪格諾利亞共和國的國家，那群白豬棲息的「異國」，其實他們一點也不在乎。

『那麼，你們又為何……』

這個問題，其實他們也沒有義務回答。

然而，萊登之所以願意替她解答，或許是因為這位少女實在蠢得可憐，就算遭受痛罵、被那些亡者的叫喚嚇得六神無主，還是咬緊牙關死纏著他們不放，所以才讓萊登也不得不服了。

看見同伴們保持沉默，知道他們沒有阻止自己回答的意思後，他才緩緩開口：

「我在十二歲之前，都是受到一個第九區的白系種老婆婆保護。」

『……？這是……』

「把辛養育成人的，是一個拒絕調任，留在強制收容所的白系種神父。關於賽歐的隊長，他之前就提過了。但我們每個人也都見識過白豬的低劣，尤其是可蕾娜。而安琪和辛也見識過一樣低劣的八六。」

不忍卒睹的劣根性，以及令人景仰的高潔情操，他們全都見識過。

「經歷過這些之後，我們做了個決定。其實很簡單，就是決定我們該選擇做哪一種人。」

萊登在狹小的駕駛艙裡，想辦法伸展身子，仰望著天空。

那個老婆婆教給自己向神還是啥玩意兒的祈禱方式，早就忘光光了。可是她趴在泥土路上痛哭失聲的模樣，至今仍然無法忘懷。

「所謂的復仇，其實並沒有那麼難。只要放棄戰鬥就可以了。只要放任『軍團』從眼前通過……哎，雖然我們會死，但共和國也會因此滅亡。讓那群蠢豬遭到報應，統統死於非命這種事，我們也不是沒有想過。」

雖然也會牽連到強制收容所裡的同胞，反正他們也沒幾年好活了。放棄掙扎這種事……其實對於處理終端而言，並沒有那麼困難。

「不過啊，想必會有一些白系種跳出來喊著『我們才沒有故意要你們去死！』而且就算我們做到了那一步，最後還是什麼都不會改變。」

『……』

另一頭的蕾娜似乎沒辦法理解的樣子。她的沉默，忠實反映出「這樣你們不就如願以償了嗎？」的疑惑。萊登忍不住失笑。這名少女真的是養在溫室裡的傻孩子啊，復仇這個概念大概離她很遙遠吧。

把憎恨的對象殺死就算了事？復仇和憎惡才不是這麼輕率的事情。

「非得讓那些傢伙真的明白自己幹了什麼，打從心底感到後悔，哭著爬到腳邊求我們原諒，再殺了那些傢伙，才算是復仇啊……可是，那些至今為止做了不知多少無恥勾當的白豬，就算遭到反叛而滅國，也不可能讓他們真心反省吧。他們只會把自己的無能和無腦擺到一旁，一邊痛罵別人的無能和無腦，一邊自以為是悲劇當中的主角，認為自己是無辜的受害者而已……就為了成就那些人渣的自我陶醉，難道我們還得把自己的水準拉到和他們一樣低嗎？」

不知不覺間，萊登的語氣變得十分不屑。

要說什麼無法原諒，這種行為才是他們自己最無法原諒的。

嘲笑老婆婆遵從自己的良心，全心全意抵抗迫害的行為的那些士兵。

對於戰爭這個現實視而不見，躲在要塞牆中這個脆弱夢境的國民。

不願履行自己的義務，樂於剝奪他人權利，不但不引以為恥，還大言不慚地強調唯有我等才是正直高尚的人種，無法理解自己的言語和行動有多麼矛盾的白豬們。

誰要變成跟那些傢伙一樣啊。

「就因為被垃圾當成垃圾對待，自己也還以顏色的話，就同樣成了垃圾。要是只能選擇在這裡與『軍團』戰鬥而死，或是乖乖放棄等死的話，我寧可選擇一路戰鬥到死為止。我們不會放棄，也不會逃避。這就是我們戰鬥的理由——也是存在的證明……雖然間接保住了白豬的性命這點很讓人不爽，不過，那也無所謂。」

他們是八六。是被遺棄在戰場，屬於戰場的民族。

一直奮戰到無法戰鬥為止，全心全意活出精彩，就是他們的榮譽。

少女管制官不由得緊咬下唇。她感受到微微的鐵銹味，一股不屬於自己的血腥味。

『就算知道……等待在前方只有死亡，也是一樣嗎？』

對方的聲音聽起來就像是希望他們過來復仇一樣，讓萊登苦笑起來。

「因為知道明天會死，乾脆今天自己上吊，天底下有這種笨蛋嗎？就算知道自己注定要走上死刑台，但至少還能選擇走上去的方式，只是這樣而已。我們要自己選擇，自己做出決定。然後只要照那樣活下去就好。」

正因為他們已經接受了那等在盡頭無謂又慘烈的死，是不可避免的命運。

看見一道人影和「清道夫」的巨大身軀，就待在空蕩蕩的機庫前方，敞開的鐵捲門旁，萊登便停下了腳步。晚風微微帶著秋意，月亮帶著一抹幽藍，星辰閃耀刺眼，天頂漆黑如墨。就算在有人死去的日子，月亮和星星仍舊會無情地在夜空中散發如美玉般的光輝。

世界不是因人類而美麗。這個世界絕不會特意眷顧人類這樣渺小的存在。

「——別找了，這也沒辦法。今天也謝謝你了。」

「……嗶。」

萊登目送垂頭喪氣（這可不是比喻，而是真的壓低了前腳）的菲多默默離去後，才對著走了過來的辛說道：

「是奇諾他們的嗎？」

「嗯。好像怎麼樣也找不到智世的機體碎片。已經好久沒有碰到需要找替代品的狀況了。」

「可以把智世做的飛機模型拆來用啊。機翼那一塊不就剛剛好……不過，居然連碎片都找不到了啊。被那種砲擊打中真的是屍骨無存呢。」

菲多想必也在今天的作戰區域搜索了很久吧。這種工作不是菲多原本的使命，只是跟在死神身邊，看他把陣亡者姓名變成鋁製的墓碑，才學會了把這種東西列為最優先搜索對象。

而菲多究竟是什麼時候學會的呢？萊登曾經從辛那裡聽說過。當時菲多第一次切下的標誌碎片，也和那些還未刻上名字的墓碑一樣，都放在「送葬者」的駕駛艙裡。

高舉長劍的無頭骷髏騎士紋章，那是辛的哥哥的標誌。他在某處的廢墟找到遺骸和機體殘骸後，就把這個標誌繼承下來了，只是把武器換成了鐵鍬而已。

「你應該也並不在意，但好歹讓我說一句。那不是你的錯。」

辛的異能可以偵測敵人在哪裡，卻無法分辨有什麼敵人。雖然能從布署和數量來推測機種，但是要他推測出混在大後方集團中的區區一架機體，而且還是全新畸形的存在，未免太過強人所難。

辛瞥了萊登一眼，默默地聳聳肩。看起來真的沒放在心上的樣子，萊登就安心了。他們是在有所覺悟之下，全力奮戰而死的。能夠負起這個責任的，也只有死者本人了。

看見那雙透徹的紅色眼眸望向白天戰鬥區域的天空，萊登也望向那裡。白天轟來的那個超長距離砲……

「……我本來以為下次會直接攻擊基地啊，沒想到竟然沒來。」

「重砲的用途是大範圍壓制和破壞固定目標，不是用來狙擊機甲兵器，也不會浪費在區區一個戰隊身上，都市或要塞才是它本來的目標吧。我想那次只是為了試射順便對準我們而已。」

萊登低沉一笑。

「一個順便，就殺了四個人是吧。實在讓人難以接受啊。」

「等到它徹底完成，別說是四個人，就連共和國都會滅亡。對我們來說倒是無所謂……不過少校就不是這樣了。要是能找到對策就好了。」

聽見辛平淡地這麼說，萊登暗忖著「是喔」。不過本人似乎沒有發現就是。

「……怎麼了？」

「沒什麼啊。」

這麼多年了，從來沒看過他主動關心起管制官的事情。

「……不管怎麼說，只要執行砲擊就必須仰賴前進觀測機的協助，就算是長距離砲兵型也不例外。不過目前它本身也還是完全停機的狀態。」

「你感覺得到？」

「我記住聲音了。只要對方再次行動，我就會感覺到……但我想，對方恐怕不會再次發動砲擊了。」

「……？」

萊登不解地回望著辛。而辛依舊凝視著遙遠戰場的天空，微微眯起雙眼。

「我找到了。那時候他多半是借用了負責前進觀測的斥候型的光學感應器吧。」

「……！你的哥哥嗎……！」

萊登不禁倒抽一口氣。他知道這件事很久了。就是那個他們從未親眼見過，卻與它所指揮的「軍團」交戰過好幾次，思慮精密而冷酷，戰術風格狡猾多變的「牧羊人」。

盯著疑似是對方所在位置的方向，辛輕輕地笑了。

那是敬畏與勇猛各占一半，意圖衝入絕地的戰鬼的笑容。削瘦的身軀因戰意而不住顫抖。他下意識用雙手抱住身體，似乎是想要抑制住這股激動。

「雖然我已經發現他就在戰區的深處，但對方也同樣發現我了。從下次開始，對方就會拿出真本事，不會再出現那種光靠砲擊轟炸的半吊子攻勢了。」

看見平時總是沉著冷靜的同袍，此時就像換了個人似的展現出近乎瘋狂的情感，讓萊登不禁心頭一緊，皺起眉頭。

辛一直在尋找哥哥的首級。過去殺死了自己的哥哥的首級。那個帶走了死在東部戰線某處廢墟的哥哥的首級，寄宿著哥哥臨終聲音的「軍團」。

死神自嘲地笑了。狀似癲狂，宛如泛著寒光的刀鋒。像一把只願痛飲獵物鮮血，從無數死戰之中化繭成蝶的古刀，那樣地冷冽而凶殘。

「這樣的發展對我來說求之不得，但你們可是抽到下下籤了呢……你打算怎麼辦？搶在明天死去之前，今天自己先上吊嗎？」

萊登也露出猙獰的笑容。但是他的凶猛，卻像是一匹為了生存下去，什麼都能殺來吃的餓狼，是一種充滿野性而狂暴無比的生存渴望。

這時，萊登看見機庫裡頭的那行倒數文字。

『距離退伍還有一二九日！願那該死的光榮歸於先鋒戰隊（Fucking glory to Spearhead squadron）！』

退伍就代表他們的死亡。那行開朗到不行的文字，其實是死刑執行日的倒數計時。

那個被迫中斷的倒數計時，正確的剩餘天數是三十二天。萊登他們早已下定決心，即使數字歸零，到了最後的那一天，也會戰鬥到死亡為止。

「別開玩笑了……當然是要陪你走到最後啊，我們的『死神』。」

†

「唉，應該說……很有我們國家的風格嗎？」

不出所料，聽完一切內幕的阿涅塔，露出了目瞪口呆的表情。

為防隔牆有耳，地點選在她的研究室，還特地支開了所有人。桌上擺著一對黑兔與白兔馬克杯，裡頭裝了咖啡，另外還有顏色相當奇特，半紫半粉紅的餅乾。

「拜託妳了，阿涅塔，幫幫我好嗎？這種事情……不能再繼續下去了。」

阿涅塔的表情依舊興致缺缺，只見她伸手捏起一塊餅乾。

白銀眼眸一轉，望向蕾娜說道：

「具體來說要怎麼做？」

她的眼神就像在世上生存了千年之久，已然厭倦一切的魔女，理智而淡漠。

「上電視發表演說？找大人物直接談判？妳也知道根本沒用吧。事到如今，要是光靠充滿理想的言語攻勢，就能讓大家洗心革面的話，打從一開始就不會走上這條路了。妳自己不是也很清楚嗎？」

「這……」

「可以收手了吧？妳無能為力的。不管妳怎麼努力都沒有用，所以就別再——」

「別說了，阿涅塔。」

不堪入耳的話在說完之前就被打斷了。對方是自己很重要的摯友。即使如此，唯獨那句話怎樣都不可原諒。

「這是人命關天的問題。妳明明知道的……拜託妳別鬧了，不要再拿『做也是白做』這種藉口假裝自己是個壞人了。」

「別再鬧下去的人是妳才對！」

阿涅塔突然站了起來，氣勢凶猛到讓蕾娜頓時倒抽一口氣。

「放棄吧。真的不要再鬧了。妳什麼也做不到的。我們根本沒有能力替那些人做些什麼！」

「阿涅塔……？」

「以前我有個朋友。」

怒吼之後突然話鋒一轉——阿涅塔以平靜的語氣開口說道。

就像個做了無法挽回的錯事而後悔莫及的小女孩一樣，聲音是如此軟弱而無助。

「他是住在隔壁的小孩。我爸和那個人的爸爸是同一所大學的研究者，所以也成了好友，而我也經常和他一起玩耍。他媽媽那一邊的族人代代都傳承了不可思議的力量。他的媽媽、年紀大他很多的哥哥和他自己，就算分隔異地也能稍微感應到彼此的情緒。」

阿涅塔的父親是腦神經科學家，從事人與人交流時腦部運作狀況的研究。

那個人的父親是人工智慧的研究者，目標是創造能與人類成為朋友的人工智慧。

所以他們兩位所進行的研究，實際上一點也不危險。只是讓實驗對象戴著像玩具的感應器，和待在其他房間的另一個實驗對象說話而已。由於實驗過程像玩遊戲一樣簡單，所以阿涅塔跟父親撒撒嬌之後，也如願參與了好幾次實驗。重現實驗的實驗對象，都是從父親研究室的學生當中募集的，在學分和母親的茶點誘惑之下，幾乎所有人都選擇參加。

那時，雖然幾乎沒有得到成果，卻很開心。

「戰爭開始之後，一切都結束了。」

那時他們才剛上小學不久，但鄰居家小孩卻再也沒去上學了。可以想見當時有色種的處境有多麼惡劣。

在學校因為「這個人跟骯髒的有色種交朋友」這種理由遭到霸凌的阿涅塔覺得很不甘心。於是她把怒氣發在等她回家一起玩的那個小孩身上。

因為大吵了一架而情緒失控的阿涅塔，終於忍不住說出「骯髒的有色種」這種話來。

那個小孩並沒有露出受傷或屈辱的表情。只是一臉困惑地望著阿涅塔，好像完全聽不懂她在說什麼。即使如此，自己和那個小孩之間還是產生了無法抹滅的裂痕，而造成裂痕的責任在於自己的這個事實，讓阿涅塔感到非常害怕。

因為她很害怕，所以就……

當時，父母為了要不要將朋友一家人藏匿起來這件事，反覆討論了很久。擔憂萬一東窗事發會給家人帶來危險，因而猶豫不決的父親問了阿涅塔的意見。

面對心裡其實希望女兒給自己最後一絲勇氣的父親，阿涅塔卻給出完全相反的意見。

我才不管那個人呢。我才不要為了那種人冒險。

就在隔天，那個小孩和他們一家就被帶往強制收容所了。

我們也沒辦法啊，反正打從一開始就註定無法改變了。她只能這樣想。

可是……

阿涅塔發瘋似的笑著。然而見到這一幕的蕾娜卻想著，這位友人是多麼為我著想啊。

「蕾娜啊。雖然妳表現得像個聖女一樣，但事到如今妳也跟我同罪喔……不然妳覺得那個同步裝置究竟犧牲了多少八六？」

「難不成……」

人體實驗——…………

「因為這是要用來對話的裝置，當然不可能用動物做實驗吧。政府明明老是說八六不是人，卻只有在這種時候會選擇性放寬標準……因為迫於必須盡快拿出成果的壓力，研究便在無視實驗對象的條件下繼續下去了。父親則是被指派為研究的主導者。」

雖然當時父親什麼也沒跟阿涅塔說，可是所有留下來的紀錄她全都看了。

因為超出負荷而燒掉大腦或是自我界線崩壞等等，所有人都是受盡折磨而死。

而且大人都送去戰鬥和服勞役，所以實驗對象都是小孩子。

八六是用編號來管理的，紀錄上不會出現任何名字。因此——

無論是父親或是其他人，都不清楚位於遠方某處收容所當中的實驗室裡，某個死狀最為悽慘的實驗對象，也就是和那個小孩同齡的少年，究竟是不是他。

「那次事件不是意外。爸爸他是自殺的。」

對朋友見死不救，還讓他們飽受折磨而死的自己，才是最該受盡痛苦而死的人，父親總是把這句話掛在嘴邊，所以怎麼可能會是設定錯誤。

既然如此，對那個小孩見死不救的自己，也應該背負同樣的罪孽。基於這樣的想法，阿涅塔才接手了研究計畫。

後來，接到了調查自殺管制官的同步裝置的委託，又聽見原因可能來自一個處理終端時，她突然有了個想法。

要是跟他們說，因為調查上的需要，請把那個人帶來，會怎麼樣呢？

只要用貴重的樣本當理由，就能把對方留置到戰爭結束。雖然這樣做跟軟禁沒什麼兩樣，但至少能讓對方活得久一點。至少，自己還能拯救一個人。

一想到這裡，她突然對自己的想法感到恐懼。

自己可是連對童年玩伴的那個小孩都沒有伸出援手啊。

聽到運輸部的那些人渣用不是自己的工作為由推託之後，她反而鬆了口氣。看吧，自己果然什麼也辦不到。連一個人也救不了。

「不過，妳也好不到哪裡去吧。」

阿涅塔如此嘲笑蕾娜。嘲笑到現在還沒有想通，好像完全不知道人類的惡意是沒有底限的，這位善良又愚蠢的好友。

「妳的確改變了某些事——就因為妳多管閒事讓他們活了更久，那些人才會接到大剌剌叫他們去死的命令，不是嗎？要是受到的待遇沒這麼好，早早解脫的話，就不會接到這種可怕的命令了，都是因為妳，才讓他們必須面對這個！」

只見蕾娜倒抽一口氣。看到她臉色越來越蒼白真是大快人心啊，但同時自己心裡也感到十分愧疚。

我……

又一次……

伸手抓起杯子，扔進垃圾桶裡。忘記是什麼時候買的，記得當時還說著什麼「我們找個能湊成一對的吧！」於是就一起選好款式才買下的馬克杯。而且第一次用這個杯子泡咖啡時，也是在這個房間。

脆弱的瓷器裂成無數碎片，發出如哀號般的聲響。

「我最討厭妳了，蕾娜……我再也不想見到妳了。」

†

在那之後，先鋒戰隊又接到兩次出擊任務，這兩次總共犧牲了三個人。

從這兩次作戰都能很明顯感覺得到「軍團」的戰術和以往截然不同。和上次投入超長距離砲型的時候一樣，戰術十分高明，精密而冷酷，狡猾多變。辛說這是因為有「牧羊人」在的關係。

在投入超長距離砲型的那一戰之後，雖然「牧羊人」沒有親上火線，卻從後方進行指揮。

在這段時間，蕾娜完全幫不上忙。哪怕是一發掩護射擊，或是撤回處刑命令的陳情。

就這樣，他們終於接到了那個通知。

「前往『軍團』支配區域最深處的……長期偵察任務——？」

看見顯示在資訊終端上頭那個荒唐至極的通知時，蕾娜忍不住痛苦呻吟。

參加戰力：本任務啟動時依然健在的第一戰區第一防衛戰隊所有「破壞神」機組。

偵察目標：所能推進的最終位置。

任務時間：不限。但期間若有成員後退，則視為陣前逃亡，就地處決。

伴隨本任務的處置，則是包含知覺同步對象登錄資料、友機識別登錄，及共和國軍籍等資料全數抹消。

偵察任務的攜帶物資，各一個月分量。

此外，其他部隊及本部將不會為本次作戰提供任何支援。

……太亂來了。

這根本不是偵察，也不是作戰，而是叫他們毫無意義深入敵陣之中，一路推進到陣亡為止的命令。只差沒有直接寫明「請你們去送死」而已。就連表面功夫都懶得做了。

別說是一個月，就連幾天也撐不過去吧。面對源源不絕的「軍團」，偵察隊轉眼間就會出現傷亡甚至全滅了。在這一連串無意義戰鬥的最後，他們就這麼被扔在戰場上，走向死亡。

下達這種命令，放任這種事情發生的共和國，還是原來那個共和國嗎？

蕾娜幾乎快把牙齒咬碎，她撞倒椅子，猛力站了起來。

「妳希望我撤回特別偵察任務？是這樣嗎，蕾娜？」

「拜託您了，傑洛姆叔父大人。我們不能放任這種事情繼續下去。」

站在最後的希望卡爾修達爾面前，蕾娜只是不斷低頭懇求。

為了阻止作戰而四處奔走的過程中，調查了許多資料才發現，就連這種離譜到極點的命令，在共和國軍裡都是行之有年的「傳統」了。

不光是先鋒戰隊。南部戰線第一戰區第一防衛戰隊「剃刀」、西部戰線第一戰區第一防衛戰隊「長弓」、北部戰線第一戰區第一防衛戰隊「大榔頭」。這些戰隊全都在六個月的任期中全軍覆沒，極少數的倖存者也會在最後收到同樣的「特別偵察」命令。生還率清一色都是零。這就是用來把活到最後的八六「處理乾淨」的最終處理場——

卡爾修達爾望向放在手邊的文件。

「……真不簡單啊。下達特別偵察任務的時候，通常只剩下一兩名成員能夠參加。妳是第一個能讓他們以小隊規模執行任務的管制官呢，蕾娜——所以我不是提醒過妳不要自找麻煩嗎？」

「……！」

因為妳多管閒事讓他們活得更久，才會——

蕾娜想起阿涅塔最後拋下的那番話，心生膽怯。她咬緊牙關，努力地忍耐。

「拜託您。共和國不該……我們不該錯上加錯。」

「……」

「若是您認為光靠倫理或正義不足以打動人心……那麼換成國家利益又如何呢？讓那些優秀的處理終端白白犧牲，是一種明顯損害共和國戰力，乃至於危害國民性命安全的行為。若是由叔父大人親自出馬，便能訴諸輿論或是在國防會議上據理力爭……」

卡爾修達爾眉頭深鎖，聽完蕾娜的陳情後，依舊皺著眉頭開口：

「八六的全滅才符合共和國的利益。這是共和國政府，乃至於共和國國民檯面下的共識，而共和國國軍則是將此共識付諸實行，妳不覺得事實就是這樣嗎？」

「這……！」

蕾娜簡直不敢相信。她甚至不顧禮儀，雙手放在古董書桌上，身體前傾，靠向對方說道：

「您到底在說什麼！正如我方才所言，這只會對共和國及其良心有損……」

「如果讓八六存活到終戰之後，過去針對他們的各種不公將會轉化為責難與補償。強制收容、財產充公、強制兵役，族繁不及備載。光是財產的補償和賠償就會是一項天文數字。若要為此而加稅，妳覺得如今的共和國國民會接受嗎？」

「……這個……」

「而且，如果周邊還有倖存的國家，那麼共和國迫害有色種同胞的事情就會洩漏出去。到時共和國將會失去臉面失去信用，迫害者的汙名將永遠刻印在歷史上……然而這一切的隱憂，只要將八六全部消滅就能化解。」

蕾娜在震驚之下忍不住咬牙切齒。先前，她曾經聽辛說過。

「所以，不管是回收陣亡者或是墳墓都……！」

「沒錯。順帶一提，在強制收容所和鐵幕之中也都沒有留下死者的紀錄或墳墓，陣亡的處理終端人事資料也都全數銷毀了。因此，在他們全滅的那一刻，也就等於不存在了。既然不存在，又何來迫害。於是那些有損共和國清譽的事實，也將煙消雲散。」

「……共和國的國民怎麼可能惡毒到……！」

不知為何，卡爾修達爾的神情有些哀戚。

「所以才說這是檯面下的共識啊。雖然明確表露出這種意圖的人，只占了極少數，但是默認這種想法，或者根本漠不關心，隨波逐流的大多數人，都算是贊成者……這就是我們引以為傲的民主所帶來的結果啊，蕾娜。只要對自己有利，大多數國民根本就不在乎八六的死活。而遵從這個決定，不正是我們國軍的使命嗎？」

蕾娜一掌用力拍在桌上。「砰！」的一道沉重卻又空洞的聲音，迴盪在辦公室中。

「所謂的民主主義，不是服從多數犧牲少數而已！以五色旗象徵的建國精神是任何人都必須遵守的原則，共和國憲法也是以此為基礎！要是連這個原則都不遵守，又談何共和國意志！」

卡爾修達爾的雙眸瞬間閃過一道微弱的光芒。那是對於蕾娜的憂慮，同時也是對於某種遙不可及且屹立不搖的存在，所產生的無盡憤怒。

「縱然是憲法，若是價值無人認可，也不過就是一張廢紙。就像革命聖女瑪格諾莉亞，在王權顛覆後便失去了偶像的價值，被革命政府祕密逮捕，死於獄中一樣。」

那不屑一顧的話語，讓蕾娜心驚不已。這是她第一次聽見怨恨如此深邃的聲音。

「妳說那是暴行？沒錯，的確如此。那也是坐視這些愚民任性妄為的結果。想要行使超過自己應得的權利，卻不願履行相應的義務。放任這些若無其事侵占他人權利，自私自利的禽獸操弄政局，就是這種下場。打著聖女的旗號，卻總是做出玷汙聖女之名的愚蠢行徑，這不是懶惰又低劣的愚民們一手造成的邪惡，又是什麼！」

激動嘎然而止——卡爾修達爾重重嘆息一聲，讓身體深深陷入扶手椅中。

「自由平等這類觀念，對於我們人類來說還太早了，蕾娜……恐怕永遠都……」

蕾娜用那雙看不出感情的眼睛，居高臨下地望著這位過去被自己視為第二個父親的人。唯有這麼做，她才能將心中湧現的輕蔑壓抑下去。

「那是您的絕望，只是為了將您的絕望正當化的歪理罷了……為求心安而坐視無數人死去，從根本上就錯了。」

卡爾修達爾抬起目光，與蕾娜四目相交。那是哀莫大於心死的白銀色。

「妳所主張的是希望，但希望什麼也拯救不了。就和理想一樣。值得崇敬卻遙不可及，也因為遙不可及，所以無法為我們帶來任何影響。光靠希望或是理想，無法打動任何人……所以妳才會來找我，不是嗎？」

蕾娜幾乎快把牙齒咬出血來。因為對方說得一點也沒錯。

「絕望和希望是一樣的東西啊。心生嚮往卻無法實現，只不過是替正反兩面冠上不同的名字罷了。」

「……」

即使如此。要是無法實現就放棄，便等同於自願遭受命運擺弄。

但也有人明知無法實現，還是挺身對抗命運。

但是就算自己費盡唇舌，也沒辦法讓眼前這個男人，明白兩者的差異吧。

啊啊，這就是絕望嗎？

「……打擾您了，卡爾修達爾准將。」

†

在特別偵察任務送到蕾娜手上時，先鋒戰隊也接到了通知，正如火如荼地進行準備。接收並整理空運而來的作戰物資，清點基地內備好的物資有無遺漏，挑選用來運送這些物資的「清道夫」，替任務開始後便無法得到妥善維修的「破壞神」各機，進行仔細檢查與整備。還有，即將踏上不歸路的處理終端也得妥善辦好自己的身後事。

這些工作的結果將以書面的形式呈報到辛的手上，而依據書面報告一一確認有無缺漏，也是他的工作之一。

物資的準備與裝載，由熟悉這項工作的阿爾德雷希多一手包辦。他站在空蕩蕩的機庫一角，堆放整齊的貨櫃前面，平淡地進行確認作業。

「糧食、能源匣、彈藥和維修零件均已到位。喔喔，為了某個笨蛋戰隊長，特別準備了一大堆腿部零件喔。簡單的維修你這傢伙應該辦得到吧？」

「是的。因為我經常弄壞。」

「不要正經八百地回答我啦，臭小鬼……你能帶走的只有一架，別再用同樣方法操它了。」

看著老整備員壓低了大嗓門，真摯地提醒自己，辛只是聳聳肩。就算人家好心提醒，他也無法做出保證。因為駕駛「破壞神」和「軍團」戰鬥，要是有所保留就得等著送命了。阿爾德雷希多深深苦笑。

「我的意思是，都最後一次了，說個善意的謊言也沒差吧。你倒是說一次給我聽聽啊。」

「抱歉。」

「真是的，你這傢伙啊……」

阿爾德雷希多哼了一聲，又不說話了。辛似乎不覺得這場面有什麼尷尬，但沒過多久，阿爾德雷希多就忍不住使勁搔了搔髮色像芝麻鹽一樣的頭髮，打破了沉默說：

「……辛。等到準備工作都忙完後，有些無聊的話想跟你們說說。到時候可以麻煩你把那些臭小鬼集合起來嗎？」

辛眨了眨眼，才抬頭看著阿爾德雷希多帶著墨鏡的嚴肅臉龐。辛正想開口表示無所謂的時候，知覺同步突然啟動，只好作罷。

『……諾贊上尉。』

「少校，請問有什麼事？」

辛比了個手勢，示意稍後再談，同時開口回應蕾娜。阿爾德雷希多點點頭，暫時離開了現場。

『……特別偵察的通知已經下來了。』

「我們這邊也收到了。按照目前的進度來看，準備作業可望按時完成，請問有任何變更事項嗎？」

相對於蕾娜沉重的語調，辛的語氣與平常接受作戰命令時沒有兩樣。蕾娜聽到他話中的從容不迫，反而更加難受。

『對不起。只靠我自己的力量，還是沒辦法讓上層收回命令。』

蕾娜抿著嘴唇，遲了一拍才忍無可忍地開口。

「請你們快逃吧。根本沒有必要遵從這種愚蠢的命令。」

蕾娜覺得自己實在沒臉見人。不但無力撤銷這種荒唐至極的作戰，甚至只能提出如此不負責任的方法。

隨後一道平穩的聲音，冷靜地反問了一句。雖然形式上是問句，但實質卻是一種否定。

『能夠逃到哪裡呢？』

「……」

蕾娜也知道，他們根本無路可逃。就算真的成功逃脫，也沒有能力存活下去。光靠區區幾個人，就連想要生產足以維生的糧食都很困難。

因為單獨一人無法生存，所以人類才會互相團結，建立村落、建立城市，進而建立國家。然而，原本應該是為了生存而建立的系統，現在卻反過來要消滅他們。

一股不知該往何處發洩的怒火湧上心頭，讓蕾娜忍不住爆發了。

「你為什麼總是這樣……！」

就連面對如此不合理的死亡也能泰然處之的態度，讓蕾娜怒不可遏。簡直像是坦然接受自己所犯罪行的死囚一樣。可是他們明明不該受到這種刑罰啊！

『因為我並不怨恨。人總有一死。就算我們比其他人早走一步，怪罪到其他人身上也無濟於事。』

「問題不在這裡！現在是有人刻意要謀殺你們喔！不只是未來和希望而已，就連生命也要被人奪走，怎麼可能還不恨呢！」

蕾娜說到最後幾乎變成哭喊，辛沉默了一會兒。隨後傳來的聲音中，似乎帶著淡淡的苦笑。

『少校。我們並不是為了送死才去的。』

沒有任何遺憾或執著，他心無罣礙地述說：

『一直以來，我們始終受到束縛，始終是個階下囚，而這樣的日子終於要結束了。我們終於能夠決定自己的目的地，選擇自己想走的道路。好不容易才獲得了自由，能否請妳不要看得如此悲觀呢？』

蕾娜難受地搖搖頭。這才不叫自由。所謂的自由，是在不侵犯法律或他人權利的範圍內，想去哪裡就去哪裡，想做什麼就做什麼才對。至少，不會連想都不敢想，應該是一種生而為人都能享受到的待遇才是。

明天要在哪裡死去，以及今天又要如何走完這段路程，這種微不足道的心願，絕對不是真正的自由。

「既然如此……既然如此，至少請你們別去戰鬥了。你不是能掌握『軍團』的所在位置嗎？那麼一定也能避免交戰……」

『那是不可能的。無論我對它們的分布有多麼清楚，也不可能神不知鬼不覺地穿過它們的警戒線。想要前進，就必須戰鬥……我們打從一開始就心裡有數了。』

那一刻，辛微微地笑了。蕾娜十分確定。

總覺得，不是因為心裡有數，而是正合他的心意。

蕾娜垂下眼簾，她實在按捺不住了。

「——你是想要親手解決留在『軍團』體內的哥哥吧？」

一瞬間陷入沉默。隨後，辛發出一聲隱含不快的嘆息。

『……妳為什麼會注意到這麼多餘的事呢？』

「我當然很清楚啊。因為……」

當辛明知道雷已經不在人世，卻說自己還在尋找他時，以及當他提起第一戰區的「牧羊人」時，都和現在一樣，散發著一股笑得十分冰冷淒涼的氣息。

或許，辛自己並沒有自覺吧。就像人沒辦法看見自己的表情一樣，隱藏在心裡深處的心思，可能也在無意間被自己忽略了。

那種集聚恐懼、憎惡、執著、強迫於一身，宛如一把對準自己的妖刀，殘酷至極的感情。

要說那是他的期望，不如說是相反的東西。

「既然我猜得沒錯，那你就更不該動手。就算對方是『軍團』，但手足相殘實在太……」

『哥哥是「牧羊人」。所以不解決他，我們哪裡也去不了。』

他的聲音顯得十分生硬。這是蕾娜第一次聽見辛如此焦慮不安的聲音。

「上尉……」

『要是少校對於管制的工作感到排斥，那就別再進行同步了……本來就該這樣了，萊登和凱耶應該也提醒過妳好幾次才是。』

聽見這決絕的語氣，蕾娜暗自心驚。然而辛的激動轉瞬即逝——發覺自己情緒不對之後，深深吐了口氣，恢復成蕾娜剛調任時所聽見的那種漠不關心的聲音。

『……少校。接下來妳不需要再替我們進行管制了。』

「這……」

『我要修正剛剛說過的話……那是因為，我不想讓妳聽見哥哥臨終的聲音。』

不想讓只記得雷的笑容和他伸出的大手的蕾娜聽見——那些詛咒，以及那些怨嘆。

「……」

『還有一件事。從這裡一直往東，越過國境之後，就聽不見「軍團」的聲音了。』

他的聲音聽起來就像是提起工作上遺漏的小事一樣。

或者也可以說是以這樣的聲音作為偽裝，將某些東西徹底掩蓋起來吧。

「……諾贊上尉。」

『說不定那裡就是我能聽見的極限了，不過還有一種可能，就是那裡還有人存活。若是如此，共和國在滅亡之前，或許還有機會等到援軍……只要解決了「牧羊人」，「軍團」便會暫時陷入混亂。我們會替少校爭取這一點點的時間，所以——請妳一定要活到那個時候。』

聽見語氣強硬、聲調冷漠，卻隱含深切祝福的這番話——蕾娜不由得握緊雙拳。

†

在那天的迎擊作戰中，悠人陣亡了。

那也是第一次，從作戰開始到結束，蕾娜都沒有介入管制。

之後，終於到了特別偵察的日子。

坐上「破壞神」，啟動系統。看著顯示在螢幕上的系統自檢過程，以及顯示在輔助螢幕上的友機數量，萊登哼笑了一聲。

「五個人啊。可惜悠人那傢伙沒趕上呢。」

只要再多活個兩天，就能一起參加開心的遠足了。

同步另一頭的賽歐也發出了有點空虛的嘆息。

『結果少校直到最後都沒再聯絡了呢。』

「廢話這麼多，其實你很不捨得吧，賽歐？」

『並沒有。不過……』

賽歐稍微歪著頭說：

『應該算是……有一點點遺憾吧？』

『就是那種「反正都陪我們這麼久了，好歹也說聲再見」的感覺吧？』

『啊，就是安琪說的那種感覺。其實她沒出現我也覺得無所謂，但要是她肯來說兩句道別的話應該也不錯吧，只是這樣而已。』

『沒出現又怎樣？反正大家之前一直叫她不要管我們，所以人家終於想通了而已吧。』

可蕾娜嘴上這麼說，聽起來還是有點生悶氣的感覺。這時她聽見賽歐跟安琪在憋笑，忍不住又吼了句：『怎樣啦！』

說的也是呢。萊登躺在駕駛艙的內壁如此心想。就連他也沒有料到，蕾娜到了這一刻依舊杳無音訊。那個人才沒這麼膽小，怎麼可能到現在才畏縮……或許是心裡又冒出無謂的罪惡感，覺得沒臉見我們，一個人在那邊悶悶不樂吧。

雖然本來想在最後跟她說幾句話……不過，既然沒機會也只能算了。

系統自檢完成，准許啟動。閃了兩下後開始顯示影像的螢幕，出現了為他們送行的整備班成員。看著住了半年的破爛隊舍，還有關照了自己半年的整備班，萊登明知他們看不見，還是低頭向那些人致意。

菲多和五台裝上機械腿的貨櫃連在一起，裡頭裝滿了用上一個月也綽綽有餘的物資與生活用品，化身為一隻巨型百足蟲，在偵察隊後方待命。

這樣一來，準備就大功告成了。接著只要一踏出基地，就再也無法回頭。作戰開始的同時，他們的軍籍和國軍本部裡的友機登錄資料也將一併抹消，為了管制之用而保留的管制官同步對象登錄資料，也將在他們離開管制範圍，或是本日正午之後遭到解除。這是一場後退就會遭受共和國迎擊砲攻擊，只能一路往死地前進直到死亡為止的死亡行軍。

這樣的未來就在眼前，心情卻平靜地不可思議。

早在確定會分發到這個部隊時，就已經做好覺悟了。

當時包含戴亞在內一共有六個人，同時乘坐運輸機從上一個駐地過來，在這裡的隊舍又遇見了凱耶、悠人和奇諾，於是大家一起重拍了人事檔案用的相片。那是每當部隊重編時都要重拍一次，站在畫有身高標線的牆前拿著號碼牌，活像個犯人的照片。也是在廢除部隊時會一併銷毀，這次多半也會在今夜消失而無人憑弔的遺照。還有讓某位個性軟弱又好講話的士兵幫忙拍下的另一張也是……究竟能夠保存到什麼時候呢？

在那天夜裡，大家一起立下了誓言。

就算被罵成是豬，也絕對不要讓自己淪為豬一樣的存在。就算剩下最後一個人，也要奮戰到最後一天。

最後有五個人走到了這一步，還有什麼好挑剔的？

滿足地輕輕一笑，便自然而然將注意力轉移到隊伍前頭的「送葬者」機體。看著宛如標誌上扛著鐵鍬的無頭骷髏騎士，一路帶領他們來到現在，也將陪伴他們直到死亡的那位死神。

以往他所埋葬的五百七十六名死者的小小鋁製墓碑，也將成為他們的同行者。

感覺到同步另一端，辛緩緩睜開了那雙紅色眼眸，開口說道：

『……走吧。』

微弱到差點聽不見的聲音，讓他從待機狀態下醒了過來。

來了。雖然距離很遠，但正朝這裡接近。找了這麼多年，終於再次發現下落，那讓他苦苦等待的對象。

等不及了，還是主動去迎接吧。然後，這次一定要……

平時便繚繞在自己耳邊的亡靈之聲，突然窸窸窣窣騷動起來，音量變大，開始移動。它們聚在一起，像海嘯一樣席捲整片大地，蜂擁而來。

在主力部隊到來前便已經展開的阻電擾亂型，宛如銀色的霧霾將整片天空蒙上一層陰影，連太陽也顯得黯淡無光。

『……辛。』

「嗯。」

萊登壓著嗓子如此呼喚，辛也只是簡短地應了一聲。敵軍就擋在我方去路的正前方。就算稍微調整路徑，敵軍的部署狀況也會立即調整，始終將正面對準我方。

……這也是理所當然。既然辛能夠聽見「軍團」的聲音，那麼反過來對方也有可能辦到。

辛一邊勘查地形，一邊選擇最合適的路徑。就算無論如何都得正面碰上，至少能讓戰場的條件再有利一些也好。

雷達螢幕上閃著光點。那是代表敵方存在的標示。這時光點數量倏地暴增，一個個光點重疊在一起，把路徑前方的區塊整個染得白茫茫的一片。

從邊緣繞過遮蔽視線的山丘後，便進入了草原與森林的交界處，左手邊就是一片鬱鬱蒼蒼的樹林。

數也數不清的大部隊，就在那裡等候他們到來。

打頭陣的是斥候型的偵察部隊。在其後方約二公里處則是戰車型與近距獵兵型組成的混合部隊，保持陣形一齊往前推進。相隔數公里的後方，還有同樣編制的第二梯機甲部隊，以及位於目視距離極限的第三梯隊。後頭想必就是長距離砲兵型的砲兵陣地吧。敵方恐怕是將第一戰區的「軍團」全數戰力都配置過來了。

而位於隊伍前方，跟在一個斥候型小隊後頭悠然行走的重戰車型，吸引了辛的注意力。

總高度達到四公尺，重量為戰車型兩倍有餘的巨大身軀，裝備了極為堅固的裝甲，以及擁有爆炸性機動能力的八條節肢，儼然就是一艘陸上戰艦。龐大而修長的一五五毫米主砲與七五毫米同軸副砲對準了辛這邊，裝設在砲塔上方的兩挺一二．七毫米重機槍放在這隻鋼鐵巨獸的身上，簡直就和玩具沒兩樣。

不需要靠聲音去分辨，就能認出這傢伙是統率這支大軍的「牧羊人」。對方並非單純布陣在大方向上的去路，而是找出了我方最有可能選擇的路徑，事先將部隊正面布署完畢。依據臨場狀況預測敵方的行軍路徑，已經超出「羊」的能力範圍。

唯有潛伏在第一戰區最深處的這個「牧羊人」才能辨得到。

『……辛。』

一道低沉的聲音，也證實了辛的猜測。這個聲音是辛唯一清晰記得的東西。也是他遲遲無法忘懷，哥哥生前最後一次和他說話的聲音。

這個聲音一直在呼喚著他。

辛微微地笑了。你終於現身了……而我，也終於來到你的面前。

那道笑容狀似癲狂，宛如泛著寒光的刀鋒，如此冷冽而凶殘。

「找到你了——哥哥。」

THE CAUTION DRONES

[「軍團」高威脅性戰力]

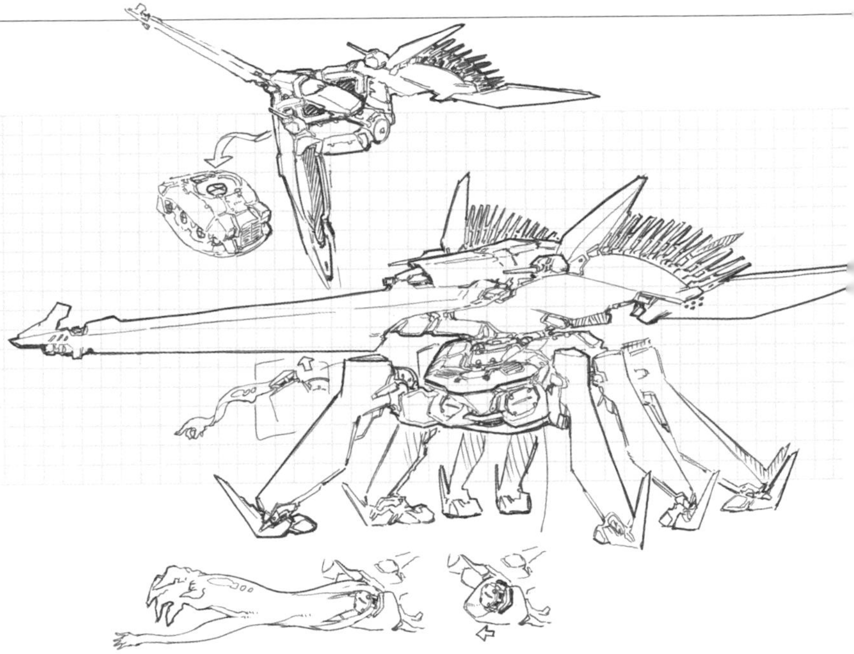

[Dinosauria]

重戰車型

[ARMAMENT]

155mm滑膛砲 × 1
主砲同軸75mm副砲 × 1
12.7mm重機槍 × 2

[備考] 先鋒戰隊遭遇的本機，擁有其他重戰車型沒有的特殊流體奈米機械「手臂」，性能不明。

名稱靈感來自「恐龍」。恰如其名，擁有名稱來自「獅子」的戰車型望其項背的凶殘火力及龐大身軀。主砲口徑達155mm，在陸地上幾乎能一擊摧毀任何東西。此外，與戰車型一樣無法靈敏轉向的缺點，則是以充實副武裝的方式來補足。況且總重量達到100噸（約相當於100輛小客車）的巨大身軀，光靠自身移動便能踩躪眼前一切事物。

間章　無頭騎士Ⅳ

悄聲無息地，無止盡的大雪降臨大地。

從夜空中飄落的白雪，就像心中不斷累積的絕望一樣，感覺整個世界都在拒絕自己，卻有一種殘虐的美感。嚴冬中冷酷無情的純白色，將淚水凍結，甚至連嘆息也凍結了。

為了能夠看著天空離開人世，雷讓自己仰躺在座艙罩被轟飛的「破壞神」中，靜靜望著從漆黑彼方滲出，飄落到自己身上的白雪。

「……辛。」

在自己十歲時出生的弟弟，是雷等了好久才終於等到的手足。

雷比父母更疼愛弟弟，結果把他養成一個有點愛哭又愛撒嬌的孩子。在弟弟的眼中，總是陪伴在身旁，什麼問題都能解決，始終保護著自己的雷，就是他的英雄。

在雷十七歲時，戰爭爆發了，於是雷與父母和弟弟一夕之間不再是人類。

被祖國的槍口瞄準，像家畜一樣被塞進卡車，接著又裝進貨物列車裡。

這段期間，辛害怕地哭個不停，雷只好把這個挨著自己不放的嬌小身軀抱在懷裡。我要保護弟弟，不管發生什麼事，不管遇上什麼敵人。

粗製濫造的組合屋、自動工廠、戒備森嚴的鐵絲網與地雷區，就是構成收容所的一切。

之後來了封通知，說是只要響應兵役號召就能拿回公民權，於是爸爸便應召入伍了。當時爸爸笑著說「至少讓你們幾個回家也好啊」，然後就再也沒有回來了。

爸爸死後，徵召媽媽的通知和死訊一起送了過來。

明明應該拿回的公民權卻拿不回來。政府辯稱，既然入伍的只有一人，那麼能夠拿回的公民權自然也只有一人份，但對媽媽來說，她卻有兩個孩子要保護。

沒多久，媽媽也死了。伴隨著死亡通知，雷的徵兵通知也到了。

在分配到的臥室中，雷看著那份通知站在原地不動，心中的怒意令他目眥盡裂。

一人付出換取一人份報酬。政府就連自己的詭辯也推翻了。

究竟要淪落到什麼地步？這個政府……這些白豬……這個世界……

我明明隱約察覺到問題了，可是那時為何沒有阻止媽媽……！

「……哥哥。」

是辛。

別來煩我，現在愛去哪裡玩就去哪裡。我沒有心情安慰你。

「媽媽呢？媽媽不會再回來了嗎？為什麼？」

我不是告訴過你了嗎？都講過多少次了？對於年幼弟弟的駑鈍，我打從心底感到不耐煩。

「為什麼死掉了呢？」

雷感覺似乎有什麼東西繃斷了。

是你。

就是因為有第二個人在的關係。

抓住他纖細的脖子按倒在地，雙手使盡全力掐緊。就這樣折斷吧，要是能扯下來就更痛快了。在激動的驅使下，忍不住大喊都是你的錯。

沒錯，媽媽會死都是辛的錯。就是因為有這傢伙在，有這個愚蠢的弟弟在，為了讓這傢伙拿回人類的身分，媽媽才會自願去送死。像這樣直接定罪實在太痛快了。我就是要傷害你，要是你承受不住死掉了更好。

「——雷！你在幹什麼！」

肩膀突然被人抓住，往後一扯摔倒在地，他這才回過神來。

剛才……我做了什麼？

戰戰兢兢地抬起頭來，看見穿著黑色修道服的神父正背對著自己，為倒在地上的辛做檢查。神父將手放在口鼻一探，又摸了摸脖子，立刻臉色巨變，開始為辛實施心肺復甦術。

「……神父……」

「你給我出去。」

神父那低吼般的話語，讓雷益發感到困惑，眼神飄忽不定。因為，辛都動也不動了。

雷依舊佇立在原地。而神父用銀色眼眸瞥了他一眼，又大喝一聲：

「你想讓辛死掉嗎！給我出去！」

那是真的發怒的聲音。

從房間落荒而逃之後，雷失魂落魄，不知道該如何是好。

「啊……」

吃了敗仗的白系種轉而開始凌虐八六，這些八六又會欺負更為弱小的八六同胞，雷一直很瞧不起這種惡質的轉嫁行為。瞧不起他們只是默默忍受痛苦和折磨，卻不願起身抗衡，只會拿比自己弱小的人來發洩，實在低劣不堪。

但自己也做了同樣的事。

源自於父母的死、共和國的卑劣、世界的無情，以及自身的軟弱無力而產生的熾烈怒火與憎恨，都被自己一時衝動爆發出來了。發洩在遠比自己弱小，也是自己該守護的弟弟身上。

直到現在他才發現這份罪孽有多深而感到戰慄不已。他忍不住抱頭蹲坐在地。

「啊啊啊啊啊啊啊啊啊啊啊啊啊啊啊啊啊啊啊啊啊啊啊啊啊啊！」

我明明……想要一直守護著他啊。

幸好，辛很快就恢復呼吸，清醒過來。但雷卻一直見不到他。一方面是神父對雷保持警戒，不願讓兩人相見，另一方面，雷自己也害怕得不敢去見對方。

於是他為了逃避一切，接受了徵召。

出發的時候，雖然神父帶著辛來送他，可是辛卻一句話都沒對他說。那雙始終不敢望向他的目光，讓雷感到十分心痛。

我絕對不能就這樣死了。我一定要活著回來。

雷抱著這樣的想法，看著戰友在戰鬥中紛紛死去，還是拚了命地讓自己活下來。

可是。

落在身上的雪花好冷，這下子也差不多該完蛋啦。雷那顆因失血過多而有些恍惚的腦袋這麼想著。

無意間，他看見了扭曲變形的裝甲上的那個紋章。無頭的骷髏騎士。來自繪本的封面。是那個故事的主角。

在雷的眼中感覺有些不舒服的那個繪本，不知為何卻成了辛小時候最愛的書。

現在辛還記得這個繪本嗎？還記得自己曾經每天晚上都讀給他聽的事情嗎？

還記得自己疼愛過他的事情嗎？

雷忽然鼻頭一酸。

出發的那天，要是有和辛說說話就好了。

那不是你的錯。自己應該要和他好好說清楚的。

就在那個晚上，雷在辛身上下了詛咒，而自己就這樣逃跑了。

家人會死都是你的錯。被雷這樣怪罪的辛，之後究竟會多麼自責呢？

原本疼愛自己的哥哥，卻對自己痛下殺手，究竟會讓辛的心靈多麼扭曲呢？

父母的死和雷的暴力，肯定會讓他哭得很慘吧？而他現在還能露出笑容嗎？

「……辛。」

白茫茫的朦朧視野中，闖入了鐵灰色的影子。是「軍團」追上來了啊？

望著視野角落的骷髏騎士。那個為了幫助弱者，無懼於面對任何強敵的正義英雄。

好想繼續當個保護弟弟的英雄。

雖然是自己親手毀壞了這段關係，卻還是想見那個人一面。雷情不自禁地伸出了手。

而這份思念，成就了現在的「他」。

第七章 再見
Shalon Chaverim

『……辛。』

重戰車型機體表面的裝甲微微浮起，一面蠢動，一面伸出了無數條「手臂」。

那是流體奈米機械的銀色。外觀像是具備修長手指的成年男性手臂，而比人類手臂長了好幾倍的那些物體，以爆炸性的速度向外伸出。無數的左手與右手，彷彿在尋求著什麼不斷伸長。

這些手臂無一例外的全都伸向了「送葬者」，以雷鳴般的巨響發出咆哮：

『辛————————！』

即使是在最低的同步率之下，這巨大的聲音仍然震撼著五臟六腑。那甚至能讓血液凍結的淒厲吼叫，連應該最為習慣這種聲音的萊登也不禁嚇出一身冷汗。安琪則是忍不住尖叫一聲，摀起耳朵。

就只有辛表現得像是單純聽到有人呼喚自己的名字一樣，駕著「送葬者」機體與對方正面對峙。

「……辛？」

『你們先走。萊登，指揮權暫時交給你了。』

聲音冷酷到讓萊登彷彿能看見辛緊瞪著重戰車型不放的可怕眼神。

『只要衝進樹林深處，再仔細注意斥候型的動向，就能擺脫它們的追蹤了。不要動手，專心前進吧。』

「那你呢！」

『等我打倒他就過去。不解決掉他就無法前進，我也不想前進……何況他看起來也不想放我走呢。』

萊登聽著對方最後的獨白，背上竄過一陣惡寒。

這傢伙剛才……

笑了。

唉，沒救了。

已經拉不回來了。這傢伙的心原本就不在這裡。他一直被束縛著，被那個失去的首級，被那個找尋了多年，哥哥在臨死前被奪走的首級所束縛，始終不曾解脫……我想，大概是從他被哥哥掐死的那一刻開始的吧？

雖然了解內情，但萊登還是壓著嗓子發出怒吼：

「我聽你在放屁！」

誰要遵守這種拋棄隊友逃跑的命令啊？

『——』

「既然你說你想一個人對付那傢伙，那我也沒意見……不過其他的就交給我們了。你給我快點解決。」

萊登一面說著，一面努力壓下從心底湧現的情緒。

想要一個人對付……是嗎？

明明只要說一聲來幫我，說一句我們一起戰鬥，大家就會回應，可是為什麼這個笨蛋總是這麼……到了這個緊要關頭還是笨到無可救藥啊。

沉默了一瞬間後，辛似乎輕輕嘆了口氣。

『……真蠢啊。』

「彼此彼此……你可別死了啊。」

這次辛真的沒有回應了。

長距離砲的擊發聲成了打響戰鬥的號角。面對如狂風暴雨襲來的彈幕，四機立即往四面八方跳開。

背負著骷髏死神的四足蜘蛛，則是以襲擊獵物般的速度發動突襲。

重戰車型早已布下陷阱。

讓斥候型在四方列陣待命。由於斥候型以外的「軍團」感應器性能都不算太好，於是藉由數據連接的方式，和斥候型犧牲火力換來的高性能感應器共享了搜敵資訊。這樣一來，布署在四方的斥候型就成了重戰車型的耳目。這時，前方兩架斥候型捕捉到了「破壞神」逐漸接近的身影，將各種情報轉送給重戰車型，再搭配自身感應器接受到的光學影像，調整砲塔的角度。

砲聲。

已然超越戰車砲，達到重砲等級的一五五毫米主砲發出巨吼，甚至擺脫聲音的高速穿甲彈便落在「送葬者」上一秒的所在位置，直接貫穿到地底。

回擊。「送葬者」也開砲了，但目標不是重戰車型，而是周圍的斥候型。先是擊毀一架，再利用自身機動迴避的慣性踢爆了第二架，接著才終於對重戰車型開了一砲。趁著在半空中爆炸的煙霧彈，暫時癱瘓了重戰車型光學感應器的空檔，「送葬者」順勢滑進了方才擊毀兩架斥候型所創造出來的死角。

「破壞神」的主要武裝是貧弱到根本無法與敵人相比的五七毫米砲。無論從前後左右，還是在多近的距離，都無法打破重戰車型堅若磐石的裝甲。有效的攻擊部位只有一處，而為了接近能夠發動攻擊的位置，首先必須擊潰從外部補強那巨大身軀死角的耳目，讓對方的破綻增加，才有機會趁虛而入。

猛烈的風壓驅散了白霧，重戰車型的龐大軀體衝了出來，將重機槍轉向敵人可能突擊的方向，發動一波掃射。跳到一旁閃躲的「送葬者」從煙霧的另一頭現身了。

溫度高到扭曲空氣的巨砲砲口對準了那道無頭的身影。「送葬者」憑藉出神入化的亂數迴避動作，以及神準預測敵機瞄準方向的能力，朝著重戰車型疾馳而去。

「軍團」的部隊很明顯正在將「送葬者」與其餘四機拉開距離，同時也將試圖將四機分開，各個擊破。

數架戰車型與近距獵兵型聯手合作，針對單一目標發動波狀攻擊。倘若對方試圖尋找掩體躲藏，也會被分布在整片戰場上的斥候型揪出來。所有可能成為退路的地點都被反戰車砲兵型滴水不漏地封鎖起來，同時透過長距離砲兵型的猛烈砲擊，縮小對方可能移動的範圍。就算靠近對方的「軍團」不斷遭到擊破，後面依舊有著源源不斷的兵力殺上來。

一般的「軍團」不會採用如此環環相扣的戰術，這肯定是出自「牧羊人」的手筆。恐怕就是那架重戰車型的「牧羊人」在負責指揮吧。

在奔流不息的砲擊與斬擊的猛攻之中，萊登往辛的方向瞥了一眼。就在如螞蟻雄兵一般湧來的「軍團」後面，有一塊十分突兀的空白地帶。重戰車型和「送葬者」就在那裡上演已經白熱化的一對一對決。

那副光景就宛如一場玩笑。

和重戰車型單挑這種事，根本不是正常人會有的想法。光是看起來像是僵持不下，就已經踏入奇蹟的領域了。無論火力、裝甲，甚至是機動能力，「破壞神」都遠遠不如對方。

正常來說根本一點勝算也沒有。因為是辛，才有辦法勉強一戰……不，就連辛也打得極其狼狽——只見重戰車型無視於機甲兵器的定義，幾乎動也不動，只是悠然地在原地迎戰。反觀「送葬者」就像在刀尖上跳舞一般，細膩而大膽地強迫機體進行瀕臨極限的迴避動作，光是看著就讓人覺得胃都要痛起來。

只是單方面在挨打，像這樣走鋼索的戰法究竟能維持多久呢？

還是說我們這邊會先垮掉啊？

一絲喪氣的念頭在腦中一閃而過。他已經不記得自己解決幾架「軍團」了，只覺得怎麼樣也沒完沒了。不斷累積的疲勞與徒勞感，讓身經百戰的他們，氣力一點一滴被腐蝕掉。

『裝彈！拜託掩護！』

賽歐喘著氣如此大喊，聲音當中也帶有一絲疲憊。

單機穿梭於砲火之中，勤快地替每架機體補給的菲多，這時也卸下了身後六個貨櫃當中的一個，因為裡頭的彈藥存量已經歸零了。在這場戰鬥中，光是打到現在就已經把預計能夠撐上一個月的彈藥用掉將近兩成。

彈藥全部用盡時，就是我們的死期吧。

不經意閃過這個念頭，讓萊登勉力一笑。求之不得啊，像這樣活著走完最後一程。

這時，同步對象突然增加了一個人。

『——修迦中尉！借用一下左眼喔！』

左眼的視野瞬間稍微變暗，接著馬上又恢復了。剛才那道聲音又繼續大喊：

『已發射！準備承受衝擊！』

剎那間，整片天空全都染成白色。

無聲的閃光。遲了幾拍才出現的爆炸聲。布署在上空的阻電擾亂型大軍，被一瞬間擴散開來的火焰吞沒、燒燬，不然就是被四面八方而來的衝擊波碾碎而墜落。

在正中央炸裂的空爆燃燒彈給了它們強烈的一擊。銀色的雲霧破了個大洞，而從中露出的藍天，又被緊接而來的飛彈群蓋上了一層黑色。

正確抵達指示座標上空，啟動引信後外殼隨之破裂。收納在其中的數百枚子彈在雷達的幫助下偵測到目標後，便在目標上空爆炸，釋放初速可達每秒兩千五到三千公尺的超高速爆炸成形彈，打擊敵方目標。

鋼鐵驟雨貫穿了脆弱的上方裝甲，讓「軍團」第二梯隊的前半部瞬間沉默。

接著又飛來第二波。再度降臨大地的鋼鐵驟雨，將第二梯隊的倖存戰力完全毀滅。

無論是萊登、賽歐、可蕾娜或是安琪，在這瞬間都是啞口無言。

雖然從未見過，但他們知道那是什麼。是迎擊砲。林立在「破壞神」守護的前線之後，卻從未發揮過作用的擺設。

而啟動這個東西的人。

愛管閒事到特地和他們這些踏上不歸路的人聯絡，也只有那個人了。

「是妳嗎——米利傑少校！」

萊登聽見了回答的聲音。像銀鈴一般的聲音。像是下定了決心，難以抑制胸中怒火的聲音。

『是的，就是我。不好意思來遲了，戰隊各員。』

†

「——我不是說我不想再見到妳嗎，蕾娜？」

本來一直擔心阿涅塔不會出來應門，沒想到她還是十分乾脆地現身在玄關了。

「沒錯，我是有聽到，阿涅塔。可是我不記得自己有答應喔。」

一個下著毛毛雨的夜晚。站在屋內燈火與夜色交界線上的蕾娜，似乎連整理儀容的時間也沒有，顯得十分憔悴和疲勞，乍看之下跟幽靈沒有兩樣。白銀色的頭髮只是隨便梳了兩下，底下的軍服皺巴巴的，蒼白的臉蛋並未上妝。

只有那雙堅定的白銀色雙眸，散發著異樣的光彩。

「關於視覺的同步設定，包含同步裝置的調整在內，請妳幫我解決。」

阿涅塔露出受傷野獸般的眼神，低吼著回應：

「我才不會幫妳呢。這跟我一點關係也沒有。」

「妳會幫我的，不管我得用上什麼手段。」

蕾娜嗤笑一聲。

現在我臉上的表情一定既刻薄又醜陋吧。她腦中飄過了這樣的念頭。

「妳曾經見死不救的那個童年玩伴……」

蕾娜冷笑著。像個惡魔，也像個死神一樣。

「他叫作辛，對吧？」

阿涅塔的表情瞬間崩塌。

「……為什麼……！」

看著臉色從未如此蒼白的她，蕾娜心想，果然沒有猜錯呢。

其實剛才只是在套話而已。但她心中早就有了定論。畢竟辛曾經住在八六居民極少的第一區，而且和蕾娜及阿涅塔同齡，還有個年紀大很多的哥哥。

最重要的是，辛能夠聽見的亡靈之聲的異能，和阿涅塔青梅竹馬能夠聽見家人心聲的能力，除了適用對象不一樣之外，在本質上恐怕是相同的能力。

有了這麼多吻合的條件，卻不是同一個人——怎麼想也不可能吧。

「妳為什麼會知道這個名字……！…………難不成——！」

「沒錯，他就在我的部隊裡。先鋒戰隊戰隊長，個人代號『送葬者』。他……就是辛喔。」

阿涅塔不僅曾經擁有拯救的機會，而且放棄了兩次。

蕾娜的胸口被阿涅塔用力揪住。看見那苦苦哀求的動作和眼神，蕾娜卻連眉毛都沒動一下。

「那是辛告訴你的嗎？吶，他是不是還活著！他是不是……還在恨我？」

「妳知道了又能如何？不是跟妳無關嗎？」

蕾娜甩開她的手，往後退了一步。阿涅塔追著蕾娜，也踏入細雨和夜色之中，卻只見到對方臉上冰冷無比的笑容。

其實，蕾娜並未從辛口中聽見任何關於阿涅塔的事情。他恐怕……已經不記得了吧。就連雷和父母的記憶，都被戰火和亡靈嘆息所抹滅的辛，就算不記得這個童年玩伴，也是無可厚非。

雖然蕾娜並不清楚這對阿涅塔來說究竟是救贖還是詛咒。

「如果不是與妳無關，那就來幫我。妳說呢——不快點決定的話，雞就要叫了喔。」

在雞鳴之前，你會有三次不認我。記得某本書裡是這麼說的。

站在原地許久後，阿涅塔笑了。笑中帶淚，露出像是鬆了口氣的表情。

「……惡魔。」

「是呀，潘洛斯技術上尉。我是惡魔，而妳也是。」

†

沒錯，在這段時間當中，蕾娜並不是意志消沉，也不是被真相擊垮，只是真的沒有時間和先鋒戰隊同步罷了。

視覺同步的設定與調整。周邊戰區一帶所有迎擊砲的手動發射密碼。她這段時間就是為了盡可能多掌握一些能夠支援他們的手段。

「！……未爆彈竟然占了全體的五成……？」

看見回饋的結果，蕾娜忍不住發出呻吟。有三成的迎擊砲毫無反應，發射後的飛彈也有近三成在外殼引信未作動的狀況下落地。雖然有些運氣不好的「軍團」被重量超過百公斤的飛彈砸成廢鐵，但是相較於原本的威力，等同是沒有戰果。

這可以稱為整備不良了。用來保護自己的鎧甲，卻因為自己的懈怠而生鏽，真是愚蠢。

將剩餘的迎擊砲輸入同樣座標後發射。看見定為目標的敵方部隊在這波攻擊中全滅，蕾娜這才鬆了口氣。

好不容易才獲得自由。當時辛是這麼說的。

雖然蕾娜不認為那叫作自由，但畢竟她沒有能力撤銷特別偵察任務，也無法還給他們真正的自由。既然如此，至少要讓他們在自己選定的道路上，能夠受到的阻礙越少越好。這是她唯一能夠替他們做到的事情了。

這是他們好不容易才得到的自由。

怎麼能在第一天，在這個他們才開始邁步前進的場所就宣告終結呢？

從另一頭傳回的銀鈴嗓音，讓萊登忍不住發出怒吼。就在第二梯隊毀滅後，第三梯隊判斷不該前進，而萊登等人也逐漸擊破了失去補給的第一梯隊時。

「妳真的是個大笨蛋！妳到底在幹什麼啊！」

『只是共享了你的視覺，確認相關位置資訊，定位後手動發射了迎擊砲而已。對了，為了在共享視覺時不至於害你分心，我已經把左眼閉上了，請別擔心。』

聽見對方平淡的回應，讓萊登越來越心煩，再度大喊起來。說什麼「而已」？事情才沒這麼簡單好嗎！

「難道妳不曉得共享視覺會讓管制官失明嗎！還有迎擊砲也是，妳怎麼弄到發射許可的！話說回來，妳現在出現在那裡，就已經違反命令了吧！」

共享視覺不但會讓雙方產生混亂，資訊量也過於龐大。連續使用會造成負荷過重，最嚴重的狀況下還有可能導致失明，因此在進行管制時不會使用這項功能。在禁止支援的作戰中，使用了未獲許可的武器進行援護，不但明確違反了命令，而且根本不該為接下來只有死路一條的部隊冒這樣子的風險！

這時蕾娜突然吼了回來。這是他第一次聽見這名少女管制官的怒吼聲。

『那又如何！會不會失明也是在這之後的事情了，而且就算我擅自使用迎擊砲，又違反了命令，最多不過就是減薪降職而已，並不會喪命！』

這發自內心的怒吼，讓萊登感到措手不及，一時說不出話來。蕾娜因為太過激動而氣喘吁吁，語氣也變得自暴自棄起來，這是萊登他們從來沒有想像過的事情。

『反正就算和本部跟政府那些人講道理也是講不通。那我又為何要守規矩講道理？就算會受到責難，那又怎樣……所以，還不如像這樣三兩下把事情搞定就好。有沒有許可根本沒差。』

一瞬間，聲音變得有些痛苦低沉，但馬上又高傲地哼了一聲。

萊登緊繃的情緒突然緩和下來，微微苦笑：

「……妳真的是個笨蛋啊。」

『我又不是為了你們才這麼做的。只是因為若是讓數量這麼多的「軍團」突破前線，共和國就危險了。我還不想死，所以只能選擇對抗。』

那道澄淨的聲音提高了音調，這回真的笑了出來。這是今天第一次感受到蕾娜在笑。

『一旦第三梯隊開始移動，我這邊就會射擊。至於第一梯隊，因為擔心砲擊會牽連到你們，所以無法提供支援。不好意思，要麻煩你們自己想辦法解決了。』

「喔，放心吧。這對我們來說是家常便飯了。」

『……諾贊上尉呢？』

聽見這個問題，萊登為難地瞇起眼睛。雖然同步本身還連著，但是辛沒有回話，也沒有注意到這邊，只能感受到一股冷冽凶猛的戰意傳了過來。

「他正在和他哥捉對廝殺——那就是辛的目的。他已經聽不見我們的聲音了。」

聽著哥哥震天價響的嘶吼，辛駕著「破壞神」尋求反擊機會。

在這種連一丁點失誤都不能有的極限條件下持續奮戰，極度集中的神經讓辛除了眼前的光景、對方的嘶吼與砲聲之外，什麼都感覺不到了。甚至連時間的流逝也是。

眼見砲口轉向，瞄準。「送葬者」正準備踏地變向，卻突然順勢一滑，以毫釐之差避開了彈道。由於對方的副砲在面對主砲時的右手邊，所以只要不斷繞向左側的話，對方就只能用主砲和砲塔上方的迴旋機槍來攻擊——……

這時，副砲射擊了。

只見砲彈與右腳擦身而過，主砲也同時對準了辛。機體正在側滑的「送葬者」來不及調整姿勢以採取機動迴避了。

砲聲。靠著射向遠處地面的鋼索拉動機體，「送葬者」才勉強逃離了彈道範圍，而身後的戰車型卻正好遭到誤傷而爆炸。重戰車型靠著自身的超級重量和強韌腿力，才得以承受二連射帶來的強烈後座力，但是在射擊的瞬間，還是必須讓八條節肢牢牢扎在地上才能穩住。

抓住這轉瞬即逝的機會，「送葬者」衝進了自身最為擅長的攻擊距離。

他讓早已取得仰角的主砲，瞄準了重戰車型的砲塔後方上部。那是他所能找到最為薄弱的一處裝甲。是整架重戰車型幾乎無懈可擊的裝甲之中，唯一能以「破壞神」貧弱主砲貫穿的部位。

擊發。以曲射軌道射出致命的破甲榴彈。

卻被重戰車型叢生於砲塔上的其中一條手臂掃開了。

「……！」

如同惡夢的光景讓辛睜大了雙眼。雖然擋下砲擊的手也被震碎了，但原本就是流體的手臂，瞬間就從手腕長出完整的手掌，指頭也像沒事一樣不斷蠢動。

辛感覺到重戰車的注意力又轉回自己身上，反射性地向後跳開，機槍就掃過了原先停留的地面。緊接而來的第二、第三波鉛彈豪雨，迫使辛一路往後閃避，再度退到了攻擊距離之外。光靠火力最差的重機槍就逼退了「破壞神」的重戰車型，一派悠閒地重新面向這邊。

就連牽制射擊也逼得自己不得不拚命閃躲，而自己唯一能夠攻破的部位，也被對方嚴密守著是吧。

渾身湧起強烈的顫慄，但嘴角卻浮現笑容。

自認抓到機會，脫隊殺向辛的近距獵兵型，被重戰車型毫不留情地一砲轟飛。這種簡直就是在宣示不准其他人打擾的舉動，讓辛的笑意越來越深。

哥哥死前不斷呼喚著他的聲音。不斷喊著一切都是你的罪業，要以死來謝罪。

就算要殺也得親自動手——看來他在死了之後也不願放棄這個執念啊。

……其實我也一樣啊，哥哥。

自己究竟是名為修雷．諾贊的靈魂，或者只是複製了他在雪地中死去卻還未腐朽的大腦記憶的「軍團」呢？對於現在的雷來說，這一點也不重要。他只知道自己在死後又重新得到了一次機會，這樣就夠了。

因為他能聽見辛的聲音，所以也知道他上了戰場。

可是辛的聲音非常非常微弱，一不小心就會被對面的共和國那慘不忍睹的巨大屍骸發出的喧囂聲所掩蓋。再加上共和國明明把辛扔到了戰場上，卻還是將他視為所有物來管理，更讓雷難以分辨他的聲音。

每當被重新分配到新的戰域時，他就會透過斥候型的眼睛來回搜尋。由於身為「軍團」的雷無法違抗自己接收到的命令，只能以指揮官的身分坐鎮在該戰域最深處，但雷始終不放棄，只要辛能靠近一點，就能去見他了。與他見面、道歉，要是能得到原諒，接下來就……

就在某一天，雷透過一架損壞到無法動彈的「軍團」視野，終於找到了他。

那是個流星雨的夜晚。由於距離相當遙遠，必須將倍率放到最大，才終於看清楚那張臉。

他長大了。正在跟似乎是同伴的黑鐵種少年說話，而雷很想聽聽他的聲音，於是把收音感應器的焦點轉向那裡。他應該已經變聲了吧？還是還沒呢？怎樣都好，反正就是想聽聽。

兩人望著星星墜落的天空。像是小孩一樣的剪影，背靠著伏在地上的「破壞神」裝甲上。

「你哥還在嗎？」

「嗯。他一直在呼喚我。所以我不去不行。」

是指我嗎？他是來找我的嗎？

機械的身體也忍不住發抖。雖然辛上了戰場讓他很難過，但是在知道他是為了找自己而來的時候，簡直高興地無法自已。

「可是，你不是找到你哥，還把他好好埋葬了嗎？這樣應該就夠了吧？」

哦。竟然還埋葬了我的屍體啊，真是溫柔呢，辛。

「……哥哥不會因為這點小事就原諒我的。」

雷感到愕然。

為什麼會說出這種話來？要是你得不到原諒的話，那我又怎麼可能得到原諒？

雷快要發狂了。真的好想好想見他，告訴他事情不是這樣。

那時候，很快就有共和國的運輸機把辛載走，於是弟弟微弱的聲音又再度消失在其他聲音中。

之後雷拚了命地尋找，每當發現他的蹤跡，就會試圖把他帶走。雖然雷不能離開戰域深處，但他動用了所有他能夠命令的「軍團」。

辛一直在戰鬥。

在那個不知道哪天就會悄悄死在某個角落的戰場上，從容不迫地戰鬥著。

他明明不需要再做這種事了。

不需要為那些噁心的豬戰鬥。既然他只能生活在那裡，不如乾脆把他帶過來吧。像人類那種脆弱的肉體不要也罷，在這邊身體想怎麼換都可以。所以，這次自己一定會好好保護他，會一直陪伴在他身邊，直到永遠。

今天，那群豬終於把他們的髒手從辛身上拿開了。那個雖然找到了，卻很容易錯失的聲音，縱然還是很微弱，但這次終於能夠清晰捕捉到了。

在雷知道辛朝著自己所在的戰域深處前進時，他就親自動身去迎接了。終於能夠去接他過來了。

現在，辛就在眼前。待在那隻難看的蜘蛛裡，讓他望眼欲穿，不停呼喚，珍視的那個弟弟。

那個蜘蛛的保護性實在太過脆弱，所以他伸手時得小心注意不要弄壞。因為辛一直不斷逃竄，所以實在很難控制力道，只好先想辦法把腿部破壞掉。

終於見面了。這下子終於可以把他帶回去了。

以後就能一直在一起了，哥哥會一直保護你的。所以過來這邊吧——辛。

那架重戰車型只會攻擊自己的腳邊。射來的永遠是穿甲彈，從不使用榴彈。因為榴彈高速炸裂的碎片，沒有辦法控制方向，而且「破壞神」脆弱的裝甲也承受不了一五五毫米砲彈在至近距離爆炸的衝擊波。

他是想把自己折磨到死嗎？不——只是不想用槍砲解決自己吧。那無數蠢動的手，就像那天夜裡哥哥掐住自己脖子的手一樣。

同樣的事情，你以為還能再做幾次？

辛將目光瞥向光學螢幕，尋找可能實行「那一招」的地形。他作勢向後退，雷也一步一步追了上來。

辛一面微微調整方向，一面不斷後退，就看見砲塔似乎不耐煩地轉了過來，砲口對準腿部。

執行瞄準動作，準備射擊。就是現在——

來到預定位置。上鉤了。

就在砲口閃起火焰的前一刻，辛射出鋼索鉤爪，刺進位於重戰車型左後方的大橡樹，以最高速捲動鋼索，讓機體像是在飛一樣被扯了上去，接著在左側方森林找了幾棵樹借力，轉眼間就來到了重戰車型的頭頂上。

以同為陸上裝甲的機具為主要攻擊對象的砲塔，雖然能夠水平旋轉三六〇度，但垂直方向能取得的角度——俯仰角就有很大的限制了。砲塔本來就沒辦法朝向正上方，更何況是伏低身子瞄準底下的姿勢，更是無法應對來自上方的攻擊。

在半空中卸下鋼索，利用慣性在空中滑翔，同時扭轉機體調整落地的位置。把裝甲的接縫當成踏板，攀上了重戰車型的車體後部。自身的巨大身軀這時反而擋住了機槍的彈道，辛趁機拿格鬥用機械臂的高周波刀，刺向比正面裝甲薄弱的那個部位。

火花四濺。厚重的裝甲像水一樣被輕鬆劈開。接著將主砲插進切開的縫隙中。

此時，有雙銀色手臂從縫隙中伸出，抓住了格鬥用機械臂。

「什——」

就像在教會裡的那一晚。

整個被甩了出去，砸在地上。辛的意識就此中斷。

感覺到辛的同步瞬間斷絕，萊登不禁瞪大了雙眼。這時候，周遭的「軍團」大致上都解決了，菲多也卸下了第二個貨櫃。而待在後方觀望遲遲不肯放棄的「軍團」，也被蕾娜毫不留情地施以飛彈制裁，正在撤退當中。

「……辛？」

萊登不斷嘗試重新連接同步，卻始終連不上。轉頭一看，才發現重戰車型面對的方向，有一架似乎是被打飛的「送葬者」，十分不自然地倒在地上，一動也不動。

知覺同步是透過彼此的意識來連接，所以只要有一方失去意識就會中斷。可能是睡著，也可能是昏迷——或者可能是死亡。

重戰車型悠然地走上前去，不知為何沒有開砲。但是對方身上散發的不祥氣息，讓萊登覺得不能讓他靠近辛。

切換成無線電吧，這邊看來還能用，這也表示辛的駕駛艙並沒有損壞得太嚴重。

「辛！給我起來啊，你這個笨蛋！」

「送葬者」依舊毫無反應。

為防失手毀壞了內容物，雷已經相當控制力道，但「破壞神」脆弱的格鬥用機械臂還是承受不住，結果好不容易才捉到手裡的辛，又被自己甩到遠處去了。

看著他一動也不動，也算是變相達成了自己的目的。大概是被自己弄昏了吧，也有可能受了

重戰車型才第一次把注意力轉向這邊。

萊登一看到對方剩下的那挺機槍似乎不太耐煩地轉了過來時，就立刻把機體往橫一擺，驚險地閃過了震天價響的機槍掃射。

趁機接近對方的賽歐和安琪同時射出鋼索鉤爪，分別纏住砲身和一隻腿，兩機就這樣將四肢牢牢踏住地面。重量只有重戰車型十分之一的「破壞神」，就算兩架合力也只是稍微讓對方增加了點負擔而已。將切換成近發引信的榴彈發射出去，以曲射軌道命中另一挺機槍後，萊登也射出鉤爪，這才終於讓重戰車型的腳步遲緩下來。

突然感覺到一股和先前截然不同的殺氣。就在萊登立即切斷鋼索的瞬間，重戰車型就把被拖住的砲管和腿部用力一甩。來不及切斷鋼索的「雪女」瞬間被扯上空中，猛力撞上「笑面狐」，一起滾到遠處去了。

「安琪！賽歐！」

『唔……我沒事。』

『我也是。抱歉，賽歐。』

『別在意啦……萊登！他要開砲了！』

「……！」

一個沒注意就被鎖定了，來不及閃避。就在萊登準備迎接砲擊的瞬間，重戰車型突然失去平衡，從「狼人」身邊掠過的砲彈，落點偏移得十分離譜。那是可蕾娜的狙擊。她用全自動射擊打爛了重戰車型前腳牢牢踏住的那塊地面。

『萊登，你還好嗎！』

「喔喔，還好有妳在！不過還是快點撤離吧。要是妳被幹掉了，就沒人可以給這傢伙來一發狠的了……少校，快遞還沒到嗎？」

蕾娜的聲音也十分緊繃。

『已經發射了。距離目標還有……三千！庫克米拉少尉！』

『由我接手。開始進行終端誘導。距離命中還有……五秒……三、二……』

「神槍」將人眼無法看見的導引雷射對準目標。對準了停在「送葬者」身旁的重戰車型。

重戰車型的搜敵能力不佳。

身為指揮官機的雷也不例外，必須靠著伴隨自機的多架斥候型，以及和本隊當中的耳目進行連結，才能補足搜敵能力。但現在斥候型的伴隨機已經全滅，隸屬本隊的斥候型也只在最初下了指示後就放著不管，由於損失慘重而開始撤退了。對雷而言，把辛帶回去才是他的首要目的，其他都是次要的，所以他根本沒放在心上。

也因為這樣，讓他在緊要關頭反應慢了一拍。

就在他伸手抓住座艙罩，正準備扯下來的時候，鎖定警報才響了起來。

在迅速上移的光學感應器視野中，巨大的砲彈已經迫在眉睫了。只見一條像人類小孩一樣大的巨型蛆蟲，展開調節姿勢用的機翼，維持在四五度的角度，對準了上方裝甲急速落下。

那是一五五毫米重砲，反裝甲誘導砲彈。

一股沸騰般的怒意從心底湧現。

那是一顆直接命中的話，連雷也會承受不住的超強力砲彈。但是在這麼近的距離下，辛百分之百會受到波及。

那些共和國的垃圾，把辛利用到這種程度還不滿足，居然還想拿他當誘餌，連同我一起炸碎嗎！

沒有時間帶著辛逃跑了。因此，雷將前半段的四條腿猛力一蹬，讓機體像駿馬一樣仰起上身。他扭轉身軀，用最為堅固的正面裝甲面對砲彈。流體奈米機械構成的手臂也盡可能向外展開。就算上方裝甲撐不住，那正面裝甲又是如何呢？他要用這具身軀擋下爆炸和衝擊波——一定要護住被自己擋在身後的辛！

就在砲彈即將命中的瞬間。

突然間，腦海中浮現過去曾經抬頭仰望的夜空。那片散落著點點星塵，彷彿能聽見清脆聲響的幽黑天球。

擁有白銀色秀髮與眼眸，似曾相識，正好與辛同樣年紀的少女，就站在那片天空底下，開口說話：

『你明明說過要保護他。』

是啊，沒錯。我必須好好保護辛才行。那是我最重要的弟弟。

少女又開口說：

『可是，你還想再殺他一次嗎？』

——————————————！

一動也不動的「破壞神」。一動也不動的，小小的辛。

我……

又一次。

著彈。

接觸目標後，引信——並沒有啟動。

未爆彈。

將屬於成型裝藥彈的誘導砲彈，當成一顆實心彈來使用的話，密度和速度都不足以貫穿重戰車型極為厚實的正面裝甲。砲彈直接成了一團廢鐵，引信並未作動，所以炸藥也並未引爆。

然而，遠在音速之上的超高速度，以及戰車砲彈無法比擬的重量，所產生的莫大動能，讓正面承受砲彈的雷，全身每一處角落都遭受衝擊力的洗禮。

「命中。」

蕾娜看見雷達螢幕上表示誘導砲彈的光點，與重戰車型重疊後消失了。

沒有爆炸。這是當然的。蕾娜在射出的時候就已經把引信設定成不會作動了。

以前，她曾聽父親說過。

戰車的裝甲能夠彈開砲彈。可是那並不代表戰車沒有受到傷害。

就算彈開了砲彈，上頭的動能也會轉化成衝擊力，滲透整部戰車。有時震落的零件會壓傷乘組員，有時則會讓裝甲上的鉚釘或螺絲蹦開，像跳彈一樣讓內部的乘組員受到嚴重傷害。破壞力十分可觀。

把這招用在重戰車型身上，也能造成一定的傷害。靠著蕾娜現有的武器，想要在不牽連到辛的狀況下攻擊重戰車型，也只有這個辦法了。

即使如此，還是只能爭取到幾秒鐘時間，必須採取下一步行動才行。有誰能夠……

這時她察覺到了。

同步的那個對象。

在戰鬥中也不斷嘗試與辛進行同步連接，這時終於恢復了。萊登忍不住大喊：

「辛！」

反應很遲鈍，意識可能還沒完全清醒。於是他又喊了一次，依舊沒有反應。

但萊登還是繼續大喊：

「給我起來啊，你這個笨蛋！喂！辛！」

「諾贊上尉！你聽得到嗎，諾贊上尉！請你醒一醒！」

在同步的這一端聽著大家不斷呼喊，蕾娜也喊了起來。快醒醒、快點離開那邊、快去解決掉那架重戰車型。這些源自於現況的提醒，都不是能夠打動他的理由。

蕾娜很清楚。她早就察覺到了。所以，她一定會成功，也一定要成功。

那時候，那一夜，辛帶著心如刀割的悲愴語氣，說出了他要殺死哥哥的話。

其實一點也不想和哥哥戰鬥的辛，卻堅持與雷正面對決的理由。

「你不是要弔祭你的哥哥嗎！——辛！」

微微地。

感覺到那雙紅色眼眸微微抬了起來。

用力踏穩的後腿，將地面整個踏碎。鋼鐵之軀頻頻發出哀號，猛烈的衝擊滲透到中樞處理系統導致當機，讓雷的思考陷入一片空白。

但他仍然按照戰鬥機械的本能，朝著周圍不斷射出砲彈。四周的小蟲子似乎都逃開了。

處理系統和感應器逐漸恢復。

隨後，雷看見了。

就在自己背後，不知何時起身的「送葬者」，把砲口對準了這裡。

自己昏倒時，似乎割傷了額頭。因為出血的關係，左眼張不開。身體的感覺也很疏離。活動起來很勉強。腦袋恍恍惚惚，很難進行思考。

輔助螢幕毀了，駕駛艙內顯得有些昏暗。辛用左手按住意識還有些模糊的腦袋，身體無力地靠在內壁上，只是伸手握著操縱桿，眼睛盯著螢幕不放。

自己似乎是被誰喚醒的，但是昏厥帶來的影響依然嚴重，暫時搞不清楚發生了什麼。不知道自己為什麼還活著，也不知道周遭的狀況如何。

辛只知道，自己和「送葬者」機體都還沒死。

而希望能由自己親手埋葬的哥哥，就在眼前。

一度昏厥的身體，至少還有力氣握住操縱桿，扣下扳機。

這樣就夠了。

『……辛。』

亡靈之聲響起。是早已死去的哥哥的聲音。和自己最後一次聽見時相同，獨自一人待在這片戰場上的角落，直到最後也沒有原諒自己的哥哥的聲音。

當他第一次在亡靈的哀嘆中聽見那個聲音時，就下定決心一定要找到哥哥，親手送他離去。

『辛。』

他不知不覺間咬緊牙根。早在七歲時就該窒息身亡的那個自己，好像還躲在心底某處哭泣哭喊著全都是我的錯，應該在那時候就死掉的。哥哥的聲音也在蠱惑著自己，現在去死還不晚。他絕對不會讓自己忘記……哥哥永遠都不會原諒自己這件事。

可是辛已經不是小孩子了，不會天真到還想讓對方再殺死自己一次。

那時候到現在已經過了很多年，在這段時間，他接觸了許多事物，經過思考，然後想通了。

那時哥哥掐住自己的脖子，並不是自己的錯。

父母的死和哥哥的死，還有其他的一切，都不是自己的罪過。

那單純只是哥哥遷怒自己。那時哥哥的情緒失控了，所以比哥哥弱小的他，恰巧成為了發洩目標，只是這樣而已。

其實從來就沒有什麼責任需要背負。

『辛。』

亡靈的聲音，再次響起。

對於「軍團」始終不曾停歇的叫喚，其實辛一點也不覺得可怕。反倒覺得同情。因為它們只是借用死者的話語，只是用那種聽也聽不懂的機械式話語，不斷哀嘆自己渴望回歸的心願。

那些故國滅亡，失去軀體，本應在死後回歸冥府卻無法回歸，哭喊著不想死的死者。他們臨死前的話語，被名為「軍團」的亡靈大軍借來哀嘆自己渴望回歸的心願。

辛沒辦法眼睜睜看著哥哥留在這群亡靈之中，自己一個人遠走高飛。

死了之後又被帶走，幽禁在等同於亡靈的戰鬥機械中，不斷呼喚著自己的哥哥。辛發誓一定要找到他的首級，與他正面對決，將他毀滅之後好好安葬才行。

為了這個目標，辛才會上戰場。為了這個目標，他才會一路奮戰了五年之久。

沒有該背負的責任，也沒有該償還的罪過。

雖然他明白這個道理。

但是對於哥哥最後賦予自己的罪，對於那個臨死前不忘呼喚自己的哥哥的亡靈……

他還是必須徹底做個了結，才能繼續前進。

瞄準完成。砲口對準了擋在面前的鋼鐵色裝甲中間，那道被自己劈開的縫隙。

「……再見了，哥哥。」

辛扣下扳機。

雷透過後方光學感應器，目睹了這片光景。

他能感覺到辛扣下了扳機。砲口冒出火焰。

這一刻，不知為何，他覺得自己看見了。

看見了直視著自己的血紅色雙眸，以及眼中的堅強與決心和意志。

那張陌生的臉，露出了陌生的表情。

那是當然的。

因為雷在五年前就死了。因為他死了，所以從那時開始就從未改變，也一直在原地打轉。

可是辛還活著，所以一直在改變，也能朝著任何地方前進。

自己曾發誓不管發生什麼都會好好保護的，那個年幼無知的弟弟，已經不在了。

總有一天，辛也會超過雷的年齡吧。這讓他感到開心，也有些寂寞。

啊，對了。

最後還有一句話，一定要告訴他才行。

有一句一定要告訴他，卻直到最後都沒機會說的話。在那個下雪的夜裡，在那個廢墟當中，雷希望至少能在臨死前把這麼一句話告訴辛就好，卻在說出口之前就死去了。

就像那時候一樣，雷伸出了雙手。從那道被劈開的縫隙中伸出手。

辛。

一道閃光。

差點被扯掉的座艙罩微微變形，露出了一點縫隙，流體奈米機械的手臂，就從那裡鑽了進來。

從扣下扳機到砲彈命中，事實上不用一秒鐘。在這段體感無限延長的時間中，辛看見一雙手緩緩伸了進來。好像在尋找什麼東西，微微張開了手掌。是記憶中哥哥的那雙大手。

看著這個和某天晚上相同的光景，辛反射性地縮起身子。他用意志力強迫僵硬的身體聽從命令，不讓自己移開視線。

那是在下一秒就會在砲火中燃燒殆盡的哥哥。是他找尋了五年的哥哥。正確來說，那只不過是雷臨終思維的殘渣，但辛仍然希望將這個烙印在自己的腦海中。

沒有憎恨，沒有殺意，也不打算背負些什麼，只是想要留存在記憶之中。

摸著脖子，手指隔著領巾纏繞在上頭，本來以為又想掐死自己的那雙手，卻只是溫柔又帶點悲傷地，撫摸著過去自己所造成的猙獰傷疤。

『……對不起啊。』

咦？辛睜大了雙眼，感覺時間流逝再度恢復正常。

乾淨俐落地命中了目標，引爆了成型裝藥彈頭。產生的超高溫超高速金屬噴流，從裝甲裂縫灌入內部，遲了一拍之後，巨大的重戰車型全身上下都開始噴出暗紅色火焰。

哥哥的手放開了自己，一下子就從駕駛艙的縫隙縮了回去，主動回到熊熊燃燒的火焰中。

「哥……」

立刻伸出去的手卻來不及追上。只能看著哥哥捲回去的手臂被烈火點燃，消融於火中的光景，空虛地握起手掌。一切都來得那麼突然。

「……啊……」

一瞬間，辛還不明白從眼眶滿溢而出，流淌過臉頰的東西究竟是什麼。因為自從雷讓他死了一次之後，就再也沒有哭過了。

他不知道自己為何悲傷，甚至不知道從心底湧起，堵在胸口的這股情緒就是悲傷。

只是任由淚水不斷流出，停也停不住。

「——少校，請妳切斷同步吧……他那個樣子，應該不會想被別人聽見。」

『好的。』

等了一小段時間後，聽見萊登連結上一句「可以了喔」，蕾娜才再度啟動知覺同步。等到其他人都重新連上後，才由萊登代表大家發問。

『心情平復下來了嗎？』

『嗯。』

辛回答的聲音有些沙啞，但已感覺不到流淚的氣息，再度恢復以往的冷靜沉著，同時也有種如釋重負的感覺。萊登笑了出來：

『這下子也能把你哥的名字保存下來了吧？』

雖然沒有聲音，但辛在聽到這句話後的確是笑了。

『也是呢。』

接著辛的注意力轉向這邊。

『…………少校。』

「我在喔。那還用說，因為我是先鋒戰隊的指揮管制官呀。」

縱使沒有人要求，但蕾娜覺得自己有義務要親眼見證一切。

『……』

「狀況解除。辛苦你了，送葬者。還有大家也是。」

聽見蕾娜故意用個人代號稱呼，辛似乎苦笑起來。

『嗯。妳也辛苦了，管制一號。』

好啦。萊登輕輕呢喃了一聲。他似乎在狹窄的駕駛艙內伸了個懶腰，接著才開口說話。

蕾娜愣了一下，眨了眨眼。剛才……

剛才他們五個人之間好像達成了什麼共識。除了蕾娜之外的其他人，都完成了交流。

這是怎麼回事呢？剛才，大家好像做了什麼決定……

『菲多。貨櫃重新連接完成了嗎？』

接著停頓了一下，似乎在等誰的回應。菲多？喔喔，是指隨行的「清道夫」呀。

『警戒和維修就等找到睡覺的地方再說吧……才第一天就用了這麼多彈藥，損失真大啊。』

『哎呀，這樣不是很好嗎？畢竟解決了這麼多敵人。』

『說的也是……那就——』

另一頭傳來某種重物在活動的機械聲響。他們五個人都讓待機狀態的「破壞神」重新站了起來。

『該走了——那就再見嘍，少校。請多保重。』

聽見這句十分普通的道別，蕾娜一時間還沒反應過來。

因為戰鬥才剛結束。

敵軍被迫撤退了，也沒有人陣亡。所以今天已經可以回基地了，就像平常那樣。

「咦？」

蕾娜還在疑惑的時候，他們已經啟程了。激戰之下傷痕累累的「破壞神」發出有些刺耳的腳步聲，他們幾人就像是上學途中的學生一樣，一邊隨意閒聊，一邊往前邁進。

『話說啊，我們現在要直接往前走嗎？剛才有一大堆未爆彈耶。』

『嗯……感覺有點像地雷區呢，就這樣走過去好像有點可怕喔。辛，附近能找到迂迴的路徑嗎？』

『這一帶已經不會碰上「軍團」了，要往哪走都可以……未爆彈？』

『這個我們會邊走邊跟你講啦。話說辛啊，你剛才還真的是完全沒在注意周圍耶……』

他們持續走著。往東前進。前往「軍團」所支配的，無人踏足的戰場。

沒錯。他們——

再也不會回來了。

飽受煎熬的焦躁，與像是被澆了盆冷水一樣的失落預感，促使她開口：

「等——」

「等等。請等一下……！」

感覺辛他們似乎回過頭來，等著聽蕾娜如何挽留，但是她卻想不到接下來該說什麼才好。因為，趕走他們，以及下達必死命令的人，和她是同一邊的。事到如今，無論是謝罪或自責對他們來說都沒有意義了，所以她也想不到可以說什麼。

即使如此，她還是下意識地開口：

「不要留下我一個人。」

遲了一拍之後才理解自己說了什麼的蕾娜，僵在原地。什麼不說，偏偏說不要留下我？不但不要臉，而且根本搞不懂意義。

另一方面，辛他們聽見這句話，卻溫柔地笑了。

蕾娜這時才發現，這是他們第一次對她露出真正的笑容。

柔和而混雜著少許苦笑的笑容。就像是今天開始要去國小上學的哥哥姊姊，遇上還年幼的妹妹不斷撒嬌地說著自己也要去時，會有的那種表情。

『啊！聽起來真棒耶，這個。』

萊登笑了。就像僅憑自己與夥伴的力量，在荒野上馳騁的野獸那樣地強悍並高傲。

『說的也是啊。我們不是被趕走，而是主動踏上旅途。想去哪裡，就能走到哪裡。』

他們的注意力，從蕾娜身上轉移到路途的前方。所有人的目光和心思，都再次飛向了前方的未來。

蕾娜輕輕屏住氣息。

他們經由同步傳來的感情，不是覺悟，也不是從容。

若要舉個例子，就像是第一次見到晴空萬里之下閃閃發光的蔚藍大海一樣吧。

也像是被帶到一片無邊無際，春意盎然的草原，還被告知可以盡情奔跑、盡情玩耍的小朋友一樣。

無法遏制的興奮與純粹的喜悅。好像期待了很久，一刻也等不下去一樣。

啊啊。

這教我怎麼阻止他們？無論任何話語，都絆不住他們的腳步了。

對他們而言，所謂的自由。

蕾娜現在明白了，就算只是選擇死去的場所及途中的道路，這種程度的自由，依舊是如此值得尊敬，如此難能可貴。

發現蕾娜默默地接受了這場離別，他們便再度邁開步伐。而在最後，面對雖然理解但感情上依舊難以接受的蕾娜，辛輕輕地笑了。

那是蕾娜第一次感受到，他笑得那麼平和。

無憂無慮，沒有一絲陰霾。

『我們先走一步了，少校。』

同步靜靜地中斷了。

五個光點靜靜地消失了。脫離了管制範圍，知覺同步的對象設定也遭到抹消。

如此一來，就再也沒有機會相見了。

淚水滿溢，不斷從眼中低落，無法止住從喉中湧起的嗚咽聲

蕾娜趴在電腦控制台上，放聲哭泣。

†

一張版面頗大，顏色排列左右相反，已經褪色的五色旗，就畫在軍營式隊舍的木牆上。

事實上並不是左右相反，而是上下顛倒。或許是象徵著專制、歧視、偏見、不義和低劣的意思吧。

旁邊還有一幅面帶聖潔微笑的聖女瑪格諾利亞的塗鴉。但她手中高舉的不是斬斷支配的寶劍，而是鎖鏈與腳鐐。腳下踩的也不是象徵專制的鎖鏈，而是掛著「豬」的名牌的人。

這就是他們眼中的共和國。

蕾娜伸出不帶一絲傷痕的指尖，輕撫傷痕累累的木牆上的顏料層。圖畫看來已有些年頭了。這恐怕是九年前這棟隊舍剛建好時，第一批分發到此地的八六所為。

早已死去了呢。包含蕾娜在內的諸多國民引以為傲，深信不疑的共和國，早在多年以前便已死去。

就是蕾娜他們親手撕裂、蹂躪而捨棄的。

她閉上雙眼，輕輕吐了口氣。那位已經離開的少年，一定也聽見了共和國的聲音吧。

在那件事之後，長官告訴蕾娜，在上頭決定如何處分之前，她必須暫時停職。於是蕾娜就搭上了前往這裡，也就是飛往先鋒戰隊基地的運輸機，正好也是運送從各戰區匯集而來的下一批處刑對象的運輸機。她找上了人事部裡一位個性軟弱又好說話的士兵，靠著近乎於威脅的方式，才得以搭了上去。

「……妳就是米利傑少校吧？」

蕾娜回頭一看，才發現是個年約五十的整備人員。他是雷夫・阿爾德雷希多中尉，這座基地的整備班班長。

「我從小鬼們那裡聽說過妳的事情，沒想到妳竟然會親自來到這裡。看來妳也是個相當愛管閒事的人啊。」

他以略顯沙啞的大嗓門這麼說之後，就用下巴比了比後頭的隊舍。

「雖然他們都清理過自己的房間了，但也不是完全沒有留下什麼。新來的小鬼們晚一點才會進去，如果只是這麼一小段時間的話，妳可以去看看。」

「謝謝您。不好意思，在這麼忙的時候過來叨擾。」

「沒什麼。我在這裡送走太多小鬼了，倒是第一次見到過來憑弔的白系種啊。」

蕾娜忽然抬頭望著那張看來頗為嚴肅，曬得黝黑的側臉。

「……阿爾德雷希多中尉。您是……」

那不是夾雜白髮的鐵灰色頭髮，而是被油汙染得斑駁不堪的銀髮。

「白系種……對吧？」

「……」

良久，阿爾德雷希多拿下墨鏡。底下的那雙眼眸，是白雪般的銀色。

「我老婆是陽金種，女兒也長得像她。我實在沒辦法眼睜睜看著她們兩個被帶走，所以才染了頭髮。我自願從軍，希望能想辦法替她們拿回公民權，但是……看我現在這樣就知道了。在我傻傻地拚死拚活工作的時候……她們兩個已經被帶往戰場，一去不回了。」

他從鼻子深深舒了口氣，使勁地搔了搔頭髮。

「……辛那傢伙有跟妳說過他的異能是什麼吧？」

「是的。」

「那在東部戰線也算頗有名氣啊……所以在他分發到這邊時，我還偷偷去問過他，有沒有聽見哪個『軍團』在找一個沒辦法保護自己妻女的混帳。」

「……」

「要是有的話，我打算去找看看，讓它殺了我。結果那傢伙卻說沒有，完全沒聽到喊著我的名字的『軍團』。聽到他這麼說……我覺得罪惡感少了一點啊。老婆跟女兒雖然死了，但至少沒有被困在戰場上。等我到了那邊，一定能見到她們吧。」

老整備員微微笑了。那是一張看似寂寞，同時也有些寬心的笑容。

但當他望向東方，遙望那片廣闊的戰場時，那張側臉卻只剩下寂寥。

「在執行特別偵察任務之前，我總是會把自己是白系種的事情向他們坦白。我總是會說，要恨我們也沒關係，如果殺了我能讓心情好些，那就動手吧……可是從來沒有人真的動手。這次也是一樣。託他們的福，我又一次錯過死亡了。」

聽起來像是為了自己又被留下感到悵然若失。

妻女先走一步……而許許多多在這裡被他照料過座機的孩子也是。

他戴上了眼鏡，像是要隱瞞某種從心底湧現的東西一樣，不耐煩地說了句：「妳還佇在這裡幹嘛？」

「我不是說過沒什麼時間了嗎……快去吧。」

「好的……非常感謝您。」

迅速向阿爾德雷希多點頭致意後，蕾娜便穿過他身旁，走進了隊舍。

像是用廢料搭建的軍營，放眼望去盡是灰色與褐色，又粗糙又煞風景。

由於長年風化和清洗不掉的塵埃，顯得陳舊而泛白的走廊，建材剝落十分嚴重，到處都能看見裸露在外，嘎嘎作響的木板。

食堂和廚房像是從來都沒掃乾淨一樣，沾滿了陳年油汙和煤灰，一點也不整潔。

淋浴間和蕾娜曾經在紀錄片中見過的毒氣室很像，陰森又昏暗。角落還有一些黑黑的東西在蠢動著。

這裡沒有洗衣機和吸塵器。放在走廊盡頭的掃帚和畚箕，以及擺在後院取水處的水盆和刻有波浪紋路但不知道用法的板子，大概就是代用品吧。

連一點文明生活的氣息也沒有。一想到這就是以先進及人道精神為傲的國家，給予人民的生活條件，就覺得無地自容。

二樓好像就是處理終端的房間。蕾娜踏著發出嘎嘎聲抗議的樓梯，走了上去。

光是陳舊的狹小彈簧床和衣櫃，便占去大部分空間的個人房，同樣也因為塵埃和長年日曬而褪色。由於每一個角落都收拾乾淨了，完全感受不到上一任房客的氣息。唯有經過清洗整齊疊好的薄被和床單枕頭，靜靜等待著下一位房客的到來。

位於最後面也是最寬廣的房間，就是戰隊長的房間。蕾娜推開有些故障的門。

這裡也有狹小的彈簧床和衣櫃，裡頭還有一張這裡才有的書桌，以及前方稍微寬敞一點的空間。

那裡擺了大量的雜物。

有一把舊吉他，也有卡牌和桌上遊戲，還有工作用的各式工具。

還能看見填字遊戲的雜誌。裡面只剩下破損的頁數和解不開的問題而已。

也有一本斜放著的素描簿，但裡面一張畫也沒有，全都是白紙。

毛線和勾針都收納在籃子裡，卻沒看見任何蕾絲編織成品。

隨地取材的木板所做成的書架上，放滿了各式書籍，但是題材和作者涉獵範圍之廣，實在很難看出所有者的偏好。

大概是想到下一批戰隊員可能用得上，所以才故意沒清掉的吧。不過，只要是必須花費心力才能完成的東西，全都已經處理掉了。因為他們知道，那些東西留下來也沒用。

彷彿能聽見他們的笑聲。

明知最後連一點痕跡也留不下來，但是在那天到來之前仍然努力活過每一天的少年少女們，所發出的笑聲。

不對絕望屈服。

不讓憎惡玷汙原則。

身處於連尊嚴都不保的困境中，卻依舊努力展現自己身而為人的驕傲。

蕾娜朝著裡面的書架走了過去，就看見一隻只有腳掌是白色的小黑貓，茫然地佇立在原地，似乎在疑惑之前那些人都去了哪裡。這時，窗外的士兵似乎拍完了資料用的照片，又把所有的處理終端聚集起來，不曉得要做什麼。

看這個房間的樣子，大概也不用期待會發現什麼了吧。但基於好奇心她還是想找些書來看看，於是就挑了作者名字看起來有些眼熟的書，隨意地打開翻了翻。

就在這時候，有些東西從書頁之間掉了出來。

「啊……」

撿起來一看，才發現原來是幾張紙。最上面的是一張許多人集合在建築物前面的照片。

就在那面顛倒的五色旗前。是這棟隊舍。上頭有一群身穿連身工作服的整備人員，以及二十餘個年約十五六，最長也不到二十的少年少女。

「…………！」

不用說明她也能猜到，他們就是直到昨天為止的先鋒戰隊隊員。辛、萊登、賽歐、可蕾娜、安琪，還有其他已不在人世的所有人。這很有可能是到任當天拍的照片。

在一張尺寸不算大，人事檔案用的照片裡，硬是塞進了二十四位處理終端以及整備人員，所以每個人拍起來都是又小又模糊。不知為何，甚至連一架舊款的「清道夫」也入鏡了。它想必就是菲多吧。

這可說是蕾娜第一次親眼見到他們的模樣，然而在畫質粗糙的遠景下，每一個人的長相都很難辨認，但能夠確定的是，這些並沒有整隊而是隨處亂站，看著攝影鏡頭的隊員，臉上全都帶著溫和的微笑。

下一張是便條紙。是一位豪邁男子龍飛鳳舞的筆跡。

『要是妳真的特地跑來找到了這些東西，就證明妳是個真正的笨蛋。』

這次她真的為之屏息。

是萊登。雖然沒有寫明收件人，但對象想必是蕾娜。

要是真的特地跑來找到了這些東西，就證明妳是個真正的笨蛋

你還不是一樣。只是因為我有可能過來找，就特地像這樣留了這些東西。

再下一張紙，是一份不規則排列的姓名。不用想也知道，這是讓她知道那張照片裡誰站在什麼位置。

『我幫妳把名字標好了。否則妳看了照片，一定又會哭著說認不出誰是誰吧。』

賽歐。

『貓就給妳照顧了。反正裝好人也不差這點小事嘛。』

可蕾娜。

『我們還沒替牠取名喔。就麻煩少校給牠一個可愛的名字吧。』

安琪。

拿著紙張的手在發抖。從心底湧出的感情，把胸口塞得滿滿的。

大家特地留下來的訊息。為了我這個明知自己只是躲在後頭看大家賣命，也沒有能力挽救什麼，卻總是把空洞的理想掛在嘴邊的人。

最後一張紙，是辛寫的。用很像他會寫的端正字體，寫下了很符合他淡漠風格的一行字。

『要是有一天，妳來到了我們抵達的場所，可否為我們送上一束花呢？』

正如同他字面上所表達的意義，但也不僅止於此。

堅持走到生命的盡頭，是辛、是他們所期盼的自由。而他們最後所能抵達的場所，也是蕾娜總有一天一定要達到的目標。

蕾娜知道，自己還能走下去。

不對絕望屈服，不玷汙人之所以為人的原則，一直堅持走到生命的盡頭。

沒錯，直到最後他們都相信她可以辦到。

淚水潰堤，在臉上留下一道淚痕。感覺這淚水蘊含著一股暖意，也讓她雖感到悲傷，唇邊還是綻放微笑。

共和國總有一天會毀滅。辛曾經這樣說過。忘記如何保護自己的怠慢心態，總有一天會品嘗到敗北的滋味。

對於這個國家來說，這搞不好是不可避免的未來。或許，就會發生在明天。

即使如此，她還是得奮戰到最後一刻。不放棄希望，努力活下去，一直掙扎到死亡為止。就像貫徹原則直到死去，充滿榮譽感的他們一樣。

戰鬥吧。窮盡此身的命運，直到最後的那個瞬間。

86

—不存在的戰區—

The dead aren't in the field.

But they died there.

這世上沒有任何國家，會因為國內飼養的豬隻未獲人權而受到譴責。

因此，若是將語言不同、膚色不同、祖先不同的族群定義為徒具人形的豬玀，那麼，對於這樣的族群進行打壓、迫害或屠殺，也不算是違反人權的暴行。

從有人認為這種想法是正確的，大多數人都不反對的那一刻起，聖瑪格諾利亞共和國的滅亡就開始了，同時也在那一刻結束。

——芙拉蒂蕾娜·米利傑《回顧錄》

終章　鮮血女王駕到

五架共和國機殘骸相互依偎，沉眠在強化玻璃製的棺材中，直到永遠。

位於共和制齊亞德聯邦勢力範圍內的交通道路旁。在如頂級藍寶石般的蒼穹底下，這片春意盎然百花盛開，美得如夢似幻，甚至令人不敢褻瀆的草原之中。也是過去聖瑪格諾利亞共和國與齊亞德帝國的交界處，偏帝國側的附近。

待在經過特別許可才得以進入的保護用玻璃屋中，十八歲的芙拉蒂蕾娜·米利傑，抬頭望著宛如無頭骷髏屍骸的「破壞神」殘骸。僅有一小撮染成紅色的銀髮，從染成黑色的共和國軍服肩頭滑落。

放進玻璃屋之前飽受風吹日曬而傷痕累累的白褐色裝甲。砲擊造成的直接損傷和高溫燒出的焦痕格外怵目驚心，看得出這些倒在一起的殘骸是花了很大的功夫才勉強維持原形。伏在一旁的「清道夫」殘骸，側面還依稀保留著噴漆的文字。

菲多，我們忠心的——後頭的文字，已經永遠消失在砲擊造成的大洞中。

但蕾娜大致能想到後面寫了什麼。

她現在明白了，為何辛他們不替小貓取名，卻幫「清道夫」取了名字。

因為對於注定要在戰鬥中走完人生的他們來說，只有一起戰鬥，一起死亡才算是夥伴。在同一個戰場上奮戰到最後，也在同一個戰場上力竭而亡——只有同樣在戰爭中掙扎的戰友才能做到這些。

本來掛載在菲多身後的追加貨櫃，五個全都不見了。想必是裝載的物資用盡而卸除了。由於連菲多本身的貨櫃存貨也幾近見底，再加上當時是在「軍團」完全支配的區域當中行軍，在這樣的條件下，差不多也只能移動到現在的位置了。

歷時一個月。原以為在「軍團」支配領域當中行軍，最多也只能撐個幾天，但辛他們五個人卻一路挺進，直到把攜帶的一個月份量物資全部用盡。

他們穿越共和國側的交戰區，又穿過「軍團」支配區域，來到了距離當時聯邦側交戰區僅有一步之遙的位置。他們在這裡，耗盡了用來前進的物資……恐怕，也是在這裡打完了最後一戰。

這裡，就是他們旅程的終點。

在「破壞神」的殘骸中，也找到了辛所保存下來的，刻有五百七十六名陣亡者姓名的金屬片。在建造這個玻璃保存室時曾經一度取出，製作了精巧的複製品，以及名單紀錄後，再度放回原處。

兩年前辛他們所抵達的這個場所，共和國卻永遠也到不了。

因為共和國滅亡了。如同辛所留下的預言，滅亡於自己的怠慢。

與辛等人別離之後，蕾娜又被分派到其他戰隊，以管制官的身分進行指揮。

她並未親赴前線，因為在那裡，她能做的就是與其他人一起戰死。一旦死了，一切就結束了。對於未曾與辛他們一同奮戰到最後的自己來說，事到如今才想當悲劇英雄，未免太過矯情。

關於「黑羊」、「牧羊人」和超長距離砲的情報，蕾娜當然也提出了報告，卻被上頭以「八六的胡說八道」、「情報未確認」等理由打了回票。就連迎擊砲的妥善率不佳，也就這樣不了了之。

蕾娜後來分派的單位也是激戰區。在那個每天都會出現大量犧牲者的地方，並未任由處理終端自生自滅，反而盡心盡力做好指揮，拚命到幾乎拖垮自己的蕾娜，不知道從什麼時候開始，得到了一個別名。

「鮮血的女王（Bloody Regina）」。

大概是取自芙拉蒂蕾娜的諧音吧。雖然聽起來像個三流電影才會出現的可笑反派，但是蕾娜很喜歡這個別名。這個名字和踐踏在他人身上，驅使別人去戰鬥，卻連一個人也救不了，既殘酷又傲慢的自己非常相配。

即使如此，在她的指揮之下，存活人數遠比其他部隊更多，甚至經過一年也不曾重新編整，依舊保有續戰力的這支部隊，很快地就被大家稱為「女王的家臣團」了。

在這段時間，蕾娜拜訪了曾經反對強制收容的人、曾經藏匿友人或親人的人，以及因為心傷而辭去管制官職務的人，將他們還記得的那些八六的名字、為人和說過的話統統記錄下來。就算能夠消除官方紀錄，但記憶是奪不走的。她這麼做，是為了萬一共和國滅亡，也許哪天還會有人找到這些紀錄。

破滅來得十分突然。

就在建國祭的日子。當年度以首席成績自高等學校畢業的學生，獲邀在慶祝典禮上進行演說。那是個與蕾娜相同年紀的少年，他飽含怒意的眼神令人印象深刻。

『在我的同學當中，有許多人都是和「軍團」交戰而死的。』

那平靜的聲音，讓會場掀起同情的聲浪。甚至有人忍不住開始啜泣。

這位男學生用冰冷而輕蔑的眼神，俯視台下眾人的反應，突然話鋒一轉，像是咆哮一般發出怒吼：

『他們全是被這個國家貶為八六的人——雖然他們死在戰場上，但是殺了他們的卻是這個國家！這樣荒唐的事情，到底還要持續到什麼時候！』

現場連一個贊同的聲音也沒有。

只聽見有人嘲笑他連人和豬都分不清。也看見有人咬著牙齒同樣義憤難平。但更多人則是一副不在乎的樣子，當作沒聽到——而這些人全都平等地死去了。

那天深夜，以往敵軍攻勢最弱的北部戰線，遭受前所未有的大軍襲擊。

駐紮於該區的戰隊，在壓倒性的數量差距之下，幾乎毫無抵抗之力。

管制官並未接獲部隊全滅的消息，不免讓人聯想，這就是他們對於共和國小小的復仇吧。但事實並非如此，待在前線的他們從未有過任何復仇的念頭。事實上，是因為當時所有管制官都在狂歡中喝醉了，沒有任何人進行同步的緣故。要是那時有人按照規定進行管制的話，也就不需要等別人來報告了。

迎擊砲幾乎沒有作動，而且大半在作動之前就連同地雷區一起被長距離砲兵型轟掉了。成功發射出去的那一丁點飛彈，也在起爆之前就被反空砲兵型擊落。

身為最終防線的鐵幕也一樣，在「那個」面前簡直不堪一擊。

電磁加速砲型。

那是能以秒速八千公尺的驚人超高速將彈體射出的，電磁加速砲型「軍團」。

先鋒戰隊曾經遭遇過一次，提出了報告卻不被重視的那個新機型。

要塞群如同不會動的標靶，在超高速彈頭如惡夢般的破壞力，以及不惜砲身損耗的猛烈連續砲轟之下，瞬間化為廢墟。當政府終於察覺事態有異時，「軍團」已經侵入八十五區內。

在這十一年當中，把戰鬥義務全部推給八六的國民，已經找不到任何有能力戰鬥的人了。

從鐵幕淪陷開始算起，僅僅一週。

共和國便滅亡了。

但這並未讓共和國人民得到教訓。因為在臨死前會為自己的冷血無情及怠慢感到懊悔的人，實在是少之又少。大多數人不是忙著咒罵其他人的無能與無腦，就是在哀嘆自己何其無辜卻得死於非命。既然對於自己的罪過毫無所覺，那麼就連死亡也無法讓他們真心悔改吧。

由於蕾娜待在第一區，幸運逃過了從北方開始的殺戮，也因為她早有準備，所以才來得及做出應對。

她將周邊所有的重砲瞄準地雷區集中砲擊，轟出一條通道，接著又打開了鐵幕的出入口。利用阿涅特事先植入的後門，和所有倖存的處理終端進行同步連接，提出了進入八十五區內應戰的請求。

「家臣團」和曾為「家臣」的所屬戰隊，以及其他大部分的部隊，都答應了這個請求。

話雖如此，這些人並不是基於善意或信賴，而是看中了八十五區內擁有發電設備及生產工廠，生存機率較高的關係吧。有許多單純由八六組成的部隊，建立了自己的防衛據點。有些部隊則是選擇犧牲自我，就為了幫助友軍，以及留在收容所的同胞撤離危險地帶。

就這樣，蕾娜率領集合起來的戰力，扛下了防衛戰的指揮工作。

也有一些白系種跳上備用的「破壞神」，加入戰鬥行列。但大多數白系種只是沉浸在絕望中無法自拔。甚至有些人學不會教訓，依舊對八六惡言相向。然而和以往不同的是，這次八六已經擁有了名為武力的強大力量。

雖然這些身經百戰的八六，不願在大敵當前時，做出內鬥的愚蠢舉動，但若是時間再拉長一些就很難說了。

當救援部隊從鄰國趕到時，防衛戰差不多已經打了兩個月。

這些援軍是從遙遠的東方，跨過了「軍團」支配區域和國境線而來。

趁著「軍團」將主力集結在北方，突破了戰力變得薄弱的東部戰線的他們，是屬於帝國毀滅後轉變成共和制國家的，共和制齊亞德聯邦的軍隊。

帝國在開戰後不久，便因為人民革命而覆滅。共和國先前接受到的無線電訊息，就是來自於最後殘存的抵抗據點。推翻了帝國的聯邦，也被「軍團」視為敵人，這十餘年來同樣交戰不斷。由於人民對於共和制的推崇，甚至不惜推翻祖國，為響應保衛國家與同胞是國民義務的理念，許多人選擇了從軍，而聯邦就這樣一點一點把國土奪了回來。

在裝備了最尖端武器，士氣高昂而戰力精實的聯邦軍勇猛奮戰之下，把戰線推了回去。而在奪回第一區後，戰況暫時陷入膠著。

共和國國民高聲歡呼，迎接他們的到來。但可惜的是，事情並未就此結束。

不知為何，聯邦發現了共和國對於同為有色種的八六進行迫害和屠殺的醜事。

由於聯邦軍在進入八十五區前，先救出了收容所和前線基地內的倖存者，所以也見識到了那些慘狀。

既然那麼討厭顏色的話，何不乾脆把國旗也變成純白色呢？救援部隊的司令官曾十分認真地對著大總統和高官們說出這樣的話。

於是，聯邦選擇優先保護八六，只要有意願，都能無條件得到聯邦的公民身分。

而他們也給予白系種最低限度的支援，但是更為重視的是，關於迫害的調查工作。

從國軍本部的地下倉庫找到大量陣亡者的人事資料時，其實還不算什麼。大概是人事部的某個人特意保存和隱匿了陣亡者紀錄吧。雖然數量如此龐大，而且近年來的陣亡者清一色都是少年兵這一點應當譴責，但至少還能往好的方面解釋，這證明了共和國內也有尚未泯滅良心的人在。

但是在強制收容所找到收容者所寫下的詳細資料，以及聽取倖存者的親身經歷，又在收容所和要塞遺址發現了埋藏的大量白骨後，聯邦看待共和國的目光就益發冰冷起來。當他們找到人體實驗的紀錄，發現了嬰幼兒的販賣紀錄，以及士兵屠殺平民的影像後，聯邦人眼中的共和國人民，已經與人渣無異了。

在這種情況下，就算聯邦切斷支援也不奇怪，但他們還是持續提供最低限度的支援。這或許才是對於共和國人最大的教訓吧。雖然你們是人渣，但我們不會對你們做出相同的事情，讓自己也變成人渣。

願意反省的人就好好反省。至於那些不知悔改的蠢豬我們也懶得管了。就像這樣，聯邦以無言的方式做出了懲罰。

就在準備奪回第一區以北的區域時，聯邦以增派兵力為條件，要求這邊派遣共和國時代的將領前往聯邦。據說是想找人去擔任奪還部隊的指揮官，或是輔佐官的工作。

在大多數人躊躇不前時，蕾娜毫不猶豫地提出了申請——於是，她來到了這裡。

走出玻璃屋後，提起放在路邊的行李箱，以及裝著白掌黑貓的外出提籠後，蕾娜又走了回去。

在那座春意盎然的花園中，那些毀損的「破壞神」殘骸以及一旁刻有五百七十六個名字的石板，就是從一次次戰火中存活，終於抵達此地的所有人的墓碑。

因為她事前不知道就在這裡，所以並沒有帶花過來。不過，之後她也不打算來獻花。因為，自己還不算是抵達了這裡。還沒有資格過來送花。

蕾娜在等著自己的聯邦高官面前站好，輕輕低頭說道：

「抱歉，閣下。讓您久等了。」

「不會。憑弔死者的時間，怎麼樣都不嫌久。」

比起政府高官，更像是一位隱士智者的中年黑珀種高官，露出和煦的笑容。他戴著銀色圓框的高度近視眼鏡。打理整齊的白髮中夾雜著黑髮，身上穿的是流水線生產的深藍色西裝。

他溫和地望著將髮色染紅，身穿黑衣的蕾娜，瞇起眼睛笑道：

「那代表著流淌的鮮血，和部下的死嗎？『鮮血的女王』……其實我們這邊也有人主張不需要幫助共和國的人渣，只要保護同胞就好，不過——正因為有妳這樣的典範存在，才證明了我們派遣援軍的做法是對的。米利傑上校，歡迎妳來到齊亞德聯邦。」

看見對方對著自己露出笑容，蕾娜也回以有些為難的笑，搖了搖頭。那不是自己所流的鮮血，而部下的死也是不必親身犯險的她一手促成的。她這個手上沾滿鮮血的黑衣女王，沒有資格受到稱讚。

高官用慈愛的目光看了看這位嚴以律己的女子後，轉身邁開步伐，走向不知何時站在遠處，身穿聯邦軍鐵灰色軍服的一群年輕士官。

「這邊請——讓我為妳介紹一下，妳即將上任的部隊所屬的指揮官們。」

「好的。」

蕾娜正要邁開步伐，又再度抬頭望著身旁的墓碑。

相互依偎陷入長眠的四足蜘蛛及其隨從的遺骸。在殘酷的環境中依舊奮戰不懈，抓住每一分存活機會，最後笑著踏上旅途的他們，所抵達的終點。

戰爭尚未結束。「軍團」的大軍仍然席捲了大陸過半範圍，此時想必也有人正在努力戰鬥。戰鬥下去吧。直到打倒最後一架「軍團」為止。

為了踏入他們所抵達的終點，踏上只有堅持到最後的人，才有資格抵達的場所。

蕾娜毅然決然地抬頭挺胸，踏出第一步。只見對面與自己年齡相仿的五名軍官，整齊劃一地朝著自己敬禮。蕾娜走向他們，走向嶄新的戰場。

為了奮戰到底，為了存活下去。

終章——二 Reboot——啟動

五名軍官保持如教科書上指導一般的稍息姿勢，靜靜看著那位前共和國的少女將官走出玻璃屋，接著走向總統身旁。雖然還是十幾歲的年輕人，卻有著超齡的沉著冷靜，反倒與這身嶄新的鐵灰色軍服頗為相配。

看著那位纖瘦的白銀種少女，那頭染了紅色的銀髮，和染成黑色的軍服，站在他身旁，身材高大的副隊長皺著眉頭輕輕嘀咕：

「喂……那個真的是她嗎？該怎麼說……總覺得跟想像中不太一樣啊。」

「因為經歷了很多事吧。就像我們也經歷了很多一樣。」

他平淡地這麼說了之後，就聽見副官略帶笑意地回了句——說的也是啊。他瞥了揚起嘴角的副官一眼。明明都穿了快兩年了，聯邦軍的鐵灰色軍服還是有那麼一點點不太自然的感覺。無論是自己穿著，或是其他四個人穿起來的模樣都是。

在姿勢保持不動的狀態下，其他三個人也跟著聊了起來。

「記得是叫『鮮血的女王』吧？真是惡俗啊，根本一點都不適合嘛。」

「我說啊，她會不會馬上認出我們？」

「唔……要是認得出來當然很開心啦，但是認不出來的話，同樣也滿有趣的……」

就在他們聊著的時候，那邊似乎也結束談話了。一看見總統領著少女走過來，無論是副隊長或正在講話的那三個人，都馬上閉起嘴，擺出正經的表情。能夠反應這麼快，也都多虧了聯邦軍的訓練。或者，這可能也是他們惡作劇的一環。

對著向他們走來的總統，以及再度成為長官的少女，五人同時將腳跟「喀！」的踩出聲音，整齊劃一地行禮。

透過與聯邦稍微不同的方式回禮後，少女開口說話了。

眼神十分堅定而嚴肅。

「初次見面。我是聖瑪格諾利亞共和國上校，芙拉蒂蕾娜·米利傑。」

喔喔，她沒認出來啊。

就像惡作劇大成功的小孩子一樣，他們用眼神互相交流。

以隊長身分作為代表的他，開口回應：

「初次見面……這麼說似乎不太恰當。不過，這的確是我們第一次面對面相見。」

咦？白銀色的眼眸微微睜大。而低頭望著對方的他，輕輕地笑了。

「好久不見，管制一號。」

後記

吊襪帶是一種浪漫喔！初次見面，我是安里アサト。

這個名字的確很奇怪，不過當然是筆名嘍。取自本名的諧音和「88（Acht-Acht）」。

猜到了答案但還沒讀過本文的你。我想本作一定能合你的胃口喔。

完全不知道這個人在講什麼，也還沒讀過本文的你。請把本書當成有些另類的娛樂作品，想必別有一番樂趣。

而已經讀完本作的你。非常感謝你的支持，請問覺得還滿意嗎？舉凡戰鬥機械、男孩遇見女孩、反烏托邦等等，宛如大雜燴一般的本作，要是能有一項要素能夠引發你的共鳴就好了。

附帶一提，我在寫作時可是非常快樂喔！畢竟這就是我自己想看的故事！於是我把自己偏愛的要素統統塞進去了！因為是我想要寫才寫出來的故事嘛！至於為何因此獲得了大賞，至今仍然誠惶誠恐的我，才是最搞不明白的人啊。

不過嘛，其實還有一些要素因為徵文篇幅限制的關係，讓我不得不含淚刪除。而遺珠之一的吊襪帶（的描寫場景）是在改稿的時候才追加上去的。吊襪帶真的很可愛喔，而且又煽情。煽情又可愛呢。

身為同志的你，請務必好好享受しらび老師筆下超惹人憐愛的蕾娜，以及讓她的絕對領域更加誘人的吊襪帶。

請在不屬於吊襪帶派的你被我嚇跑之前，來看看幾個關於本作的一些註釋吧。

・本作雖然取材自二次大戰某軸心國、某同盟國的黑歷史，但作者並未對這些國家懷有惡意，單純只是在考證時尋獲的這方面資料較多罷了。

・本作中以辱罵、侮蔑的意義使用「豬」這個字眼，但作者並非對豬懷有惡意，反而十分喜愛。豬肉很好吃喔。炸豬排跟松阪豬都是我的最愛呢。

・知覺同步的理論與各種武器的性能等等，以及各語言的翻譯，還請各位不要認真看待。有時會應劇情需要而稍做調整，尤其是「集體性」無意識是作者刻意扭曲原文含意的結果。

・之所以在假想世界中使用公制單位，是因為假想的度量衡單位在表現上效果不好。至於為何不採用尺貫法或英制單位，其實我也不知道。

・明明在假想世界中，卻出現了聖經和雷馬克的理由……就請各位自由想像吧。

……丟人現眼的閒話就說到這裡吧，最後請容我致上謝辭。

責編清瀨氏、土屋氏。一直以來多謝兩位的關照了。對於我自身也不甚明瞭的問題點，也能精準指出、加以分析，著實令我感到踏實了許多，同時也讓故事變得更為洗鍊，所以我每次都很期待與兩位見面商討呢。

しらび老師。您筆下的角色不但美麗，而且眼神堅定、英氣十足，實在太感謝了。當我收到一張草稿，也就是本來會在故事中出現，穿上全套護具變得超帥氣的辛時，一直在煩惱是不是要改寫本文故事的設定，請您完成這張插畫呢。

I—IV老師。雖然我提出了「貧弱的缺陷機」這種強人所難的要求，您依舊設計出了符合武器乃不祥之物的概念，充滿了冰冷氣息，而且超級帥氣的「破壞神」，真的非常感謝您。另外像是看起來已經不是強敵而是無敵的各式「軍團」，以及可愛到爆，讓人想帶回家的菲多，也都多虧了I—IV老師的幫忙才得以現世。

此外，也要感謝願意拿起本書的各位讀者。雖然本作到此也算是一個段落，不過故事還沒有結束，往後也要請各位多多指教。

那麼，願本書能將各位暫時帶往那充滿虛假與虛榮的箱庭，那燃燒鐵與血的戰地天空、繁星、微風與鮮花的所在，以及在那裡生存的他們的身旁。

後記執筆中BGM：シドニア（angela）

—不存在的戰區—

The dead aren't the field.
But they died there.

國家圖書館出版品預行編目(CIP)資料

86-不存在的戰區. Ep.1 / 安里アサト作 ; 李俊增譯.
-- 初版. -- 臺北市 : 臺灣角川, 2017.10
面 ; 公分
譯自 : 86-エイティシックス-
ISBN 978-986-473-945-5(平裝)

861.57 106015575

Kadokawa
Fantastic
Novels

86—不存在的戰區— Ep.1

(原著名：86—エイティシックス—)

2017年10月16日　初版第1刷發行
2024年3月22日　初版第21刷發行

作　　者：安里アサト
插　　畫：しらび
機械設計：I-IV
日版設計：AFTERGLOW
譯　　者：李俊增

發 行 人：台灣角川股份有限公司
總　　監：呂慧君
總 編 輯：蔡佩芬
主　　編：林秀儒
編　　輯：高韻涵
設計指導：陳晞叡
美術設計：莊捷寧
印　　務：李明修（主任）、張加恩（主任）、張凱棋

發 行 所：台灣角川股份有限公司
地　　址：104台北市中山區松江路223號3樓
電　　話：（02）2515-3000
傳　　真：（02）2515-0033
網　　址：www.kadokawa.com.tw
劃撥帳戶：台灣角川股份有限公司
劃撥帳號：19487412
法律顧問：有澤法律事務所
製　　版：巨茂科技印刷有限公司
ＩＳＢＮ：978-986-473-945-5

6
你喜歡的不是女兒而是我（媽媽）!?
Musume janakute Mama ga sukinano!?
望 公太
nozomi kota
ぎうにう
giuniu
Kadokawa Fantastic Novels

序幕

那天的事情至今我仍記憶猶新。

新生命誕生在這世上的日子。

目睹生命的奧妙，親身體會到生命之可貴的日子。

話雖如此，生下孩子的人並不是我——

「——姊！」

那是發生在距今十五年前的事情。

當時還是學生的我在接到電話之後，立刻從學校火速趕往姊姊所在的婦產科診所。

我猛然推開病房的房門——

「哎呀，綾子。」

就見到身穿病人服的姊姊躺在床上。

她見我來了，原本想要起身迎接，但是我急忙阻止她。

「啊，不用起來！快躺著、快躺著。妳應該很累吧？」

「……那我就恭敬不如從命了。妳來得可真快耶。」

「因為我一下課就馬上趕來了。」

「妳其實不用那麼急的。」

「那怎麼行啊？」

儘管表情略顯疲倦，姊姊臉上依舊帶著一如往常的柔和笑意。太好了，雖然母親早就打電話通知我母嬰均安，不過親眼見到姊姊之後，我又再次鬆一口氣。

鳰崎美和子。

我歌枕綾子的親姊姊。

她去年結婚之後，姓氏就從「歌枕」改成了「鳰崎」。

她和姊夫兩人明明說想要先享受一陣子新婚生活，結果才不出幾個月，姊姊的肚子裡就有了新生命——然後到了今天。

我姊順利打完生產這場仗了。

「……哇啊！」

病床旁。

擺了一張附輪子的嬰兒床，而在好比透明籠子的箱子裡——有一個穿著白色內衣的小寶寶。

皺巴巴的臉孔。

小小的手。

每次轉頭便隨之晃動，如羽毛般蓬鬆的頭髮。

到處東張西望的圓滾滾大眼。

那副可愛的模樣瞬間抓住我的心。

「好、好可愛～～！」

這是什麼？

超級可愛的！

世上怎麼會有如此可愛的生物啊！

「哇啊……全部都好小喔。好可愛，就只有可愛這句話可以形容。」

「呵呵！妳冷靜一點啦。」

「啊，對了，寶寶的性別是？」

「跟超音波檢查的結果一樣，是女生喔。」

「是女生啊。也對，寶寶的臉確實長得很可愛呢。啊，她的眼睛感覺跟姊姊長得很像耶。」

「剛出生的嬰兒大家都長得一樣啦。」

興奮無比的我，以及滿臉苦笑的姊姊。

「吶，姊……我、我可以抱她嗎？」

「可以啊。不過她的脖子還很軟，妳要小心喔。」

「我、我知道……」

我戰戰兢兢地伸出手。

抱嬰兒的方式已經事先預習過了。

我一邊小心不讓脖子往後倒，一邊輕輕地將她抱起。結果幸好寶寶並沒有哭，我就這麼成功地將她抱了起來。

第一個感想是——好輕。

小寶寶的身體真的好輕盈。

輕到讓人不敢相信這是一個人的重量。

但是漸漸地，我開始感受到懷裡的沉重感。

好重。

一條人命的重量。

這是姊姊懷胎十月所養育出來的生命——

「怎麼了？」

「……沒什麼。我只是想到這孩子短短幾個小時前還在姊姊的肚子裡，就覺得有點不敢置信。」

「就是啊，她是我……剛才拚死拚活生下的孩子喔。」

姊姊臉上的疲倦感頓時加深。

「果、果然很辛苦嗎？」

「與其說辛苦……應該說很嗆。」

「很嗆？」

「那種又痛又難受的感覺真夠嗆的……真的是只有經歷過的人才能體會的痛苦……地獄般的陣痛不斷持續……之後還被整個剪開。」

「剪、剪開？」

「那個叫做剪會陰……有時為了方便嬰兒出來會事先剪開出口，而且聽說比起硬生讓會陰破裂，先剪開反而會癒合得比較快。只不過……我沒想到竟然會連麻醉也沒打，就直接被用剪刀似的工具剪開……」

「好、好可怕……」

「醫生跟我說『不會覺得痛』，剪的時候我也確實沒有什麼感覺……可是之後的縫合好痛……就連現在縫合的部位也超痛的……」

姊姊用一副快死的表情這麼說。光是想像傷口的疼痛……我就忍不住夾緊雙腿。

「……但、但是姊夫不是有跟公司請假來陪產嗎？有先生在旁邊陪伴，妳應該覺得很安……」

「我是很感激他來陪我沒錯……可是說實在的，老公就算來陪產也幫不上任何忙，因為我已經痛到快死、根本顧不了那麼多，不管他怎麼安撫我，我也只覺得他『說得好像事不關己一樣』。而且即使拜託他幫我按摩，他也完全按不到位。生完後他也不管我一副狼狽又素顏，還拿著相機對著我猛拍……」

「唔、唔哇……」

平時溫柔又沉穩的姊姊感覺心裡積了許多怨氣。

生產真可怕。

不是只有幸福而已。

恐怕是一場搏命誕下生命的殊死戰吧。

「……不過真是不可思議呢。」

停頓一會後，姊姊開口。

以平靜的目光望向我懷裡的嬰兒。

「無論再怎麼疼痛、再怎麼辛苦……只要見到這孩子，我就會頓時覺得一切都無所謂了。」

「姊……」

見到她臉上那副幸福無比的笑容，我的心也跟著溫暖起來。

生產是賭上性命的殊死戰。

不是只有幸福而已。

但是——幸福這一點絕對不會有錯。

「啊，對了，寶寶的名字已經決定好了嗎？」

「名字就寫在那裡。」

姊姊指著病房角落的桌子這麼說。

那裡有一張命名紙，紙上用墨筆這麼寫著——

「美羽」——

「……名字是美羽嗎？」

「是啊。美麗的美，羽翼的羽。」

「……哇，好可愛的名字喔。是喔？妳叫做美羽啊～美羽、美羽～我是綾子阿姨喔～」

我再次注視著懷裡的嬰兒——美羽。

她理所當然對我的呼喚毫無反應。

依舊是一臉茫然的表情。

「這個名字是姊姊想出來的嗎？」

「嗯，因為我跟我老公約好如果是男生就他取，如果是女生就我來取。」

「有什麼由來嗎？像是希望她成為什麼樣的孩子之類的。」

「算是有吧。」

「什麼、什麼？快告訴我。」

「呵呵，那就是——」

姊姊帶著喜孜孜，同時又宛如惡作劇的孩子般天真無邪的表情，說出她為孩子命名的名字由來。

那個由來坦白說……聽了讓人覺得有些掃興。

卻也很像是姊姊的作風。

既然她是會這樣替孩子取名的人，那麼她一定能夠成為一位好母親吧。我不由得這麼心想。

我幾乎可以肯定，姊姊一定能夠將這孩子，將美羽好好地養育成人。

第一章
浴室與熱夜

我，歌枕綾子，3×歲。

時光飛逝，我收養因故過世的姊姊夫婦的孩子至今已經十年。

下個月的生日一過，我就要滿3×歲了。

我原本暗自希望女兒將來能夠和隔壁的阿巧結婚，一邊過著平淡無奇的生活

——豈料有一天，那個阿巧竟突然向我告白。

說他喜歡的是我，不是我女兒。

驚天動地。

大吃一驚。

與如此出人意表的發展相隔數月，我們終於在經歷一番曲折之後正式交往，

接著又在經歷一番曲折之後，如今在東京過著同居生活。

限時為期三個月的生活。

我是為了完成我所負責的作品的動畫化。

阿巧則是為了實習。

我們各自都有著正當的目的和理由。

這次同居絕對不是為了好玩……但是——

我果然還是無法壓抑內心飄飄然的心情。

在交往後最甜蜜的時期展開同居。

這樣……教人怎麼可能不開心呢！

從早到晚都能和戀人相處在一起……什麼嘛？這也未免太幸福了。

話雖如此。

其實我也不是真的一直都處於幸福無比的狀態，因為阿巧實習的公司裡出現了一個意想不到的人物。

愛宕有紗小姐。

她是時下的可愛大學生，高中時是阿巧的同班同學。

然後據說——他們兩人以前居然假扮過情侶，甚至她還曾經向阿巧告白被拒。

面對強大情敵現身，我儘管害怕，仍一度拚命激勵自己，下定決心要與她對抗。

即使會演變成糾葛難解的三角關係，我也不退縮、不奉承、不回頭！

絕對不把阿巧交出去！

新篇章〈偽前女友激鬥篇〉即將揭幕——我才剛這麼想……

就聽說有紗小姐現在其實有男朋友。

她以前雖然喜歡過阿巧，但是現在並沒有對他念念不忘。

從頭到尾都是我自己在演獨角戲。

新篇章並沒有展開。

——不對。

就某方面而言，新篇章或許真的即將展開。

經過與有紗小姐的對峙，我們兩人重新檢視我們的關係，彼此的距離也因此又拉近了一些。

隨著距離愈來愈近，心和身體也愈發靠近……眼前有一個問題不得不去面對。

必須去正視之前一直迴避的事情。

我已經不是小孩子。

而他也不是少年。

成年情侶在一個屋簷下同居生活。

這麼一來，想必就沒辦法永遠逃避下去吧。

有一個課題必須解決不可。

如果是少年就不需要放在心上的事情。

如果是少年漫畫就不需要畫出來的事情。

但是身為大人的我們，不可能永遠都不去面對那件事。

必須讓我們的關係往下一步邁進才行。

啊——不對。

這樣說好像不太恰當。

我並不是出於義務感或責任感才這麼說。

不是基於「非得～不可」、「必須～才行」這樣的想法才展開行動。

我，歌枕綾子。

我會這麼做，完全是因為我自己想要更加靠近他——

「——我已經做好心理準備了喔。」

我這麼說。

說了。

說出來了。

終於把會讓自己沒有退路的那句話說出口了。

儘管音量很小還發抖，我的說話聲仍在浴室內響亮地響起，並再次傳進自己耳裡。

心臟瘋狂跳動，感覺隨時都會爆裂。

「綾、綾子小姐……」

阿巧也緊張到提高了音調。

此刻的他——一絲不掛。

這是當然的。

因為我趁他在洗澡的時候，擅自闖進了浴室。

坐著的阿巧雖然急忙用毛巾遮住胯下，卻也只有遮住那一小部分的身體。

至於我——我身上也只圍了一條浴巾。

布料底下是連內衣褲都沒穿的赤裸狀態。

我們兩人在狹小的密室裡，一副幾乎與裸體無異的模樣——

「…………！」

嗚嗚，怎麼辦？

重新意識到現狀之後，我忽然感到丟臉極了。

應、應該不會有問題吧？

阿巧應該不會覺得反感吧？啊，我是不是一下子衝太快了？不管怎麼說，突然就闖進浴室裡好像太大膽了？要是他覺得我很花痴怎麼辦？要是他覺得「三字頭女性的性慾果然如豺狼虎豹」該如何是好……？

但是。

可是。

如果不是如此決絕的一步，我肯定沒辦法踏出去。

倘若不拿出把油門踩到底的氣勢，倘若不將自己逼入背水一戰的境地，膽小的我一定會不敢踏出去——

『——我會耐心等待，直到綾子小姐做好心理準備為止。』

同居第一天的晚上。

他對為了初夜緊張不已的我這麼說。

我很高興他對我如此體貼，也因為深深感受到自己備受呵護而心懷感激——與此同時，我心中卻也升起焦急不耐的情緒。

咦？

難道之後我還得自己主動開口？

說「我準備好了喔」？

那樣會不會太高難度啊？

阿巧只要等待就好？

我忍不住有了諸如此類的想法。

可是……我之所以會有那種感覺，或許都是之前採取被動的緣故。

我決定——不再被動。

我在被告白到交往這段期間，始終拖拖拉拉地採取被動的態度，所以我不能繼續在原地等待下去了。

我要不顧一切地踏出一步。

儘管可能還不到一步，我依然鼓起所有勇氣。

即便只有半步也好，我要主動積極地——

「……我要開始洗嘍。」

我懷著千頭萬緒伸手越過阿巧的肩膀，按壓鏡子前方的沐浴乳數次，以兩手搓揉出泡泡。

然後——用滿是泡泡的手觸碰他的背。

「……！」

阿巧的身體頓時微微一顫。

對方的體溫透過手掌傳遞過來，令我的臉瞬間發燙。

「妳要直接用手洗啊。」

「是、是啊。你不喜歡嗎？」

「沒有不喜歡。我反而……啊，沒事……」

一邊斷斷續續地交談，我一邊讓手在他的背上滑動。

來回搓洗。

隨著以泡泡來回撫摸清洗，我開始清楚掌握他的身體輪廓。無論是皮膚、肌肉還是體溫，全都直接透過手掌傳遞過來。

「你、你覺得如何……？力道還可以嗎？」

「可以。應、應該說……我覺得很舒服。」

「舒、舒服嗎？」

「呃，那個……我不知道該怎麼說才好……總之，居然有幸讓綾子小姐幫我刷背，我覺得自己非常幸福。」

「真、真是的……你太誇張了啦。」

我感覺身體不斷發熱。

和我截然不同，充滿男子氣的背部。

啊，好驚人。

這還是我有生以來，第一次這樣定睛望著男人的背部——

「阿巧的背……果然好寬大喔。」

「是嗎？」

「而且肩膀也是又寬又結實，整個就感覺很有男人味。另外皮膚也好有彈性……咦？騙人，這、這個側腹是怎麼回事……？」

我不禁愕然。

從背部移動到側腹的手中傳來不可思議的觸感。

「好、好硬！明明是側腹卻好硬？」

「……咦？」

「不會吧……！你的側腹完全不會軟趴趴……！就只有皮膚和肌肉……！

這、這就是有在鍛鍊的二十歲肉體嗎……！」

我忍不住觸碰自己的側腹……結果那天差地遠的觸感讓我好想死。

「等、等等，綾子小姐！」

唔、唔哇哇……完全不一樣。

不會吧？

阿巧為何會擁有如此理想的腹部狀態？

莫非這就是年輕？莫非這就是二字頭和三字頭的差異？

還是說……單純就只是平時有在節制和運動的問題？

啊，這個線條分明的腹肌真令人羡慕。

我好眼紅，我好嫉妒啊～～！

「綾子小姐，別、別這樣……啊哈哈！妳這樣揉我的側腹，感覺很癢耶……

啊哈哈哈！」

「……啊！抱、抱歉阿巧……因為你那緊實的側腹實在讓人又羨又恨，我一時忍不住就……」

「又羨又恨……」

「沒什麼！我、我來幫你洗乾淨。」

我打起精神，再次動手替阿巧刷背。

由於泡泡變少了，我於是一邊追加泡泡一邊搓洗。不知究竟是幸抑或不幸，剛才的側腹小插曲似乎讓緊張氣氛稍微緩和下來。

「感覺……好懷念喔。」

阿巧忽然開口。

「咦？懷念什麼？」

「以前綾子小姐不是也曾經像這樣幫我洗澡嗎？就是大約十年前的下雨天，綾子小姐見我進不了家門，於是讓我到妳家浴室洗澡。」

「喔，你是說那天啊。」

想起來了。

我半強迫地讓害羞少年進到浴室的那天。

當時，我完全沒有把對方當成男人看待——

「……虧我當時還只把阿巧當成小孩子，結果你卻是用色瞇瞇的眼光在看我的裸體。」

「那、那也是沒辦法的事啊，誰教綾子小姐要擅自進來。」

聽到我鬧彆扭似的這麼說，阿巧急忙反駁。

「就算年紀還小，我當時畢竟也已經十歲了。然而綾子小姐卻還是把我當成幼稚園小朋友，幫我清洗身體……」

「唔……」

我確實也有不對的地方……應該說，幾乎都是我的錯。

我居然和住在隔壁的國小男生一起洗澡。

而且還幫他清洗身體。

現在冷靜想想，那件事差點就要變成社會案件了。

若是性別對調過來，我恐怕立刻就會遭到逮捕。

「因、因為……阿巧你那個時候和現在不一樣，整個人又瘦又小……而且那邊也長得很可愛……」

「～～！請、請不要說可愛這種話啦。我當時年紀小，那邊當然也是小小的。不過現在可是——」

「現在……」

「呃，那個……」

對話就此中斷。

雙方大概都意識到了吧。

我也……不由得想到那方面。

想到男人的那話兒——以及接下來無論怎麼焦灼不安，我都打算進行和那話兒脫離不了關係的行為。

「……！」

原本緩和下來的氣氛，又再次一下子緊繃起來。

好熱。

愈是去想之後即將發生的事情，整個身體就愈是灼熱。浴室本來就因為濕氣而顯得悶熱，汗水於是不停地噴發出來。

為了分散注意力，我姑且繼續動手刷背——可是就算阿巧的背很寬，也不可能永遠一直洗下去。

只要稍微集中精神，背部一下子就洗完了。

「……總、總之，我先幫你沖掉背上的泡泡吧。」

我用蓮蓬頭將泡泡沖掉。即使我想慢慢地、仔細地沖水，白色泡泡還是一轉眼就被沖乾淨。

怎……怎麼辦？

背部洗完之後……接下來果然要換成前面了嗎？

可是這麼一來，這次就真的要……唔唔～～！

啊真是的，我明明已經下定決心了……！

不行，不可以在這種時候裹足不前！因為阿巧說不定也在期待！如果只刷完背部就結束，他一定會感到很失望！

「……沖完了嗎？」

「是、是啊，沖乾淨了。」

「那麼，接下來……」

接下來！

阿巧果然也在期待！

期待刷完背部的下一步！

他應該很希望我幫他洗前面吧……！

我一人忐忑地這麼心想，然而他的下一句台詞卻出乎我的意料。

「接下來……可以換我幫妳洗嗎？」

♠

『——我會耐心等待，直到綾子小姐做好心理準備為止。』

同居第一天的晚上。

我對綾子小姐這麼說。

我自以為這麼做是在體貼對方。

可是現在回頭想想，才驚覺那是多麼敷衍的一句話。

那是一句敷衍——只是姑且蒙混過去的台詞。

我雖然嘴巴上講得很好聽，實際上卻只是把所有責任都丟給對方去承擔。

將所有決定權交到對方手中，自己就只是在原地等待。

看似溫柔，實則卻不然。

純粹就只是拋下責任而已。

因為太害怕被討厭，於是停下了步伐。

我明明——其實比誰都更渴望她。

明明好希望能夠跟她身心合而為一。

然而我卻用真誠的面具隱藏真心，安於現狀。

因為好不容易才走到「情侶」關係這一步，我無論如何都不想破壞，想要好好地呵護、珍惜這段關係。

可是如今——

綾子小姐主動朝如此沒用的我踏出了一步。

她究竟是鼓起多少勇氣，才以只圍一條浴巾的模樣闖進浴室呢？起初我驚訝到什麼也無法思考。但是隨著時間過去，我開始對她的大膽舉動心生憐愛。

同時——也對自己的膽小感到火大。

我不會再逃避了。

我不認同把真誠和溫柔當成擋箭牌，什麼也不做的自己。

……不過話說回來。

雖然我前面長篇大論地講了一堆聽似帥氣的話，但是說到底事情並沒有那麼複雜。既然最愛的女友這麼積極地主動進攻，我的理智當然會煙消雲散了。就只是這樣而已。

想要觸碰。

我也想要觸碰。

我想觸碰心愛的她簡直到了無法自拔的地步。

「……你、你真的要這麼做嗎，阿巧？」

綾子小姐透過鏡子向我問道。

不同於剛才，此時我倆已交換前後位置。

她坐在我前方的椅子上，大概還有些猶豫吧，只見她依然裹著浴巾將身體包得緊緊的。

「是的。如果可以，我很想要這麼做。」

「……你是認真的？」

「我是認真的。我也要幫綾子小姐刷背，作為剛才的回禮。」

「可、可是，這樣果然讓人覺得很害羞……」

「我剛才也很害羞啊。」

「唔、唔唔……」

綾子小姐和自己的羞恥心掙扎拉扯一會之後，終於看似下定決心地開口。

「……我、我知道了。」

這麼對我說。

「若是不這麼做，的確感覺不太公平。」

「那麼……麻煩妳脫掉浴巾。」

「……嗯。」

她靜靜地點頭後，伸手觸碰纏在胸前的浴巾。

接著——輕飄飄地。

先前一直遮住身體的白布掉落下來。

「唔哇……」

我愕然失語。

顯現在眼前的背部美得令人屏息。

肩膀到腰部描繪出凹凸有致、性感迷人的身體曲線。

肌膚白皙得令人眩目，上面還冒出一顆顆晶瑩剔透的汗珠。

然後是——

微微從背部線條探頭的豐滿乳房。儘管她背對著我，沒能被完全遮擋的部分乳房依舊顯露而出。

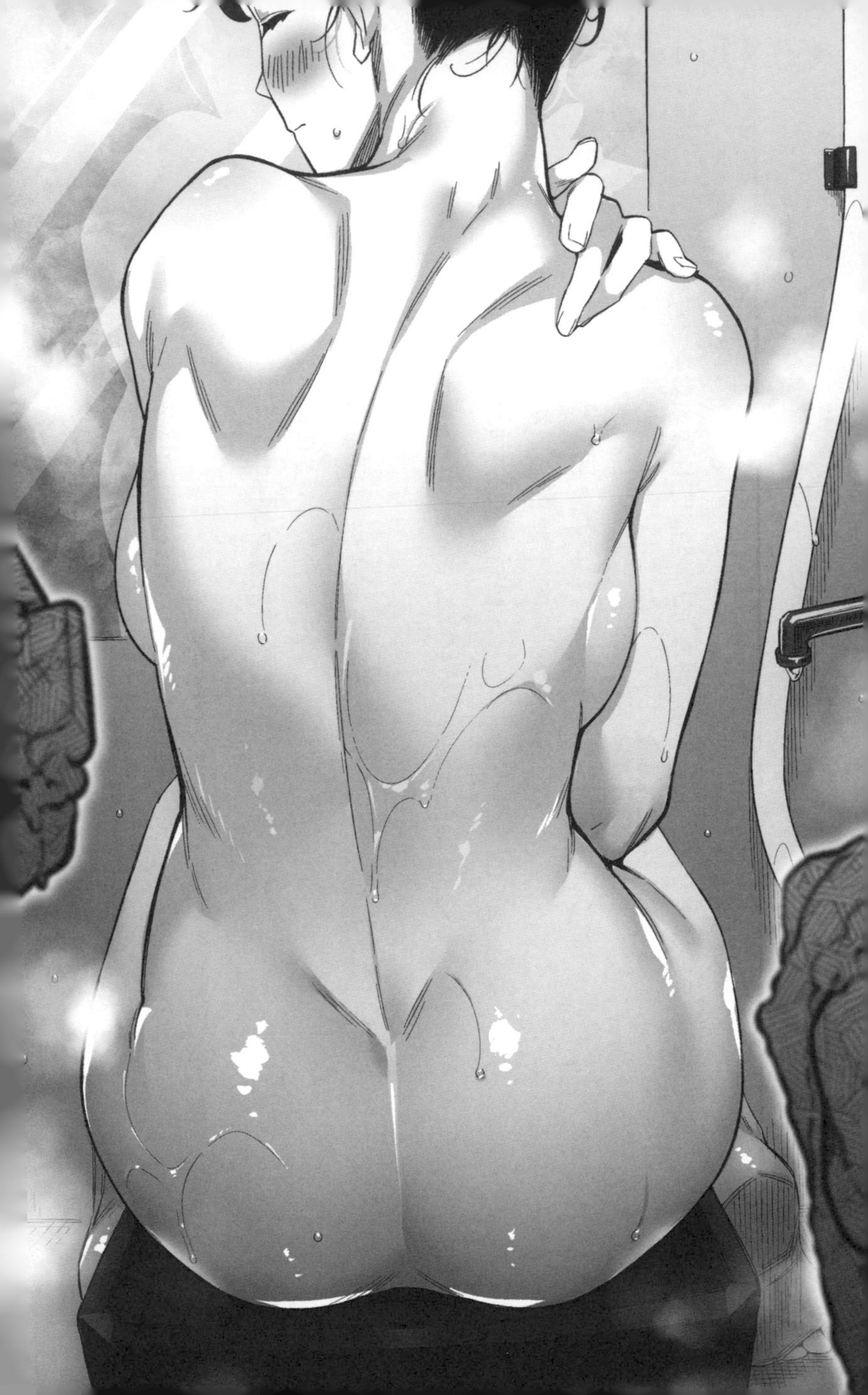

可惜的是……前方的鏡子在熱氣下起霧，沒辦法透過鏡子見到綾子小姐的正面。

「……綾子小姐的背部真美。」

「啥……等、等等，你不要盯著看啦，阿巧。」

「對不起。不過，妳從背部到臀部的曲線真的美得宛如藝術品。」

「什麼藝術品……真是的，你太誇獎我了……等等，咦？臀、臀部？」

這時，綾子小姐突然將雙手繞到背後。

她交疊手掌，試圖遮掩坐在椅子上的臀部。

「討、討厭！這下屁股幾乎都被看光光了！」

事到如今她才感到驚愕。

既然裸體坐在椅子上，臀部當然會被看到了。

看到那個坐在白色浴室椅上……稍微被壓扁的臀部。

「真是的～～！你不要看啦，阿巧，這樣很丟臉耶。」

「就算妳叫我不要看……可是我剛才也被看光光啊。」

「阿巧是男生，被看見也沒差吧！」

「這話感覺像是性別歧視……」

「再說阿巧的臀部……瘦瘦的又很緊實，被看到也沒關係……哪像我的屁股這麼大……」

「這沒什麼好在意的。我覺得妳的臀部很漂亮、很有女人味喔。」

「……你不否定我屁股大這件事啊。」

綾子小姐沮喪地說。

看來我好像搞錯重點了。

唔，這個年紀的女性真難取悅。

我就這麼一邊慌忙解釋，一邊將沐浴乳搓揉出泡泡。

然後下定決心——用滿是泡泡的手觸碰白皙的肌膚。

「……嗯！」

綾子小姐的身體頓時一震，同時口中發出甜美的驚呼。

「啊！會痛嗎？」

「不、不會……我沒事，只、只是覺得有點癢而已。」

她的語氣聽起來像是在拚命佯裝鎮定。

我聽從她的話，讓手在肌膚上滑動。

啊……好棒。這種感覺比我想像中還要美妙。

柔軟又滑嫩的觸感從手掌傳來。愈是撫摸，就讓人愈是想要繼續觸碰下去。

不僅如此——

「嗯！……啊呼……」

大概是很癢吧？每當我伸手撫摸，綾子小姐便會發出甜美的吐息。那副拚命忍著不發出聲音的模樣也極度煽情。

心跳加速。

我能夠清楚感受到，自己的情緒變得異常激昂。

「……阿巧，我總覺得你洗的方式很色。」

綾子小姐轉頭這麼說。

還一邊用鬧脾氣似的表情瞪我。

「咦？可是我只是正常地在洗啊……」

我連忙辯解。只不過……如果問我是不是完全沒有亂揉亂摸，這個問題也讓人很難回答。

「你騙人。我感覺……你一直摸個不停。」

「……綾子小姐剛才也是這樣啊。我總覺得妳洗的時候一直在揉捏我的肌肉……」

「我、我很正常！我就只是很正常地洗而已！」

我就這麼一面和綾子小姐鬥嘴，一面繼續替她刷背。

既然被她指出洗的方式有問題，動作便不能再這麼慢吞吞的，於是我決定儘快結束。

洗完上背部，正當我準備清洗側腹部的——這個時候。

忽然間……

綾子小姐把手繞到後面，抓住我的手臂。

她的動作敏捷，速度快到連視線都追不上。

「……咦？」

「那邊不用。」

不容分說的口氣。

「那邊不用洗沒關係。」

「呃，可是……」

「因為那邊不是背，是肚子。在刷背的時候洗肚子是不行的喔。嗯，不行、不行，因為這跟約好的不一樣。」

「……可是妳剛才也有幫我洗側腹。」

「！」

「而且還一直摸來摸去。」

「你、你又沒差，反正你的腹部那麼緊實！可是我……我不行啦。我的肚子真的……軟趴趴的。」

「綾子小姐，妳想太多了啦。妳明明就很瘦。」

「才沒有……我的身材最近真的很失控。開始同居的這一個星期……應該說幸福肥嗎？總之懈怠就這麼變成了肥肉。明明我本來就因為年過三十，變得很難瘦下來了……」

她的語氣中漸漸帶著悲痛的情緒。

一開始，我本來以為可以把軟趴趴的側腹當成笑話一笑置之，因為我一點都不介意，再說我也不覺得綾子小姐胖。

但是——

我眼中的小事情，對她而言說不定是切身的嚴重問題。

「……剛才摸到阿巧的肚子時，我突然……對自己的年齡增長有了深刻的體會。啊哈哈……我二十多歲的時候，身材明明要比現在緊實多了。」

她曖昧地、像在打哈哈地笑道。

那是讓人聽了會不禁感到悲傷、心痛的自嘲笑聲。

「……早知道我們會變成這種關係，我或許應該趁年輕時跟你上床才對。」

像在開玩笑的台詞——我不知道綾子小姐在說這句話時有多認真，但是見到她這樣自虐，我的心彷彿被揪住一般疼痛。

整個人焦急難耐到了極點。

然後回過神時……

「——！」

我已經憑著一股衝動，從後方緊緊抱住了她。

雖然彼此都赤身裸體，但是我顧不了那麼多了。

我就是忍不住想要將她擁入懷中。

「阿、阿巧……？」

「……妳不懂。」

我緊緊擁抱她——一邊用全身感受她柔軟的肌膚，一邊說道。

「綾子小姐，妳完全不明白自己是多麼迷人的存在。」

「咦……」

「妳可知道開始同居的這一星期來……我是多麼拚命地在忍耐嗎？」

「忍、忍耐……？」

「我明明好想推倒綾子小姐，卻一直忍著不那麼做。」

「什、什麼？」

沒錯。

我一直都在忍耐。

因為我想要好好珍惜她。

因為我覺得假使我順從慾望推倒她，有可能會對她造成傷害。

但是，早知如此——我或許應該早一點表明內心的慾望才對。

早知道她會對自己的年齡增長、年齡差距抱持自卑感，對自己的魅力感到懷疑不安，我或許應該更強力、更激烈地持續大聲訴說她的魅力才對。

「綾子小姐真的很美喔。」

我說道。

對著懷裡的她，說出發自肺腑的真心話。

「妳從以前開始就一直是如此美麗。無論是二十多歲時，還是年過三十的現在。」

「……阿巧。可、可是，要怎麼說呢……那都是因為你透過奇怪的濾鏡在看我啦……你把我美化成比本人要好太多了。」

「假設真有萬分之一、億分之一的可能性是如此好了……那也無所謂啊。反正在我眼中，綾子小姐永遠都是世界上最迷人的女性。」

「…………」

「說得更坦白一點……我覺得綾子小姐的魅力年年都在增加喔。妳身上散發出來的性吸引力又或者是費洛蒙，感覺愈來愈濃烈了。」

「……！什、什麼費洛蒙？我才沒有釋放出那種東西呢……大概啦。」

儘管神情羞澀地這麼否認，綾子小姐仍稍微展露出笑容。

我也跟著笑了。

「再說……雖然妳剛才說要是早點跟我上床就好了……不過那樣也會構成一大問題喔，因為綾子小姐二十多歲的時候，我還沒有成年呢。」

「說、說的也是……」

「所以──請妳不要否定過去這十年。」

「否定……」

「自從開始單戀綾子小姐，我歷經了長高、變聲……一點、一點地慢慢變成大人，最後終於能夠讓綾子小姐把我當成男人看待。」

十年。

沒錯，我花了整整十年。

才讓最愛的人把我視為一個男人，而不是小孩子。

漫長得令人焦躁的十年。

但是——我相信這是一段必要的時間。

相信正是因為有了這段歲月，才會有現在這一刻。

「我想，現在一定是最好，也是唯一的時間點。唯有現在這個瞬間，是我們結合的最佳時機。」

「……阿巧。」

綾子小姐輕輕地將手放在我抱著她的手上。

「謝謝你。對不起喔，我又說那種自虐的話。」

「沒關係。」

「我已經沒事了。多虧有你，讓我又重新打起了精神——但是……」

綾子小姐說。

語氣突然變得冷靜。

「即使如此……還是請你不要碰我的側腹。」

「知、知道了。」

聽到她以不容分說的堅定口吻這麼說，我也只能點頭應允。

看來，側腹這件事果然是她身為女性不可退讓的底線。

既然如此，我也就不再去踩她的地雷了。

……唔，不過話說回來……

被對方如此頑強地拒絕，反而會讓人想要摸摸看耶。

而且綾子小姐不滿的樣子有點可愛。

肚子軟趴趴的觸感好像也很舒服——

「……你真的懂嗎？」

「我、我懂、我懂！」

我的邪念似乎被看穿了。

好險、好險。

「阿巧你真是的……絕對、絕對不可以亂摸喔……」

「……可是，我記得綾子小姐之前曾主動讓我摸妳的肚子。」

「當時是當時！現在是現在！」

態度強硬地說完後，綾子小姐又重新叮囑一遍。

「總之，唯獨肚子絕對不能碰……」

不過取而代之地——

綾子小姐接著這麼說。

之後便用兩隻手抓住我的兩手手腕。

緩緩地往上抬起。

將原本還抱腹部的手慢慢往上移。

如此一來，手勢必會碰撞到某個突起。

軟綿綿的。

兩個手掌感應到柔軟至極的觸感。

「如果是這邊就可以摸。」

「——！」

我愕然失語。

腦袋瞬間一片空白，完全失去思考能力。

但是，手中傳來的觸感是如此鮮明強烈，令人感到幸福無比。

被汗水濡濕的肌膚好柔軟，感覺只要稍微用力，就會無止盡地沉下去。讓人好想永遠摸下去的幸福暖意。

不敢相信。

我現在居然正從後方觸摸她的胸部。

不是隔著衣服也不是隔著內衣，而是直接用手——

「綾、綾子小姐……？」

「……比、比起肚子，你應該也比較想摸這邊吧？」

「這……不過，真、真的可以嗎？」

「……嗯。」

她靜靜地、滿臉羞澀地——卻明確地點頭。

「因為……你一直都在忍耐不是嗎？」

你不用再忍耐了。

就這樣——

綾子小姐這麼對我說。

那瞬間，我感覺自己腦中最後的理智線斷了。

「——！」

我一邊搓揉她的胸部，一邊緊緊將她擁入懷中。

然後強行讓她轉身面向我——奪走她的雙唇。

一開始輕柔，之後便逐漸轉為熱烈。

「嗯……呼啊，阿巧……！」

「綾子小姐……！」

一絲不掛地裸裎相對。

遠遠凌駕羞澀的興奮與情慾刺激並支配了全身。

自從綾子小姐闖入浴室，我便開始暗自思考接下來的計畫。而她說不定有也自己的一套想法——然而如今，那些都已經無所謂了。

我倆在熱氣瀰漫的浴室裡讓冒汗的肌膚相疊，貪婪地渴求彼此。

這一天，我們終於以戀人身分更進一步——原本應該是如此。

…………

沒錯。

原本應該是如此。

就結論而言，我們在結合之前又遇上了一點麻煩。

只能說萬萬沒想到會發生這種事。

事情都到了這個地步……豈料竟會因為這樣的失敗而滅了興致。

第二章
臥室與蜜夜

「…………」

「…………」

極度尷尬的氣氛充斥室內。

地點已經從浴室轉移到了臥室。

我們兩人都穿著睡衣坐在床上……然而彼此之間卻保持著微妙的距離。

應該說……阿巧一直不肯轉過身。

始終背對著我。

他的雙肩彷彿背負著沉重而黑暗的陰影。

「打、打起精神來，阿巧。」

再也忍受不了這片沉默，我勉強開口擠出話來。

「你不用這麼沮喪啦……我一點都不在意喔。」

「…………」

「要怎麼說呢……那個，年輕人果然就是不一樣……沒錯，真的好有活力呢！年輕真好！」

「…………」

「況、況且以自然界來說……速度快的生物反而算是優秀的呢！因為野生動物不曉得什麼時候會遭遇到外敵攻擊，快一點結束反而容易讓自己的基因保留下來——」

「……綾子小姐，沒關係，妳不用勉強自己替我說話。妳這樣反而會讓我更難受。」

阿巧用死氣沉沉的語氣這麼說。

我的安慰似乎完全造成反效果了。

從結論來說——我們還沒有做。

雖然剛才在浴室裡激情四射、氣氛火熱，但是很遺憾的，我們並沒能抵達最後一步。

一開始，要怎麼說……是阿巧率先對我展開攻勢。

場面不知不覺變成主導權在對方手中的狀態。

所以我本來也想就這麼順其自然地配合他……可是就在這時，我心中奇怪的使命感開始作祟了。

也許是基於身為年長者的面子問題，又或者是不想讓人覺得我這個女人什麼都不做的自尊心。

心想我不應該這麼被動，我於是強忍著羞恥，自己也伸出了手。

將手伸向對方的胯下。

我傾盡所有從網路上得來的知識，儘管零經驗仍拚命想要讓對方覺得舒服——結果，意想不到的事情發生了。

阿巧他……完事了。

擦槍走火了。

不過一眨眼的時間。

從我觸碰他開始算起，大約只有十秒鐘左右吧。

「……真的很對不起。」

這已經是滿臉愧疚的阿巧，不知道第幾次向我道歉了。

「沒、沒關係啦，你不用放在心上！」

「可是……我還噴得妳滿身都是。」

「不要緊、不要緊！反正我已經洗乾淨了！」

可能是因為年輕吧，阿巧的那個是又多又猛。

理所當然的，我也因為從來沒有經驗而陷入恐慌，當下的情況真可說是天翻地覆、一團混亂……於是我倆自然也就沒了那種興致，就這麼離開浴室到現在。

怎、怎麼辦……？

完全出乎預料。

我還以為自己在闖進浴室之前已經模擬過各式各樣的狀況了，卻萬萬沒想到會發生這種情形。

女人在這種時候應該怎麼做才好？

「……那個，我不是想要替自己找藉口。」

正當我在煩惱該如何鼓勵他時，阿巧一副難以啟齒地喃喃開口。

「不過，我和綾子小姐同居到今天已經一星期了吧？」

「是、是啊。」

「這段期間……我一直都沒有解決。」

「……咦？沒有解決的意思是……」

「就是，那個……沒有自行解決。」

「……什、什麼？」

整整一星期都沒有解決？

這……對這個年紀的男人來說，應該是有點嚴重的事情吧？

雖然我也不是很清楚……不過我好像曾在哪裡聽說過「男人只要三天就會滿膛」。

這麼一來……就連我也大概想像得出禁慾一週有多嚴重了。

原來阿巧一直都沒有解決生理需求。

不斷獨自強忍著焦躁難耐的情緒……！

「原、原來是這樣。可是……為什麼？」

他並不是沒有時間獨處。

因為像是我去上班的時候，他也經常會獨自在家幫忙做家事。

「妳這樣問我，我也不知道怎麼回答……總之，我就是做不到。在綾子小姐工作時自己做那種事情，我總覺得很過意不去。而且，要怎麼說……我也認為在我們兩人共同生活的這個空間裡做那種事情很下流。」

阿巧還是一樣在奇怪的事情上有潔癖。

「其實我、我本來有在想，一定要在和綾子小姐發生這種關係之前先解決一次……可是今天實在是太突然了……」

他滿臉焦慮地說。

啊，原來如此。我為了今天晚上，事先做好了心靈和身體上的準備……可是突然受邀的阿巧根本沒有時間準備。

「……對不起，我果然只是在替自己找藉口。我真沒用。」

像是要掩飾內心的懊悔一般，阿巧笑著這麼說。

「我想不用說，妳應該也知道……我沒有女性經驗。」

「…………」

這個我知道。

儘管沒有直接問過，不過我大概猜想得出來。

因為阿巧他——喜歡了我整整十年。

沒有交過女朋友，一心一意始終只愛慕著我。

「雖然我曾經在腦中妄想，又或者說是模擬過好多次……可是因為綾子小姐本人實在美到太不真實了，讓我觸碰之後忍不住興奮過頭。然後就……」

「…………」

「……對不起。枉費綾子小姐主動提出邀約，卻被我搞砸了。」

他自始至終沒有看著我，用像在拚命強忍恥辱感的語氣說道。

刷背時看起來如此寬大的背部，如今卻顯得好渺小。

他那副不停小聲道歉的模樣，看在某些人眼裡或許會覺得很窩囊，或許會覺得他很軟弱。

可是——

在我看來，現在的他卻是惹人憐愛到不行。

緊緊地……

我從背後環抱住阿巧。

「咦……綾、綾子小姐……？」

聽到他發出困惑的語氣，我又再次緊抱住他。

啊——

我到底在做什麼啊？

明明想要好好地去面對對方，卻又滿腦子都只想著自己。

明明只要稍微想一下就知道，如同忐忑不安的我——阿巧心裡當然也會感到不安。

真丟臉。

事到如今還想打腫臉充胖子的我真是丟臉。

「……阿巧，你聽我說。」

我開口。

「其實我也沒有經驗。」

「……咦？」

「呃，所以……我、我也是第一次啦。」

說出來了。

總算說出口了。

阿巧慢了一拍才瞪大雙眼。

「咦……咦咦？」

「啊、啊哈哈……你很驚訝嗎？」

「這、這個，我……」

「……聽到我都這把年紀了還沒有經驗，也難怪你會驚訝了。雖然我有一個念高中的女兒，總是被媽媽、媽媽地叫……但其實除了阿巧，我從來沒有跟別人交往過。」

「…………」

「抱歉喔，我之前實在開不了口。總覺得……特地向你報告這件事很難為情。」

「……這沒有什麼好道歉的。我才應該要為了自己吃驚的反應感到抱歉。」

阿巧神色慌張地接著說。

「不過……我實在有點不敢相信，因為我以為綾子小姐長得這麼漂亮，男人一定會對妳窮追不捨。」

「我、我才沒有那麼受歡迎呢……我以前念書時，覺得和女性朋友在一起比較開心，所以對於感情這件事完全不感興趣……結果收養美羽之後，就忙到沒有時間談戀愛了。」

我過去一直想方設法蒙混過去。心想等到生米煮成熟飯之後，假使對方察覺了，到時再「其實呢……」地坦白就好。

因為——

因為我怕會把對方嚇跑。

因為我覺得這把年紀還沒有經驗很丟臉。

但是，早知道事情會變成這樣，我應該早點說出來的。

早知道他會獨自感到焦急、自卑，我應該早點一五一十地說出一切。

「所以，阿巧。」

我繼續說。

一面用力抱著他。

「剛才的事情你完全不需要放在心上。」

「…………」

「老、老實說，我不太明白……呃……應該說，我大概知道這是一件會讓人感到沮喪的事情。可是我從沒見過也沒碰過阿巧以外的人，所以其實並沒有太大的感覺……」

沒錯，坦白說我不太明白。

雖然阿巧……好像不小心擦、擦槍走火了，但是這件事情在性交上，究竟是多嚴重的失敗呢？

會對男性造成何種程度的傷害？身為女性又該作何感想才正確？總之，我對這整件事都處於懵懂無知的狀態。

「無論如何請你放心，我不會為了這種事情討厭你或對你感到失望。」

「綾子小姐……」

「我反而還……有點喜歡上你了？」

「咦……？」

「我感覺自己見到你全新的一面……你被我觸碰時的反應真的好可愛。」

「……什麼好可愛？這話實在讓人聽了開心不起來耶。如果綾子小姐要這麼說，那麼妳也……非常可愛喔。」

「……咦？」

「妳的反應和表情都好可愛，而且比我想像中要來得大膽性感。」

「快、快住口！我不准你說這種話！」

「是妳先……」

我倆在極近距離下互瞪。然後——

「……噗！」

「啊哈哈……」

不約而同地笑了。

好奇妙的感覺。

彷彿原本一直繃緊的線頓時鬆了開來。

「要怎麼說呢……其實我並不在意綾子小姐交往過幾個對象喔。我告訴自己，無論妳以前和誰發生過什麼事都不要去介意……好吧，雖然當我在想『不要去介意』的時候，好像就已經在介意了。」

「不過——」阿巧接著說。

「知道綾子小姐也沒有經驗後，我稍微鬆了一口氣。」

臉上帶著自然、柔和、放鬆的笑容。

我也忍不住開心地笑起來。

「嗯嗯，反正我們彼此都是第一次，根本不需要擔心那麼多。就算進行得不順利，也沒什麼好丟臉的。」

「說的也是，裝腔作勢也無濟於事。」

「就是啊、就是啊。再說今天也不會是最後一次嘛。明天、後天還有未來，反正機會多得──」

說到這裡，我注意到一件事。

我以從背後抱住他的姿勢，越過肩膀不經意地望下看──結果某樣東西映入眼簾。

將睡褲高高撐起的凶猛隆起。

擦槍走火後照理說已經恢復正常尺寸的那話兒，如今又再次展現其強大的存在感……！

咦？

不、不會吧。

奇怪？可是他不是剛剛才……？

「咦……啊！沒有，這、這是……」

阿巧似乎注意到我的視線，連忙伸手遮住胯下。

「對不起……心情放鬆之後，邪念又一下子跑出來了。」

「是、是喔，這樣啊……」

怎麼辦？

虧我本來想發揮母性和慈愛之心，用「即使今天不行，以後機會照樣多得是」的態度結束話題……沒想到，沒想到居然有第二回合？

怎麼會……

男人不是射完一次後，會有好一陣子沒辦法……啊！不過，我好像也有在哪裡聽過年輕男子只有一次無法感到滿足的說法。

「阿、阿巧果然是年輕人耶。」

「——綾子小姐。」

阿巧以慎重的口吻，對心生動搖的我開口。

他轉過身，定睛凝視著我。

「我可以為剛才的事情雪恥嗎？」

阿巧的語氣聽起來彷彿暗藏決心，卻也同時像在撒嬌一般……總之，給人一種非常自然的感覺。

帶著適度的緊張感但又不會幹勁過剩，極其自然的邀約。

所以──

「……嗯。」

回過神時，我也自然而然地點頭了。

阿巧從正面抱住我，然後緩緩地將我按倒在床上。

和浴室裡過度火熱的氣氛截然不同。

不是沉醉在情慾中，宛如野獸般互相渴求，而是緩緩地、輕鬆自在地，照著兩人的步調去品嘗體驗每一個步驟。

坦誠相對，仔細確認彼此的存在──

「綾子小姐。」

溫柔地讓唇瓣相疊之後，阿巧呢喃似的說。

「我好喜歡妳。」

「……我也喜歡你。」

確認彼此的愛意後，我倆再次雙唇交疊。接著，阿巧的大手開始有些笨拙地褪去我的睡衣。

當然——接下來發生的一切也進行得並不完全順利。

我們兩個新手困惑且笨拙地，一起設法朝向終點而去。儘管過程冗長，即便是客套話可能也算不上有情調——然而所有的一切依舊觸動人心。

無論是失敗、迷途，還是陷入了惡戰苦鬥，只要和他一起，一切便是如此美好。

能夠將虛榮、尊嚴隨著衣服一同褪去，彼此裸裎相對、合而為一，是再幸福不過的一件事。

我和他的漫漫長夜又將展開。

甜蜜到令人融化，只屬於我倆的柔情時光——

隔天早上。

醒來後我發現自己全身赤裸，然後睡在旁邊的阿巧也是赤身裸體。

「……！」

一瞬間，我心跳加速。不過那也只是一瞬間的事情。

半夢半醒的腦袋慢慢回想起昨晚發生的一切。

羞赧令全身瞬間發熱。但是很快地，一股平靜安詳、好似心滿意足的情緒便湧了上來。

啊，對喔。

我們真的做到最後了。

不是作夢也不是妄想，是真真實實地結合了。

「……嗯，綾子小姐……」

我怔怔望著阿巧的睡臉。沒一會他也醒來了。

「咦？啥……妳怎麼會沒穿衣服……等等，我也……啊，對喔，昨天……」

和我一樣，阿巧也一度感到吃驚，之後便慢慢回想起來。

我姑且用棉被遮住胸部，開口說道。

「早安，阿巧。」

「……早安。」

「看樣子，我們兩人昨天後來就這麼睡著了呢。」

我吐了一口氣繼續說。

「呼……真不可思議，我感覺自己整個人輕飄飄又神清氣爽的。虧我之前還那麼擔心……結果實際做了之後，才發現其實也沒有想像中那麼大不了。」

「……對、對不起，我的表現沒什麼大不了。」

「咦……啊！不是的、不是的！我不是那個意思啦！」

糟糕！

阿巧露出喪失男人自信心的表情了！

表情和之前早早發射時一樣！

「我因為是第一次，心裡產生了各種不安……像是擔心會不會很痛、會不會犯下可笑的錯誤，還有——事後整個世界會不會徹底改變。」

「…………」

「不過，看起來變化好像沒有想像中那麼大。」

一切都是初次接觸的未知體驗。

不僅有許多新發現，也得知了對方嶄新的一面。

但是——沒有改變。

最根本的心情沒有變化。反而感覺原有的那份心情正在不斷擴大，變得益發濃烈了。

「沒有劇烈的變化，感覺就只是自然而然會發生在男女感情路上的一起事件而已。」

「…………」

「所、所以，我的意思絕對不是在說阿巧你沒什麼大不了的。應該說，我反而因為你在那方面的表現很了不得而大吃一驚呢。我對你那爆炸性的年輕體力和男子氣概絕對沒有任何不滿。」

「……也就是說？」

「也就是說，那個……我、我很滿意——～～！討、討厭！不要讓我說出來啦！」

「好痛！」

因為實在太害羞了，我用枕頭打了阿巧好幾下。

「對、對不起，我太得意忘形了……好痛！等等，停停停！」

沒一會，大概是承受不住攻擊了吧，阿巧抓住我的手腕制止我。

「我都已經道歉了，拜託妳就原諒我吧。」

「可是你……」

「…………」

「…………」

注意到時，我倆已默默地凝視彼此。

雙方都赤裸著身體坐在床上。

當下的氣氛感覺無論何時開始也不奇怪——不過就在那個瞬間，我的視線捕捉到在他身後的壁掛時鐘。

「……咦、咦咦咦？八、八點？」

徹底破壞氣氛的大聲尖叫。

我錯愕不已。

八點……居然已經八點了！

雖然正確來說是還有五分鐘才八點……但總之非常不妙！

今天是星期一！

是必須正常到公司上班的日子！

「咦？唔哇，真的八點了……！」

阿巧也在確認手機後大吃一驚。這下連只是壁掛時鐘的時間不準的可能性也消失了。

「怎、怎麼辦……阿、阿巧你今天也要實習對吧？」

「是的，我也快要遲到了……呃，不過綾子小姐應該比較急吧？」

「嗯……今天公司九點開始就有會議……」

搞砸了。

由於昨天情況實在太混亂，結果我們兩人都忘了設鬧鐘。

事後就這麼……筋疲力竭地沉沉睡去。

「唔哇，對不起……要是我有讓妳早點睡就好了……都怪我拜託妳做了好幾次。」

「沒、沒關係啦，你沒有錯。況且真要說的話，最後一次也是我主動要求──不對，現在不是說這種話的時候！」

正當我急忙準備下床之際，這時又發生另一個問題。

「等等，綾子小姐，妳沒穿衣服……！」

「……呀！」

糟了！

我現在一絲不掛！

唔，雖然說……昨天都已經被看光光，如今似乎也沒什麼好害羞了，但我還是一樣覺得難為情！

再說，光著身子在家裡走來走去……感覺好像已經放棄當個女人了，我不要！

「嗚嗚……阿巧，棉被借我一下。」

我打算姑且裹著棉被去拿衣服。

「呃，可是……」

不料卻遭到拒絕。

「我現在也正處於無法離開棉被的狀態。」

「咦……什、什麼？」

我遲了幾秒鐘才理解他的意思。

「為、為什麼？怎麼會？」

「……因、因為是早上。」

「可是，昨天明明那麼……」

「因為已經過了一晚……」

「是喔……年、年輕人果然很厲害耶……——重點不是這個！現在不是說這些的時候！我快遲到了！」

我手忙腳亂地設法鑽出棉被，開始整理儀容。

沒時間悠哉地吃早餐了。

洗臉刷牙化好妝之後，我急忙穿上套裝。

「那麼阿巧，我先出門了！」

「我知道了！」

瞥了正在幫忙收拾我們昨晚散落一地的衣服的阿巧一眼，我只顧著打理好自己便前往玄關。

「那個……」

「嗯？」

阿巧對穿好鞋子、轉過身的我說。

「路上小心。」

臉上帶著莫名自然的笑容。

這聲招呼明明和昨天之前別無二致，今天卻不知為何感覺格外特殊。

「……我出門了！」

我一面暗自玩味箇中差異，說完便急忙衝出玄關。

若是平常，我都會走去車站搭電車上班。但是今天我當機立斷，馬上就決定招計程車去公司。

多虧如此，我才能勉強趕在最後一刻抵達公司。

下計程車後，我匆匆忙忙跑進大樓，前往電梯。

「啊，等一下！我要搭電梯！」

我請裡面的人幫忙打開關到一半的門，急忙搭上電梯。然後一邊調整呼吸一邊抬頭——這才發現裡面的人是誰。

「啊……狼、狼森小姐？」

「早安，歌枕。」

早我一步搭上電梯的人，是一名身穿褲裝、眼神銳利的美女——也就是我們公司的社長，狼森夢美小姐。

「好難得喔，妳居然會這個時間才來公司。」

狼森小姐按下「燈船」所在的樓層按鈕，一面這麼說。

「啊哈哈……因為我稍微睡過頭了。」

「是嗎？左澤沒有叫妳起床嗎？」

狼森小姐也知道同居的事情。

應該說……這次同居的萬惡根源就是她。

「呃，阿巧他也一起睡過頭……」

我頓時止住話。

糟糕，還是別說了。雖然我身為下屬，必須對上司說明差點遲到的理由，可是繼續說下去，對方很可能會連不必要的事情也察覺到。

「……喔？」

一瞬間，狼森小姐把手抵在下巴上，做出像在沉思的動作——但是沒一會她便看著我的脖子，臉上浮現不懷好意和恍然大悟的笑容。

「原來如此，是這樣啊。」

「……什、什麼意思？」

「沒有啦。我只是在想，歌枕妳終於也成為一個會帶著脖子上的吻痕來上班的女人了。」

「咦？不、不會吧！我明明說脖子不可以……！……啊！」

我反射性地按住脖子，之後隨即便察覺自己的失誤。

糟糕。

我完全中計了！

「……喔～是喔～果然是這樣啊。」

套話成功的狼森小姐露出樂不可支的笑容，直盯著我的臉瞧。

「看來妳昨晚玩得相當開心嘛。」

「～～！」

「你們這對拖拖拉拉的情侶總算踏出一步了啊。呵呵呵，這下我非得徹底問個清楚才行了。下次喝酒，妳可要事先做好心理準備喔。」

「……真是的，這、這是性騷擾啦……」

我只能這麼弱弱地回應喜上眉梢的狼森小姐。

歌枕綾子，3×歲。

和這輩子第一位男友同居至今一星期。
雙方的關係終於稍微往前邁進一小步。

第三章
老練與運動

就一般世人的觀點而言，性交或許是一項契機。

即使沒有到契機這麼嚴重，也無疑是個特別的事件。

既然世上存在處男、處女這種將有經驗和沒經驗的人區分開來的詞彙，就不難看出這個世界是多麼特別看待性交這件事。

只不過……

我個人實際體驗過後的感想是——性交並不會讓整個世界產生多大的變化。

這固然是一件特別的事情，卻沒有到會令價值觀、人生觀驟然丕變的程度。

我也曾擔心自己都這把年紀了還沒有經驗……會不會有什麼地方難度變得特別高，或是因為過度重視性交這件事，導致自己事前事後變得判若兩人——結果完全沒有這回事。

我還是原來的我。

他還是原來的他。

什麼都沒有改變。

性交只是一邊讓肌膚交疊，一邊展現對對方原有的心意，類似像這樣的確認作業。

但是……

可是……

話雖如此……

若要說事前事後是不是真的完全沒有變化……說實話倒也不盡然。

緩慢卻又明顯地……

我們的關係從那天晚上開始起了變化。

比方說──早餐時間。

「呼啊……早安。」

「早安，阿巧。我正在做飯，你等一下喔。」

比較早起的我先開始張羅早餐。過了一會，他也從臥室走出來。

道過早安後，我將視線移回到平底鍋的荷包蛋上——

忽然間……

阿巧從後面溫柔地摟住我。

「呀！……怎、怎麼了？」

「沒什麼，只是看到妳的背影我就忍不住想抱妳。」

這麼說道的他儘管一副羞澀又抱歉的模樣，卻沒有停止擁抱我。

「綾子小姐，妳今天也好美喔。」

「真、真是的……你在胡說什麼啦？好了，我正在做飯，你快放手。」

「再一下子就好。」

「不行！動作要是不快點會遲到的。」

「……知道了～」

阿巧一邊鬧脾氣似的回應，一邊鬆手。繼續動手做早餐的我，心情好到忍不住哼起歌來。

比方說——回家後。

「我回來了……」

「歡迎回來，綾子小姐。」

「阿巧……」

「妳、妳看起來很累耶。」

「就是說啊……今天也好累喔。因為我在今天連續開了三個動畫相關的會議……」

邊脫鞋邊抱怨之後——

「我真的快要累死了～」

我忽然靈光一閃，發出撒嬌的聲音。

「唉唉～我不行了，全身一點精力都不剩了。這下……看來有必要立刻補充精力了。」

「……啊～是這樣啊。」

總算察覺我的意圖，阿巧面露曖昧的微笑。

「來、來吧。」

同時展開雙臂。

我蹦蹦跳跳地稍微用力撲到他懷裡。他的溫暖和氣味包圍著我，逐漸滲透到我因工作而疲憊不堪的精神與肉體中。

「辛苦妳了。」

他一邊柔聲慰勞，一邊撫摸我的頭。在大手的溫柔撫觸下，我感覺到有一股既酥麻又舒服，無法用言語形容的幸福感充滿整顆心。

「這樣有補充到精力嗎？」

「有，充得飽飽的。」

我也伸出手臂，環抱住他。

明明回到家還不到一分鐘，就彼此熱烈擁抱的我們實在有些可笑。

「哎呀～只有我被補充到滿滿的精力，這樣感覺真不好意思～」

「放心啦，因為這個充電系統似乎是雙向的喔。」

「這樣啊。真厲害，感覺就像永動機呢。」

「的確是永動機呢。」

「呵呵呵，好夢幻的系統喔。」

彼此沉浸在擁抱之中，漫無目的地對話。

我倆就這麼一直對話下去，持續擁抱了好一陣子。

比方說——晚餐後。

「都道府縣中面積最大的前三名依序是……呃，是什麼呢？」

我們兩人並坐在沙發上，看著電視裡的猜謎節目。

「第一名肯定是北海道。第二名是……岩手嗎？那麼第三名是……」

「會不會是福島啊？」

「咦？福島有那麼大嗎？長野之類的應該比較……啊！正確答案是福島！阿巧，你好厲害喔！」

「啊哈哈，我記得小學的時候有教過啦。」

「說的也是喔，畢竟阿巧讀小學也不過是十年前的事情嘛。哪像我……讀小學已經是二十年前的事情了。」

「啊！請、請不要那麼沮喪！」

「沒、沒事沒事。好了！下一題我不會輸給你的！呃……兩千圓紙鈔上畫的建築物是什麼？」

「兩千圓紙鈔……是什麼呢？」

「這題我知道！是首里城！」

「喔喔，好像答對了耶。」

「呵呵呵，太好了。不過真教人懷念耶，我還記得以前我媽曾經給我兩千圓紙鈔當作零用錢，可是我都捨不得花掉。你以前有拿過兩千圓紙鈔嗎？」

「呃……對不起。我那個時候還沒出生。」

「……啊，對喔，因為兩千圓紙鈔已經是超過二十年前的事情了……現在的年輕人根本連碰都沒碰過……」

「啊，請不要那麼沮喪！」

時而大笑，時而沮喪。

在起起伏伏的情緒中享受兩人獨處的時光。

就在我們繼續觀看節目的——這個時候。

忽然間……

阿巧伸手摟住我的肩膀。

坐著而溫柔地將我一把抱過去。

「……！」

一瞬間，我驚訝地望著他的臉。

「猜、猜謎節目果然一看就會停不下來耶。」

然而他的雙眼卻依舊盯著電視不放。儘管阿巧裝得一副若無其事，整個人卻顯然有些緊張。

而我也沒有抵抗。

「……就、就是說啊。」

就這麼輕輕地把頭靠在阿巧肩上。

「猜、猜謎節目好有趣喔。」

「對、對啊，真的好有趣。」

「下一題是……『今天是星期三。請問明天的後天的前天的大後天是星期幾？』啊～是這種類型的題目啊。這個只要慢慢想就一定會知道答案。」

「就是啊，只要冷靜思考就能想出來。」

「嗯，沒錯，只要一步一步地思考……奇、奇怪？」

「呃……」

「……啊哈哈，好、好難喔。」

「感覺腦袋現在完全轉不過來耶……」

我倆緊貼著彼此，一邊感受對方的心跳聲，一邊雙雙露出苦笑。

這便是儘管心跳澎湃，心情卻莫名放鬆平靜、心滿意足的飯後時光。

比方說——發生養眼的幸運意外時。

「……呀！」

「哇！抱、抱歉。」

當我正準備洗澡時，發生了阿巧不小心打開脫衣間的門的意外。

此時的我已經褪去衣物，身上只剩下內衣褲。

情況可說是糗態畢露。

若是之前，想必會引發一場混亂吧。

我應該會紅著臉發出尖叫，阿巧則會急忙關上門離開。而且兩人之後依舊會感到有些尷尬和悸動……百分之百會上演這樣的大騷動。

如果出現在輕小說裡，這是絕對會附上插圖的一大事件。

可是——

「真是的……你小心一點啦。」

我苦笑著這麼說。

呈現不慌不忙地稍微用手遮住胸部的姿態。

「啊哈哈，對不起。」

而他也只是稍微道個歉，沒有慌慌張張地紅著臉跑出脫衣間。

應該說……他反而還在原地待了好一會。

他沒有立刻離開，就這麼看著只穿內衣褲的我。

「…………」

「咦？怎、怎麼了？」

「沒什麼，我只是覺得……那套內衣真不錯。」

「喂……真是的，你在說什麼啦！」

我雖然姑且說出責備的話，並且做出遮掩身體的動作，卻沒有像之前那樣害羞到極點。

心裡反而覺得很開心，甚至有點暗自竊喜。

「也、也是啦，畢竟這是我為了同居生活而新買的內衣嘛。」

「…………」

「我、我沒有什麼特別的意思喔。我只是在預設各種……各種場合時，覺得似乎有必要才買的。」

「既然如此……那我反而應該要好好欣賞了。」

「什麼？」

「妳難得買了新內衣，我要是不仔細欣賞就太失禮了。嗯嗯，肯定是這樣沒錯。」

「等、等一下……！不、不行啦……雖然我的確是做好被你看的心理準備才買的，而且如果你完全不看，我也會覺得有點失落……即使如此，你還是不能盯著看！現在不行！」

「現在不行……那什麼時候可以？」

「總之就是不行！好了，你快出去！我要洗澡了。」

我推著看似依依不捨的阿巧，將他趕出脫衣間。

兩人像在調情一般開心地鬥嘴。

就算被看見內衣，也只是用摻雜著玩笑的日常對話作結。

明明是如果出現在輕小說裡絕對會附上插圖的場景，我倆卻非但沒有附上插圖，還只是當成日常場景般輕輕帶過。

諸如此類。

總之……

整體大概就是這種感覺。

雖然並非有什麼東西改變了，卻也確實產生了變化。

該怎麼說呢，自從那晚上開始——我倆之間的距離便一口氣拉近了！

而且拉得非常近！

變得好有情侶的感覺！

不過話說回來……我們之前的感情也沒有不好，也沒有不像一對情侶啦。

反而就青澀這一點來說，以前或許在某方面還更有情侶的感覺。

可是，如果說之前的情侶關係充滿學生的青澀感……那麼現在就是已經邁出一步的成熟穩重的關係！

肢體接觸和身體碰觸的頻率大幅增加，而且還非常自然。

唉……好幸福。

幸福得不得了。

這麼幸福真的可以嗎——

「——要怎麼說呢～就是兩個人在一起的感覺變得非常自然。啊！當然我們之前的感情沒有不好喔？只不過因為還是有些地方會互相顧慮……比方說當對話中斷時，會產生兩個人都在勉強找話題的氣氛……但是，現在我們完全不會在意那種事了！就算不硬找話聊也能感到自在，甚至有時還會在這種無言的時刻不由自主地開始肢體接觸……！果然有些事情即使不說出口，也能夠傳達出去呢！感覺光是彼此碰觸，雙方的心意就能慢慢相通……啊！當然我的意思不是說不需要言語溝通啦！我們兩人都對這方面相當重視……尤、尤其阿巧總會誇大地讚美我，每天都要說好幾次『我喜歡妳』、『我愛妳』……讓我每天都好幸福，感覺自己真的被深深愛著……啊哈哈～真教人傷腦筋耶。狼森小姐妳覺得呢？」

「……啊，是喔？」

週末的晚上——

我應狼森小姐之邀，和她單獨來喝酒。

地點是之前也來過的居酒屋包廂。

幾杯黃湯下肚後，我變得聒噪多話。反觀狼森小姐卻始終沉默寡言。

「狼森小姐，妳怎麼了？妳感覺很沒勁耶。」

「……沒什麼。」

「今天不是狼森小姐妳自己硬是約我出來，氣勢洶洶地說要徹底問個清楚嗎？所以我才做好心理準備，一五一十地把我們兩人的現況說給妳聽啊。」

「……既然如此，那我就明講了。」

啜了一口手中的日本酒後，狼森小姐語氣強硬地說。

「妳也太愛放閃了吧！」

「啥……」

「提出邀約的人確實是我……但是我沒想到會遭受如此猛烈的放閃攻擊啊。呵呵呵……好奇怪喔，我這十年來從來沒有喝酒喝到吐，然而現在卻有種火燒心的感覺。」

「什麼放閃……我只不過是想告訴妳，我和阿巧兩個人現在過著何等充實幸福的日子罷了。」

「那不是放閃是什麼！」

狼森小姐大喝一聲。

「……呵！呵呵呵……我現在心情好複雜啊。我明明應該要很高興見到你們順利過著幸福的日子……內心深處卻怎樣都開心不起來。」

她一邊發出冷笑，一邊繼續嘆道。

「我確實希望你們能夠順利交往，為此不僅聆聽過你們戀愛上的煩惱，也曾經多事地插手干預。可是，真的見到你們幸福的模樣之後……我就覺得好沒意思！」

「妳怎麼這樣！」

居然說這種話!

說什麼覺得沒意思!

「以前你們兩個拖拖拉拉、磨磨蹭蹭時,我的確很焦急地希望你們能夠有所進展,可是真的見到你們關係發展順利之後,我就覺得無聊死了,甚至……希望你們可以起爭執,現出醜態。」

「妳也太狠毒了……」

「唉唉~到頭來,站在第三者的立場盡情捉弄你們,大概才是最開心有趣的吧。就是因為你們會接連引發問題,才有欺負的價值啊。之前高高在上地隨便給予為了陌生的戀愛煩惱所苦的妳建議,真的是我最快樂的時候了……」

「……妳會不會講得太直接了?」

「歌枕,我已經知道你們現在很順利了。不過妳也是時候該引發下一個問題了。反正這應該只是開場白吧?只是在關係因為下個插曲而變得支離破碎前,所埋下的伏筆對吧?」

「請不要說那種不吉利的話!」

我全力發出抗議。

狼森小姐又舉起小酒杯啜了幾口。

「好啦，先不開玩笑了。」

然後像是重新打起精神地接著說。

……她真的只是在開玩笑嗎？

我總覺得那像是她的真心話。

「妳能夠如此享受同居生活，真是再好不過了。」

「……妳真的這麼想？」

「真的、真的。」

她苦笑著說下去。

「抱歉喔，我實在太羨慕幸福的妳，於是忍不住說了這種壞心的話，因為我最近……煩惱比較多。」

「咦……」

「不，沒什麼。跟妳沒關係。」

她搖搖手停止話題。

好難得。她剛才瞬間露出的表情感覺既苦惱又有種無奈感，一點都不像平常的她。

明明我所認識的狼森夢美，是一個即使在工作上遇到天大的麻煩也不會心情沮喪，反而還會笑著享受逆境的人。

發生什麼事了呢？

究竟是什麼事情讓狼森小姐如此苦惱——

「好了，」

不顧陷入沉思的我，狼森小姐又重新點了一瓶日本酒，像要轉換心情似的改變話題。

「既然夜色已深，那麼我們就把話題的深度提高一階吧。」

「咦？這話什麼意思？」

「這還用問嗎？當然是要妳說得更詳細一點啦。」

「我已經大致都說完了啊。再說，妳剛才不是嫌我太愛放閃？」

「哎呀是沒錯啦，關於你們兩人的關係有了更進一步的發展，以及之後過著多麼充實幸福的生活這件事，我剛才的確是聽了很多。雖然放閃行為讓人厭煩……但如果是更深層的話題，那就另當別論了。」

「更深層？」

狼森小姐探出身子，向一頭霧水的我問道。

「說實在的——妳和左澤的夜生活具體而言怎麼樣？」

「啥？」

「我好感興趣喔。真想知道那麼青澀的你們，在跨越最後的界線之後是如何地手忙腳亂。」

「妳、妳在說什麼啊？真是的！我怎麼可能告訴妳具體情況！這是性騷擾，性騷擾！」

「我不是以上司，而是單純以朋友身分在關心耶。」

「就算是跟朋友，也不可能聊這麼私密的話題……」

「妳在說什麼啊？年過三十的女人聚在一起喝了酒，就只會聊跟男友或老公之間的性事啊。」

是這樣嗎？

成熟女性會這麼做？

大家都在聊這種話題？

「所以，左澤在那方面的表現如何？嗯？他有好好地滿足妳嗎？」

「妳……討厭啦……請妳不要這樣。我已經說過好多次了，我很不喜歡這種藉著酒興口無遮攔的行為。」

「別這麼說嘛。」

「不行就是不行！」

我已經不是那個總是被牽著鼻子走的我了。

更重要的是，不只是我，這也事關阿巧的隱私，所以我必須堅守底線才行。

「是喔……」

見我如此強力拒絕，狼森小姐微微吐了口氣。

「既然妳不願意，那也沒辦法。我不會硬是打破砂鍋問到底啦。因為要是再追問下去，恐怕真的會構成性騷擾。」

「就、就是啊。」

正當我放下心中大石時——

「再說——就算問了，大概也聽不到什麼精彩內容。」

狼森小姐用一副瞧不起人的口氣接著說。

「你們兩人的個性一本正經，八成就只是很普通地做著普通的事情吧？感覺根本沒必要特地問東問西。」

「…………」

「我想，你們的夜生活大概就跟少女漫畫一樣可愛吧。彷彿背景有花在翩翩飛舞一般，充滿著祥和純潔的氛圍。」

「…………」

「哎～要怎麼說呢？我開始覺得的確是我不對了。我居然這麼過分，去多嘴過問你們兩人的夜生活。嗯嗯，沒關係啦，反正每個人對性愛的喜好不同嘛。就算平凡、就算普通、就算口味清淡，只要你們兩人自己滿意就好，反正又不是要做給別人看。兩個沒經驗的人光是能夠順利做完，就已經非常值得表揚了。嗯嗯，抱歉、抱歉，我不會再提這種成人的話題了。」

「……妳、妳少小看我們了！」

我向前探身，激動大喊。

整個人氣得發昏。一方面大概是喝了酒的關係吧，我全身發熱，一股怒氣直沖腦門。

「妳明明什麼都不知道，居然還敢擅自大放厥詞……！我先聲明了，我們可是確實有在進行大人式的性愛！哪是少女漫畫啊？我們是真的有在做十八禁的事情！」

「是喔？」

「雖然一開始的確有些事情需要摸索……不過隨著次數增加，等級也不斷往上提升了！說什麼口味清淡……我們現在已經是濃郁的豚骨風味了啦！」

「喔喔～」

「而且阿巧他……雖然一開始曾經遭遇過小小的失敗，但是他現在非常厲害喔！何止認真，他簡直……就像野獸一樣爆發出年輕活力……不、不過他也不是只有激烈而已，該溫柔的時候他也是溫柔體貼到不行……所以讓我感覺愈來愈上癮……」

「這樣啊。」

「不止他，我、我也有在努力……沒錯，我非常努力！我有好好地……服務取悅他。一邊自己想辦法學習那方面的知識，一邊請阿巧教我怎麼做，努力地進行各種嘗試……」

「喔，真的嗎？」

「是、是真的！就連昨天我也在阿巧的要求之下，用胸部……」

「嗯嗯，用胸部怎麼樣？」

「用、用胸部，呃，就是，把那話兒……~~~~！」

這時，我才終於……終於發現自己中計了。

糟糕！

我完全中了對方的計謀！

徹底遭到誘導盤問！

把絕對不想說的事情全說出來了！

「嗯嗯，原來如此、原來如此，看來你們的夜晚相當熱情火辣呢。真是幸好我有細問。」

「唔、唔唔～～！」

「啊哈哈哈！歌枕妳真的很可愛耶。」

看著受挫敗感與羞恥心折磨的我，狼森小姐開心地笑著飲酒，完全把我的醜態當成了下酒菜。

「……好過分，有夠差勁。我最討厭狼森小姐了。」

「呵呵！抱歉啦，我以後不會再犯了。」

她毫無悔意地說。

雖然她嘴巴上這樣講，不過她以後八成還是會捉弄我吧。

這一點我再清楚不過了。

「哎～不過話說回來，我還真羨慕妳啊。老實說，我最近這陣子好缺男人喔。到底要去哪裡才能找到好男人啊……」

狼森小姐嘆道。

「我看我也學學妳，試著對二十歲左右的小夥子下手好了。」

「拜託不要。以狼森小姐的年紀，妳要是對二十歲的人下手，那簡直就是犯罪了。」

「妳不也差不了多少嗎？年齡差距一旦超過十歲，多出來的就可以當作是誤差啦。」

「或、或許是這樣沒錯……但是我們不一樣，因為我們是跨越年齡差距等限制……真、真心地彼此相愛……」

唔哇啊啊，我說出了好害羞的話。

不行。

我今天真的是太失控了。

感覺不管說什麼，都會不小心脫口說出令人害臊的話。

「呵呵呵！說的也是，你們兩人一定是命中注定的情侶。我會祈禱你們永遠這麼幸福下去的。」

彷彿認清什麼似的說完後——

「不過話雖如此，晚上那檔事妳也得適可而止喔。」

狼森小姐接著說。

「因為要是妳每天晚上都被推倒，結果累到對工作心不在焉，那就傷腦筋了。」

「這、這種事情不用妳說我也知道。」

「是嗎？這幾天，妳應該一直都覺得肌肉痠痛吧？」

「唔……」

被戳中痛點了。

她說的一點也沒錯。

從那天晚上的隔天開始……我便深受劇烈的肌肉痠痛所苦。

好哀傷啊，我已經到了會產生延遲性肌肉痠痛的年紀了。

我深深體會到自己平日缺乏運動。

不過嘛，嗯，說真的。

有了經驗之後我才知道……晚上那檔事真的是一項全身性運動呢。

全身上下每一處都會痠痛不已。

「歌枕，一方面也是為了左澤，我勸妳平時還是稍微做點運動比較好喔。」

「我、我知道啦。妳別看我這樣，其實我也是有在考慮為了維持體態去嘗試各種運動的。」

只不過，我目前還只停留在想的階段，沒能實際付諸行動。

其實，我本來有計畫要在這次來東京出差的期間，執行「決定了，我要趁見不到阿巧的這段時間變漂亮，讓他大吃一驚！」的減肥計畫……但沒想到最後變成同居而不是隻身赴任。

唉唉～

如果我是隻身赴任就能減肥了。

就可以趁這三個月，瘦到令阿巧大吃一驚的程度了。

「不是啦，我不是那個意思。」

狼森小姐說道。

「想要維持體態和健康，運動當然是必須的……不過女人做運動鍛鍊身體，對情侶來說有著很大的好處喔。」

「好處？」

見我露出不解的神情，狼森小姐把臉靠過來對我說悄悄話。

咦？悄悄話？

她之前明明仗著這裡是包廂，一直口無遮攔地暢所欲言，為什麼現在才——

我本來納悶地這麼心想。

「——！」

但是聽完內容之後，我不禁愕然。

那的確是即使身在居酒屋的包廂內也最好悄聲耳語的話題，同時也是現在的我不可錯過的情報。

♠

同居一旦超過兩星期，很多事情都會漸漸地開始習慣。
又或者說是新鮮感淡去，逐漸適應了共同生活這件事。
比方說——回家時。
一開始，我們雙方一定都會去迎接對方。
即使正在做飯或正在打掃浴室，也一定會暫時放下手邊的工作、洗好手，為了說一句「歡迎回來」而跑到玄關，回到家的那個人也因為知道對方會來迎接而留在原地等候。
當然，這是一件令人開心的事情，也是只有同居才能體驗到的儀式感。
不過嘛……兩週過後就會慢慢地不再這麼做。
這絕對不是因為膩了或是感情冷卻……而是一種彼此都不再勉強，開始放鬆做自己的感覺。

我覺得這樣的變化並不壞。

兩個人相處起來彷彿一家人般理所當然……不對，這樣說好像有點太過頭了。嗯，沒錯，現在就成為家人還太早了。

「我回來了。」

「啊！阿巧，歡迎回來。」

下午四點左右。

我從實習的公司回到家後，聽見綾子小姐的聲音從客廳的方向傳來。不過，她並沒有特地跑過來。而我也沒有特別等她來迎接，就這麼直接脫掉鞋子進屋。

今天是綾子小姐比較早回家。

她好像在外面和動畫相關的人員開完會後就直接回來了。

「……咦？綾子小姐，妳在做什麼啊？」

客廳裡的她作了一身罕見的打扮。

貼合肌膚的緊身褲和坦克背心。

額頭微微冒汗。然後臀部下方——有一顆很大的瑜珈球。

她坐在銀色的橡膠球上，展開雙臂保持平衡。

「我剛才做了點運動。」

「運動……」

「其實我為了這次來東京出差，特地準備了各種用品，像是運動服還有這顆瑜珈球，打算有空的時候做做運動。」

「是喔。不過，妳怎麼會突然想運動？」

「……也、也沒什麼特別的理由啦，就只是莫名有了這個念頭。」

綾子小姐的態度莫名焦躁。

「再說，我畢竟年紀也大了……還是讓自己稍微瘦下來比較好。」

「妳會不會太在意自己的身材了啊？我是覺得綾子小姐的身材已經很好了，根本沒必要勉強減肥。」

「……或、或許吧。但是我還有其他理由……」

「理由？」

「沒、沒事沒事！總之！運動又沒有壞處！人過了三十歲，還是得有意識地增加運動量才行！」

她以強硬的口吻這麼說。

嗯……

好吧，運動的確是沒有壞處。

我個人是完全不在意綾子小姐的身材，反而還覺得現在這樣稍微鬆懈的體態比較有女性魅力……啊，不對、不對，我的喜好不是重點。

無論如何……

若從客觀的角度來思考，確實不可否認綾子小姐是有些缺乏運動。況且她的工作也多半是坐著辦公。

既然她有意為了健康開始鍛鍊身體，我身為男友反而應該予以鼓勵才對。

「如果可以，阿巧要不要也一起運動？」

「好啊。」

我沒有理由拒絕，立刻二話不說地答應。

換好方便活動的服裝之後，我回到客廳。

「我們要做什麼？」

「唔嗯～你要不要也試試看這個？」

這麼說著的綾子小姐坐在瑜珈球上。

接著讓雙腿懸空，展開雙手保持平衡。

「喝！嘿、唔……啊！」

維持平衡大約五秒後，她整個人倒在地上。

「呼……嗯，還算可以。你覺得如何？」

「咦？什麼意思？」

表情有些得意的綾子小姐令我感到困惑。

「這個還挺難的對吧？我可是練了大概一小時，才總算能夠維持平衡這麼久喔。」

「…………」

「好了，接下來換你了。呵呵！不過一開始沒辦法成功是理所當然的，你不需要太在意。我會教你直到成功為止的。」

「…………」

我默默地坐在瑜珈球上。

抬起腿，展開雙臂，一下子便抓到平衡。

然後就這麼過了五秒、十秒、二十秒。

雖然過了三十秒後我依舊游刃有餘……不過因為綾子小姐的表情逐漸轉為震驚，於是我姑且下來。

「咦……？你、你怎麼這麼厲害？」

「還好啦……因為我家也有這個球。」

「……啊、啊，原來如此，是因為你在家練習過很多次了啊。說的也是，要是沒練過才不可能辦到呢。我一開始也不曉得在客廳摔倒過多少次……」

「不，球是我媽買回來的，我只有試過一兩次而已。」

「……是、是喔？」

綾子小姐顯然相當沮喪。

「……好啦，其實我早就知道了。整天坐著辦公、缺乏運動的三字頭女人，和念大學有在運動的二十歲男生之間有著根本性的差異。是那個對吧？是軀幹之類的東西截然不同對吧……？」

「不、不要鬧脾氣嘛。」

就這樣，我和綾子小姐展開了訓練。

說是開始訓練，但其實我們手邊沒有任何運動器材。綾子小姐也好像除了瑜珈球外，沒有特別準備其他道具。

算了，應該沒關係吧。

既然目的是解決缺乏運動的問題，而非真的要改造身材，那麼光是以自身體重進行鍛鍊便能達到充分的效果。

首先從——仰臥起坐開始。

「那麼，我們開始吧。」

「咦……」

「哼！嗯～～」

「等等……」

「嗯～～～！——……呼、呼、呼～」

綾子小姐躺在地板上，將雙手放在後腦杓，抬起上半身。以使盡全力彈起的方式，勉強做了一下。

上半身完全坐直。

這、這個……

「呼、呼。不錯耶，感覺腹肌有用到力。」

「……那個，綾子小姐。」

我忍不住開口指正。

妳怎麼只做了一下就累成這樣——我壓抑想要這麼吐槽的心情，提醒她更為重要的事項。

「妳做仰臥起坐的方式錯了喔。」

「……咦？」

「將上半身完全抬起是不對的。」
「不會吧……可、可是，說到練腹肌，不就是要這樣嗎？」
「話是這麼說沒錯……但其實從好一陣子之前，就有人說做仰臥起坐時將上半身完全抬起會引起腰痛，所以不建議那麼做。」
「是、是這樣嗎？」
「仰臥起坐的正確做法……應該是這樣。」
我仰躺在地板上，雙腳屈膝踩地。
然後把雙手放在後腦杓，一邊將意識放在腹肌上，一邊微微抬起上半身。沒有完全抬起上半身，而是中途便回到地面。
如此便完成一下。
「原來只要這樣就可以……」
「做的時候要看著自己的肚臍，一邊吐氣一邊抬起上半身。比起用彈的方式做很多下，將意識擺在腹肌上，慢慢地將每一下做得確實更為重要。」
「是喔～真不愧是阿巧，你好清楚喔。」

「這沒什麼啦，我也是在參加學校的社團活動時學到的。」

「……這樣啊？原來社團活動會教這種事情。」

綾子小姐一臉難以言喻的表情。

「說起來……這種情況還挺常見的耶。就是在自己的世代本來理所當然、覺得是常識的事情，結果到了後來才發現是錯的。」

「嗯，確實如此。」

「在我們那個世代，用剛才的方式做仰臥起坐是理所當然的喔。以前運動社團的社員們只要遇到下雨天，就會大家一起在走廊上拚命地那樣做仰臥起坐，所以我萬萬沒想到那麼做會傷腰。」

「…………」

「雖說是沒辦法的事，不過還真是教人覺得感傷啊。」

「就是啊。說到這裡，綾子小姐的世代還有一個說法是運動過程中不可以喝水對吧？」

「…………沒有喔，在我那個年代，大家都已經會確實補充水分了。有不要喝水這種說法的是更久之前的昭和世代……我雖然差點就要成為昭和人，不過還是在平成時代長大……」

「啊！對、對不起。」

綾子小姐神情沮喪，一副難以釋懷的模樣。

看來我嚴重失言了。

接著是——深蹲。

「如果要在家自我訓練，深蹲是絕對推薦必做的項目，因為簡單方便、不需要很大的空間，而且效果又很好。」

正因如此，深蹲又被稱為下肢運動之王。

深蹲儘管是主要鍛鍊下半身的運動，卻也是能夠一併鍛鍊到腹肌、背肌的全身性運動。而且消耗的熱量多，無論健身界還是減肥界都一致認為「如果不知道要做什麼運動，那就去做深蹲吧」。

「阿巧，深蹲也有正確的做法嗎？」

「深蹲雖然有著許多注意事項，不過最重要的，大概就是不要讓膝蓋超過腳尖。」

「膝蓋……」

「因為深蹲時如果膝蓋前推、腳跟浮起，有可能會讓膝蓋產生疼痛。」

「喔～原來如此啊。」

我一邊提示各項要點，一邊讓綾子小姐實際嘗試深蹲。

「沒錯、沒錯……雙腿打開和肩膀同寬，膝蓋不要往前跑……真要說的話，做的時候要想著將臀部往後推出去。」

「將臀部……這、這樣嗎？」

「沒錯。」

「感、感覺有點害羞耶……這樣真的是對的嗎？」

「是真的。在這個姿勢下腹肌用力，腳跟不要浮起來……」

「啊！這樣好累喔……！」

綾子小姐以正確的姿勢進行深蹲。

大概是因為平時缺乏運動吧，她的表情相當痛苦。

明明只做了一下，兩條大腿就抖個不停。

「一……唉，真累人。」

「加油，總共要做十下。」

「十、十下……！天哪……」

「不過也是不用勉強啦。」

「……不，我會加油的。」

如此說道的綾子小姐臉上蘊藏著決心。

「因為狼森小姐也說『深蹲最有效』。」

「狼森小姐這麼說？」

「啊！」

「她是不是給了妳健身方面的建議啊？」

「呃……嗯，沒、沒錯！就是這麼回事！」

「…………」

「來、來吧，我會好好努力的！二～！」

她不自然地轉移話題，繼續深蹲。

雖然有些好奇……但由於綾子小姐隨後就因為過度後推臀部而尖叫著向後倒，我心中的懷疑也就跟著消失了。

接下來是——拍手舞。

「綾子小姐，這種的妳覺得如何？」

「什麼東西？」

我用手機播放影片給她看。

畫面中，有好幾名舞者配合音樂輕快地跳舞。

「我查了一下有沒有適合情侶做的訓練，結果就出現了這個。」

「是喔～」

「這個叫做拍手舞，妳有聽過嗎？」

「啊……好像有耶。」

拍手舞。

一言以蔽之，就是大大地擺動手腳又蹦又跳的舞蹈。

舞蹈動作雖然簡單，連新手也能輕易跟上，但是因為消耗的熱量相當驚人，又可以自己在家開心地運動，所以曾一時蔚為風潮。

「可是我有辦法做到嗎？我從來沒有跳過舞耶。」

「這個的舞蹈動作很簡單，我想應該沒問題啦。」

「……那就試試看好了。」

我把手機放在桌上，播放影片。

拍手舞的影片有很多種，我特地選了適合新手的簡單版本。

我們兩人跟著畫面中舞者的動作手舞足蹈。

「嗯！……呼！呼！」

一面配合音樂又蹦又跳，同時用手依序觸碰左右腳。

在身體前側碰腳之後，接著在身體後側碰腳。

然後大大地擺手，再次又蹦又跳。

「呼！呼！如果是這麼簡單的舞步，好像連我也辦得到耶。」

綾子小姐一邊大口喘氣，一邊開心地又蹦又跳。

「呼！呼！……啊，不過一直跳來跳去還是挺累人的……」

又蹦又跳。

「唔～……我、我得努力才行……！」

綾子小姐拚命跳個不停……反觀我卻漸漸停下動作。

明明必須看著畫面，跟著舞者一起跳，然而回過神時，卻發現我的目光一直停留在綾子小姐身上。

「奇、奇怪……？阿巧，你怎麼了？」

「……綾子小姐，我們休息一下吧。」

「為什麼？你累了嗎？」

「不是的。」

我回答。

壓抑滿腔的羞恥心說道。

「是、是因為妳的胸部好驚人……」

「……咦？」

「一直晃個不停……讓我既不敢看又忍不住想看。」

晃動程度堪稱非比尋常。

簡直……都能聽見音效了。

不妙。

剛才的動作非常不妙。

明明一點都不暴露，卻會讓人滿腦子都是十八禁的畫面。

看來上下運動劇烈的拍手舞……會對綾子小姐這種擁有魔鬼身材的女性，帶來出人意料的難題。

「討、討厭……」

綾子小姐害羞地按著胸部。

「抱歉喔，我完全沒注意到。」

「不會……」

沒什麼好道歉的。

因為我反而還想跟妳道謝。

不過我不會真的說出來就是了。

「我是姑且有穿運動內衣啦……不過看來只穿一件果然不夠。如果是做這麼劇烈的運動，還是得用布纏起來才行。」

「……感覺好辛苦喔。」

「就是啊。我從以前開始，做運動時就是這麼麻煩……不但好重，晃得太厲害時又會很痛。」

她神情鬱悶地嘆氣。

「唉，要是運動時有人幫我扶著就好了。」

「咦？」

「咦？」

綾子小姐不經意說出的這句話，讓我倆不由得面面相覷。

「阿、阿巧，你那是什麼認真的表情……」

「……那麼，恕我冒昧了。」

「等一下、等一下！不是的！剛才我只是開玩笑！你不要當真啦！」

「可是為了綾子小姐好……」

「不行、不行！真是的，就跟你說不可以了……」

我倆一邊開心地笑鬧，一邊繼續跳舞。

這一次，她有確實用布纏住胸部才跳。

讓我不禁感到又喜又悲。

就這樣，我們兩人開心地訓練了大約一小時。

「呼……好累喔……」

綾子小姐疲倦地大口吐氣，用毛巾擦拭汗水。

「辛苦了。」

「嗯……阿巧，你感覺完全臉不紅氣不喘耶。」

「還好啦，這種程度我還應付得來。」

「……你果然是年輕人。」

「不要鬧脾氣嘛。」

我急忙安撫心情低落的綾子小姐。雖然我覺得並不是因為我年輕，而是平時有在運動的關係……不過算了，還是不要說出來好了。

「對了，今天晚餐要怎麼辦？」

「啊……我沒力氣煮飯了耶。」

「那要出去吃嗎？」

「……我也沒力氣出去吃了。」

她似乎相當疲倦。

「我想想喔……你覺得叫外送披薩如何？」

「……這樣好嗎？晚餐吃那種會把好不容易給消耗掉的熱量全部補回來的食

物？」

「沒、沒關係啦！只要選熱量感覺比較低的披薩就可以！」

於是，晚餐便決定吃披薩。

我們打電話訂了海鮮口味的披薩。雖然我覺得那個披薩的熱量肯定不低，不過也罷，既然飲料選擇了烏龍茶，就當作有抵銷掉好了。

「我們得在披薩來之前換好衣服才行。」

「就是啊……不過，綾子小姐。」

我忽然想起一件事，於是問道。

「妳為什麼會突然想要運動啊？」

「……咦？沒、沒有為什麼啊，就只是莫名有了這個念頭……再說，我之前不是一直都說想要運動嗎？」

「妳是有說過沒錯……可是妳也只是嘴巴說說，一直沒有付諸實行。」

「唔……」

「就算我婉轉地勸妳，妳也只是當下答應，卻始終沒有展開行動。」

「唔唔……」

「不過這樣也好啦，畢竟運動沒有壞處。」

我從之前就有點擔心綾子小姐缺乏運動的問題。

我並不是希望她瘦下來——我真的完全沒有這種想法。但是因為她的工作型態幾乎都是坐著辦公，為了她的健康著想，我還是希望她能夠稍微有意識地增加運動量。

因此，我非常高興她今天主動提議要訓練。

但是……

「只不過，我還是很好奇妳突然想要運動的理由。」

好好奇，好想知道。

為了讓她今後能夠積極地持續運動下去，我想要確認她這次行動的動機。

「呃，理由啊……」

綾子小姐顯然相當慌張。

「非、非說不可嗎？」

「也不是非說不可啦……咦？難道是不能說的理由嗎？」

「倒、倒也不是那樣。」

「我記得剛才妳有提到狼森小姐，莫非是她跟妳說了什麼？」

「……這、這個嘛，真要說的話，她的確是有說。」

她紅著臉，一邊扭捏地繞手指，一邊接著說。

「狼森小姐說……一、一方面為了男友好，叫我最好要開始鍛鍊身體。」

「為了男友……我嗎？」

「嗯……她說如果我開始鍛鍊，阿巧會很開心。」

「我是很高興妳有這份心意……但是，妳真的不需要為了我勉強自己喔。我之前也說過，我從來都不覺得綾子小姐胖。不過，我也的確有點希望妳能夠為了健康開始運動就是了。」

「啊，不是那樣的……當然，我也覺得為了身材和健康著想，還是要運動比較好……但是狼森小姐說的是其他目的。」

「其他目的？」

「呃，就是……」

綾子小姐再次支支吾吾地說不出話來。

見到她這樣，我也開始著急起來了。

「妳話只說一半，這樣讓人很在意耶。」

「呃……你、你想知道？」

「是的。」

「無論如何都想知道？」

「可以這麼說。」

「……你不會笑我？」

「大概。」

「……你不會覺得倒胃口？」

「應該吧……哎呀，妳快說啦！妳不說我怎麼會知道呢？」

「唔唔~……我、我知道了啦。」

她用雙手遮住紅通通的臉，開始小聲地說。

「狼、狼森小姐告訴我……說女人只要好好運動，鍛鍊身體……鍛鍊腹肌和下半身——」

綾子小姐以感覺害羞到快死掉的語氣說道。

「——緊、緊實度就會變好。」

起初，我完全不懂她在說什麼。

「緊實度……？咦？緊實度是什麼意思？」

「……緊、緊實度就是緊實度啦……我只能這麼告訴你。」

「那麼……是哪裡的緊實度呢？」

「哪、哪裡……唔唔～就是……那、那、那邊的……」

「那邊……？」

聽了一副又羞又恥的她這麼解釋，我依舊一頭霧水……儘管如此，我還是拚命思考、想了又想——最後總算恍然大悟。

「……咦咦？」

是那個意思？

她說的那邊，真的是指那邊？

而緊實度是那邊的緊實度？

「等等，綾子小姐……咦咦……咦咦咦……？」

「拜、拜託你不要覺得倒胃口……！真是的～……就、就是因為這樣，我才不想講嘛！」

綾子小姐滿臉通紅，一副快哭出來的樣子。

呃，不過這還真是教人吃驚。

她的健身動機完全出乎我的意料。

「狼、狼森小姐這麼跟妳說嗎？」

「嗯……是之前我們去喝酒的時候。」

「……妳、妳們果然會聊這種話題啊。」

「不、不是的！是她自己要告訴我的！等等，你說果然是什麼意思？」

我是有聽說過女人們在聊色情話題時，尺度比男人還要大……只是沒想到，原來她們喝了酒之後真的也會聊這種事情啊。

唔嗯。

啊～不過冷靜想想，其實也是可以理解啦。

沒記錯的話……之前這方面的訓練確實也曾經稍微引發話題。

「……狼森小姐跟我說你會開心，叫我最好要開始鍛鍊身體……雖然她大概只是帶著半開玩笑的心態……我卻愈來愈在意這件事。」

對著依舊茫然的我，綾子小姐一臉哀傷地說。

「我沒有這方面的經驗……也不知道自己的狀況如何，再加上我也知道自己缺乏運動……所以我很擔心要是阿巧你不滿意該怎麼辦。」

「綾子小姐……」

啊，可惡。

我為什麼要做出那種像是覺得反感的反應啦？

真是丟臉。

綾子小姐沒有在胡鬧。

她是認真的。她非常認真地在替我著想。

正因為她跟我一樣沒經驗，對自己不了解的事情感到不安，才會努力地想要去克服。

她的奉獻付出與天真可愛令我心生愧疚，同時也對她感到憐愛不已。

在澎湃的心跳聲中——我緊緊抱住了她。

「咦……阿、阿巧？」

「…………」

「等、等一下，我現在滿身是汗……」

「謝謝妳。」

我毫不在意彼此身上的汗水，緊抱著她。

「謝謝妳這麼替我著想。」

「阿巧……這沒什麼好道謝的啦。況且是我自己要這麼做的……」

「請放心。」

我說道。

因為還是很害羞，口氣於是變得有些強硬。

「綾子小姐……沒問題。」

「咦……？沒問題是什麼意思……」

「沒問題。」

「你是說，那個……緊實度嗎……？」

「總、總之就是沒問題。」

糟糕。

我們到底在講什麼啊？

「啊、啊……是、是這樣啊……原來我沒問題……」

「是的，綾子小姐完全沒問題。真要說起來……甚至沒問題到過了頭。」

「是、是喔……原、原來我沒問題到過了頭……」

「…………」

「…………」

「…………」

「……等、等等阿巧，你不說話好可怕……無言的擁抱很可怕耶。」

「…………」

「難道說……」

「是啊……我有點忍不住了。」

坦白說就是——開關啟動了。

呃，不過這也是沒辦法的事啊。

最愛的女友如此替我著想……然後內容又極度撩人煽情。

再加上可能是剛運動完的關係吧，我感覺透過擁抱傳遞而來的體溫比平時更加火熱，連感受到的費洛蒙都因為汗水而變得濃郁了。

世上真有男人能夠在這種狀況下把持住自己嗎？

「等、等一下，阿巧！現在……還、還太早了。我們連晚餐都還沒吃耶。」

「可是我已經忍不住了。」

「況且我流了這麼多汗，都還沒有沖澡……」

「……這樣反而更好。」

「什麼叫反而更好啊！」

「不行嗎？」

「……不、不行啦……因為……啊真是的，你不要那樣看我啦……」

綾子小姐儘管口頭上拒絕，臉上卻流露出竊喜的神情。

看來只要再進攻一下就能成功。

「再、再說，外送披薩就要來了！」

此時這句話卻令我頓時回神。

「啊……啊～～……！」

糟糕。對喔，我們訂了披薩。

披薩大約再過二十分鐘就會送達。

唔哇……我們為什麼要訂什麼披薩啦？可惡……！

「所以你冷靜一點，好嗎？」

「……知道了。」

綾子小姐一面安撫我，一面逃離我的擁抱。

渾身沒勁的我一屁股跌坐在地。

由於高漲的性慾無處發洩，讓我覺得有些難受。

等等，不過如果有二十分鐘，應該還是可以——儘管這樣的念頭從腦中閃過，我依舊克制地告訴自己那樣不行。

我若是在那麼短的時間內草草了事，就會變成只是在洩慾一樣，這樣實在太對不起綾子小姐了。

身為男人，這種行為太不可取。

……啊，可是、可是……啊～～……

「那我去沖澡嘍。」

「……好。」

「待會披薩來了就麻煩你。錢可以從放生活費的錢包裡面拿。」

「……好。」

「你、你不要那麼沮喪啦……。」

見我抱著膝蓋站不起身，綾子小姐似乎有些錯愕。

可是——

「……真是的。」

她有些傻眼地嘆氣之後，在我身旁蹲下。

然後在我耳邊輕聲說道。

「——晚上我會好好努力的。」

以感覺隨時都會消失，卻又莫名清晰的聲音這麼說。

「咦……」

「好、好了！那麼我去沖澡了！」

當我抬起頭時，綾子小姐已經逃也似的離開客廳。

「…………」

我重重地原地躺下，仰望天花板。

儘管各式各樣的情緒湧上心頭，讓我說不出半句話。

「……哈哈！」

然而可以確定的是，現在的我幸福到忍不住笑出來。
要怎麼說好呢？
我雖然不知道該怎麼表示，但是總歸一句話——
同居真是太棒了！
我只能這麼說。

第四章
解放與重逢

十月的第一週。

殘餘暑氣徹底散去，總算迎來了舒適宜人的季節。

時光飛逝，出乎意料的同居已經滿一個月。

這一個月可以說一眨眼就過去了。

雖然說轉瞬即逝……不過，我想這一個月可以說非常濃郁。

濃郁。

而且還是特濃的那種。

和阿巧的同居生活是如此。在工作方面，我也同樣過著十分充實忙碌的每一天。

……嗯，是真的。

真的沒有騙人。

我是真的有在認真工作。

不僅平日幾乎都在工作，就連週末也經常到公司加班。

我不是來這裡玩的。

不只是為了和阿巧卿卿我我才來到東京……！

而是為了讓我負責的作品成功動畫化，才抱著隻身赴任的決心來這裡！

《好想成為你的青梅竹馬》。

簡稱——《青梅竹馬》。

雖然還有其他許多工作要做，不過我現在最主要的工作是《青梅竹馬》的動畫相關業務。

像是參加和動畫相關人士針對劇本互相討論的會議——「讀劇本」，以及構思配合動畫化推行的銷售計畫。

這些工作雖然對過去主要採遠距工作模式的我來說十分陌生——但同時也是我一直都很想嘗試的工作。

自己說這種話好像有點老王賣瓜。不過無論在工作還是私領域上，我都有將自己想做的事情打理好，每天過得十分充實。

「——我想採取這樣的方式，讓原作的銷售量也能隨著動畫化有所增長。妳覺得如何？」

「嗯，不錯啊，挺有意思的。」

星期五的下午。

「燈船」股份有限公司的其中一間會議室。

我和狼森小姐兩個人在這裡研擬《青梅竹馬》的促銷計畫。

「只要留意我剛才提出的兩點就沒問題。妳就照這樣去進行吧。」

「知道了。我會再跟對方的編輯部聯絡。」

我用筆電將討論出來的結果記錄下來。

狼森小姐把資料放在桌上後，以憂心忡忡的眼神望著我。

「歌枕，今天晚點要『讀劇本』是嗎？」

「是的，從下午三點開始。」

「真是辛苦妳了。妳會不會有點太拚了啊？」

「沒事的啦。『讀劇本』一開始是有點辛苦沒錯，不過我現在已經大致習慣了。再說大家都是好人，幫了我很大的忙。況且……」

「況且？」

「忙歸忙……但是能夠盡情工作，真的讓我覺得很開心。」

我回答。

「我以前就算有想做的工作，也經常不得不忍痛放棄，因為比起工作，我必須在美羽還小時……以盡到身為母親的責任為優先才行。」

「…………」

「啊！可是我並不討厭這樣喔！畢竟是我自己決定要成為美羽的母親，對此我一點都不感到後悔……只是，要怎麼說呢……」

「我明白妳想說什麼啦。」

狼森小姐面露淺笑。

那抹笑容看似嘲諷，卻又不知為何顯得落寞。

「究竟要以工作還是孩子為重……無論何時，這件事對女人來說都是一個難題。」

她瞇起眼睛，望著遠方這麼說——

「不過既然妳很開心，那真是再好不過了。妳就盡情地工作吧。」

隨後便像要重啟話題似的說，同時露出一如往常挖苦的笑容。

「嗯嗯，見到歌枕妳於公於私都過得如此充實，真是太好了。妳不但做著想做的工作，還跟男友如此恩愛……這一切莫非都是拜我的計謀所賜？」

「…………」

因為我什麼話都不想說，便默默地把臉轉向一旁。

老實說……

狼森小姐說的確實沒錯，現在的我工作得很開心，和阿巧也交往得很順利，整體而言無疑過得非常幸福。

但假如我和阿巧是談遠距離戀愛，一定早就發生各式各樣的問題了。

若要說這一切都是拜狼森小姐的惡作劇所賜，那麼的確是如此，我或許應該要為此感謝她才是……可是要怎麼說呢？

我就是不想當面謝謝她。

內心就是有個疙瘩在那裡。

「……那麼我去為『讀劇本』做準備了。」

「啊，等一下。」

狼森小姐叫住準備離開的我。

然後從自己的包包裡，拿出一個包裝精美的小盒子。

「明天是妳的生日吧？因為明天見不到面，所以就現在先交給妳了。生日快樂。」

「……哇啊！謝謝妳。」

我這麼道謝，收下那個小盒子。

我，歌枕綾子。

3×歲。

明天生日一過，就要變成3×歲了。

「我有多久沒親手交給妳了啊？」

「這個嘛，可能有好幾年了……哇！好棒，好漂亮的巧克力……謝謝妳每次都這麼費心。」

狼森小姐每年都會送禮物給生日的員工。

連多半都在東北遠距工作的我，她也每年都一定會特地利用宅配送高級點心過來。

她是一位非常好的老闆。

……嗯，她是個好人，大概吧。

她的本性應該是善良的……嗯。

「歌枕，妳今年要滿3×歲了對吧？」

「……拜託不要那麼清楚地說出來啦，因為到了我這個年紀，生日已經不是什麼令人開心的事情了。」

尤其過了三十歲之後，這種感覺更是格外強烈。

孩童時期明明那麼迫不及待的生日，如今卻變成一個無法由衷感到開心的節日。

雖然也不是不開心，但無論如何都會伴隨著鬱悶情緒和倦怠感。

啊，我又老一歲了啊……就是忍不住會這麼心想。

「而且我連自己是明天生日都忘得一乾二淨。但如果是美羽的生日，我就絕對不會忘記。」

「真像是歌枕妳會做的事呢。不過，今年應該跟往年不一樣吧？」

狼森小姐對苦笑的我說。

「因為今年是有男友陪伴的生日啊。」

「…………」

啊，對喔。

今年生日和以往截然不同。

是我有生以來第一個有男友陪伴的生日——

「這麼難得的紀念日，妳就盡情地向他撒嬌吧，因為生日可是女孩子一年一度可以當公主的日子呢。」

「……但我已經不是可以被稱作女孩子和公主的年紀了。」

「不用在意那麼多啦。」

狼森小姐愉快地笑道。

我嘆了口氣——儘管如此，我仍感受到一股期待在內心深處不斷膨脹。

我上次對自己的生日抱持期待，究竟是多久以前的事了呢？

♠

這次同居，我一直盡可能在生活上好好地支援綾子小姐。但可惜還是沒能做到盡善盡美。

因為我也有別的事情必須為自己而做。

為了自己的將來和職涯。

「莉莉絲塔」股份有限公司。

這是一家主要從事網路服務和應用程式事業的新銳新創企業。

經營者是狼森小姐的朋友。我預計會在這家公司以實習生身分工作三個月的時間。

上班時間和工作量雖然與正職員工無法相比，但工作就是工作。不僅可以算入大學的學分，也能領到薪水。

更重要的是——這是我透過某種關係得到的實習機會。

一方面也是為了不讓幫忙介紹的狼森小姐失面子，我必須比別人更加認真工作才行。

不過嘛——

雖說要比別人更努力，但其實這次在「莉莉絲塔」實習的大學生除了我之外就只有一人。

順帶一提……

那名實習生竟然是我的高中同班同學，真的是非常湊巧——

「——吶，阿巧，你不覺得很扯嗎？」

星期五。

這裡是午餐時間的咖啡店。

今天我也照常來到「莉莉絲塔」工作。

上午的業務結束。現在是中午休息時間。

我和另一名實習生一起外出用餐。

「嗯……就、就是啊。」

我一邊曖昧地回答，一邊看著坐在對面的那人。

愛宕有紗。

她是我的高中同學，後來到東京讀大學。

然後現在和我一樣都在「莉莉絲塔」實習。

她不單單只是我的同班同學，而是前女友……不，不應該這樣說。

我們的關係很難解釋，因為我們曾經假扮過一陣子情侶，之後她又向我告白……但不管怎樣，總之那些都已經結束了。

我也把一切都告訴綾子小姐，徹底解決了這件事。

現在我們只是普通朋友和實習的同事。

話雖如此……或許還是應該避免像這樣兩人單獨吃午餐比較好……不過，我已經放棄顧慮那麼多了。

再說我有傳訊息給綾子小姐。

跟她說愛宕約我今天中午一起吃飯。

綾子小姐似乎也沒有特別在意。大概是她已經知道愛宕有男朋友，所以才這麼放心吧。

……只不過——

愛宕今天會約我一起吃午餐，其實是想找我商量她男朋友的事情。

「好扯……真的太扯了。」

她一臉忿忿不平地說。

「首先，上廁所不關門這一點真是太離譜了。雖然他本人說有關，但門明明就還是微微地敞開啊。很扯對吧？一般人上廁所都會把門完全關起來不是嗎？」

「是、是啊。」

「而且還不止這樣喔？我才在想他從沖水到出廁所的速度異常迅速……結果發現他竟然只有洗右手！只有右手！逼問他為什麼，他居然回我『因為只有右手有碰到髒的地方』……不對吧？洗手哪是這樣洗的啊？還是說每個男人都是這樣？巧也是只洗右手的人嗎？」

「不，我自己是兩手都會洗……」

情緒愈來愈激動的愛宕令我心生畏怯。

雖然說已經吃完飯了，我還是覺得不應該在餐館這麼大聲地談論廁所的事情……但是現場氣氛讓我完全不敢開口指正。

愛宕有一個已經交往兩年左右的男友。

聽說他們最近也有在考慮同居的事情……卻在到對方家裡過夜的過程中，開始產生各式各樣的不滿。

「總而言之，他這個人實在太懶散了。之前他來我家住的時候也是，那天剛好是倒垃圾的日子，於是我拜託他『把垃圾拿出來』……結果他真的只有把垃圾從垃圾桶拿出來就沒了。正常應該都會替垃圾桶裝上新的垃圾袋吧？這樣才是一整套的流程吧？」

「是、是啊。」

「我提醒他之後，他竟然還用『我有做到妳交代的事情。如果妳希望我那麼做，那就告訴我要裝新的垃圾袋啊，這樣我就會做了』這種話來反駁我……！啊真是的，好令人煩躁啊！每個男人都是這樣子嗎？巧你也是？」

「不，我會確實裝上新的垃圾袋喔。真要說起來，反倒是綾子小姐偶爾會忘記，所以都是等我發現的時候才由我來裝。」

「……什麼啊？」

愛宕重重地大嘆一聲。

「你簡直是個超完美的好男友嘛。我看我乾脆跟你交往算了。」

「……喂。」

「啊哈哈，開玩笑的。我知道你已經有個很棒的女友了啦。」

輕輕一笑之後，她臉上又流露出不滿與不安的神情。

「不過，我還真的開始有點擔心了。雖然我們現在姑且有在找同居要住的公寓……可是照現在這個情況，我們真的有辦法順利一起生活嗎？」

「……應該沒問題吧。」

我這麼說。

儘管沒有任何根據，但我就是莫名這麼覺得。

「等到真的住在一起，問題自然而然就會解決了。再說，我其實有點羨慕你們。」

「羨慕？有什麼好羨慕的？」

「這個嘛，就是你們不會小心翼翼對待彼此這一點。」

「…………」

「我和綾子小姐就完全相反……我們從一開始就太顧慮彼此，因為雙方都想勉強扮演完美的男友女友，導致我們很少對彼此真正敞開心扉。」

剛交往就馬上同居應該也是一個很大的因素。

在依然青澀、緊張的關係狀態下，突然展開共同生活。

雙方都因為害怕被對方討厭而老是顧慮太多，不敢說出內心真實的想法。

「不過我們現在已經相當習慣，能夠自然地生活在一起了。」

「是喔？原來是這樣。看來每對情侶都有各自的問題呢。」

各自的問題。

沒錯，真的是如此。

更何況我們是年紀相差超過十歲的情侶，是看在世人眼中有些罕見的關係。

未必能夠符合一般的價值觀和戀愛觀。

因此只能慢慢地去尋找出屬於我們的正確答案。

「……啊！說到這裡，」

喝完杯中剩下的水之後，愛宕突然想起似的說。

「綾子小姐的生日就快到了吧？」

「明天就是她的生日。」

「是喔～那你有在想要怎麼幫她慶祝嗎？」

「當然有。」

我回答。

「其實——我已經準備好一個小小的驚喜了。」

♥

「……好、好累。」

時間是晚上七點多。

我穿越公寓的入口大門，拖著沉重的步伐往自己家走去。

好累。

今天也好累。

我本來以為自己已經逐漸習慣「讀劇本」了，結果還是一樣好辛苦。今天會議比預期中晚一小時結束這件事，就某方面而言完全在我的意料之中。長時間的會議果然是一種精神轟炸。

「好累……肚子好餓……」

我一邊發出呻吟，一邊走出電梯。

阿巧今天雖然要實習，不過他好像已經回到家了。從他傳來的訊息來看，他似乎正在準備晚餐。

他依舊是個完美過頭的男友，讓我不禁心生愧疚。

不過……算了，我想我還是不要太自責比較好。

畢竟老是顧慮太多只會讓彼此感到疲倦。我還是放寬心，好好享受阿巧的溫柔吧。

再說……

明天可是——我的生日！

既然如此……偶爾盡情地跟他撒嬌或許也無妨！

畢竟狼森小姐也是這麼說的……而且——

我能夠盡情黏答答地跟他撒嬌、依賴他，也只有在東京同居的這段時間。等到回去東北之後，我們能夠獨處的時間就會比現在減少許多。

「……就這麼決定了。」

下定決心之後，我把手伸向玄關的門。

好，我要開始撒嬌了！

我決定要在生日的這個週末，盡全力向阿巧撒嬌！

不去在意年齡這種東西！

我要把自己當成公主，好好享受難得的生日！

「——阿巧，我回來了！人家回來了喔！」

一打開門，我隨即刻意開啟撒嬌的開關。

因為這種事情如果只做一半最丟臉了！

撒嬌的時候就撒嬌！

嬌羞的時候就嬌羞！

反差是很重要的！

「啊嗯～真受不了，好累好累好～累～喔～人家太努力認真工作了，現在整個累到不行～完全動不了了～！」

我用嬌滴滴的語氣這麼說，連鞋子都沒脫就躺在玄關。

「啊～不行！人家連脫鞋子的力氣都沒了！阿巧，你來幫我脫鞋～幫～我～脫～鞋～鞋～！鞋子和絲襪都幫我全部脫掉！」

我揮動手腳，邊扭動身體邊說。

「唉～～人家已經不行了，什麼事情都不想做～！決定了～！人家今天什麼事情都不要做～！全部都交給阿巧來做！你來揹我、抱我，用公主抱抱我進去～」

……會不會做得太過火了？

不！

沒有這種事！

今天很特別！

因為明天是我生日！

這個週末我就是公主！

「人家沒辦法自己脫衣服啦～！阿巧你來幫我脫～不管套裝還是內衣，全都幫我脫下來～！呵呵呵……你很開心嗎？你很想幫我脫衣服對吧？人家知道喔，阿巧這個人其實很色的～色瞇瞇～」

啊，要怎麼說呢？

羞恥感好像漸漸消失了。

真好玩。跟別人撒嬌真有趣！

「呵呵呵～你要不要再跟人家一起洗澡啊～？人家已經累到連身體都沒辦法自己洗，不如阿巧你來幫我洗好了～你來幫我洗遍全身好了～然後……人家也會幫你洗喔！人家會幫阿巧將全身每個角落都洗乾淨！」

……雖然我感覺自己的角色設定已經開始混亂，變得不是什麼公主了——不過，管他的。

反正家裡只有我們兩個人！

又沒有別人會看到！

「真是的～阿巧你在做什麼啊？快點過來～快來迎接我～快來理我、跟我玩、抱抱我～你怎麼還不來跟人家卿卿我我呢？不依啦～人家不依不依啦～」

見他遲遲沒來迎接，我焦急得像個在超市吵著要買零食的五歲幼兒，躺在地上大吵大鬧——

結果這時，屋子深處總算傳來聲響。

腳步聲逐漸接近。

來了。

我心中的期待來到最高潮。見到這麼會撒嬌的我，阿巧會有什麼樣的反應呢？如果是他，一定會接受這樣的我，並給予我無盡的寵愛吧。

可是……

在我抬頭的那瞬間，原本興高采烈的心情——卻頓時被推落到地獄深淵。

「…………媽媽。」

我不禁懷疑自己的眼睛。

不敢相信，也不願相信。

真心不願相信這是真的。

我以為自己在作夢。我多麼希望這只是一場夢。

甚至覺得只要這是夢，我甘願背負五億圓的巨額債務。

但是……無論我怎麼眨眼、揉眼，仰望見到的那張臉卻依舊不變。

「……美、美美、美羽……？」

是美羽。

從屋子深處走出來的，是我心愛的女兒。

她帶著一臉彷彿將全世界的絕望與悲哀集結濃縮在一起的表情，俯視著連鞋子也沒脫，就這麼仰躺在玄關的我。

她此刻究竟是什麼樣的心情呢？

當目擊自己年過三十的母親自稱「人家」，在地板上滾來滾去胡鬧，還想和男友在浴室做色色的事情，正值青春期的少女心裡究竟會怎麼想？

我彷彿被鬼壓床一般無法動彈。

全身血色盡失，差點就要暈厥過去。

與愛女相隔約莫一個月的重逢，竟會是這般宛如地獄的場景。

低迷的氣氛充斥整個房間。

尷尬到極點的氣氛。

我和美羽在廚房的餐桌旁相對而坐。

然而彼此……卻都完全不看向對方。

「……嗯，總之就是這樣……是因為巧哥說明天是媽媽的生日，想要三個人一起度過這個週末，我才會瞞著妳偷偷來東京。」

「……原、原來如此。」

「……其實我本來拒絕了。但是巧哥說還是有我在比較好，又說他想給媽媽一個驚喜，要我保守祕密不要跟妳說……」

「……這、這樣啊。」

「還有，家裡沒有沙拉淋醬了……所以巧哥剛才出門去買了。」

「……是、是喔？」

我們兩人各自低著頭，有一搭沒一搭地進行不自然的對話。

總之，我明白美羽為什麼會出現在這裡了。

這似乎是阿巧所提出的計畫。

是為了替我慶生而準備的驚喜。

他是覺得我生日的時候美羽應該也要在場，想要三個人一起慶祝嗎？原來如此，果然很像是阿巧的作風。

但是……但是啊，阿巧。

我可以說一句話嗎？

我知道阿巧並沒有錯。不過我可以說句話嗎？

你到底幹了什麼好事啊……！

「…………」

「…………」

大致解釋完狀況之後，我們兩人再度陷入沉默。

好難受。

好尷尬，尷尬到快要吐了。

什麼啊？這是什麼狀況？

簡直是我人生中最丟臉的時刻！

居然被女兒撞見我的失態……！

啊受不了，好想死……真是丟臉到好想一頭撞死。

我今後到底該拿什麼臉繼續當美羽的母親啊……？

「……那個，媽媽。」

可能是受不了沉默吧，美羽開口。

「不、不管發生什麼事……媽媽永遠都是我的媽媽！」

「……妳不要笑得那麼勉強啦……！」

那副僵硬的笑容彷彿都可以聽見嘰嘰嘰的摩擦聲了！

她正盡全力顧慮我的感受！

打算發揮最大的溫柔包容我！

「沒、沒關係啦……我會把今天看到的事情全部忘掉。嗯嗯……我會當作沒看到的。所以，今後我們還是可以繼續當一對普通的母女啦……表面上。」

「表面上是什麼意思？」

難道已經無法發自真心了嗎？

我們再也回不去以前的關係了？

這件事有嚴重到會讓過去的十年歲月歸零？

「嗚、嗚嗚……美羽妳別這樣，不要刻意對我這麼好啦。妳就乾脆玩弄我、責備我，像以往那樣取笑我吧……」

「……呃，我哪辦得到啊？這一次，我就算想笑也笑不出來。」

美羽收起假笑，用打從心底感到無力的表情說。

「我完全不知道該如何面對母親的那種醜態……」

「醜、醜態……」

「再說……想哭的人是我好嗎？因為真要說起來，我才是受害者耶。這件事可是會造成我一輩子的陰影耶。」

「嗚嗚……」

無可反駁……

說的也是喔，受害者應該是美羽才對。

如果是我見到自己的母親在玄關做那種事情……我肯定也會想要重新看待和家人的關係。

「我萬萬沒想到，媽媽和巧哥居然是以那種比笨蛋情侶還要更噁心肉麻的方式在享受同居生活……」

「不、不是的！我沒有每天都這麼做！今天是因為，那個……明天是我的生日……」

「生日又怎樣？」

「因為我生日……這個週末我想要盡情地向他撒嬌，於是就拋開束縛、擺出那種態度了……事情就是這樣。」

不、不行。

好爛的藉口。

完全無法當作理由。

而且美羽冷淡的眼神好可怕，害我語氣都不由得畢恭畢敬起來了！

啊……怎麼會發生這種事？

目光好刺人。輕蔑和憐憫的目光刺得我好痛。

說不定，我已經永遠喪失身為母親的威嚴了。將來即使我因為美羽犯了錯想要告誡她，只要她把今天的事情搬出來，我就會什麼話都說不出口……！

完了。

我身為母親的生涯已經結束了——

「……唉～唉唉～」

美羽像要吸引目光一般，對著失意到極點的我大大地嘆氣。

「算了，其實這樣也沒有不好啦。」

「咦……」

「雖然我絕望傻眼倒胃口害怕哀傷無地自容到想死……但是，我稍微放心了。」

「放、放心……？」

「嗯，見到媽媽和巧哥感情這麼融洽，我總算放心了。」

這麼說完，美羽笑了。

不是先前那副僵硬的假笑，而是再自然不過的笑容。

「我本來還擔心要是你們兩人同居了一個月，彼此還是一樣客氣生疏該怎麼辦。結果我完全是白操心了。」

「…………」

「不過嘛，感情太好也挺那個的。居然自稱『人家』跟對方撒嬌，這樣實在有點……」

「～～！我、我說了只有今天！我不是每次都這樣的！真的沒有！我們平常的相處方式要來得更……更加自然，就像是一對帥氣成熟的情侶……」

「無所謂啦。」

我拚命解釋，美羽卻對我不理不睬。

臉上還帶著一抹了然於心的微笑。

「既然你們回家之後就又暫時得分開生活，你們就趁現在盡情地享受兩人世界吧。」

「美羽……」

她那充滿寬容與包容力的態度令我無言以對。

美羽的個性還是一樣這麼成熟冷靜。

只不過女兒太能幹，讓我這個做母親的臉都丟光了。

「因為等妳回家之後，這次就得好好照顧我啦～」

「……妳少得意忘形了。妳近來的生活如何？妳沒有把家事都丟給外婆做，自己也有乖乖幫忙吧？」

「有啦、有啦。」

「有念書嗎？」

「有啦、有啦。」

「真的？」

「真的、真的。」

「我可以跟打給外婆確認嗎？」

「…………」

「妳為什麼這時候就不說話了？」

正當我倆一如往常地進行親子間的對談之際——

「——我回來了。啊！綾子小姐，妳回來了啊。」

阿巧買東西回來了。

一面報告各自的近況，我們三人一起吃晚餐。

我們已經有好一段時間沒有像這樣三人共進晚餐了。

之前在東北，阿巧指導完美羽功課之後，經常都會自然而然地留下來跟我們一起吃晚餐。

「……唉，真是嚇了我一大跳。」

我一邊和阿巧一起洗碗，一邊嘆道。

由於美羽姑且算是客人，並沒有參與家事，現在正躺在沙發上玩手機。她還真是馬上就像在自己家裡一般自在呢……

「沒想到你居然會瞞著我把美羽找來。」

「對不起，因為我想給妳一個驚喜。」

阿巧雖然面露苦笑，表情卻顯得有些開心。

在他看來，大概覺得驚喜成功了吧。

這個嘛……就某方面而言的確是非常成功。

我想，這應該會成為我一生難忘的驚喜吧。

成為我們母女倆到死都不會消失的深刻回憶……

「因為我覺得綾子小姐應該還是會想和美羽一起慶祝自己的生日。」

「就、就是啊……」

我是很高興你有這份心意啦……！

要是我沒有做出多餘的舉動，而是以正常的模樣回到家，這想必會是一個和平又幸福的驚喜！

啊……為什麼我要那麼做呢？

一定都是狼森小姐害的啦。

全部都是她的錯……！

「請問……莫非妳不喜歡？」

大概是因為回想起幾十分鐘前發生的悲劇，我臉上露出絕望的表情吧，阿巧一臉不安地這麼問道。

「我們交往後的第一個生日果然還是應該兩人單獨慶祝比較好嗎……？對不起，其實我也考慮了很久……」

「不、不是，我沒有不喜歡。」

我急忙否定。

「只是打開門之後，見到美羽出現在眼前……我有點嚇到了而已。」

雖然其實不只是有點，而是嚇得半死。

雖然已經在我心中留下深刻的陰影。

不過聊著聊著，我漸漸地——

「不過，我也感覺……鬆了一口氣。」

鬆了一口氣。

儘管一開始尷尬到不行，但是冷靜下來和美羽交談、一起用餐之後，我感覺到自己的心情逐漸變得平穩。

「我果然還是對美羽感到有些內疚吧。畢竟我拋下了孩子，自己來到東京盡情地工作，還跟男友住在一起……」

同居生活過得愈是充實——心情就愈是感到悶悶不樂。

對於留下美羽一人，任性地去做自己想做的事情，我感到很抱歉。

身為母親，我深感歉疚。

這種類似使命感的罪惡感，早已在我內心深處微微萌芽。

「不過這也只是我自己這麼覺得啦。畢竟美羽非常支持我這次到東京來，所以完全是我自己擅自感到自責……會不會說到底，根本就只是因為我捨不得離開孩子啊？」

我苦笑著說。

「所以說……我真的很高興你找美羽來。如果是跟美羽一起，我就能無所顧慮、放心地享受自己的生日了。」

我深深感受到自己徹頭徹尾是一名母親。

這不是自戀也不是自滿，而是真心這麼認為。

凡事皆以孩子為中心去考量。

收養美羽的這十年來，我一向都是如此。

現在的我還沒有辦法離開孩子。

交了男友還有這種想法的女人，在世間男性的眼中或許評價很低。

但是……

選擇我的人——以及我所選擇的人，是比誰都還要能夠理解接納我這種麻煩情緒的人。

「妳覺得開心真是太好了。」

阿巧喜孜孜地笑道。

「啊！不過——」

他把臉湊過來，在我耳邊悄聲地說。

「我也已經計畫好等美羽回去之後，要另外跟妳單獨慶祝了。」

「……咦？」

另外？

單獨？

「應該要找美羽來三人一起慶祝，還是應該趁著同居這個難得的機會兩人單獨慶祝……我在這兩者之間煩惱了許久，最後做出乾脆慶祝兩次的結論。」

「咦、咦咦……居然要幫我慶祝兩次，這樣好嗎？」

「有什麼關係？反正又不會有損失。」

「可是我……已經不是那種年紀了……」

「這跟年齡無關啦。我是因為想幫妳慶生才這麼做的。」

阿巧笑咪咪地說。

啊真是的，這個男朋友到底是怎麼搞的？

會不會太完美了啊？

我真的可以被這樣捧在手掌心上嗎？

該怎麼說呢～現在回頭想想，我根本就不需要因為自己生日到了，就卯起勁來主動向他撒嬌。

因為——就算我不主動做些什麼，阿巧還是一樣會寵溺我啊！

永遠都把我當成公主對待！

哎～好幸福！

「……妳在傻笑什麼？」

「——！」

一旁傳來的冷靜說話聲令我回神。

美羽已在不知不覺間來到廚房，用冷淡的眼神注視著我。

「美、美羽……」

「你們兩人感覺已經超越情侶，散發出新婚般的氛圍了呢。我看你們還是快點結婚算了。」

「等、等等……真是的，妳在胡說什麼啦！」

「對了，巧哥。」

徹底無視我的指謫，美羽面向阿巧。

「明天晚上你預約了不錯的餐廳對吧？」

「是啊……喂，我不是告訴妳還不能說嗎……」

「那白天就是我的時間啦。你們兩人一起帶我到東京晃晃吧～」

美羽也不理會阿巧的指謫，自顧自地笑著說。

「難得來東京，我可得玩個過癮才行。我好想去澀谷看看喔～聽說現在澀谷的大型唱片行，擺了我喜歡的男子團體的大型看板。我想去拍照～」

「等一下，美羽。」

「什麼事？」

「不行去澀谷啦。」

「為什麼？」

「因為澀谷……是年輕派對咖聚集的地方，現在去那種地方對妳來說還太早。」

「這是哪門子的偏見啊……不要說這種會暴露自己是地方大嬸的話啦。」

「地方大……！嗯嗯！……總、總之就是不行。因為就連我，這輩子目前也只去過兩三次。」

不想讓美羽去……與其這麼說，其實是我自己有點害怕。

滿是年輕人的澀谷讓我有些卻步。

跟深夜的歌舞伎町差不多令人害怕。

不過話說回來……這大概是地方大嬸特有的價值觀吧……？

「我們三人再一起討論要去哪裡好了。不過就算是討論，明天畢竟是我的生日，我應該多少可以享有一些優待——」

「……人家。」

「——！」

表情不悅的美羽喃喃開口。

那句話令我頓時臉色發白。

「妳……妳、妳……美、美羽……」

「美羽，妳說人家是什麼意思？」

「巧哥你聽我說，媽媽剛才——」

「哇啊啊啊啊！」

我急忙抱住美羽，摀住她的嘴，拚命地低聲勸阻。

「不、不行啦，美羽……保密，剛才那件事絕對要保密！」

「那我要去澀谷。」

「……知、知道了，我會帶妳去的。」

「我還想要買新衣服。」

「……我會買給妳。」

「我也想花錢玩社群遊戲。」

「……好好好，隨便妳。」

「呀呼～我最喜歡媽媽了！」

透過談判取得完全勝利的美羽高聲歡呼，轉身離去。

我感覺自己累到差點一屁股坐在地上，但還是勉強撐住了。

「雖、雖然不太明白怎麼回事，不過明天可以去澀谷了嗎？」

「……嗯，麻煩你了。」

我無力地點頭。

哎呀呀。

看來做母親的果然鬥不過自己的孩子。

第五章
假日與澀谷

♥

我的第3×次生日當天。

星期六上午的澀谷果然熱鬧非凡，擠滿了許多年輕人。

無論車站內還是車站外，放眼所及全是人、人、人。

「哇～好驚人！澀谷的人潮果然不是蓋的！」

初次來到澀谷的美羽滿臉驚訝。

很像是東北孩子會有的青澀反應。

我以前每次來東京，也有做出這樣的反應嗎？

不過話說回來……我也已經好久沒來澀谷了。

唔嗯，氣氛感覺比我想像中平和耶。

我本來以為大白天就會有年輕人在路上群聚喝酒……看來這果然是地方大嬸的偏見嗎？

「美羽，要先去唱片行嗎？」

「好啊。」

美羽點頭回應阿巧的話，之後我們三人便在人群中前行。

「呵呵～感覺好嗨喔，東京果然是個好地方呢。我看，我以後也來東京念大學好了。」

「東京……妳是認真的嗎？」

「嗯，認真的啊。」

見到美羽點頭，我內心有些吃驚。

她明明才高一，居然就已經在思考大學的事情了。

「因為我本來就想去遠一點的地方讀大學。即使是念縣內的大學，我也想要自己搬出來住。」

「為什麼？如果是縣內，從我們家通學不就好了？」

「因為……」

美羽輪流望向我和阿巧，嘆了口氣。

「我不想打擾你們兩位的新婚生活。」

「啥？」

我為之愕然。

阿巧也滿臉通紅。

「我想我進大學的時候，你們兩人應該正好也已經結婚了。身為女兒，這方面我得多加顧慮才行。」

「美、美羽……」

「啊！不過你們放心，到時我一定會定期回家探望弟弟或妹妹。」

「……真是的！妳也太會自說自話了吧！」

什麼弟弟或妹妹？

不過……我和阿巧的關係如果照現在這樣發展下去，確實會在美羽進大學的時候——嚇！不對、不對，不可能、不可能！

現在想這些還太早了！

「說真的，我在的話，你們應該也會覺得尷尬吧？」

「才、才不會尷尬哩。無論美羽妳在或不在，我們都不會有所改變，也不會因為獨處就失了分寸……」

「……哈哈！」

被笑了！

我被女兒笑了！

啊真是的，我感覺自己身為母親的威嚴正在銳減。美羽已經發現我和阿巧獨處時有多麼親熱肉麻了……

「真受不了你們兩人都只會在我面前裝模作樣。既然要當一對笨蛋情侶，那就從平日開始做起啊。就算是跟我在一起的時候，你們也可以儘管恩愛地牽手走路喔？」

「呃，這……」

「……要牽嗎？」

「才不要哩！你幹嘛一副躍躍欲試的樣子啦，阿巧！」

見到阿巧一臉竊喜地把手伸出來，我連忙吐槽。

不行啦，我辦不到。

雖然我最近好不容易終於敢牽手走在街上了……但我實在無法在女兒面前跟男友牽手。

說什麼笨蛋情侶嘛。

說什麼夫妻嘛。

「啊！我看到唱片行了。哇～好驚人，超大的！真不愧是澀谷！」

大大嘲弄我們一番之後，美羽我行我素地這麼說。

視線前方，有一棟掛著大型連鎖唱片行招牌的高聳大樓。

在美羽支持的男子團體巨大看板前拍完紀念照，我們到現在非常流行的漫畫咖啡廳吃午餐，然後就在店內到處逛逛看看。

我們三人在澀谷的大樓內逛得十分開心。

「呼～幸好有來，真是太滿足了，因為那個看板下星期就要撤掉了，我才想說一定要來看看。」

「那團偶像好受歡迎喔，有好多年輕人都在拍照。」

「……他們不是偶像，是唱跳團體啦。跟偶像不一樣，他們是歌手。」

「咦？不是偶像嗎？既然是年輕男生組團又唱又跳，那不就是偶像……」

「哎呀，妳不懂啦。不過話說回來這也是沒辦法的事，要昭和出生的大嬸理解這些確實有難度。畢竟妳是活在只要又唱又跳，就全部都叫偶像的時代嘛。」

「竟、竟敢瞧不起我……！哼，反正還不都一樣，因為最近的男子團體成員每個都長得一樣，根本分不出來誰是誰！」

「媽媽，我想換個話題。」

「什麼話題？」

「要是有人跟妳說『愛之皇全部都一樣嘛』、『明明每年都在演一樣的東西，真佩服妳居然不會膩』、『每個角色都長得一樣，根本分不出來』，妳會怎麼想？」

「我當然會生氣啊！完全不一樣，哪裡一樣了！愛之皇最迷人的地方，就在於每部作品的主題都不相同！無論是角色還是故事情節都完全不一樣！而且每一季都有確實做出差異性，讓每位女主角都充滿獨一無二的魅力！什麼都不懂就說『全都一樣』的人，我會花上將近一小時好好地跟對方說教！」

「媽媽，我現在的心情就是那樣。」

「………對不起。」

「妳道歉得還真快啊……」

阿巧用悲傷的眼神，看著被女兒駁倒的我。

呃，可是剛才的確是我不對嘛。

反省、反省。

一旦開始說年輕人的文化「看起來都一樣」，就差不多快完蛋了。

因為那表示我正朝著大嬸之路狂奔。

我得小心維持年輕的感受力才行……！

「好了，接下來去買衣服吧～」

「不、不可以買太貴的衣服喔。」

「知道啦。」

我們離開大樓，朝目的地的時裝大樓走去。

途中——

「……奇怪？」

我突然停下腳步。

因為我在洶湧人潮中，看見一張熟悉的臉孔。

是狼森小姐。

她站在對街，好像沒有注意到我的樣子。

今天的她一身非套裝的暗色系褲裝打扮，上半身則披了一件長外套。狼森小姐的身材高挑苗條，非常適合穿著這種時髦有型的長外套。

我感覺已經很久沒見到她作套裝以外的裝扮了。

唔嗯。

要怎麼辦呢？

既然對方似乎沒有注意到我，我好像也沒必要硬是出聲叫她。

再說今天都是彼此的私人時間。

嗯，就這麼辦吧。

我做出這樣的結論。

然而正當我準備再次邁開步伐時——

「——！」

原本打算跨出去的腳又突然踩了煞車。

因為我目睹了令人大受衝擊的畫面。

咦？等一下、等一下……咦？

不會吧、不會吧……！

「咦？綾子小姐？」

「媽媽，妳怎麼了？」

走在前面的阿巧和美羽察覺到我的異狀，於是停下腳步。

「……你們兩個，過來這邊。」

我把他們兩人叫過來，然後一起躲到大樓與大樓的縫隙間。

從暗處悄悄窺視對街的情況。

「怎、怎麼了？什麼事啊，媽媽？」

「你們看那邊……」

我指著對街說。

「啊！狼森小姐。」

「真的耶，是狼森小姐。」

「好久沒見到她……她還是一樣帥氣耶，穿著打扮好有型，看起來簡直比媽媽還要年輕。」

「不用跟她打招呼嗎？」

「重點不是她……」

雖然美羽說了令我非常在意的話，然後阿巧也沒有站在我這邊替我說話，讓我不禁悲傷地心想：「奇怪？難道狼森小姐看起來比我年輕已是眾所周知的事實了？」——不過現在還是先把這件事放在一邊。

「……是隔壁啦。你們看狼森小姐的隔壁。」

她不是一個人。

隔壁還站了一名——年輕男子。

那人的身高比狼森小姐略矮，個頭以男性來說算是相當嬌小。服裝是白色T恤搭配窄身牛仔褲。因為棒球帽的帽簷壓得很低，看不清楚長相。

「啊～她跟男人在一起啊。是男朋友嗎？」

「呃，以男友來說，那人會不會太年輕了？雖然看不清長相……不過從穿著來看，那人感覺相當年輕。」

「不是男朋友啦……那一定是……嗯，不、不會有錯的……」

我戰戰兢兢地說。

「狼森小姐——在從事媽媽活啦！」

媽媽活。

最近流行的爸爸活的媽媽版本。

這是一種中高齡女性付錢，請年輕男子陪自己吃飯、購物的行為。聽說有時除了約會外，雙方也會發展成肉體關係。

「媽媽活……不，我想唯獨狼森小姐不會去做那種事。」

「這很難說啊。因為最近狼森小姐曾跟我抱怨，說她好想要男人……」

我回想起之前喝酒時的對話。

狼森小姐說很羨慕我和阿巧的關係。

還說自己之後乾脆也找年輕小夥子下手好了。

可是就算如此——沒想到她竟然會從事媽媽活……！

「這可是一件大事啊……！我們公司的社長居然在從事媽媽活……居然在用錢收買年輕男子……這種事情要是傳了出去，情況究竟會變得如何……？」

「即使他們兩人是那種關係，也未必是媽媽活啊。他們說不定單純只是在約會。」

「不可能啦。男方看起來那麼年輕，年紀至少比狼森小姐小一輪以上耶。」

「也許是有年齡差距的戀愛啊。」

「不可能、不可能。比自己小超過十歲的男人，在女人眼裡根本就只是個孩子，不可能會和那種對象認真談感情啦。」

「……………」

「媽媽，巧哥受到打擊了喔。」

「……啊！抱、抱歉，阿巧！不是的！阿巧比較特別！我和阿巧的關係比較特別啦！」

就在我們這麼吵吵鬧鬧之際——

狼森小姐和年輕男子開始移動了。

「啊！要走了……你們兩個，跟我一起追上去！」

「咦？要追嗎？」

我領著意興闌珊的兩人開始跟蹤。

不能就這麼放著不管，因為這可是關係到我們公司的命運。假如她真的在從事媽媽活，我得設法阻止她才行。

我們混在人潮中偷偷摸摸地移動到對街，和走在前方的狼森小姐二人保持幾公尺的距離。

所幸路上人很多，讓跟蹤技巧拙劣如我們也沒有被發現。

「她們要去哪裡啊？」

「……不曉得耶，會是哪裡呢？」

我和阿巧小聲地交談。

不過……該、該怎麼辦？

我們三人雖然想也沒想就急忙跟了上去……但要是她們就這麼前往旅館，到時該怎麼辦才好？和美羽一起目擊那種場景……實在太尷尬了。

「吶，媽媽。」

無視我的苦惱，美羽語氣詫異地開口。

「那個男生……會不會太年輕了啊？」

「咦？」

「何止二十幾歲，他看起來根本就只有十來歲……」

經她這麼一說，我再次定睛觀察。

壓得低低的帽簷雖然讓人看不清他的臉，不過只要他轉頭跟狼森小姐交談，就能稍微瞥見他的臉孔。

那張側臉……確實很年輕。

不，應該說稚嫩。

看起來只有十幾歲，甚至有可能連十五歲都不到。我本來覺得他的身材以男性來說很嬌小，但或許只是還沒完全長高也說不定。

「怎、怎麼會……就算覺得年輕小夥子比較好，也不該對十幾歲的孩子出手啊……！」

錯愕的我不由得加快腳步。

混在人潮中，將距離拉近到勉強可以聽見兩人聲音的程度。

然後豎起耳朵，聆聽對話——

「……就跟妳說夠了，我要自己一個人玩，妳不要來管我啦。這樣我們彼此也比較輕鬆不是嗎？」

「那怎麼行呢？」

「妳不用擔心，我會跟爸爸還有奶奶說，我今天跟妳玩得很開心的。」

「……重、重點又不是那個。」

「…………」

「等、等一下，步夢。還有……你不要再邊走邊玩手機了，這樣實在很危險耶。」

「我正在解任務，不玩不行。」

「就算是這樣……」

「…………」

「對、對了，你有想要什麼東西嗎？我送給你。」

「錢。」

「呃，錢的話……」

「不然就點數卡。讓我課金啦，這樣我最開心了。」

「步夢……」

然而聽見的對話卻出乎我意料。

年輕男子——不對，少年一直邊走邊操作手機，好像正在玩什麼遊戲吧？除了偶爾把臉轉向一旁，其餘時間視線幾乎都盯著螢幕不放。

他的語氣聽來冷漠，而且帶刺。

有種像要把對方推開的冷淡感。

另一方面，狼森小姐則是——一臉非常不知所措的表情。

她拚命堆起笑容想要吸引對方注意，卻因為完全行不通而顯得十分困擾。儘管如此，她依舊擺出低姿態設法去討好對方。

我有點不敢相信。

她平常那副自信滿滿的嘲諷笑容到哪裡去了？一向活得好比將傲慢不遜這四字體現出來的她，居然會露出那種表情。

我還是第一次見到這樣的狼森小姐——

「……咦？呀！」

砰！

我因為太專心偷聽兩人的對話，不小心被餐廳門口的看板絆倒，大大地摔了一跤。

「痛死我了……」

「綾、綾子小姐，妳沒事吧？」

「真是的。妳在做什麼啦，媽媽？」

擔心我到有點誇張的阿巧，以及態度冷淡的美羽。

我好不容易站起來後——

「……歌枕？」

發現走在前面的狼森小姐二人轉身看著我。

好像被發現了。

「連左澤，還有美羽也在……」

「啊、啊哈哈……妳、妳好。」

我尷尬地陪笑蒙混過去。

「啊、啊啊……」

結果狼森小姐臉上也露出難為情的表情。

我還是第一次見到她露出這種神情。

之後，她輪流望向我們和少年。

「啊……這位女性是歌枕綾子小姐，她是在我公司工作的員工之一。至於後面那兩個人……呃，因為太難解釋了，之後我再慢慢說給你聽。」

她向少年簡單介紹完我之後，這次轉身面向我們。

然後用手輕輕指著隔壁的少年。

「這孩子叫萬町步夢，今年十三歲——」

狼森小姐頓了一下才接著說。

用一副難以言喻的尷尬表情。

「——他是我的……兒子。」

「…………」

咦？

兒子？

第六章
母親與兒子

♥

事情怎會如此湊巧呢？

其實，我和狼森小姐最近才剛稍微聊到她的婚姻。

就是之前去喝酒的時候。

幾杯黃湯下肚之後，狼森小姐拿「妳和左澤什麼時候要結婚？」這個問題來調侃我，於是有些火大的我開口反擊。

「——真是的！妳很煩耶！與其擔心別人，妳不如先擔心妳自己吧！婚姻失敗三次的人才沒資格對我說三道四！而且那還都是妳自己劈腿造成的！」

「哇哈哈，這麼說也對。」

豪邁大笑後，狼森小姐神情憂鬱地嘆了口氣。

「都是因為我自己劈腿啊……對喔，我以前好像是這麼跟妳說的。」

「咦……？難道不是嗎？」

「我因為嫌麻煩，多半都是這麼跟人家解釋……不過嚴格來說有點不太一樣。我因為劈腿而離婚是後面兩次……第一段婚姻則是很正常地離婚。」

「正常地離婚……」

「因為我跟對方家裡合不來。」

狼森小姐用悶悶不樂的表情說下去。

「如妳所知，我這個人非常喜歡工作。無論睡覺還是醒著，我的腦子裡永遠都只想著工作的事情，也從來不以此為苦。我是那種認為比起自己動手，花錢請專家來下廚、打掃比較有效率的人。與其花時間去做家事，我更想把那些時間拿來做我想做的工作。」

「……」

「就算結了婚，我也不想改變自己的生活型態——即使生了孩子，我也不打算改變自己。無論是保母還是托兒所，我想要運用所有能夠運用的資源，和丈夫同心協力兼顧工作和育兒。」

但是，她接著說。

「對方的父母非常不能接受我這種想法。像是『守護家庭是女人的工作』、『婚後辭掉工作很正常』、『那種母親無法好好養育孩子』之類的……他們經常這麼對我大肆批評。」

「……………」

我可以理解她的處境。

畢竟狼森小姐的第一段婚姻，是距今大約十多年前的事情……更重要的是，在她父母那個年代，有那種價值觀的人絕對不在少數。

沒有歹念、沒有惡意，完全是出於好意這麼說。

說女人婚後就該進入家庭。

「不過，反正我並沒有把對方父母的話當一回事，再加上老公也很尊重我的想法，於是我便決定跟對方結婚了……」

她的語氣中逐漸流露出煩躁、倦怠與落寞的情緒。

「可是真的結婚之後……我老公卻也漸漸開始跟他父母說一樣的話。例如『妳稍微做點家事如何？』『哪有老婆都不做飯給老公吃的？』……」

「怎麼這樣……」

「我明明婚前就講得很清楚，說我不打算改變自己的生活型態……可是對方似乎只當我在半開玩笑，不曉得跟我說過多少次『我以為妳雖然那麼說，但是只要結了婚就多少會改變』。總之，那段時間我每天都過著飽受前夫和公婆抱怨的日子。」

「…………」

「後來沒多久，我前夫和他父母就聯合起來要求我離婚。由於我對我前夫也已經沒了感情，自然沒有理由拒絕。經過一番討論之後，離婚便順利成立了。」

說到這裡，狼森小姐微微搖頭。

「啊……不對，這樣不太好。若是從我的角度來描述，聽起來無論如何都會像是受害者的口吻。畢竟對方也有對方的想法……而我當時確實也並非一般世人眼中的『好太太』。看在對方眼裡，我大概是一個很沒用的女人吧。」

「……真是辛苦妳了。」

不知該說什麼才好，我只能說出這種保險的話。

「之後的兩段婚姻，都是我一時興起、衝動做出的莽撞決定。但是……唯獨第一段婚姻在我心中比較特別。」

狼森小姐這麼說。

「我並沒有依依不捨對方，也不認為離婚是錯誤的抉擇。只不過……我心中依然感到後悔，後悔當時是否有更好的處理方式……」

如此說道的狼森小姐眼裡，浮現一抹悲痛的神色。

令我看了不禁感到心痛的哀傷神情。

然後……

現在──我總算明白了。

那天喝酒時她說的「後悔」是什麼意思。

即使生了孩子。

看樣子，當時她口中的假設並非假設。

後來——

「真是讓妳見笑了。」

狼森小姐神情憂鬱地說。

這裡是路旁的咖啡店。

跟蹤曝光之後，因為覺得既然都碰面了，不如找個地方聊聊，於是我們五人便進到附近的咖啡店。

我和狼森小姐去買飲料，阿巧、美羽和步夢三人則在外面的露台座位區等待。

等待飲料做好的期間，我和狼森小姐在取餐櫃檯附近聊天。雖然談話內容不適合大聲交談，但所幸店內客人很多，也沒有人在聽我們講話的樣子。

「沒想到狼森小姐居然有小孩，而且已經這麼大了，真是嚇我一跳。」

「因為我一直沒有告訴妳啊。」

「那孩子就是妳和之前提過那個人的……」

「沒錯，他是我和第一任丈夫所生的孩子。」

狼森小姐淡淡地說。

「我其實沒有要隱瞞的意思……只是也覺得沒必要特地說出來。畢竟——我跟他這十年來都沒有見面。」

「十、十年？」

好驚訝。

居然十年沒見面。

之前她說步夢今年十三歲……這不就表示，她生完孩子、離婚之後，就幾乎沒有跟步夢見面嗎？

「因為撫養權被對方拿走了。更重要的是，我前夫和他的父母不希望我這樣的女人在孩子面前擺出母親的架子。」

「怎麼這樣……」

「雖然只要我認真主張自己的權利，可能還是見得到面……不過我自己也懶得那麼做。再說，我是個剛生完小孩就馬上把一半的育兒工作都交給保母的女人，所以我也覺得不要主動要求見面對孩子比較好。」

「…………」

「我幾乎沒有為那孩子做過任何像是母親會做的事情，就只是一個把他生下來的女人罷了。」

只是把他生下來的女人。

這句話總覺得帶著深深的落寞感。

「可是……既然如此，你們今天為什麼會在一起……？」

「那是因為最近情況有了一些改變。」

狼森小姐嘆息著說。

「對方離婚時明明跟我說不需要付扶養費，但叫我絕對不能去打擾孩子……然而現在卻來跟我要扶養費了。」

「扶養費……」

「我聽別人說，我前夫最近生意好像做得不太順利。我雖然對他的出爾反爾感到不滿，不過為了孩子，也幸好我手邊有一些積蓄，我還是馬上就給錢了。結果……」

她吐了口氣，接著說。

「對方突然跟我說，我可以去見兒子……」

「咦……」

「我想大概是自尊使然吧，因為如果白白收下那筆錢，會感覺好像受人施捨一樣，於是他便提出這樣的交換條件。」

拿扶養費和會面當作交換條件，來製造對等的立場啊。

原來如此，這樣的做法可以理解。

「……不過這樣也好啊，既然可以跟兒子見面的話。」

「嗯……是啊，是很好……照理說應該是件好事的。」

狼森小姐露出困窘的笑容，支支吾吾地說。

「我並不是不想見他……只是見了面之後，老實說我真的不知道該怎麼跟他相處，畢竟我們已經分開超過十年了。我在那孩子不到兩歲時就離婚，之後便和對方的家裡斷絕往來。」

在懂事之前分開，之後超過十年都沒見過面的母子。

那樣或許已經形同陌生人了。

即使有血緣關係，雙方的感情基礎還是過於薄弱。

「我們今天已經是第三次見面了，然而……哈哈，相處起來卻一點都不順利。就算我設法表現得像個母親，到頭來依舊是白費功夫，那孩子甚至不肯喊我一聲『媽媽』。」

我想起先前兩人的相處情況。

儘管只有短短幾句對話……仍能感受出兩人之間的疏離。設法討對方歡心的狼森小姐，和冷淡拒絕對方的步夢。

他們兩人的關係實在稱不上良好。

「妳很失望嗎？」

「咦……」

「平常一副了不起地大談男女情事的女人，事實上卻連和自己的小孩都無法打好關係。」

「不，怎麼會呢……」

我這麼說完就接不下去了。

失望——我並沒有這種感覺。

我只是覺得驚訝，以及困惑而已。

因為。

我還是第一次見到狼森小姐這麼沒自信的樣子。

聊著聊著——所有人的飲料終於都到齊了。

我們在櫃檯領取飲料，然後就去找在露台座位區等候的三人。順帶一提，飲料是狼森小姐出錢請客。

說到座位那邊的情況——

「呃……步夢，那個社群遊戲叫做『曙光大師』對吧？」

「……嗯。」

「那款遊戲現在好像很流行耶，而且廣告也打得很大。好玩嗎？」

「不好玩我就不會玩啦。」

「……啊哈哈，也對。說的也是喔……」

氣氛似乎也不太和睦。

阿巧努力試著和步夢交談，但是步夢的態度始終冷淡。至於美羽……她也是自己一個人在玩手機，好像不打算勉強跟步夢對話。

唔嗯。

現在時下的年輕人難道都是這樣嗎？即使是和要好的朋友在一起，還是會各自玩手機玩個不停。

我們放下買來的飲料，也在桌旁就座。

「步夢……在店裡面要把帽子脫掉。」

「……這裡是店外啊。」

「不要說那種歪理……還有，你不要一直玩遊戲……」

「我有任務非解不可。」

「這我知道，可是……」

「那、那個，沒關係啦，我們並不在意喔。畢竟遊戲的期間限定任務很重要嘛！」

我雖然急忙打了圓場……可是因為這樣等於是否定狼森小姐的指謫，說不定並沒有發揮緩和僵局的效果。

好困難。

之後大約五分鐘，我們五人就在難以言喻的氣氛下，反覆進行著表面膚淺的對話。步夢一直在玩遊戲，美羽也始終盯著手機不放。

就在這時——

狼森小姐的手機響了。

她站起來，背對我們接起電話。

「喂？……咦？什麼？怎麼會發生這種事……？」

雖然看不見她的表情，不過她的語氣顯得愈來愈凝重。

「既然這樣，那就快點……不，我今天……」

她瞬間轉頭，看了步夢一眼。

眼中帶著強烈的苦澀與糾結。

「……知道了。總之你先把對方的說詞整理好，馬上傳給我，我來想辦法處理。」

伴著深深嘆息這麼說完，狼森小姐掛掉電話。

「怎麼了？」

「……情況有些不妙。」

「如果是我能處理的事情，我也一起幫忙好了。」

「不，那個案子和妳完全無關，所以現在也沒時間跟妳解釋。看來只能由我來想辦法了……」

然後狼森小姐用內疚的眼神望著步夢。

「步夢……我——」

「沒關係啊，妳就去吧。」

步夢連頭也沒抬，就這麼淡淡地說。

「我不會有事的。要是真的很忙，妳也可以不用回來。」

彷彿不抱任何期待的冷漠言語。

「……抱歉，我會儘快回來的。」

狼森小姐用聽似悲痛的語氣說完，然後面向我。

「歌枕……不好意思，可以請妳幫我看著步夢嗎？三十分鐘……不，我二十分鐘後就回來。」

「知、知道了。」

狼森小姐抱著自己的包包，邊撥電話邊跑著離開咖啡店。很不巧的，這間咖啡店並沒有提供免費Ｗｉ-Ｆｉ。

她大概是打算找間可以使用Ｗｉ-Ｆｉ的店家，用身上的平板電腦想辦法解決麻煩吧。

被留下來的步夢面不改色地繼續玩手機。

「呃……狼、狼森小姐好辛苦喔，畢竟她是社長嘛。」

「…………」

「她是個很了不起，工作能力非常強、非常能幹的人喔，所以大家才會如此信賴她，連假日都經常找她出去。」

「……我知道，因為她今天好像也是勉強擠出時間來的。」

「就、就是啊，因為她想要珍惜和步夢你相處的時間——」

「煩死人了。」

步夢這麼說。

一派不屑的口氣。

「她何必要來管我呢？盡情地去工作就好啦。這麼一來，我也可以悠哉地待在家裡。」

「用、用不著說這種話吧……狼森小姐可是很認真地以母親身分在替你著想……」

「母親？哈！」

他用依舊稚嫩的臉龐發出冷笑。

「既然生下我之後整整十年都沒見面，我們根本就已經是兩個陌生人了。再說我也不記得她長什麼樣子，她何必現在才在我面前擺出母親的架子呢？」

「…………」

「你們這些大人每一個都好自私。爸爸和奶奶也一樣，明明以前無論我怎麼問都不肯告訴我母親的事情，最近卻突然跟我說『去見她比較好』，未免太會替自己著想了吧。居然只因為我是小孩子就瞧不起我。」

他那乖僻的言論令人煩躁——同時卻更令我感到難過。

我不是不能理解這孩子的想法。

我想狼森小姐的前夫家，應該有在某種程度上隱瞞狼森小姐和扶養費的事情……儘管如此，孩子能察覺到的事情依然很多。

孩子對大人的觀察，以及對大人所說的話的理解程度，遠比大人以為的來得深入。

我想，這孩子對自身所處的立場和環境應該有自己的想法——同時也有不滿的地方。

被大人的面子和自私行為耍得團團轉，他會心生不平不滿是理所當然的事。

不知如何是好的我望向阿巧，他卻也只是同樣不知所措地看著我。

尷尬的沉默持續了一會。

「……唉唉～」

打破沉默的，是美羽誇大的嘆息聲。

「不行了。我本來想當個懂得察言觀色的人保持沉默，結果還是辦不到。」

果然令人煩躁。

這麼說完，先前始終盯著手機的美羽抬起頭，直視坐在正對面的步夢。

「步夢，那個是『曙大』對吧？『曙光大師』。」

「……是又怎樣？」

「其實我也有在玩——可是，『曙大』今天並沒有期間限定的任務啊。」

美羽說道。

步夢——全身頓時變得僵硬。

「你可能以為只要隨便說一句『現在有非解不可的任務』就能騙過大人……但是很可惜，我最近剛好也很迷『曙大』呢。而我特別喜歡這款遊戲的原因，就是它很少有『現在不解，以後就沒機會』的任務。」

「……！」

「是因為不想理睬狼森小姐，還是不擅長溝通——又或者是希望她來關心自己……雖然不知道理由為何，不過看到你連在我們這種第三者面前都擺出那副態度，我就覺得不爽。」

美羽一副不耐煩地說。

她用淡然的口氣，毫不留情地指責步夢。

「你剛才說大人只因為你是小孩子就瞧不起你。可是在我看來，你根本就是在利用自己身為小孩子的立場，故意擺出彆扭的態度來讓大人傷腦筋。都已經是國中生了，你就不能稍微替對方著想一下嗎？」

「……少、少囉嗦！」

步夢摔也似的把手機擺在桌上，站起身來。

他瞪著美羽，整張臉因為恥辱而滿面通紅。

「妳、妳這個人是怎麼搞的！這跟妳又沒關係！」

「是沒關係啊，而且我也打從心底不在乎你這個人。只不過，見到你故意讓狼森小姐傷腦筋的態度，我心裡覺得很不舒服。因為她平時對我媽媽很照顧，也是我很尊敬的一名職業婦女。」

「她、她是什麼樣的人關我啥事啊！」

步夢尖聲大喊。

「我真的覺得很煩！突然出現在我面前，說是我的母親……簡直莫名其妙！甚至還放下工作跑來見我，真是煩死人了！她根本就只是想要人家感激她嘛！」

與其說憤怒，他的吶喊更像是帶著悲痛。

步夢用尚未結束變聲的聲音繼續控訴。

「反正那傢伙八成也只是基於人情才來見我啦！她只是想要消除沒有養育我的罪惡感而已！一定是這樣沒錯！妳也替被迫陪她自我滿足的我想想吧！要不是因為那傢伙——」

激動的言詞倏地中斷。

嘩啦一聲。

冰塊和水灑了步夢全身。

動手的人是——美羽。

她抓起桌上的杯子，潑向正對面的步夢。

「噗哈……好、好冷……」

步夢連忙擦臉。

並順勢將一直戴著的棒球帽脫掉。

「美、美羽……」

我反射性地望向她——結果見到美羽狠狠地瞪著面前的步夢。

她的表情嚴肅，眼中卻燃起熊熊的怒火。

「不准叫自己的父母那傢伙。」

平淡卻不容分說的語氣。

很顯然的——她生氣了。

這或許是我第一次見到如此怒氣沸騰的美羽。

「開、開什麼玩笑……！妳這人真是莫名其妙……！可惡！」

步夢的表情在屈辱下扭曲——隨即逃也似的跑離現場。

他從露台座位區穿越通往外面的出入口，就這麼跑出店外。

「步、步夢！」

我連忙起身。然而少年的身影很快便消失不見。

「……不、不會吧？這下怎麼辦……」

「我去追他。」

阿巧在驚慌失措的我身旁站起身。

「阿巧……」

「綾子小姐和美羽在這裡等狼森小姐回來。」

阿巧以沉穩的語氣這麼說。

他雖然看來多少有些著急，卻還是比我要冷靜多了。

「……巧哥，拜託你了。」

美羽小聲嘟囔。

彷彿先前的憤怒不存在一般，露出一臉難為情的表情。

「抱歉，我一時衝動發了火……」

「我知道啦。」

朝心情低落的美羽的頭輕拍了幾下後，阿巧抓起步夢留下來的棒球帽，追了上去。

♠

出乎意料地，我很快便找到了步夢。

這麼說或許有些失禮……不過，其實我之前就隱約覺得他理應不會走遠。

他應該就躲在附近。

躲在有人會追上來找到他的地方。

結果我的預測——命中了。

距離咖啡店不到五十公尺，大樓與大樓的間隙。

步夢蹲在那個連大白天也光線昏暗的地方。

「……找到了。」

我放心地吐了口氣，朝他走近。

步夢只有朝我瞥了一眼，沒有逃跑。

由於之前壓得低低的帽子摘下了，現在可以清楚看見他的臉孔。見到那張仍帶著幾分稚氣的臉龐，讓我重新體認到他果然還只是個孩子。

我在離他大約一公尺的位置蹲下。

「呃……抱歉喔，步夢。你沒事吧？」

「……為什麼是你來道歉啦？」

「這個嘛，我也不知道為什麼。」

我總不能說「因為美羽將來有可能成為我女兒」吧。

「簡直莫名其妙……那個臭女人搞什麼東西嘛……」

步夢不甘心地扭曲稚嫩的臉龐，開口抱怨。

「像她那種人……那種有看似溫柔的媽媽、成長過程平順又充滿愛的人，絕對不可能會了解我的心情……！」

「…………」

我將差點脫口而出的反駁勉強吞了回去。

因為我有點遲疑，不知該不該未經許可就把美羽的隱私說出來。

但是——我覺得該說。

美羽跟我說「拜託你了」。

我想，那句話的意思一定也有包括這部分。

「美羽……那孩子的成長過程其實並沒有那麼平順。」

我說道。

「她很小的時候——父母就去世了。」

「……咦？」

「那大概已經是十年前的事情了吧。美羽的父母在她讀幼稚園的時候車禍身亡。」

步夢瞪大雙眼，倒吸一口氣。

一臉不敢置信的模樣。

「既、既然如此……那個大胸部阿姨是誰……？」

……如果要形容綾子小姐的外表特徵，以步夢的感受力和詞彙就會是「大胸部阿姨」嗎？雖然有很多地方想要吐槽，不過這畢竟不是事情的重點，現在還是先當作沒聽見好了。

「綾子小姐是美羽母親的妹妹……也就是美羽的阿姨。只不過因為後來發生了許多事，現在她在戶籍上是美羽的母親。」

「什麼跟什麼啊……」

「雖然你可能會覺得那又如何……但我只想告訴你，美羽的成長過程其實並不如你所說的那樣平安順利。」

「……那、那跟我有什麼關係！不管那女人的境遇如何，都與我無關！」

儘管步夢強烈地表示拒絕，他的聲音卻不住顫抖。

看來剛才那番話似乎令他產生某種想法，動搖了他的情緒吧。

「說的也是喔，這件事確實與你無關。即使從前發生過什麼，也不構成她向你潑水的理由。只不過……唯獨一點我希望你能夠了解。我希望你可以想一想美羽為什麼會發火。」

「這、這個嘛……」

稚嫩的聲音變得愈來愈微弱。

「大概是因為……她很氣我吧，因為我對待自己母親的態度很囂張。」

「那的確很有可能……不過，原因應該不止如此。我猜，美羽大概是覺得——『可惜』吧。」

「可惜？」

「她覺得難得可以跟媽媽在一起，卻不懂得珍惜相處時光的你……你們兩人很可惜。」

可惜。

我猜美羽應該是這麼想的。

也許是因為放不下面子和自尊吧，步夢假裝在玩其實根本沒在玩的遊戲，逃避和母親溝通交流的行為，讓美羽看了心急如焚。

「……那、那關我什麼事啊？」

步夢冷淡地說。

「再說……你到底是誰啊？」

「……嗯？」

「瞧你說得一副很懂的樣子……可是你究竟是誰？跟那對母女有什麼關係？你應該不是那女人的哥哥吧……？」

啊，對喔。

由於事出突然，我只有告訴他我的名字。

「這、這個嘛，我是……將來有可能成為她父親的人。」

「……咦？咦？」

猶豫一會後我決定說出真話，結果步夢顯得十分震驚。

不敢置信地直盯著我看。

「這、這麼說來，你跟那位大胸部阿姨……」

「嗯……沒錯。我們兩個……正在交往。」

「你幾、幾歲啊？」

「今年剛好二十歲……」

「那位阿姨呢……？」

「……超過三十了。」

「…………你、你好猛喔。」

被稱讚了。

至於是哪方面的讚美就先不深究了。

「總之……每個人都有自己的狀況，也都各自有著形形色色的煩惱。無論大人還是小孩，無論十幾歲、二十幾歲，還是三十幾歲……甚至四十多歲的人也是一樣。」

「…………」

「啊，抱歉喔。我並沒有要對你說教的意思。」

我一邊說，一邊將手裡的棒球帽還給步夢。

「畢竟你們母子的問題只能由你們兩人去思考解決，身為外人的我們什麼也做不了。不過……我還是覺得一直藉著玩遊戲，逃避不去面對母親的做法有點不太對。」

「……嗯。」

步夢緊抓著棒球帽，以微小但確實的動作點頭。

「我認為就算是親生母親，也沒必要勉強自己去和對方打好關係、親近對方。要是你真的覺得困擾，那就好好跟狼森小姐說清楚——」

「不、不是的！」

他反射性地大喊。

「我並不覺得……困擾。我剛才會嫌她討厭、嫌她煩……只是因為那女人毫不客氣地指責我……我一時火大才會那麼說。」

他用感覺隨時會哭出來的語氣繼續說。

「不知道……就連我自己也不知道該怎麼辦才好……就算她突然出現說是我的母親，我也不曉得該如何去面對她……既也不曉得她是怎麼看我的，也不曉得該跟她說什麼……所以，即使知道這樣不好，我還是一直玩遊戲不去看她……」

「…………」

「其實我……一直很想見她。我從以前就一直很好奇自己的媽媽是什麼樣的人……結果沒想到她竟然長得這麼漂亮又帥氣，而且還是公司的社長……讓我覺得好開心……可是，一想到像她那麼厲害的人不曉得會不會對我感興趣，我就不禁感到害怕……況且雖說是自己親生的孩子……但畢竟我們有整整十年沒見了，我在她眼中大概一點都不可愛吧……」

步夢斷斷續續道出的這番話，聽起來像是發自內心的真心話。

先前始終逞強尖銳的少年，如今終於敞開心扉，將內心的情感原原本本地表露出來。

外表看似冷淡的態度，似乎只是這孩子逃避和防衛的手段。

因為與其試著跟對方打好關係結果卻失敗，還不如一開始就放棄溝通比較輕鬆。

因為與其試著親近對方結果卻被討厭，乾脆先做出惹人厭的行為來讓自己被討厭，這樣才不會受傷。

如此矛盾的行為，其實是這孩子以自己的方式拚命奮戰的結果。

「……原本不應該是這樣的。其實我真的很想、很想……」

聲音最終消失，步夢用棒球帽遮住自己的臉。

我不發一語，默默地撫摸他的頭。

♥

阿巧捎來消息，說他找到步夢了。

後來，狼森小姐果真如她所說的二十分鐘就回來。我簡單詢問了一下，得知那個麻煩雖然連這位能幹的社長也無法在二十分鐘內徹底解決，不過她仍拚命姑且做了處置。

我向回來的狼森小姐說明狀況，之後隨即和她、美羽一起前往步夢所在的地點。

但是我們沒有立刻露面，而是躲起來偷聽兩人的對話。

因為——

「請稍等一下，

我要試著跟他進行男人的對話。」

阿巧傳了這樣的訊息來。

「……我真沒用。」

偷聽完阿巧和步夢的對話後——

狼森小姐無力地這麼說，並且當場蹲了下來。

「我一直以為……那孩子討厭我。拋下他十年不管的女人被討厭是應該的，甚至就算他怨恨我，我也沒資格抱怨半句。虧我還下定決心不管他再怎麼討厭我，都要以母親身分去面對他……哎，看來我根本一點都不了解那孩子。」

她像在自嘲，卻又彷彿鬆了口氣般笑道。

步夢並不討厭狼森小姐。

他是因為另有苦衷和原因，才會表現出冷漠的態度。

得知這一點後，狼森小姐在感到放心的同時，大概也覺得完全沒能看穿孩子心思的自己很不中用吧。

「我真是個失職的母親。」

「……才沒有那種事呢。」

我說道。

然後，我露出有些壞心的笑容接著說。

「現在就說自己失職太早了啦。現在的妳甚至還沒站上起跑線呢，不是嗎？」

「…………」

「就算有血緣關係也未必能成為好母親……相反的，即使孩子不是自己親生的，也未必不能成為一位好母親。」

血緣關係。

孩子是不是自己忍痛產下的。

這件事情固然重要——卻不代表一切。

親子的價值並非光憑這一點來決定。

「生了孩子所以是母親，或是因為收養對方而在戶籍上成為女兒……我想，這些應該都不是親子的真正定義。」

浮現在我腦中的，是過去十年的歲月。

與美羽共度的每一天。

沒有結婚也沒有生產經驗的我某天突然成為母親，在反覆的惡戰苦鬥和暗中摸索中，勉強撐到今天的日子。

我和美羽逐漸成為母女的過程——

「一起經歷各種事情、一起克服各種困難，在過程中一點一滴地累積屬於彼此的回憶……我認為，所謂的親子關係應該是像這樣逐漸建立起來的。」

我這麼說。

不是以員工身分——向社長報告。

而是以一名母親的身分，跟新手媽媽分享我的想法。

「真正的重點是接下來啦，接下來。狼森小姐——接下來將會逐漸成為一名母親。」

「……接下來啊。」

狼森小姐笑了。

「呵呵呵！感覺好不可思議喔，沒想到我居然有被歌枕妳說教的一天。」

「我、我沒有要對妳說教的意思……」

「不過——也對，說到做母親這件事，妳的資歷確實比我多了大約十年。」

「…………」

「我會心存感激，把偉大前輩的話銘記在心的。」

狼森小姐面露柔和的笑容。

我也跟著笑了。

結果這時——

「……居然把話說得那麼好聽。」

一旁的美羽冷冷地插嘴。

「媽媽，雖然妳現在突然散發出一股『我全都明白』的氛圍，但妳一開始真的很過分耶。妳看到狼森小姐和步夢在一起，竟然誤會她在從事媽媽活，還因此慌張得不得了。」

「喂！美、美羽……！」

「……原來妳對我有這樣的誤解啊，歌枕。」

「不、不是啦，狼森小姐……我真的只是稍微心急了一點……誰教妳平常是那種態度……啊，不對，呃……」

在兩人的冷眼瞪視下，我頓時變得無地自容。

「……呵呵。算了，反正說是媽媽活好像也沒錯。」

沒一會，狼森小姐站起身。

側臉上浮現一如往常的無畏笑意。

「我就稍微拿出真本事，為了成為媽媽展開活動吧。」

♠

狼森小姐——突然現身了。

她一派大方地站在兩棟大樓之間的小巷裡，俯視著我們。

我和步夢反射性地站起來。

跟之前相比，她整個人感覺好像長高了。大概是她挺直背脊、站姿變好的關係吧。今天自從遇見她之後，我總覺得她給人一種缺乏自信、好渺小的感覺。

但是現在不一樣了。

我雖然只和她見過幾次面，但是每次都能從她身上感受到的那股高貴氣質又回來了。

狼森夢美傲慢不遜、威風凜凜的站姿——

她大步走過我身旁，站在步夢面前。

「那、那個，我……」

「——步夢。」

狼森小姐開口。

以自言自語般的口吻。

「步夢……意思是朝夢想邁步的——步夢。雖然我不曉得你爸他們是怎麼跟你說的，不過這個名字是我想出來的。」

「咦……」

「我很喜歡自己的名字夢美，總覺得名字裡有『夢』這個字非常帥氣，所以我從以前就一直在想，要是哪天我有了孩子，一定要取一個有『夢』這個字的名字。」

「…………」

「我當初可是很認真地，在替自己接下來要用愛細心養育的兒子取名喔。明明平常根本不相信什麼占卜……當時卻買了好幾本書回來，拚命研究筆畫什麼的……」

這時，她微微垂下視線，若有似無地泛起微笑。

「不過很抱歉……最後我卻沒有好好養育你，甚至沒能對你付出我的愛。身為母親，我所能給予你的頂多就只有那個名字。」

「…………」

「所以——接下來我將給予你，我所能給予的一切。」

說到這裡，狼森小姐稍微彎腰，低下頭。

讓視線的高度和步夢一致，從正面注視著他。

「然後，我希望步夢你也能給予我許多東西。」

「我給予妳……」

「是啊，沒有錯。換句話說，我們——在某種意義上是對等關係。」

語畢，狼森小姐得意地揚起嘴角。

露出她一貫嘲諷又凶猛的笑容。

「啊～沒錯、沒錯，對等啦對等。嗯，這樣感覺比較對啦。大概是因為我之前懷著歉意勉強裝出母親的樣子，整個人才會感覺死氣沉沉吧。」

她一個人恍然大悟地說，之後又接著說下去。

「畢竟我們已經有十年沒見了，就算我突然出現在你面前擺出母親的架子，你大概也只會覺得很煩。而那樣也不符合我的個性，所以一開始……」

此時，狼森小姐往旁邊一瞥。

在她視線前方的是——同樣來到巷子的綾子小姐和美羽。

她望著二人，稍微加深臉上的笑意。

「我看，你不如就先把我當成親戚阿姨吧。」

然後這麼說。

那句話的含意——我非常清楚。

親戚阿姨。

那正是之於美羽的綾子小姐。

起初是母親的妹妹，是親戚的阿姨。

但是後來綾子小姐──成了美羽的母親。

兩人花了十年歲月，慢慢地成為一對真正的母女──

「你不用勉強把我當成媽媽，如果不願意，不喊我『媽媽』也沒關係。但是，既然我們有緣能夠再次相見，何不珍惜這份難得的緣分，開心地相處下去呢？」

「……嗯。」

步夢一臉難為情地微微點頭。

「以、以後還請……多多指教。」

「……呵呵！嗯，請多指教。」

狼森小姐面露滿足的微笑後，大大地展開雙臂。

「好了，過來吧。」

「咦？」

「怎麼了？這種時候不是一定要來個熱情的擁抱嗎？」

「……呃，可、可是……」

「真是，動作慢吞吞的。」

「唔、唔哇啊……」

狼森小姐硬是抱住害羞猶豫的步夢。

「哇哈哈，感覺如何啊？」

「住、住手……我叫妳住手！妳幹嘛突然這樣啦！」

「抱歉喔，其實我真正的個性就是如此。」

「放、放開我！不要擅自做這種事！我們不是對、對等的嗎？」

「所謂對等的意思，就是可以肆無忌憚地任意妄為。」

「這話聽起來不太對吧？」

「啊真是的，你好囉嗦喔。小孩子就該乖乖聽媽媽的話。」

「居然大擺母親的架子？」

「哇哈哈哈！」

儘管步夢不停扭動掙扎，她仍繼續用力抱著他。

緊緊地、緊緊地，抱著不放。

「……你真的長大了耶，步夢。」

狼森小姐看似感觸良多地喃喃說道，臉上泛起洋溢無限溫柔、溫暖與母性的微笑。

第七章
生母與養母

那是發生在距今十多年前的事情。
當時美羽還只有兩歲左右。
她真正的母親還在世，而我只是一名親戚阿姨。
「她總算是睡著了。」
我坐在桌旁一邊喝著麥茶，一邊休息。
地點是當時姊姊夫婦所居住的家，也就是後來我搬進去住，如今也在那裡生活的房子。
客廳裡，幼小的美羽正在鋪在木質地板上的小墊被上睡覺。
肚子蓋著小被被，正安穩地睡著午覺。那張睡臉可愛得宛若天使。
「啊～虧我本來還以為今天一定可以哄她睡著。」
疼愛外甥女到不行的我只要有空，就會到姊姊家陪美羽玩。

美羽現在還是需要睡午覺的年紀，只要吃完飯就會想睡覺。

可是……要哄她睡著相當困難。

她心情好時也會開心地和我一起玩……可是一旦她開始產生睡意、心情變得不美麗了，就會喊著「媽媽、媽媽」跑去找我姊姊。

於是，今天到頭來還是由我姊姊抱著她陪睡，才順利讓她睡著。

「我果然還是比不過媽媽～」

「是年資不同的關係啦。」

姊姊在我對面坐下，露出得意的笑容。

「年資……妳的年資不是也才兩年？」

「是已經兩年了，因為這兩年真的好辛苦……」

她用帶著深深疲倦感的神情說。

「辛苦之處多到一言難盡……但總歸一句話就是睡眠不足。夜啼、換尿布、餵奶、突然發高燒、突然嘔吐、神祕地在三點醒來……有太多日子都沒辦法有足夠的睡眠時間……而必須在隨時處於『睡眠不足』的狀態下帶小孩、做家事是最辛苦的……不過幸好她最近終於肯乖乖睡覺了，真是謝天謝地。」

「感、感覺好辛苦喔。」

「不過嘛……我想或許就是因為經歷過這些辛苦，才會漸漸萌生出感情吧。」

姊姊輕吐一口氣，望向熟睡的美羽。

臉上掛著沉穩平靜的笑容。

「抱錯嬰兒的事情不是偶爾會掀起話題嗎？像是鬧上新聞，或是成為電影、漫畫的題材。」

「是啊。」

「聽到那種事情後，我也曾思考如果我是當事人，我會怎麼做……不過現在我可以篤定地說——」

姊姊說道。

「就算現在醫生來跟我下跪，說『對不起，我們抱錯小孩了。這孩子其實不是妳的小孩，我們會把真正的孩子還給妳』……我大概也會立刻回答『不，我比較想要這孩子』。」

「姊……」

「呵呵呵。」

「妳的這番話聽起來是很帥氣沒錯……可是如果真的抱錯了，這件事也會關係到另一個家庭，所以不是單憑妳的意見就能決定的。」

「……綾子，妳不要這麼認真地吐槽我好嗎？我只是假設，假設。」

姊姊一副掃興的模樣。

我笑著繼續說。

「意思是即使沒有血緣關係，妳還是比較想要美羽嘍？」

「沒錯。這個美羽比較好，我只要這個美羽就好，因為所謂的親子不是只有血緣關係，還有深刻體會到的每一天啊。並不是只要把孩子生下來就會成為父母，而是要每天每天『美羽、美羽』地不停呼喚她的名字、拉拔她長大……彼此才會漸漸成為親子。」

「……這樣啊。」

這時，我突然想起一件事。

「姊，妳之前也說過類似的話呢。」

「嗯？」

「就是美羽出生的時候，我不是曾經在醫院問過妳嗎？問妳『美羽』這個名字的由來是什麼。」

光是回想起來，我就忍不住發笑。

當時，姊姊是這麼回答我的。

——沒有什麼由來啦。

——我就只是想取一個順口順耳的名字而已。

「真沒想到妳取名字取得這麼隨便。」

「有什麼關係？再說，名字的由來都是後來才附加上去的啦。」

姊姊嘆息著說下去。

「我就不舉具體的例子了……不過偶爾聽說別人家的名字由來，像是希望孩子如○○一般閃耀、希望孩子如○○一般茁壯，妳不覺得很多都會讓人心想『才怪，你肯定是先取好名字才想由來的』嗎？」

「……也是啦。」

我明白她想表達什麼。

但我也不會舉出具體的例子就是了。

「名字這種東西，順口順耳肯定才是最重要的。因為——接下來會一直不停有人叫這個名字，叫起來舒服的名字是最好的。」

「…………」

「既然我這個媽媽應該會比別人更常叫這孩子的名字，當然得取一個我叫起來順口的名字啦。」

「原來如此。」

「不過我倒也不是要批評別人的取名方式啦，只不過我個人是採取這樣的方針。」

然後，姊姊再次將視線轉向正在熟睡的美羽。

「呵呵，不曉得美羽接下來會長成什麼樣的孩子呢？」

幸福至極的微笑。

看著那樣的姊姊，我也感到無比幸福與滿足。

儘管這是毫無根據的預感——但是我感覺姊姊一定會成為一位很好的母親，然後這對母女將永遠感情融洽、幸福地生活下去。

但是——

令人遺憾且心痛的是……

這個毫無根據的預感，最終徹底落空了。

在老天的惡意捉弄下，姊姊能夠當美羽母親的時間真的非常、非常短暫。

注意到時，我當母親的時間已經比姊姊要來得長了。

「美羽」

就連呼喚這個順口順耳的名字的次數，我說不定也比十年前就停止計次的姊姊要來得多——

後來——

渾身濕淋淋的步夢到附近店家買了衣服換上，美羽也鄭重向他低頭致歉。

經過一連串騷動之後，我們迎來道別的時刻。

「狼森小姐，妳待會要做什麼？」

我隨口問道。

原以為已經和解的兩人，待會應該會開心地一起去玩耍。

「去公司。」

豈料狼森小姐卻斬釘截鐵地這麼回答。

「咦……公、公司？待會嗎？」

「是啊。其實剛才那個麻煩……我只是臨時想辦法敷衍過去，實際上什麼問題都沒有解決，我要是不現在馬上回去處理就糟了。實不相瞞……其實我的手機從剛才就一直在響。」

「……嘖！結果居然是這樣。」

步夢像在鬧脾氣似的說。

「不過算了……我就原諒妳吧。既然是工作，那也是沒辦法的事……下、下次見面時再——」

「你在說什麼啊？」

狼森小姐打斷難得害臊的步夢的話。

「你當然也要一起去啊。」

「……嗄？」

「在我工作的時候，我會請人帶你在公司裡面到處參觀。等我迅速處理完手邊的工作，我們再想想之後要做什麼好了。」

「把小孩帶到公司去……這、這樣可以嗎？」

「那可是我的公司，沒有人會抱怨啦。」

她得意一笑。

步夢則是錯愕到說不出話來。

於是向我們道別之後，兩人便轉身離去。

離去途中，狼森小姐強行牽起步夢的手。

「放、放手啦……很丟臉耶。」

「對了，步夢，關於你在玩的社群遊戲『曙光大師』。」

「妳有在聽我說話嗎？」

「那款遊戲是我們公司製作的。」

「…………什、什麼？」

「不過嚴格來說我們製作的不是遊戲系統本身，而是負責劇本和角色設定，以及遊戲的監製。因為廠商送了一大堆周邊商品到公司來，你要是有想要的就帶回去吧。」

「…………」

「還有，開發者之前說他想聽聽看國高中生的真實意見，所以你下次就接受一下訪問吧。」

「……好、好猛。原來我媽是這麼厲害的人……」

「嗯？」

「啊！」

「你剛才叫我媽……」

「沒、沒有，我沒有說！剛才的不算！是我弄錯了！」

「你沒必要這麼堅決否認吧。」

「因為……我、我不喜歡像這樣子脫口而出啊……既然要叫，我希望能夠在重要場合下慎重地說出口……」

「……哇哈哈，真不愧是我兒子，看來你很有當藝人的素質呢。我好期待你將來的發展喔。」

儘管彼此間依然有些拘謹疏離，兩人仍一邊開心地對話，一邊消失在人潮中。

「他們兩人能夠和好，真是太好了。」

「就是啊。」

我點頭贊同阿巧的話。

「看樣子她們應該會順利相處下去。」

「就是說啊。而且狼森小姐感覺也還是以往的那個她。」

一旁的美羽誇大地聳了聳肩。

「我原以為狼森小姐是一個超級完美的女超人，沒想到她也是一碰上孩子的事情就會迷失自我。這也就是說，唯獨孩子在她心中是特別且無可取代了……」

美羽一臉佩服地說。

「哎哎～害我也好想要小孩喔～」

「噗……」

我忍不住噗哧一笑。

「妳、妳在說什麼啊，美羽？什麼生孩子的，妳等十年後再說吧。」

「這很難說喔？搞不好我還在念大學的時候就會不小心懷孕。」

「不行，絕對不可以。什麼不小心懷孕……那、那種缺乏計畫性的事情，我這個當媽的絕對不允許發生……！」

「是是是，我知道了。妳不用擔心，我會暫時先用巧哥和媽媽的小孩來忍住生小孩的念頭啦。」

「妳、妳在胡說什麼啦，真是的！我們還沒有想到那種事情……」

「好了，我們差不多該走了。之前耽擱了那麼久，現在離晚餐只剩下不到兩小時喔？我快沒時間買東西了。」

盡情嘲弄大人一番後，美羽隨即自顧自地邁開步伐。

唔唔～……這孩子還是一樣難以捉摸……！

心想有沒有辦法能讓她大吃一驚──突然間，我靈光一閃。

「……阿巧、阿巧。」

我向阿巧招手，小聲地附耳說出我想到的妙招。

阿巧儘管略顯訝異──

「……這個點子不錯耶。」

依然這麼附和我。

「呵呵呵，對吧？對吧？」

「……你們兩個在做什麼？」

我對一臉納悶地轉身的美羽說。

「吶，美羽。妳剛才說希望我們兩個牽手，對吧？」

「嗯？啊～我是說過沒錯。」

「既然這樣，那就恭敬不如從命——我們決定要牽手了。」

「……咦？」

「你說對吧，阿巧？」

「就是啊，綾子小姐。」

見我倆相視而笑，美羽臉上的表情十分困惑。

「啊，是、是喔……那就隨便你們吧……不過麻煩你們盡量離我遠一點。」

說完她便轉身往前走，打算和我們拉開距離。

我追上美羽——然後牽起手。

不是和阿巧牽手。

而是強行牽起女兒美羽的手。

「……咦？咦咦咦？媽媽，妳、妳在做什麼……？」

「我不是說了要牽手嗎？」

美羽一臉困惑——隨後，阿巧也從另一邊牽起她的手。

「啥……」

「哎呀，偶爾這樣也不錯啊。」

她被我們夾在中間，從兩側牽起手。

簡直就像和爸爸、媽媽牽手的年幼孩子。

「……等、等一下，不行、不行。什麼跟什麼啊？你們兩個放手啦……」

美羽一副倒胃口地邊說邊甩手，我和阿巧卻還是牢牢握著她的手不讓她逃走。

「真是太扯了……」

「哎呀沒關係啦，偶爾做點這種親子般的舉動也不錯呀。」

「可是我已經是高中生了耶……要是被認識的人看到，我肯定一頭撞死。」

「放心啦，這裡是東京。」

「沒錯、沒錯，旅途中的醜態不必在意。」

「你也知道這是羞恥的醜態啊……」

兩旁的我們邁開步伐後，中間的美羽也只好不情願地跟著走。

「唉……真是糟透了。」

美羽紅著臉，一副打從心底感到鬱悶地說。

「我看就算找遍全世界，大概也找不到這麼麻煩的爸爸和媽媽吧。」

然而她的嘴角卻微微上揚，好似樂在其中的模樣。

我們三人手牽著手，走在街上。

宛如隨處可見的一家人。

宛如獨一無二的一家人。

終章

三人一同享用美味的晚餐後，他們替我準備了上面寫有我名字的驚喜蛋糕，並且送了我禮物。

歡樂無比、令人心滿意足的第3×次生日。

♥

隔天。

由於美羽中午過後就回去了，於是我們又開始獨處——然後到了晚上，只有我們兩人的慶生會開始了。

「——綾子小姐，祝妳生日快樂！」

「謝謝……雖然這已經是第二次了。」

「不管慶祝幾次都無所謂啦。」

一臉開心的阿巧，以及有些難為情的我。

我心裡固然開心……卻還是不禁有種坐立難安的感覺。

都一把年紀了，還讓人連續兩天幫我慶生。

餐桌上，擺了開胃小菜和薄脆餅乾等派對料理。

在我的要求之下……今天整體的料理分量偏少，因為昨天在餐廳吃太多了嘛，得平衡一下才行。

蛋糕也選了尺寸比較小的，蠟燭則是只有一支。

小小的燭火微微搖曳。

「那麼，請吹蠟燭。」

「知道了～呼……咦？等一下！你為什麼要錄影？」

「因為要留做紀念。」

「真是的，不、不要拍啦……吹蠟燭的時候表情很醜耶……話說回來，你昨天在餐廳不是也有拍我吹蠟燭的影片嗎？」

「因為要留做紀念。」

「呃……真受不了你。我知道了啦……呼～」

「喔喔。」

「你在『喔喔』什麼啦？真是……」

在愉快的拌嘴聲中，蠟燭的燭火熄滅。

我們切開小小的蛋糕，開始慶生派對。

話雖如此，只有我們兩個人，氣氛也沒辦法多熱烈就是了。

然而，這依舊是一段幸福到不行的時光——

「嗯……時間差不多了。」

開始用餐過了大約三十分鐘，阿巧站起身來。

然後當他回來時——手裡拿著一個包裝得很漂亮的袋子。

「咦？那、那該不會是……」

「是給妳的生日禮物。」

「這怎麼行……不用啦！因為你昨天就送過我了啊……」

我昨天在餐廳就收過禮物了。

阿巧好像是事前就先交給店家。

順帶一提，他送我的禮物是——很有質感的香氛產品。

那樣禮物充滿時尚感，讓我非常開心。

「昨天那個，要怎麼說呢……是用來表面上做做樣子的禮物。」

「表面上做做樣子？」

「因為必須在有旁人注視的餐廳交給妳，更重要的是美羽也在場，所以不能送妳太奇怪的東西，於是我就選了比較做作的禮物。」

「…………」

「說起來，今天這個才是我真正想送妳的。」

「……該不會是——」

我忍不住將腦中浮現的想法說出口。

「情、情色用品吧？」

「……！」

結果——

阿巧差點跌了一跤。

「妳、妳為什麼會這麼說？」

「因為……因為……」

聽到他說不能在美羽面前交給我，我就不由得想到那邊去了……

啊～抱歉喔，最近我好像動不動就會想到成人那方面。

我得好好反省一下自己了。

「這不是什麼情色用品，請放心收下。」

「謝、謝謝。」

我從阿巧手中接過禮物。

「我可以打開嗎？」

「請便。啊，不過……雖然我說了這才是『真正的禮物』這種給自己提高難度的話，但其實這不是多貴重的東西，還請妳不要抱太大的期待。」

不顧口氣顯得有些不安的阿巧，我動手拆開包裝。

裡面裝的是——

「哇啊！這個……難道是睡衣？」

上下成套、像是大學T的衣服。

顏色雖然偏成熟，不過款式設計非常可愛。

「是的，這是睡衣……」

「哇～好棒喔。嚇我一跳，感覺有點出乎意料耶。」

我本來猜想會收到比較成熟的禮物，因此不由得做出有些驚訝的反應。

我會說「出乎意料」絕對不是出於惡意。不過大概是我用詞不夠恰當吧，阿巧的表情顯得有些不安。

「其實我想了很久……本來覺得這是我們交往後的第一個生日，好像應該卯足勁挑選像是首飾之類可以用很久的禮物……可是我又覺得，就算我勉強買了昂貴的禮物，恐怕也只會讓妳感到過意不去……」

阿巧一邊緩緩地說，一邊再次起身。

「由於一來我買不起昂貴的禮物，二來我覺得既然要送禮，還是送妳每天都能使用的東西比較好……於是左思右想之後，最後我選擇了這種類型的睡衣。」

他進到臥室一會後又回到餐桌旁。

手裡拿著——全新的男用睡衣。

那套睡衣的顏色、款式，和我剛才收下的睡衣一模一樣。

「難、難道說……」

「是的……這是情侶睡衣。」

「是喔！哇！原、原來如此……」

情侶睡衣！

什麼啊！

感覺……感覺也太棒了吧！

「因為要我們兩人在外面穿情侶裝的難度有點高，我想既然如此，不如就在家裡面這麼做好了。」

「阿巧……」

「再說——我能夠像這樣和綾子小姐在同個屋簷下生活，也只剩下大約一個月的時間。等到回去之後……我們就很難再像現在這樣同床共枕了。」

「…………」

「所以我希望至少回去之後，還能夠有彷彿每天都同床共枕的感覺……啊，不過我說同床共枕絕對沒有奇怪的意思。」

面對看起來沒什麼自信的阿巧，我已經感動得無法言語。

好開心，打從心底感到開心。

禮物本身固然令人開心，不過更令我開心的是他如此替我，以及替我們著想的這份心意。

我真真切切地感受到自己是被愛著的。

這麼幸福真的可以嗎？

「請問……妳喜歡嗎？」

朝著這麼問道的阿巧——我撲上去緊抱住他。

緊緊地。

用力地。

使盡全力抱著他不放。

「咦？」

「這就是答案。」

「……啊，原來如此。」

「你明白我的意思？」

「妳喜歡真是再好不過了。」

「……嗯，謝謝。阿巧，我好喜歡你。」

好喜歡你。

就連這句從前羞於說出口的話，如今我也能自然而然地脫口而出。

但是，我並不認為這句話變得廉價了。

也不覺得這句話變得沒有誠意了。

我反而覺得自己變得比以前還要更喜歡他。

無論說多少次「我喜歡你」、無論再怎麼緊抱對方，恐怕都無法徹底傳達我對他的喜歡吧。

既然如此，不如就盡可能多多地擁抱他、一再地對他說「我喜歡你」，同時一面祈禱對方能稍微感受到我滿盈的愛意——

「阿巧，我可以今天就開始穿這套睡衣嗎？」

「……唔，可、可以是可以啦。」

「奇怪？你那是什麼反應？」

「呃，因為……我不希望難得的新睡衣被汗水什麼的弄髒……」

「流汗？只是睡覺怎麼會——」

說到這裡，我總算察覺對方的意圖。

滿臉通紅的我是既害羞又傻眼，心情十分複雜。

「……討厭啦，阿巧你真是的。」

「啊哈哈……」

「你會不會太有精神了啊……？」

「哎呀，畢竟是難得的生日嘛。」

「這跟生日又沒關係！」

說著無聊的玩笑話一面相視而笑，然後再次緊緊相擁。

今年生日無疑是最棒的生日。

太幸福了，總歸一句話就是好幸福。

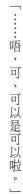

我由衷慶幸能夠過著這樣的同居生活。

…………

所以──

嗯，要怎麼說呢。

總之就是飄飄然吧。

興奮雀躍到了忘我的地步。

我和他都是。

身處在無與倫比的幸福感之中，幾乎以為我倆就是世界的中心，以為整個世界就只有彼此。

正因為幸福感是如此巨大──下一個意外即將降臨在我的身上。

大大左右今後人生的天大事件即將發生。

下一個序幕

十二月——

媽媽為期三個月，說長不長、說短不短的隻身赴任——雖然因為和巧哥同居的關係，嚴格來說不能算是隻身赴任……但總之，三個月已經過去。

媽媽終於要回來了。

那一天，我從一早整個人就莫名心緒不寧。

……好吧。

我想我果然……覺得很開心。

雖然因為有外婆的陪伴，我一點都不覺得孤單……不過媽媽長達三個月都不在家，果然還是會讓人感到寂寞。

當然。

我並不打算在媽媽面前表現出那種寂寞的心情。

「——我回來了～美羽，我回來了～」

媽媽在傍晚時分回到家。

我心裡雖然有股衝動想要立刻跑去玄關迎接，可是表現出那種迫不及待感滿滿的態度實在太令人難為情了。

「妳回來啦～」

於是，我從客廳這麼冷冷地回應她。

「呼……這邊的天氣已經變得好冷了耶，東京要溫暖多了……」

一邊說著關東和東北的溫度差異，媽媽進到客廳。

「哎，這麼久沒回家，真教人感慨萬千……好懷念啊。」

「妳也太誇張了，不是才去三個月而已嗎？」

「是長達三個月啦。美羽妳應該也覺得很寂寞吧？」

「不會啊～我還覺得妳可以再隻身赴任久一點呢。」

「真是的！說這種不中聽的話。」

媽媽鼓起臉頰，脫掉外套。

她好像暫時把行李箱放在玄關了。

手裡拿著似乎裝了伴手禮的紙袋，以及——塑膠袋。

「妳回來得比想像中要晚耶。」

「是啊，因為我回來的路上去藥局買了點東西。」

說完，她舉起手上的塑膠袋。

「是喔……啊，對了。」

我想起人家交代的事情，於是前往廚房。

抓起擺在角落的一升瓶，拿給在桌上打開塑膠袋的媽媽看。

「來，這個酒給妳。」

「咦……怎麼會有這個？」

「是外公、外婆給的，聽說是在他們家那邊的祭典上拿到的。這個酒雖然好像很貴、品質又好，可是外公不喜歡。」

「喔，因為我爸只喝啤酒和燒酒啦。」

媽媽接過一升瓶，仔細端詳上面的標籤。

「啊，我好像有聽過這個名字耶，這個酒挺有名的喔。」

「是喔，那真是太好了。」

由於我對酒完全不感興趣，便只是隨口應了一句。

然後從冰箱拿出麥茶，倒在杯子裡。

媽媽這麼久沒回來，今天就也幫她倒一杯好了。

「唉，難得收到這麼好的酒，我好想喝喔……」

聽到媽媽看著一升瓶遺憾地說，我不解地問。

「嗯？為什麼這麼說？妳想喝就喝啊。」

「……啊，呃，那個，要怎麼說……我最近得暫時戒酒才行。」

「為什麼？因為要減肥嗎？」

「不、不是啦……只是……有一些狀況讓我必須這麼做。通常有這種狀況的人都會戒酒……況且我在醫院也被這麼囑咐。」

「醫、醫院……？媽媽，妳生病了嗎……？」

「不不、不是那樣的……」

媽媽一副不乾不脆的態度。

納悶的我，不經意地望向媽媽攤放在桌上的東西。

那好像是她在回家路上去藥局買來的。

向日葵咖啡。

葉酸補充劑。

「…………」

我本身雖然理所當然沒有經驗，不過曾經透過電視劇、漫畫聽聞過這方面的事情。向日葵咖啡，葉酸補充劑……這些是處於某種特定狀況下的女性經常會服用的產品。

再加上。

嚴禁攝取酒精和醫院——

「——！」

我猛然轉身看著媽媽。

與其說看，應該說是用力地凝視。

「咦……咦？媽媽……妳、妳該不會……咦？咦咦咦？」

我整個人震驚到連話都說不好。

大概從我慌張的態度察覺到了吧，媽媽也露出十分尷尬的表情。

沉默數秒後，她才緩緩地將手放在自己肚子上。

像要包覆一般溫柔地撫摸。

「……我有了。」

欸嘿！

她吐舌笑了笑。

在這種時候使出全力故作淘氣的，我的母親。

她大概沒辦法用正經的態度向我報告這件事吧。

「…………」

至於我，則是嚇到魂都快飛走了。儘管我震驚到讓杯子摔在地上，但幸好我家用的是以不易碎裂為賣點的杯子，因此就只有裡面的液體灑出來而已。

要怎麼說呢？

雖然因為有太多話想說，沒辦法以一句話來概括——不過我還是想說。

唯獨有一句話我非說不可。

媽媽。

我最愛、最愛的媽媽。

妳……到底是去東京做什麼的啊？

後記

看在一般世人眼裡，父母和孩子有血緣關係或許才是「正常的」，可是實際上所謂的血緣關係究竟是什麼呢？血緣關係理所當然無法用肉眼來辨識，人必須要透過專業檢驗才有辦法確認是否有血緣關係。依我個人的觀點，血緣關係固然不容輕視……卻也不是那麼絕對必要。畢竟，假如說沒有血緣關係就不是真正的家人，那麼夫妻不也是不相干的兩個人嗎？因此我認為，血緣關係並非成為一家人的必要條件。人不會因為沒有血緣關係就當不了一家人，相反的，也不會因為有血緣關係就無條件地成為家人。

大家好，我是望公太。

這是與三字頭媽媽的愛情喜劇第六彈，同居篇的最高潮。能夠把我想寫的大人愛情喜劇盡可能寫實地描寫出來，我感到非常心滿意足。誠如上一集我在後記提過的……我在寫的時候，有一邊很努力地和電擊文庫編輯部交戰喔……！戰況超激烈的！還有……從第一集開始就一直支持綾子媽媽的狼森小姐，我也很高興這次可以深入描寫她的故事。

以下有個唐突的消息要告訴大家。

有些讀者可能已經從超展開的下一個序幕大概察覺出來了——下一次預計將會是最後一集。我打算把我想在這部作品描寫的內容，毫無保留地全部寫出來。發售時間預計會是2022年4月（註：此指日本發售時間）！還請各位繼續欣賞兩人直到最後都意外不斷的戀情結局。

另外還有一件事情要告訴大家。

幾乎在第六集發售的同時，漫畫的第二集也要發售了（註：此指日本發售時間）！這是一部充滿漫畫獨特魅力的優秀作品，還請大家多多支持指教！

最後是感謝的話。

宮崎大人，這次也受您照顧了。明明是我自己得意忘形地說：「我閒得發慌～請給我工作～」結果卻差點趕不上進度，對此我真的感到非常抱歉……ぎうにう老師，非常感謝您這次也畫了好棒的插圖。挑戰最大尺度的封面實在是太讚了。

最後，我要向各位讀者致上最深的謝意。

那麼有緣的話，我們就下次再會吧。

望公太

是《工作蜜月》的第六集。

…我亂說的。

是《喜歡媽媽》的第六集。

情好像變得一發不可收拾了……？
有種每次都在挑戰電擊文庫底線的感覺。

不提那個了，
很喜歡狼森小姐和兒子步夢的故事呢。
一集，超恩愛的媽媽和阿巧
然也很吸引人，
過能夠見到之前沒有被多加著墨的角色們
現出前所未見的一面，
我畫起來非常開心。

一集就要完結了？？？不會吧？？？
是我還有好多想看、想畫的場景（卷頭彩頁的妄想）耶！
雖然內心滿懷不捨，
過還是很開心見到媽媽二人走到懷孕這個終點。

會努力將望老師所寫的精彩內容
畫得多采多姿。
一集也請各位多多指教！

國家圖書館出版品預行編目資料

你喜歡的不是女兒而是我!?/望公太作 ; 曹茹蘋譯.
-- 初版. -- 臺北市 : 臺灣角川股份有限公司,
2023.06-
冊 ; 公分
譯自 : 娘じゃなくて私が好きなの!?
ISBN 978-626-352-599-3(第6冊 : 平裝)

861.57 112005502

Kadokawa Fantastic Novels

你喜歡的不是女兒而是我（媽媽）!? 6

（原著名：娘じゃなくて私が好きなの!? 6）

2023年6月21日　初版第1刷發行

作　　者：望公太
插　　畫：ぎうにう
譯　　者：曹茹蘋

發 行 人：岩崎剛人
總 編 輯：蔡佩芬
編　　輯：邱瓈萱
美術設計：黃永漢
印　　務：李明修（主任）、張加恩（主任）、張凱棋

發 行 所：台灣角川股份有限公司
地　　址：104台北市中山區松江路223號3樓
電　　話：（02）2515-3000
傳　　真：（02）2515-0033
網　　址：www.kadokawa.com.tw
劃撥帳戶：台灣角川股份有限公司
劃撥帳號：19487412
法律顧問：有澤法律事務所
製　　版：尚騰印刷事業有限公司
ISBN：978-626-352-599-3